dtv

»In diesen Nächten, wenn die Erinnerungen mich nicht schlafen lassen, schleicht sich ein Gedanke in meinen Kopf: dass es in Wirklichkeit meine Schuld war. Wenn ich in jenem Sommer Christa gegenüber offen gewesen wäre, ja wenn … Vielleicht hätte die Wahrheit ja alles verändert.«

1959, Sommer in Grösitz. Die Freundinnen Ruth und Christa verbringen die letzten großen Ferien vor dem Abitur mit dem Sammeln von Kartoffelkäfern. Beim mittäglichen Baden im Fluss lernen sie Erich kennen, einen jungen Mann, der zu einer Gruppe freikirchlicher Christen um einen gewissen Paul Schäfer gehört. Mit Befremden beobachtet Ruth, wie Christa mehr und mehr in den Bann der Freikirchler gerät – blind vor Liebe, denn eigentlich will sie nur in Erichs Nähe sein. Auch Ruth verliebt sich in Erich, was sie ihrer Freundin aber verheimlicht … Als sich Christa immer mehr in ihren neu entdeckten Glauben und in ihre Verliebtheit hineinsteigert, kommt es zum Bruch mit Ruth. Und zu einer folgenschweren Entscheidung: Christa verlässt ihre Heimat, um mit »Onkel Paul« und Erich nach Chile auszuwandern …
Mehr als fünfzig Jahre später stößt Ruths Tochter Anne auf das erschütternde Geheimnis der Freundinnen von damals – und nichts ist mehr, wie es war.

Anja Jonuleit wurde in Bonn geboren, lebte einige Jahre in Rom und studierte Italienisch und Englisch. Sie arbeitete als Übersetzerin und Dolmetscherin, bis sie anfing, Romane und Geschichten zu schreiben. Mit ihren Bestsellern ›Herbstvergessene‹, ›Der Apfelsammler‹, ›Rabenfrauen‹ und ›Das Nachtfräuleinspiel‹ hat sie sich eine große Fangemeinde erobert. Sie lebt mit ihrer Familie in der Nähe von Friedrichshafen.

ANJA JONULEIT

RABEN FRAUEN

ROMAN

dtv

Ausführliche Informationen über unsere Autoren und Bücher
www.dtv.de

Von Anja Jonuleit
sind bei dtv außerdem erschienen:
Novemberasche (21703)
Der andere Tod (21667)
Neunerlei (21326)
Herbstvergessene (21540)
Die fremde Tochter (eBook 41659)
Der Apfelsammler (21679)
Das Nachtfräuleinspiel (26199)

FSC
www.fsc.org
MIX
Papier aus verantwortungsvollen Quellen
FSC® C019821

Ungekürzte Ausgabe 2018

Umschlaggestaltung: Wildes Blut, Atelier für Gestaltung, Stephanie Weischer unter Verwendung von Fotos aus dem Privatbesitz der Autorin und Trevillion Images
Lektorat: Beate Schäfer
Seite 5: Auszug aus dem Gedicht ›Der Rabe‹ von Edgar Allan Poe. Aus dem Amerikanischen von Hans Wollschläger.

Satz: Greiner & Reichel, Köln
Gesetzt aus der Adobe Garamond 10,9/14,45˙
Druck und Bindung: Druckerei C.H.Beck, Nördlingen
Gedruckt auf säurefreiem, chlorfrei gebleichtem Papier
Printed in Germany · ISBN 978-3-423-21753-8

Und der Rabe rührt' sich nimmer,
sitzt noch immer, sitzt noch immer
auf der bleichen Pallas-Büste
überm Türsims wie vorher;
und in seinen Augenhöhlen
eines Dämons Träume schwelen,
und das Licht wirft seinen scheelen Schatten
auf den Estrich schwer;
und es hebt sich aus dem Schatten
auf dem Estrich dumpf und schwer
meine Seele – nimmermehr.

E. A. Poe, Der Rabe

»Man kann nicht einfach frei sein.«
Rita Albers, Villa Baviera, Chile

Für meine Tochter Marlene,
die mich auf der Reise
nach Chile begleitet hat

Die Handlung und die Personen dieses Romans sind frei erfunden. Dabei beruht das Geschilderte auf wahren Ereignissen, über die der historische Überblick und das Quellenverzeichnis im Anhang Aufschluss geben.

RUTH. Lange Zeit habe ich geglaubt, dass Erich an allem schuld war. Dass all das ohne ihn niemals geschehen wäre. Ich habe meinen Hass auf ihn genährt, und erst jetzt, da ich kurz vor meiner großen Reise stehe, frage ich mich manchmal, ob nicht auch er ein Opfer war. Wie Christa und all die anderen, die wie die Lemminge auf den Abgrund zusteuerten. Obwohl es mir schwerfällt, die mit den Knüppeln als Opfer zu sehen.

In diesen Nächten, wenn die Erinnerungen mich nicht schlafen lassen, schleicht sich noch ein anderer Gedanke in meinen Kopf, einer, der noch viel unangenehmer ist und den ich gern sofort wieder loswerden würde: dass es in Wirklichkeit meine Schuld war. Wenn ich in jenem Sommer nicht auf Erichs Einladung eingegangen wäre, wenn ich nicht zu den Freikirchlern gegangen wäre, wenn ich Christa gegenüber von Anfang an offen gewesen wäre, ja wenn … Doch das Allerschlimmste war der Verrat. Mein Verrat an ihr und die Tatsache, dass ich ihr einfach nicht die Wahrheit gesagt habe damals. Denn vielleicht hätte die Wahrheit ja alles verändert.

Und Anne weiß noch immer von nichts. Wenn ich sie ansehe, dann steht auf ihrem Gesicht ein großes Fragezeichen. *Warum willst du dorthin, ans andere Ende der Welt? Warum musst du so dringend jemanden wiedersehen, den du vor fünfzig Jahren das letzte Mal gesehen hast?* Noch dazu, wo dieser Mensch vielleicht sogar bald nach Deutschland kommen wird? Ich kann es ihr nicht verdenken, dass sie mich für eine starrköpfige alte Frau hält, eine von der Sorte, die sich plötzlich in einen völlig abwegigen Gedanken hineingebohrt hat, in eine Idee, die für niemanden nachvollziehbar ist. Aber Anne weiß ja von nichts. Und deswegen kann sie auch nicht begreifen, dass ich einfach nicht mehr warten kann. Ich muss dorthin, muss nach Südamerika, muss ihr zuvorkommen. Es ist mir unangenehm, dass Anne mich für starrköpfig hält. Aber ich lasse sie in dem Glauben. Soll sie ruhig denken, dass ich die Strapazen dieser Reise um einer alten Freundschaft willen auf mich nehme, oder meinetwegen auch, weil es mir um Aufarbeitung geht. Allein bei dem Wort werde ich schon rot. Dieser ganze Befindlichkeitskrempel. *Und am Ende darf jeder ganz ehrlich sagen, was er dabei empfindet!* Ja, das glauben heute alle: dass man die Vergangenheit nur hinter sich lassen kann, wenn sie *ausgesprochen* wurde. Ein für alle Mal der Welt präsentiert, am besten vor laufender Kamera. Als ob durch die Quatscherei irgendeine Art von Gerechtigkeit hergestellt oder eine Wiedergutmachung erfolgen kann! Wie soll das gehen? Was soll das helfen? Wo die Täter längst tot oder uralt sind. Und die Verletzten so tief verletzt, dass es nie wieder gut werden kann. Er hat ihnen ihr Leben gestohlen, es ist weg! Man kann es ihnen nicht zurückgeben. Warum also diese Jahre wieder herauszerren und die Scheinwerfer darauf richten? Ich glaube nicht, dass die Welt je wird begreifen können, was dort geschehen ist. Und so wird vielleicht Anne auch nie erfahren, warum es mich in Wirklichkeit dorthin treibt. Was ich getan habe.

TEIL I

BREIT AUS
DIE FLÜGEL BEIDE

Der Tag, an dem Anne sie das erste Mal sah, war ein Sonnabend und sollte später als der heißeste Tag des Jahres 2010 in die Wetterchronik eingehen. Was insofern eine Rolle spielte, als sie sich durch die Hitze überhaupt erst kennenlernten. Durch die Hitze und ihre gerade überstandene Malaria Tertiana. Jedenfalls war Anne an diesem Nachmittag »auf Totengang« unterwegs. Um Abschied zu nehmen von Maximilian, der in diesem Rekordsommer im Teufelsmoor an Unterkühlung gestorben war.

Als die Hiobsbotschaft sie erreicht hatte, war Anne gerade auf einer Forschungsstation im Kongo gewesen, und ob es nun mit dieser Nachricht zusammenhing oder nicht: Am Nachmittag desselben Tages hatte sie Schüttelfrost bekommen, sich dann die Seele aus dem Leib gewürgt und am Ende dermaßen geschwitzt, dass sie in ihrem eigenen Schweiß hätte davontreiben können. Was folgte, waren Tage im Vakuum, die auch im Nachhinein nicht gefüllt werden konnten. Die Zeit war für immer verloren in einem Fiebertraum, in dem die Nachricht von Maximilians Tod umherwaberte und verschmolz mit den Lauten des Urwalds, den Rufen der Bonobos und den Erinnerungen an die Raben, die nun, im Lichte der Ereignisse, etwas Dunkles, Unheilvolles an sich hatten. Später dann dachte sie, dass – so seltsam es auch klingen mochte – die Malaria sie davor bewahrt hatte zu sterben, einfach so, nach dem Anruf ihrer Mutter.

»Maximilian ist tot«, hatte Ruth ohne viel Federlesens gesagt. Er sei im Moor umgekommen, beim Beobachten der Raben. Ruth war schon immer der Meinung gewesen, die Dinge verbesserten sich nicht, nur weil man drum herumredete. Anne jedoch hatte in dem Moment nur denken können, dass das alles gar nicht sein konnte. Sie hatte doch noch mit ihm telefoniert, während er auf dem Weg zu seinem Unterstand war. Dann fiel ihr etwas anderes ein: Sie musste die Letzte gewesen sein, mit der er gesprochen hatte. Unmittelbar danach war die Malaria gekommen und hatte einen Kokon des Vergessens um sie gesponnen, in dem nichts mehr zählte als der Körper, der gebeutelt wurde von immer neuen Schüttelfrostattacken und Fieberschüben.

Wie im Fieber fühlte sie sich auch heute, was aber an der Hitze lag, die sich schon jetzt, am Vormittag, zwischen den Heidesträuchern festgesetzt hatte. Auch war sie insgesamt noch recht klapprig auf den Beinen, und weil der Weg weit war und man nicht anders an das Moor herankam, war sie mit dem Rad unterwegs. Von der Striezelbrücke aus warf sie einen sehnsüchtigen Blick ins Wasser, das, wie sie wusste, auch im heißesten Sommer so kalt blieb, dass man nach einer Weile das Gefühl hatte, in einer Gefriertruhe zu stehen. Eine Vorstellung, die ihr im Moment durchaus reizvoll erschien.

Auf der anderen Seite bog sie links ab und folgte dem Weg am Fluss entlang. Zu Beginn hatte sie noch recht flott in die Pedale getreten, doch als nun das Alte Gut auftauchte, endete die Fahrbahnbefestigung und Anne blieb mit den Reifen im feinen weißen Sand stecken. Möllersand, so hatte Annes Oma Käthe den immer genannt. Sie stieg vom Rad und blickte die Allee entlang, die direkt auf das Backsteingebäude zuführte. Schön, dachte sie, und konzentrierte sich ganz auf das Grün der

Linden vor der roten Ziegelfassade. Jeder Gedanke, der nichts mit Maximilian zu tun hatte, war ihr willkommen. Sie zwang sich, das Haus genau anzusehen: die weißen Sprossenfenster, die Freitreppe, die zu der schweren schwarzen Eingangstür führte, das Rosenspalier. Seit sie als Kind hier am Flussufer entlanggestrichen war, hatte das Haus so ausgesehen, hatte still und unberührt dort gestanden, wie immun gegen den Fortgang der Zeit. Einmal, vor Jahren, hatte Ruth etwas von Erbstreitigkeiten erzählt, ein Familienzwist, der den Verkauf des Anwesens unmöglich machte. Wie lange konnte sich so etwas hinziehen?

In dem Moment hörte Anne ein Kind rufen. Sie drehte sich um, sah den Weg auf und ab, konnte aber niemanden entdecken und begriff, dass die Stimme von dem Grundstück kommen musste. Hatten Kinder das Gelände als Abenteuerspielplatz für sich entdeckt, so wie sie früher, wenn sie in den Ferien bei ihrer Großmutter zu Besuch gewesen war? Sie ging weiter, vorüber am Gutshaus, und warf einen Blick auf das Verwalterhäuschen, das ein Stück vom Haupthaus entfernt nach hinten versetzt lag.

Da erst bemerkte sie die Veränderung.

Wo früher nichts als Wiese gewesen war, blühten nun Phlox und Fingerhut und gelbe Rosen, während im anderen Teil Tomaten und Stangenbohnen ganz offensichtlich prächtig gediehen. Auch das Häuschen, das früher vernachlässigt gewirkt hatte, sah nun anders aus: Haustür und Fensterläden leuchteten in warmem Gelb und auf der Wäscheleine hing weiße Bettwäsche. Einen Augenblick lang glaubte Anne, sie sei ins Werbefernsehen geraten, so schön und makellos war das Bild, das sich ihr präsentierte. Und um alles noch ein bisschen unwirklicher zu machen, hörte sie plötzlich wieder die Kinderstimmen, ein Rufen: »Alma, Alma!«, und dann bogen zwei kleine Mädchen in geblümten Sommerkleidern um die Hausecke. Ihre dunklen Zöpfe flatterten im Lauf, die Größere von beiden reckte eine rote Plastikschaufel in die Höhe, die die andere wohl unbedingt haben wollte. Anne musste lächeln und einen kurzen Moment lang vergaß sie sogar, warum sie hier unterwegs war, und dachte daran, was das für ein wunderbarer Ort für eine Familie war. Gebannt sah Anne den beiden Mädchen nach, wie sie über die Wiese rasten, bis die Ältere, offenbar Alma, in den Sandkasten sprang und die Schaufel fallen ließ. Triumphierend stürzte sich die Kleine darauf und umklammerte die Schaufel mit beiden Händen, als befürchte sie, dass die andere ihr die wertvolle Beute gleich wieder wegschnappen würde.

Anne blieb noch eine Weile stehen und sah ihnen zu, wie sie im hellgelben Sand saßen. Die Kleine begann sofort mit Kuchenbacken, die Ältere ließ Sand durch ihre Finger rieseln. Anne konnte den Blick nicht von ihnen nehmen, bis die Flügeltür zur Terrasse aufschwang und eine blond gelockte Frau in einem wadenlangen Rock herauskam, einen Wäschekorb im Arm. Sie stutzte, als sie Anne entdeckte. Anne lächelte ihr zu und rief einen Gruß. Peinlich, dachte sie, wie muss das aussehen? Eine neugierige Tante, die sich vor lauter Gucken nicht einkriegt. Die Frau erwiderte Annes Nicken knapp und begann die Laken von der Leine zu nehmen.

Erst später verstand Anne, was sie am Anblick dieser Kinder und auch der Frau so berührt hatte: Es war geradeso gewesen, als hätte sie durch ein Fenster in die Vergangenheit geschaut, in eine Zeit, in der sie selbst auf Fotos mit gezacktem Rand zu sehen war, im Album ihrer Großmutter.

Während Anne weiter durch den Sand pflügte, zweifelte sie daran, ob es so clever gewesen war, das Rad mitzunehmen. Sie hatte vergessen gehabt, wie diese Heidewege waren. Am Ende stellte sie das Rad einfach am Wegrand ab und ging zu Fuß weiter, die Rose für Maximilian in der schwitzigen Hand.

Nach einer halben Stunde verfluchte sie ihren Eigensinn. Warum hatte sie das unbedingt heute machen müssen, bei vierzig Grad im Schatten! Eine Schnapsidee, aber so war sie nun mal. Schon immer hatte sie die Beschränkungen, die der Körper ihr auferlegte, nicht akzeptieren wollen. Wenn sie nur an die Nächte dachte, in denen sie ihre Doktorarbeit geschrieben hatte: literweise Kaffee, den sie am Ende hatte runterwürgen müssen. Oder an ihre Forschungsreisen in den Kongo, wo sie sich noch jedes einzelne Mal mit Malaria infiziert hatte, was sie jedoch nie davon abgehalten hatte, wieder und wieder dorthin zu reisen, um ihr Bonobo-Projekt durchzuführen. Und das war auch etwas gewesen, das Maximilian und sie gemeinsam hatten: das Hinausschieben der eigenen Grenzen, der Versuch, sie zu sprengen. Und nun war Maximilian tot, letztlich gerade aus diesem Grund.

Die Stille auf dem Moor war bedrückend und die Hitze der in einem Backofen nicht unähnlich. Irgendwann lichtete sich der Bewuchs, die Bäume wurden spärlicher und Anne schleppte sich von Schatteninsel zu Schatteninsel, wo sie jedoch nie länger stehen bleiben konnte, weil die Gnitzen im Schatten deutlich angriffslustiger waren als in der prallen Sonne. Sie konnte es sich also aussuchen: entweder von einem Hitzschlag niedergestreckt zu werden oder als quaddelübersätes Monster zurückzukehren. Wobei sie da in der letzten Nacht ja auch schon einiges abbekommen hatte. Sie musste an Hermann Löns denken, der als Dichter und wegen seiner politischen Einstellung zwar umstritten, als Naturkenner aber herausragend gewesen war. Löns war vor nichts zurückgeschreckt, auch nicht davor, sich bei seinen Beobachtungen bis zum Hals im Schlamm zu versenken.

Es dauerte etwa zwei Stunden, bis Anne sich eingestehen

musste, dass sie die Stelle nicht finden würde. Die Rose in ihrer Hand ließ den Kopf hängen und auch sie selbst fühlte sich inzwischen ziemlich dehydriert. Noch einmal holte sie die topografische Karte aus der Tasche. Ihrer Meinung nach war sie in der richtigen Richtung unterwegs, wobei die Informationen, die sie von der Feuerwehr bekommen hatte, nicht allzu präzise gewesen waren. Schließlich war man hier nicht erpicht darauf, noch eine Leiche aus dem Moor zu bergen.

Am Ende gab sie auf. »So scheitert der Kongoforscher an der Heide«, fluchte sie mit zusammengebissenen Zähnen vor sich hin und nahm den letzten Schluck aus ihrer Wasserflasche. Sie hatte das Teufelsmoor unterschätzt. Außerdem hatte sie angenommen, deutlichere Spuren der Rettungsaktion zu entdecken. Wahrscheinlich war der Leichnam per Helikopter geborgen worden. Wie sonst hätte das gehen sollen, wo kein befahrbarer Weg näher als ein paar Kilometer an das Moor heranführte?

Der Gang zurück wurde zur Tortur. Sie hatte nun wieder Kopfschmerzen, und als sie das Moor endlich hinter sich gelassen und ihr Rad erreicht hatte, kam auch diese fiebrige Zittrigkeit zurück, die sie längst überwunden geglaubt hatte.

Glücklicherweise war da schon der Zufahrtsweg zum Alten Gut. Ab dort würde sie wieder radeln können. Schwerer und schwerer wurden ihre Schritte. Auf einmal hatte sie das Gefühl, sich hinlegen zu müssen, hier und jetzt. Sie ließ das Rad an eine Birke sinken, holte ein Stofftaschentuch aus ihrer Hosentasche und wischte sich den Schweiß vom Gesicht. Sie brauchte ganz dringend frische Luft. Sie atmete ein und wieder aus. Ein und aus. Aber die Luft war nicht frisch, ganz und gar nicht, sie war stickig und heiß. Auf einmal fühlte Anne, wie ein Taumel sie erfasste, sie sah nur noch weiße Watte, griff nach dem Zaun und sank langsam zu Boden.

RUTH. Er hieß also Erich, und als ich ihn das erste Mal sah, hantierte er mit irgendwelchen Stangen und einer Zeltplane. Ich bemerkte ihn von Weitem, über den Fluss hinweg, und er fiel mir wohl deshalb auf, weil er fast einen ganzen Kopf größer war als die anderen und als Einziger kein Hemd trug. Die Striezel war nicht besonders breit, an manchen Stellen wirkte sie wie ein zu groß geratener Bach, aber für uns Dorfkinder war sie die einzige Abkühlung inmitten einer Landschaft aus Heide und Moor.

Auf jeden Fall war der 16. Juli 1959 ein Donnerstag. Ich weiß das deshalb so genau, weil die Sommerferien immer an einem Donnerstag begannen, was diesen Tag zu etwas Besonderem machte. Nie raschelte der Sommerwind in den Birken geheimnisvoller, nie duftete das Geißblatt süßer als am ersten Tag der großen Ferien. Und obgleich schon dieser erste Tag mit Kartoffelkäfersammeln begonnen hatte, fühlte ich das Versprechen der unbeschriebenen Tage, die vor uns lagen.

Ostern hatte für Christa und mich das letzte Schuljahr im Auguste-Viktoria-Gymnasium begonnen. Doch anders als Christa hatte ich seit April nichts getan, als zu pauken, wohingegen sie sich wie ein typischer Backfisch verhielt – sich in Tagträumen verfing und im Zug scheue Blicke mit den Jungen tauschte. Allerdings hatte auch ich langsam die Nase voll vom Lernen, und so würde ich nach dem Abitur nicht studieren, obwohl meine Mutter alles dafür getan hätte, um mir ein Studium zu ermöglichen. Auch wenn sich das im Rückblick als ein kurzsichtiger Wunsch herausstellte, damals erschien mir nichts attraktiver, als so schnell wie möglich eigenes Geld zu verdienen und von hier fortzukommen, fort aus dem winzigen Heidedorf, aus der Beschränkung und Engstirnigkeit, die so ein kleiner Ort zwangsläufig mit sich bringt. Im nächsten Frühjahr würde ich weggehen, in den Harz, und dort eine Ausbildung zur Biologisch-technischen Assistentin machen. Christa wollte mich begleiten, was aber weniger ihrem Interesse für diesen Beruf entsprang als dem Wunsch, in meiner Nähe zu sein. Mir zuliebe hatte sie in diesem Jahr sogar auf ihren alljährlich anstehenden Ferienbesuch bei ihrer Berliner Cousine verzichtet.

Noch heute erinnere ich mich an diesen Sommer in einer fast scharfkantigen Klarheit: An die gebeugten Rücken, die sengende Sonne, die von einem erbarmungslos blauen Himmel knallte und uns den Schweiß aus allen Poren trieb. An den Strohhut, unter dem sich die Hitze staute wie in einem Treibhaus. An die Kartoffelkäfer mit ihren harten Panzern und Beinen, die träge über meine Fingerkuppen kratzten. Und an die Larven, die sich glibberig anfühlten und unsere Hände gelb färbten.

Seit Wochen lastete die Hitze wie eine bleierne Glocke über der Landschaft, und als das Licht gegen Mittag einen schmutzig gelben Ton annahm, dachte ich für einen kurzen Moment, dass diese Glocke sich nun auf uns herabsenken und uns alle ersticken würde. Dann aber verzogen sich die Schwefelwolken und die Sonne kam wieder hervor, heißer und gnadenloser als zuvor. Als wenig später der kleine Hans einfach so umkippte, entließ Bauer Schlüpke uns an diesem Tag zwei Stunden früher als sonst.

Auf direktem Wege liefen Christa und ich nun zu unserer Badestelle an der Striezelbrücke, und wie immer trottete Hans uns in einiger Entfernung hinterher. »Der lütte Hans« war der Nachbarsjunge, der in der Baracke neben unserer wohnte. Er war wie ein kleiner Bruder für mich und sah das selbst wohl auch so. Und wie das mit kleinen Brüdern so ist, wollte ich ihn nicht überall dabeihaben, doch meist klebte er wie eine Klette an mir. An mir und an Christa.

Unsere Schritte fühlten sich schwer an, als wir die Brücke erreichten, eine verwitterte Holzbrücke, die wir zu unserem

Sprungturm auserkoren hatten. Doch als wir kurz darauf ins Wasser sprangen – wie immer ohne uns vorher abzukühlen – und prustend wieder auftauchten, war all unsere Müdigkeit mit einem Schlag verflogen. Nach einer Weile hatte ich genug, kletterte wieder auf die Brücke und legte mich auf das sonnendurchwärmte Holz, das nach Sommer und Sonne und Freiheit duftete. Ich blinzelte und unter meinen halb geschlossenen Lidern sah ich Hänschen, der auf der anderen Seite der Brücke saß und eine selbst gebastelte Angel ins Wasser hielt. Ich grinste matt. Hänschen hatte sein Lebtag lang noch keinen Fisch gefangen. Aber darauf kam es ihm wohl auch gar nicht an. Unter mir plantschte Christa im Wasser und ich wusste, dass sie gleich versuchen würde, mich nass zu spritzen. Wie immer wunderte ich mich über sie. Wie konnte meine Freundin, die doch um vieles zarter schien als ich, so völlig unempfindlich sein gegenüber der Kälte, die der Fluss auch jetzt, im Hochsommer, noch speicherte. Eine Weile lang döste ich vor mich hin und lauschte den vereinzelten Rufen der Männer, die drüben am anderen Ufer mit den Zeltstangen hantierten. Als ich das leise Vibrieren von Christas Schritten auf der Brücke spürte, murmelte ich: »Was die da drüben wohl für Zelte hinstellen?«, und betrachtete träge das orangerote Muster, das die Sonne auf meine geschlossenen Lider malte.

»Die sind für unsere Kirchenfreizeit«, antwortete eine mir unbekannte Stimme. Ich fuhr hoch, verschränkte die Arme vor der Brust und sah in die Augen des blonden Hünen, den ich eben noch auf der anderen Seite beobachtet hatte. Inzwischen hatte er sich allerdings ein Hemd übergezogen.

»So …«, sagte ich gedehnt und versuchte mir meine Überraschung nicht allzu sehr anmerken zu lassen. Stattdessen meinte ich betont keck: »Und von welcher Kirche, wenn ich fragen darf?«

»Von verschiedenen Freikirchen«, antwortete er. Ich muss ihn daraufhin verständnislos angeglotzt haben, denn er lächelte auf einmal ziemlich breit und fügte erklärend hinzu: »Adventisten, Pfingstler, Baptisten und andere … dorthin kommen Christen, die Gott begegnen wollen. Menschen, die nach dem rechten Weg suchen.«

»Und Sie suchen mit?«

»Jetzt nicht mehr«, antwortete er, ohne auf meinen scherzhaften Tonfall einzugehen.

In dem Moment betrat Christa die Brücke und ich löste meinen Blick aus dem des Fremden. Ich sah Christa näher kommen, eine Silhouette im Nachmittagslicht, und auch der Fremde drehte sich zu ihr um. Kurz darauf stand sie direkt vor uns und ich bemerkte das Wasser, das wie Glas gewordenes Licht von Christas Schultern perlte. Ein kurzes Schweigen entstand, und um es zu brechen, sagte ich: »Ich heiße Ruth.«

Der Mann lächelte wieder. »Ruth … *die Freundin*. Die, die in Tagen des Verfalls gottesfürchtig bleibt …«

Aus dem Konfirmandenunterricht erinnerte ich mich vage daran, dass es so etwas wie ein Buch Ruth gab, darauf musste er wohl anspielen. Ich nickte möglichst allwissend, und um das Bibelthema schnell wieder loszuwerden, deutete ich vage in Christas Richtung und sagte: »Und das ist …«

»Christa Bellstedt«, fiel Christa mir ins Wort und ich sah, wie sie den Mann regelrecht anstarrte. Sie schien überhaupt nichts anderes mehr wahrzunehmen als ihn. Er reichte uns die Hand, zunächst Christa und dann mir. »Ich bin Erich«, sagte er, und erst da, während er seine Hand eine Spur zu lange in meiner liegen ließ, erst in diesem Moment verstand ich, was Christa gesehen hatte: Ich bemerkte sein dichtes, blondes Haar, das ihm in einem kühnen Schwung in die Stirn fiel. Sah das kantige Kinn und wie das blasse Blau seines Hemdkragens sich an seinen braunen Hals schmiegte.

Im Augenwinkel registrierte ich, wie Christa sich abrupt bückte und nach ihrem Handtuch griff. Der Mann, der Erich hieß, löste seine Hand aus meiner.

»Tja …«, sagte er, »dann will ich auch mal ins Wasser … diese Hitze!«

»Ja«, antwortete ich und versuchte Christas Blick einzufangen, doch sie hatte sich abgewandt. Mit energischen Bewegungen rubbelte sie sich die Arme trocken und zog rasch ihr Kleid über den nassen Badeanzug. Sie schien es auf einmal sehr eilig zu haben.

Der Mann hatte sich schon ein paar Schritte entfernt, als er sich noch einmal umdrehte.

»Ach, Ruth und Christa …«

Ich sah, wie Christa in ihrer Bewegung innehielt.

»Wenn ihr am Samstag Zeit habt, dann kommt doch vorbei. Wir beten zusammen, machen Musik und Spiele … und verhungern sollt ihr auch nicht!«

Wieder suchte ich den Blick von Christa, die mir immer noch auswich. Ich dachte daran, dass ich vormittags wieder Kartoffelkäfer sammeln und später die Wäsche machen und fürs Abitur büffeln musste. Und doch antwortete ich, ohne zu zögern: »Vielen Dank für die Einladung. Wir kommen gerne.«

Februar 1961. Amerigo Vespucci, wenn das nicht nach weiter Welt klingt! Da steh ich an Deck, eingequetscht zwischen den anderen Passagieren. Ein bisschen Angst hab ich, dass das Schiff umkippen könnte, wo doch alle auf der einen Seite herumstehen. Aber jetzt legt es ab und es ist, als würden sie davongleiten, die Winker am Kai. Ein Gewimmel aus Händen ist das, auf der Stelle flatternde Vögel! Für mich winkt keiner. Aber wer hätte das auch sein sollen, schließlich ist das Genua und niemand kennt mich hier. Anderer-

seits hätte es auch nichts geändert, wenn ich von Hamburg abgefahren wäre. Denn es wäre doch niemand gekommen, um mich zu verabschieden. Wenn du das tust, wenn du mit denen gehst, bist du die längste Zeit meine Tochter gewesen.

Der Wind zerrt an meinem Haar und ich trete hinter das Rettungsboot, wo ich mir das Kopftuch zurechtbinde. Dann geh ich wieder an die Reling, halte mein Gesicht in den Wind und schau nach vorn. So wie ich das von nun an immer tun werde! Ich beuge mich vor, um das Gefühl noch ein bisschen stärker werden zu lassen. Das alte Leben liegt hinter mir. Ich habe mit allem gebrochen. Einen Moment lang verschlägt mir dieser Gedanke den Atem. Doch gleich darauf steigt eine überschäumende Freude in mir auf und ich möchte die Arme nach oben reißen und es allen zurufen: dass ich die Liebe meines Lebens gefunden habe! Dort, am Ende der Welt, werde ich recht bald meinen geliebten Mann wiedersehen und wir werden endlich wieder alle zusammen sein. Wie ist es möglich, dass das Leben auf einmal so viel Glück für mich bereithält, nach dieser schweren Zeit? Und so muss und will ich nun alles dafür tun, es Gott zu danken und ihm ein Wohlgefallen zu sein.

Nein, leicht haben wir es nicht immer gehabt, in diesen letzten eineinhalb Jahren. Es gab Momente der Prüfung. Aber es ist, wie Onkel Paul sagt: Der Weg, der zum Leben führt, ist schmal und die Pforte eng. Drum werde ich auch alles dafür tun, den armen Menschen dort unten zu helfen, und mich ganz in die Gemeinschaft einbringen. Wenn ich nur an das Zeitungsfoto denke, das Magda mir gezeigt hat, von dem Erdbeben in Valdivia! Wer soll dort helfen, wenn nicht wir? Die vielen Toten. Tausende von Menschen sind bei dem Erdbeben umgekommen und so viele Überlebende haben noch immer kein Dach über dem Kopf. Vor allem um die Kinder will ich mich kümmern. Darum lerne ich, wann immer es geht, Spanisch. Außerdem bin ich ja nicht allein. Hier neben mir steht Magda und dort ist Resi mit den Kindern.

Gut, ja, Elfriede und Else sind auch dabei. Aber ich lass mir die Freude nicht verderben. Zumal Else, kaum dass sie das Schiff betreten hat, über der Kloschüssel hängt und sich die Seele aus dem Leib kotzt. Wie ich ihr das gönne! Mir ist bewusst, dass ich diesen sündigen Gedanken sofort nach der Schiffstour werde beichten müssen.

Aus weiter Ferne hörte Anne ein Tuscheln und Wispern und einen Moment lang fühlte sie sich wie im Elfenland. Dann öffnete sie die Augen und sah sie: Über ihr schwebten die Gesichter der beiden dunkel bezopften Mädchen und das Gesicht der blond gelockten Frau, die sie vorhin beim Wäscheabnehmen gesehen hatte. Alle drei sahen auf Anne herab und die Frau fühlte ihr den Puls.

»Was …«, nuschelte Anne, verstummte aber sofort, weil der Schwindel wieder stärker wurde.

»Kannst du aufstehen, wenn ich dich stütze?«

Anne nickte schwach. Sie rollte sich zur Seite und schaffte es irgendwie, sich mit Hilfe der Frau hochzustemmen. Wie ein schwankendes Schiff stand sie da und versuchte sich zu stabilisieren, während sie sich auf die Frau stützte. Langsam setzten sie sich in Bewegung, Schrittchen für Schrittchen.

Als sie ins Haus kamen, bugsierte die Frau sie auf ein Sofa, legte ihre Füße hoch und steckte ihr ein Kissen unter den Kopf. Anne blieb mit geschlossenen Augen liegen und verfluchte ihre Blödheit. Wie hatte sie bei dieser Hitze einen Zweistundenmarsch hinlegen können, so kurz nach einer auskurierten Malaria! Sie war noch ganz bei diesem Gedanken, als die Frau ihr ein großes Glas Wasser vor die Nase hielt.

»Trink das mal.«

Anne richtete sich halb auf und trank.

»Danke. Aber ich mach Ihnen Umstände.«

Die Frau entgegnete nichts, sondern betrachtete sie nur. Anne hatte nicht die leiseste Vorstellung, was die Frau wohl denken mochte. Auf ihrem Gesicht lag ein Ausdruck vollkommener Entspannung. Oder war es Reglosigkeit? Anne fiel in dem Moment absurderweise auf, dass das Gesicht dieser Frau aussah wie das einer Florentiner Madonna. Und dass es beinahe faltenfrei war. Noch nicht einmal Lachfältchen um die Augen hatte sie. Und doch schien die Frau nicht besonders jung zu sein. Aber vielleicht kam dieser Eindruck auch nur von den altbackenen Kleidern, in denen sie steckte.

»Bei dieser Hitze sollte man keine Fahrt ins Blaue unternehmen«, sagte die Frau jetzt und Anne ließ sich zurücksinken.

»Eine Fahrt ins Blaue … Das hatte ich nun wirklich nicht vorgehabt«, entgegnete sie matt. Sie glaubt also, ich hätte eine kleine Heidetour unternommen, bei gefühlten hundert Grad, dachte Anne und sah sich plötzlich mit den Augen der Frau: ihr erhitztes, sicher hochrotes Gesicht, das schweißverklebte Haar. Sollte Anne ihr sagen, was sie wirklich auf dem Moor gesucht hatte? Die Tatsache, dass sie hier auf diesem fremden Sofa lag und aus dem Glas dieser fremden Frau trank, gab Anne das Gefühl, irgendetwas erklären zu müssen. Und so sagte sie stockend: »Sie haben doch sicher von dem Mann gehört, der vor ein paar Wochen im Teufelsmoor umgekommen ist.«

Die Frau nickte, antwortete aber nicht darauf, sondern wandte sich stattdessen den Kindern zu und sagte: »Es ist Zeit für eure Musikstunde.«

»Dürfen wir nicht noch ein bisschen hierbleiben?«

»Es ist schon gleich sechs. Geht nach hinten und übt.«

Ohne ein weiteres Wort trabten die Kinder davon. Als wenig später Tonleitergefiedel durch die offene Tür klang, sagte Anne: »Er war mein Lebensgefährte. Ich wollte die Stelle suchen, wo er gestorben ist.«

Die Frau hielt Anne noch einmal das Glas hin. Als Anne schon nicht mehr damit rechnete, dass die Frau etwas darauf antworten würde, sagte die unvermittelt: »Der Rabenmann.«

Überrascht sah Anne zu ihr auf. »Sie kannten ihn?«

»Ja«, sagte sie schlicht. Und dann fügte sie völlig übergangslos hinzu: »Du musst etwas essen.« Sie drehte sich abrupt um und verschwand in der Küche. Anne sah ihr hinterher und trank das restliche Wasser aus. Dann nahm sie die Gelegenheit wahr, sich im Raum umzusehen. Die Möbel waren schlicht, nichts Überflüssiges stand herum. Ein Esstisch und vier Stühle aus Kiefer, eine Anrichte. Das Sofa, auf dem sie saß. Ein Röhrenfernseher, nicht besonders groß. Ein Bücherregal. An den Wänden hing ein einziges Bild, irgendwelche rötlichen Berge, Genaueres konnte Anne aus der Entfernung nicht erkennen. Der Raum war völlig gesichtslos, man hätte denken können, es handele sich um eine Ferienwohnung.

Das Gefiedel, das nun aus dem Hinterzimmer kam, hatte sich verändert. Die Aufwärmübungen hatten die Mädchen offensichtlich hinter sich gebracht und spielten jetzt erstaunlich gewandt. Geigenspiel – zumindest die Überei – hatte für Anne immer den Stempel der gequälten Seele. Zu gut erinnerte sie sich noch an die Jahre, in denen sie sich vergeblich abgemüht hatte, auch nur annähernd eine Melodie zustande zu bringen. Und so staunte sie nicht schlecht über diese Kinder, die vielleicht fünf und acht Jahre sein mochten. Sie lauschte noch immer ihrem leichten Spiel, als die Frau mit einem Tablett zurückkam. Als Anne sah, was darauf stand, rief sie überrascht: »Obstsuppe mit Grießklößchen? Ich wusste gar nicht, dass die noch einer kennt!«

Es war das erste Mal, dass Anne die Frau lächeln sah. Sie reichte ihr den Teller und Anne konnte nicht anders, als fasziniert daraufzustarren: auf die roten Backpflaumen und die Äpfel- und Birnenschnitze und die säuberlich arrangierten runden Klößchen.

»Sicher haben Sie das Rezept von Ihrer Oma!«

Plötzlich war das Lächeln verschwunden. Die Frau richtete sich auf, kerzengerade jetzt, und sagte nur: »Essen und Trinken hält Leib und Seele zusammen.«

Verwirrt wandte Anne den Blick ab und tauchte den Löffel in die Suppe. Und dann fiel ihr nichts anderes ein, als zu sagen: »Ich heiße übrigens Annemarie Westhoff. Aber alle nennen mich Anne.«

»Mein Name ist Renate«, entgegnete die Frau ein wenig steif und verschwand kurz darauf wieder in der Küche.

Während Anne die köstliche kalte Suppe in sich hineinlöffelte, verstärkte sich das verwirrende Gefühl von vorhin: die Frau im wadenlangen Rock mit der Lockenfrisur ihrer Großmutter, ihre seltsame Art zu sprechen, die nahezu perfekten Geigenklänge, die aus dem Nebenraum hereinwehten. Und die Obstsuppe, die Anne zuletzt vor über dreißig Jahren gegessen hatte.

Etwa um halb fünf kam der Mann. Anne hatte jemanden erwartet, der eine gewisse Ähnlichkeit mit den Mädchen aufweisen würde, die beide dunkelbraunes, fast schwarzes Haar hatten. Doch wie Renate war auch ihr Mann blond und genau wie Renate haftete auch ihm etwas Fremdartiges an, das Anne nicht recht begriff.

Er kam näher und Anne bemerkte, dass auf seinem Gesicht ein mildes Lächeln lag. »Na, das ist ja eine Überraschung: Da ist Besuch in der guten Stube!« Seine Stimme klang gut gelaunt und wie die seiner Frau auf eine altmodische Weise aufgeräumt.

Und plötzlich wusste Anne, woran die beiden sie erinnerten, nicht nur vom Aussehen her, nein, vom ganzen Habitus her: an die Heinz-Rühmann-Filme, die sie als Kind bei ihrer Oma hatte gucken dürfen. Jetzt streckte ihr der Mann mit einer zackigen Geste die Hand entgegen und sagte: »Ich bin Horst. Und wer bist du?«

Wieder dieses Du. Anne drückte kurz seine Hand, murmelte: »Anne heiß ich«, während sie darüber nachdachte, wie das alles hier zusammenpasste. Die Fünfziger-Jahre-Pfadfinderstimmung und das offenherzige Du, mit dem die beiden sie ganz zwanglos ansprachen.

Als Renate das Zimmer betrat, wälzte sich Anne vom Sofa. »So«, ächzte sie. »Jetzt bin ich Ihnen aber lange genug auf den Wecker gegangen. Ich werd dann mal.«

Renates große blaue Augen hefteten sich auf Anne.

»Horst fährt dich.«

»Das ist wirklich nicht nötig. Ich hab's nicht weit. Muss nur bis zur Sandstraße. Außerdem hab ich ja das Rad hier.«

Aber am Ende stieg Anne doch in den klapprigen Toyota, der in der Einfahrt parkte. Im Rückspiegel sah sie Renate, die mit wehendem Rock auf Annes Fahrrad saß und ihnen folgte. Als sich Anne am Ende der Sandstraße aus dem Wagen stemmte und Renate das Fahrrad an den Jägerzaun lehnte, bemerkte Anne, wie im Haus schräg gegenüber die Küchengardine ein Stück zur Seite geschoben wurde.

Etwas unbeholfen standen sie kurz darauf vor dem Jägerzaun, und als Anne erst Horst und dann Renate die Hand reichte, um sich noch einmal zu bedanken, sagte Renate unvermittelt: »Wenn du willst, zeig ich dir die Stelle im Moor.«

Anne winkte dem Toyota nach, wie er rückwärts aus der Sackgasse fuhr. Dann öffnete sie die Pforte, schob das Rad aufs Grundstück und betrachtete das kleine Haus. Die Baracke bei

Tageslicht, dachte sie. Gestern bei ihrer Ankunft war es schon dunkel gewesen, sie hatte nach der achtstündigen Fahrt nur ihre Tasche und den Schlafsack aus dem Auto genommen und sich, nach einem flüchtigen Blick ins Schlafzimmer, wo sich Maximilians Bücher und allerlei Ausrüstungsgegenstände türmten, gleich aufs Sofa gebettet. Sie hatte unruhig geschlafen und war spät aufgewacht, mit einem zerschlagenen Gefühl. Mit dem Kaffeepott in der Hand war sie dann ins Schlafzimmer gegangen und hatte sich aufs Bett gesetzt und die Sachen betrachtet, die Maximilian mitgebracht hatte: Gaskartuschen, Isomatten, Heringe, zwei Schlafsäcke. Als sie später das Haus verlassen hatte, war sie so auf ihr Vorhaben fixiert gewesen, dass sie nichts weiter wahrgenommen hatte als den Rosenbusch, von dem sie die einzelne Blüte für Maximilian geschnitten hatte.

Nun aber blickte sie sich um. Das Häuschen sah aus wie immer, wenn sie nach längerer Abwesenheit hierherkam: Im Vorgarten wuchsen Gras und Girsch um die Wette und zwischen den Steinplatten, die zum Haus führten, hatte sich Löwenzahn angesiedelt. Sie wusste nicht, was sie erwartet hatte, säckeweise Tierfutter? Oder einen Berg vergammeltes Freibankfleisch? Jedenfalls nicht diese träge Sonntagsidylle, die sie an ihre Großmutter und Kindheitstage denken ließen. Sie ließ den Blick über die dunkelbraune Holzwand schweifen, über die weißen Sprossenfenster und fragte sich wieder einmal, wer dem hübschen Häuschen eigentlich diesen absurden Namen verpasst haben mochte. Baracke? Anne fand, es erinnerte eher an ein Ferienidyll. Möglicherweise war es bei dem Ausdruck um eine Art Abgrenzung gegangen, dachte sie plötzlich. Weil das Häuschen nach dem Krieg für »die Flüchtlinge« gebaut worden war – und Flüchtlinge brachte man schließlich in Baracken unter.

Auch Maximilian war in gewissem Sinne ein Flüchtling gewesen. »In meinem Sabbatjahr werde ich all das tun, was ich schon immer habe tun wollen.« Einen Teil davon hatte er dann auch realisiert. Zum Beispiel die Raben in freier Wildbahn beobachtet, ganz in Ruhe, ohne den Druck irgendeines Projekts im Hintergrund. Eigentlich Luxus. Dabei hatte er ein verletztes Rabenkind gefunden, um das er sich dann gekümmert hatte. Und weil Raben gesellige Vögel sind und Maximilian nun mal so war, wie er war, hatte er gleich einen zweiten beschafft, eine Voliere für die Herrschaften gebaut und beide Vögel versorgt, denn Raben können, einmal an Menschen gewöhnt, in Freiheit nicht mehr ohne Weiteres überleben.

Sie stellte das Rad in den Schuppen und öffnete die Heckklappe ihres Landrover, hievte den Koffer von der Ladefläche und zog ihn hinter sich her über den holprigen Plattenweg. Und da entdeckte sie die Spur im Gras. Sie ließ den Koffer los. Maximilian war seit vier Wochen tot, aber diese Spur hier sah frisch aus, es war ein regelrechter Trampelpfad.

Langsam folgte sie der Bahn ums Haus herum. Still und verlassen lag die Voliere da, die eine Hälfte im Schatten unter der alten Kiefer. Wie zu erwarten gewesen war, standen die Käfigtüren weit offen. Auch innen schoss das Unkraut in die Höhe, war durch die Kiesschüttung gedrungen, die Maximilian aufgebracht hatte. Sie ging näher heran. Dort unter der Kiefer, um den Stamm herum aufgereiht, standen noch die Näpfe, es waren vier – zwei Wassernäpfe und zwei Fressnäpfe. In zwei von den Näpfen war tatsächlich Wasser. Wie merkwürdig, wo es doch wochenlang nicht mehr geregnet hatte.

RUTH. Wir waren beide Außenseiter: ich das Flüchtlingskind aus Ostpreußen, Christa die Tochter der Selbstmörderin. Und wenn ich an jenen heißen Samstag im Sommer 1959 zurückdenke, dann möchte ich nur eines: die Zeit zurückdrehen vor jenen Nachmittag, als Christa dort stand, in ihrem braunen Rock und der weißen Sonntagsbluse, am Rand der Wiese, auf Frau Bottkes Fahrrad gestützt, und ihren Blick suchend über den Platz schweifen ließ – über ein paar Frauen in Schürzenkleidern, die in riesigen Töpfen rührten; über ein Mädchen mit langen Zöpfen, das Handtücher von einer Leine nahm. Erich war nirgends zu sehen. So wie überhaupt kein einziger Mann zu sehen war. Dafür drang aus dem größten Zelt eine Stimme, die wohl zu einem Prediger gehörte. An meiner Hand zerrte Hans, den wir in letzter Minute hatten mitnehmen müssen und der nun sein Recht einforderte.

»Wir wollten doch zum Baden!«

Zu Hause hatte alles so weit funktioniert, wie ich mir das vorgestellt hatte. Vormittags hatte ich auf dem Feld gearbeitet, war dann schnurstracks nach Hause geradelt, hatte die Wäsche erledigt, so schnell ich konnte. Doch gerade als ich die Laken auf die Leine gehängt hatte, kam Erna Bottke, Hänschens Mutter, die inzwischen wieder schwanger war, aus dem Nachbarhaus gewatschelt, im Schlepptau Gisela und Jutta, Hänschens kleine Schwestern, die mich mit ihren Schwarzkirschenaugen ins Visier nahmen. Über den Zaun hinweg rief Frau Bottke: »Ach, nehmt doch das Hänschen mit zum Fluss!«

Christa und ich wechselten einen Blick und ich beeilte mich zu sagen: »Das ist doch ein bisschen weit für den Kleinen … bei der Hitze bis zum Fluss gehen.« Das Letzte, was wir an diesem Tag gebrauchen konnten, war ein kleiner Junge, der hinterher herumerzählte, wo wir gewesen waren.

Doch wie immer, wenn es darum ging, den Jungen aus dem Weg zu räumen, wusste Frau Bottke Rat: »Fahrt doch mit den Rädern! Ihr kriegt meinen Drahtesel dazu, dann könnt ihr Hans auf den Gepäckträger nehmen.«

Im Dorf galt Frau Bottke als nicht ganz hasenrein. Böse Zungen behaupteten, dass ihr Mann, Hänschens Vater, weder ihr Mann noch Hänschens Vater gewesen war. Sie hatte fünf Kinder, lebte von der Stütze und war neuerdings mit einem vierschrötigen Kerl namens Ernst Stuck zusammen, den ich im Verdacht hatte, dass er Hans und auch die anderen Kinder in mehr oder weniger regelmäßigen Abständen durchprügelte.

Eine ganze Weile standen wir unentschlossen am Rand des Zeltplatzes herum, und obwohl uns keiner beachtete, fühlte ich mich unwohl. Doch gerade als ich sagte: »Lass uns lieber gehen«, wurde die Plane des großen Zelts zur Seite geschlagen und die Gottesdienstgemeinde strömte heraus. Allen voran ging ein Mann, der, obwohl nicht besonders groß, irgendwie zupackend wirkte. Wie die anderen Männer trug auch er ein Hemd mit aufgekrempelten Ärmeln. Dicht hinter ihm ging Erich. Schnell schaute ich weg, schließlich wollte ich auf keinen Fall den Eindruck erwecken, als hätte ich hier nach ihm Ausschau gehalten. Stattdessen beugte ich mich zu Hänschen herunter und sagte irgendetwas Belangloses zu ihm. Als ich mich wieder aufrichtete, entdeckte ich zu meiner Überraschung noch zwei andere bekannte Gesichter: Berta Löwe, die wie meine Mutter im Grösitzer Sägewerk von Christas Vater arbeitete und auch aus Ostpreußen stammte, und ihre Tochter Magda. Gerade wollte ich den beiden zuwinken, da sagte jemand hinter mir: »Rote Haare, Sommersprossen sind des Teufels Volksgenossen.«

Ich fuhr herum. Da stand der zupackend aussehende Mann und grinste schief an mir vorbei. Das hatte mir gerade noch gefehlt, dass sich jemand – womöglich in Erichs Nähe – über mein Aussehen lustig machte! Verstohlen sah ich mich nach Erich um und fand ihn unmittelbar hinter uns, wie er Stühle an einen der langen Esstische rückte. Hatte er die Bemerkung über mein rotes Haar gehört? Christa kicherte, und als ich mich gerade über sie ärgern wollte, ging der Mann vor Hänschen in die Hocke, strubbelte ihm durch das Haar und ich begriff, dass gar nicht ich gemeint gewesen war, sondern Hans, der ganz nah an mich heranrückte.

»Na, na, das ist doch kein Grund, sich hinter der großen Schwester zu verkriechen«, sagte der Mann und lachte. »Ich bin Onkel Paul. Und wer bist du?«

»Hans«, piepste Hans und ich sah, dass Christa sich plötzlich sehr aufrecht hielt, so wie wir das bei ihr zu Hause immer geübt hatten, mit einem Buch auf dem Kopf. Und da bemerkte ich, dass jemand dicht an mich herangetreten war. Ich drehte mich um und da war Erich. Wie von ferne hörte ich Paul mit Hänschen sprechen, es ging ums Essen, ob er Hunger habe, etwas in der Art, doch alles rauschte an mir vorüber, und das Einzige, was ich in dem Moment wirklich wahrnahm, war Erichs blauer Blick und dass er wirklich ziemlich groß war. Dann war der Moment vorüber. Der Mann, der sich Onkel Paul nannte – mit vollem Namen hieß er Paul Schäfer, wie ich später erfuhr –, richtete sich wieder auf, sagte etwas, das ich nicht verstand, und als ich ihm einen Augenblick später direkt ins Gesicht sah, erschrak ich: Denn nur sein eines Auge blickte mich an, das andere sah an mir vorbei. Erst Sekunden später begriff ich, dass er ein Glasauge hatte.

Wieder an Hänschen gewandt, sagte er: »Na, dann komm mal mit. Wir wollen dir ja nicht beim Hungern zusehen.« Und dann ging der Mann an der Schlange vorbei, die sich vor der Essensausgabe gebildet hatte. Vorne angekommen, rief er den Frauen dort in scherzhaftem Ton zu: »He, ihr Essensweiber, gebt mal gleich 'ne doppelte Portion für meinen kleinen Freund hier«, und ich sah, wie Hänschen ganz rot wurde, diesmal vor Freude und Stolz.

»Wollt ihr auch was essen?«, fragte nun Erich und voller Genugtuung registrierte ich, dass ich es war, die er dabei länger anschaute.

»Wenn wir was kriegen?«, kam Christa mir mit der Antwort zuvor. Ihre Stimme klang ganz fremd.

»Eure Wünsche sind mir Befehl, edle Frolleins«, sagte Erich mit einer angedeuteten Verbeugung und stellte sich an der Essensausgabe an.

Ich sah ihm hinterher und auf einmal fiel mir ein, woran mich das Gesicht des Mannes, der Paul hieß, denken ließ. An dieses alte, unheimliche Kreuzigungsbild, das wir in Kunsterziehung durchgenommen hatten und das Christa »so scheußlich, pfui Teufel« gefunden hatte. Das Bild zeigte den dornengekrönten Jesus. Um ihn herum standen Männer. Und einer von ihnen sah aus wie Onkel Paul.

Wenn ich heute zurückdenke, glaube ich, dass es die Heimatlosigkeit war, die uns dort hineintrieb, in seine Arme. Wahrscheinlich hatte er einen siebten Sinn für die Gestrandeten, die Angstvollen und die Gottgefälligen, oder zumindest für die, die es sein wollten. Und so wurde er ihr Schäfer, im doppelten Sinne. Uns Ostpreußen jedenfalls saß die Flucht in den Knochen, Mutter und den Löwes und all den anderen. Noch immer, Jahre nach Kriegsende, waren wir »die Flüchtlinge«. Und auch wenn die Heidjer uns das nicht ständig spüren ließen, so fühlten wir es doch in jeder Zelle unseres Körpers. Für Christa galt das alles nicht, sie stammte aus einer der alten, angesehenen Heidjer Familien, aber wenn ich an ihre Mutter denke, schließt das Gefühl des Gestrandetseins auch sie mit ein.

Christas Mutter war in den Fluss gegangen. Das war jedenfalls der Satz, der jahrelang in meinem Kopf herumspukte, bevor Konstantin mir die ganze Wahrheit sagte. Als Kind hatte ich mir vorgestellt, wie sie im Wasser trieb, so ähnlich wie eine Nixe. Manchmal, wenn ich über die Striezelbrücke ging oder am Flussufer entlangstrich, starrte ich so lange ins Wasser, bis ich glaubte, zwischen dem Fischkraut ein Gesicht zu sehen, umrahmt von Haaren, die sich in der Strömung bewegten. Jedenfalls war Luise Bellstedt der Grund dafür, dass der Gutshof für mich von Anfang an mit einem Geheimnis umgeben war.

In Wirklichkeit hatte der Fluss nicht allzu viel mit ihrem Tod zu tun. In einer eisigen Winternacht ist sie hinausgegangen, mit einer Flasche Cognac und einer Schachtel Schlaftabletten. Sie hat sich ans Ufer gesetzt, die Flasche leer getrunken und die Tabletten geschluckt und ist dann eingeschlafen. Erst spät am nächsten Tag hat man sie vermisst. Christas Vater hatte die Nacht in Hamburg verbracht. Die Grösitzer erzählten, er sei bei seiner Geliebten gewesen, während seine Frau am Striezelufer langsam zu Eis gefror. Später dann, als ich im Gutshaus ein- und ausging, warf ich, wann immer ich Gelegenheit hatte, einen langen Blick auf das Gemälde über dem Wohnzimmerkamin. Und je älter Christa wurde, desto deutlicher trat die Ähnlichkeit zu ihrer Mutter hervor: das braune, leicht gewellte Haar, die klaren Züge, der umschattete Blick. Christa war drei Jahre alt gewesen, als ihre Mutter in die Winternacht hinausging, ihr Bruder Konstantin dreizehn.

Doch an diesem Nachmittag war Christa glücklich und auch Hänschen grinste zufrieden, während er den zweiten bis zum Rand gefüllten Teller Graupeneintopf verdrückte.

Nach dem Essen trat Onkel Paul an unseren Tisch, klopfte Hans auf den Rücken und zwinkerte ihm zu.

»Nach dem Essen sollst du ruhen oder …« Er zog die Augenbrauen hoch und sagte gedehnt: »… eine Runde Völkerball gefällig?«

Ich sah, dass Hans rot anlief, so viel freundliche Aufmerksamkeit von Erwachsenen war er nicht gewohnt. Zu Hause wurde er von seiner überforderten Mutter entweder nach draußen geschickt oder von seinem Stiefvater – wenn er denn einmal da war – mit einer Ohrfeige bedacht. Darum wunderte ich mich nicht, als er mir nun einen teils verunsicherten, teils hoffnungsvollen Blick zuwarf. Ich nickte ihm aufmunternd zu und sah den beiden hinterher: dem kleinen rothaarigen Jungen in seinen viel zu großen kurzen Hosen, die seine Mutter ihm aus einer alten Anzugshose zurechtgeschneidert hatte, und dem drahtigen Mann mit den hochgekrempelten Hemdsärmeln. Von Weitem beobachtete ich, wie sich eine ganze Schar Jungen um ihn herumdrängte und wie einer rief: »Onkel Paul, Onkel Paul!«, und ihm den Ball zuwarf. Ich weiß noch, wie sehr ich mich für Hänschen freute. In der Schule stand er immer ein bisschen am Rand und es war schon vorgekommen, dass ich mir den einen oder anderen Bengel vorgeknöpft hatte, der den Kleinen, meist wegen seines Rotschopfs, gar zu hartnäckig gefoppt hatte.

Ich war ganz in diesen Gedanken versunken, als ich Christa dicht neben mir lachen hörte. Verblüfft wandte ich mich um und sah gerade noch, wie Erich an ihrem Zopf zog. Irgendetwas war mir da wohl entgangen und ich konnte nicht umhin, mich über Christa zu ärgern: über ihre Kopfhaltung, die so anders war als sonst; über die zarte Röte, die auf ihren Wangen lag und sie geradezu bezaubernd aussehen ließ.

Die nächsten Stunden verbrachte ich mit Hoffen und Sehnen und kann heute nur den Kopf schütteln über so viel Dummheit. Auf jeden Fall sahen Christa und ich Erich an diesem Nachmittag nur noch aus der Ferne. Erich beim Ballspielen, die muskulösen Arme in die Höhe reckend. Erich beim Boxkampf. Erich mit nacktem Oberkörper im Fluss neben Onkel Paul, der Wasser auf die Köpfe der Bekehrten schöpfte. Auf einmal musste ich an die Bibel denken und an ein Bild, das Pastor Brehm uns einmal im Konfirmandenunterricht gezeigt hatte, von Johannes dem Täufer. Als ich eine der Frauen irgendwann nach der Uhrzeit fragte, erschrak ich, denn es war schon nach sieben und Punkt sieben gab es zu Hause Abendessen. Ich lief zu Hänschen, der ein Stück flussaufwärts mit den anderen Kindern am Ufer stand, bis zu den Knien im Wasser, und ein Borkenschiffchen fahren ließ.

»Hans! Wir müssen los!«

Er drehte sich um, nahm das Schiffchen aus dem Wasser und stapfte ans Ufer. Während er auf mich zukam, bemerkte ich, dass er ganz glücklich aussah. Auf seinem Gesicht lag ein Lächeln, das ich nur als selig bezeichnen kann, und die Erinnerung daran zerreißt mir noch heute das Herz.

»Hopp, lauf dir die Füße im Gras trocken!«, trieb ich ihn an und bückte mich nach seinen Socken und Schuhen. Als ich mich wieder aufrichtete, stand plötzlich Onkel Paul da und sagte: »Na, wie hat es euch nu bei uns gefallen, dir und deinem Bruder?«

Seitdem ich dabei zugesehen hatte, wie dieser Onkel Paul die Leute getauft hatte, erschien mir der Mann irgendwie größer, auch seine Stimme kam mir anders vor, gewichtiger. Hinter Pauls rechter Schulter, ein ganzes Stück entfernt, sah ich Christa, die am Zeltrand bei den Fahrrädern stand und auf mich wartete. Sie winkte, um mir zu bedeuten, ich solle mich beeilen. Daher war ich nicht ganz bei der Sache, während ich vor mich hin murmelte: »Er ist der Nachbarsjunge.«

»So? Und du kümmerst dich um ihn? Das ist ja löblich …«

Das Winken im Hintergrund hatte aufgehört. Zerstreut murmelte ich: »Wir nehmen ihn halt ab und zu mit«, und als ich nun wieder einen Blick an Paul vorbei tat, sah ich Erich bei Christa stehen.

»Na, wenn das so ist … Am Dienstag haben wir hier Bibelabend mit Lagerfeuer. Kommt doch auch, ihr beiden!«

Nun schaute ich Paul direkt an. »Das wird leider nicht gehen«, sagte ich und wusste nicht genau, in welches Auge ich blicken sollte. »Meine Mutter lässt mich nicht weg. Sie will nicht, dass ich abends spät unterwegs bin.«

Da lachte Paul laut auf. »Was ist wichtiger, dein Seelenheil oder die irrsinnigen Ängste deiner Mutter?«

Ich wollte ihm gerade sagen, dass meine Mutter eigentlich keine übertrieben besorgte Frau war, doch da zupfte Hänschen an den Sandalen in meiner Hand. Ich ließ sie los und Paul Schäfer fuhr fort: »Außerdem könnt ihr hier übernachten. In einem der Weiberzelte ist sicher noch ein Platz frei. Und für den Lütten findet sich auch ein Pöstchen.« An Hans gewandt sagte er: »Naa, du willst doch auch am Feuer sitzen und Kartoffelstöcke schnitzen?«

Und Hänschen nickte, eifrig und ehrfurchtsvoll, mit leuchtenden Augen.

»Na, dann abgemacht«, sagte Paul und klopfte Hans noch einmal auf die Schulter und ging davon.

Ich bückte mich und half Hans beim Einfädeln der Lasche, und als ich mich wieder aufrichtete, sah ich Christa immer noch mit Erich vor dem Zelt stehen.

»Wir müssen los«, rief ich ihr zu und bemühte mich, nicht allzu unfreundlich zu klingen.

Als wir wenig später nebeneinander in Richtung Dorf radelten, hörte ich Hänschen hinter mir auf dem Gepäckträger vor sich hin singen. »Wilde Gesellen, vom Sturmwind umweht«, so klang seine kleine Stimme durch den Abend. Ich freute mich, dass er so glücklich war, und wollte Christa gerade von dem bevorstehenden Bibelabend erzählen, als mich ihr Anblick verstummen ließ. Sie saß sehr aufrecht, trat ordentlich in die Pedale und der Wind wehte ihr die Strähnen, die sich aus ihrem Zopf gelöst hatten, aus dem Gesicht. Ihr Profil war wie gemeißelt, die klare Stirn, die vollen Lippen, das weiche Kinn – und in diesem Moment wurde mir klar, dass sie schön war. Nicht hübsch oder lieblich oder anziehend, wie die meisten Mädchen schon allein durch ihre Jugend sind, nein. Christa war schön, im klassischen Sinne. Und so wandte ich mich wieder dem Weg zu und schwieg.

Eine Woche ist vergangen und Else geht es immer noch nicht gut. Die Kotzeritis hat sie fest im Würgegriff. Wenn das nicht zum Lachen ist! Onkel Paul würde sie sicher fragen: »Naa, da scheint ja jemand ziemliche Macht über dich zu haben?« Jedenfalls habe nun ich die Aufsicht über die Kleinen. Weil Elfriedes Beine das nicht mitmachen. Ich glaube eher, sie meint ihre Nerven. Auf jeden Fall sind die Kinder froh darüber, dass weder Else noch Elfriede sie antreibt. Weil die so gar keinen Spaß mitmachen, sauertöpfisch, wie die sind. Auch frage ich mich manchmal, warum die Kinder eigentlich nicht bei ihren Müttern bleiben können, was für ein Schaden wäre das? Doch das behalte ich lieber für mich, schließlich will ich nicht wieder in Ungnade fallen. Wie bei der Sache mit dem Geld. Als ich unverrichteter Dinge aus Grösitz zurückkehrte, mit leeren Händen. Jedenfalls freut sich Resi, die Mutter von Traudel und Luise, bestimmt, wenn ich nun diejenige bin, die sich um die Lütten kümmert. Auch wenn sie das natürlich nicht laut sagt. Resi ist froh, wenn sie unauffällig mitmischen kann, ohne sich wieder mit Else herumschlagen zu müssen, da bin ich mir sicher.

Es fällt Resi so schwer, von ihren Kindern getrennt zu sein. Wer könnte das besser verstehen als ich! Manchmal denke ich, dass Resi auch deshalb meine Nähe sucht. Weil sie sich mit mir verbunden fühlt. Oder tröstet sie ganz einfach der Gedanke, dass da jemand ist, der es noch schwerer hat als sie? Aber genau wie ich wird auch Resi das einsehen. Schließlich geht es um den großen Plan, von dem wir ein Teil sind. Ab und zu denke ich sogar, dass es für die Kleinen ja nicht nur ein Nachteil sein muss. Denn vermisse ich etwa meine Mutter? Die Frau, die mich einfach im Stich gelassen hat? Früher vielleicht, als Kind, das schon. Da wusste ich es nicht besser und es hat mir auch keiner gesagt. Jetzt aber hat Onkel Paul mir die Augen geöffnet! Wie selbstsüchtig das von meiner Mutter war. Sich einfach so aus der Verantwortung zu stehlen! Und was sie dadurch für eine Schuld auf sich geladen hat. Wer Hand an sich legt, kann niemals ins Himmelreich gelangen. Ins Himmelreich gelangt nur der, der reinen Herzens ist. Und rein werden wir nur, indem wir alles Unreine rauslassen, sagt Onkel Paul. Und ich weiß, dass es so ist, hab ich es doch am eigenen Leib erfahren, damals im Wald. Als ich es das erste Mal spürte, wie es ist, ganz rein zu sein.

Leider ist Ruth diese Gnade nicht zuteilgeworden. Man kann wohl sagen, dass das der Anfang vom Ende war. Onkel Paul sagt, dass Ruth vom Satan sei und gesandt, mich vom rechten Wege abzubringen. Aber ich halte Ruth nicht wirklich für schlecht. Wie könnte ich auch! Zumal jetzt, wo ich so tief in ihrer Schuld stehe. Aber Onkel Paul weiß natürlich nicht, welches Opfer Ruth für mich gebracht hat. Das ist schon das Handeln eines rechten Christenmenschen. Drum tut mir der Gedanke auch weh, dass sie niemals ins Himmelreich kommen wird. Weil sie im Grunde doch trotzdem ein guter Mensch ist. Vielleicht hätte ich ihr in jener Nacht im Wald mehr beistehen müssen, das denke ich manchmal. Denn wenn es auch ihr gelungen wäre, in Seiner Sprache zu sprechen und so näher zu Ihm zu gelangen, dann wäre sie jetzt vielleicht hier an meiner Seite. Und so bete ich nun jeden Morgen und jeden Abend für sie. So wie ich auch für die anderen Seelen bete: für Vater und Konstantin, für meine Mutter. Und für Frau Bottke, mit ihrem schrecklichen Lebenswandel, in den sie den kleinen Hans schon fast hineingezogen hatte.

In der Baracke roch es stickig, nach Hitze und Staub. Während Anne alle Fenster aufriss, überlegte sie, wer hier wohl aufs Grundstück kam und Wasser in die Näpfe kippte und wozu er das tat. Denn die beiden Raben waren doch längst vom Tierschutzverein abgeholt worden, das hatte Anne in die Wege geleitet, am selben Tag, noch von Afrika aus, bevor sie in die Malaria-Versenkung gefallen war.

Maximilian war fasziniert gewesen von Rabenvögeln. Das war auch etwas, das sie gemeinsam gehabt hatten, das Interesse an diesen klugen Tieren. Wobei Maximilians Verbindung zu den Vögeln eigentümlich innig gewesen war und fast mystische Züge gehabt hatte. Es hatte nie auch nur einen einzigen Vogel gegeben, der Maximilian gegenüber feindlich gesinnt gewesen wäre. Sie selbst hatte da ganz andere Erfahrungen gemacht. Während ihres Praktikums in Schweden zum Beispiel hatte ein Rabe, unglücklicherweise der Chef der ganzen Bande, sie jedes Mal, wenn sie die Voliere betrat, angeflogen und sich mit seinen Krallen an ihrem Kopf abgestoßen. So etwas wäre Maximilian nie passiert. Und irgendwann hatte er dann diese – eigentlich ganz unwissenschaftliche – Idee mit der Baracke und den Raben gehabt. In letzter Zeit hatte sich der Eindruck in ihr verfestigt, dass er die ganze Sache vielleicht nur deshalb begonnen hatte, um für eine Weile irgendwo hinzugehören. Denn das war ihre andere Gemeinsamkeit gewesen, die Heimatlosigkeit. Sie führten beide dieses typische Nomadenleben von Ethologen, die sich der Forschung verschrieben haben. Maximilian war fünfundfünfzig Jahre alt geworden und dabei nie richtig sesshaft. Und seine letzte Behausung war die Baracke gewesen, die Anne und ihre Mutter ihm für sein Sabbatical zur Verfügung gestellt hatten.

Manchmal dachte Anne, dass für sie vielleicht alles anders geworden wäre, wenn sie Geschwister gehabt hätte. Aber das hatte eben nicht sein sollen. Sie erinnerte sich noch gut daran, wie sie und Ruth einmal auf dieses Thema gekommen waren – ein Gespräch, an das Anne noch oft zurückdachte, mit gemischten Gefühlen. Ihre Mutter hatte damals gesagt, sie habe eigentlich überhaupt nicht vorgehabt, Kinder zu bekommen. Als junge Frau habe sie in die Welt hinausziehen wollen, um zu sehen, was das Leben so bietet. »Aber dann bist auf einmal du da gewesen und alles war ganz wunderbar!«, hatte Ruth schnell hinterhergeschickt, wohl weil sie Annes ziemlich bedröppelten Gesichtsausdruck bemerkt hatte. Und Anne hatte gedacht, dass sie und Ruth sich offenbar ähnlicher waren, als sie bis dahin geglaubt hatte.

Später telefonierte Anne mit Lara, ihrer Assistentin in Seewiesen, wo sie eine Forschungsgruppe am Max-Planck-Institut für Ornithologie leitete. Während des Gesprächs hatte Anne Mühe, sich auf die Inhalte ihrer Arbeit zu konzentrieren. Sie ertappte sich immer wieder dabei, wie sie stattdessen an ihren vergeblichen Gang aufs Moor dachte. Als sie aufgelegt hatte und sich gerade eine Stulle schmieren wollte, klopfte es an der Haustür. Schnell legte sie das Messer weg und ging zur Tür. Wer mochte das sein? Sie hatte hier ja zu niemandem mehr Kontakt. Die Heidesommer ihrer Kindheit, als sie Oma Käthe in den Ferien besucht hatte, waren nur noch Erinnerung, die Alten von damals waren längst gestorben, die Häuser verkauft.

Vor der Tür stand eine ältere Frau mit schwarzen Knopfaugen, in der Anne Gisela Bottke von gegenüber erkannte. Wie lange hatte sie die schon nicht mehr gesehen? Die Nachbarin schien gerade vom Einkaufen gekommen zu sein, denn in der Hand hielt sie den Griff einer kunstledernen Einkaufstasche auf Rollen. Während Anne noch auf das verwegene Muster ihres Haushaltskittels blickte, sagte Frau Bottke: »Ich wollt mal Tach sagen kommen!«

Anne musste unwillkürlich grinsen. »Das ist nett. Kommen Sie doch rein.«

»Nee, nee«, sagte Frau Bottke. »Eigentlich wollte ich fragen, ob *Sie* das jetzt machen. Mit Hugin und Munin und der Fütterei.«

Anne war perplex. Gar nicht mal in erster Linie darüber, dass die Vögel offenbar doch noch da waren und die Nachbarin die Näpfe unter der Kiefer befüllte. Fast noch mehr wunderte sie sich über die Selbstverständlichkeit, mit der Frau Bottke diese albernen Namen benutzte. Wie typisch für Maximilian, bei der Namenswahl die nordische Mythologie zu bemühen! Hugin, der Gedanke. Und Munin, die Erinnerung. So hatten die Raben Odins geheißen – was Anne allerdings herzlich egal war.

Erst im zweiten Moment fiel ihr ein, dass sie doch dem Tierschutzverein Bescheid gegeben hatte. Auf einmal fühlte sie eine heiße, für sie völlig untypische Wut in sich aufsteigen. Wie hatte der Mitarbeiter das einfach vergessen können? Ohne Frau Bottke wären die beiden Raben in ihrem Käfig elend zugrunde gegangen!

»Eigentlich …«, hob Anne mit vor Empörung zusammengepressten Lippen an. Doch ehe sie weitersprechen konnte, sagte Frau Bottke: »*Ich* hab ihn übrigens als vermisst gemeldet.«

Anne sah sie direkt an. »Sie?«, fragte sie dann nur.

»Na ja, so war's.« Mit wachen dunklen Äuglein musterte sie Anne: »Hab ihn ja jeden Morgen gesehen. Wie er aufs Moor raus is. Und wenn er wiederkam, dann war ich meistens grad im Unkraut.«

Anne wusste immer noch nicht, was sie sagen sollte, konnte die Frau ihr gegenüber nur anschauen. Was war bloß los mit ihr? Normalerweise war sie in der Lage, alles zu rationalisieren, und wusste immer, wie sie die Dinge einzuordnen hatte und was zu tun war. Doch jetzt fehlten ihr, der Wissenschaftlerin, auf einmal die Worte.

»Ja«, sagte Frau Bottke nun und nickte. »Is ja jeden Tag aufs Teufelsmoor raus … Hat da die wilden Raben beobachtet. Kam immer hier vorbei. Und wir haben ein bisschen geklönt. Nur an dem Tag kam er nicht zurück. Zuerst hab ich mir nichts dabei gedacht. Aber später dann, als die Vögel so gerufen haben, da kam es mir langsam komisch vor. Es war schon dunkel und ich habe nachgesehen, ob bei ihm Licht brennt. Aber da war keiner. Also bin ich hin, hab geklopft, und als er nich aufgemacht hat, bin ich nach hinten, um zu sehen, was mit den Raben los is.« Sie machte eine Pause und rieb sich die Backe. »Ja, und da hab ich sie gesehen, wie sie aufgeregt hin und her gehüpft sind und immer wieder so gerufen haben.«

Anne nickte wieder und betrachtete Gisela Bottkes rundes Gesicht. Diese Frau hatte ziemlich gut durchgeblickt, dachte sie überrascht.

»Am nächsten Tag bin ich noch mal rüber und hab in alle Fenster geguckt. Hab dann den Vögeln was zu essen reingestellt und Wasser und die Käfigtür aufgemacht … und im Anschluss die Polizei angerufen. Erst hab ich noch gedacht, Mensch, mach dich nich lächerlich. Aber dann dachte ich wieder, dass er die Vögel nie über Nacht ohne Futter gelassen hätte, wo sie doch eingesperrt waren. Es musste also was passiert sein.«

Und so war es ja auch gewesen, dachte Anne und fühlte sich auf einmal unendlich schlapp. Etwas abrupt sagte sie: »Setzen wir uns doch einen Moment in die Küche.« Ohne Frau Bottkes Reaktion abzuwarten, ging sie voran und ließ sich auf den Küchenstuhl sinken.

»Am selben Tag haben sie den Suchtrupp losgeschickt. Aber da war es schon zu spät.«

Am liebsten hätte Anne Frau Bottke gebeten, dieses Gespräch ein andermal fortzusetzen. Aber die Frau sprach unbeirrt weiter: »Na ja, und dann hab ich angefangen, die Tiere zu füttern. Wusste ja, was die fressen und dass die allein nicht so zurechtkommen, auch wenn sie frei rumfliegen können. Nach ein paar Tagen hab ich dann den Tierschutzverein angerufen.«

Anne nickte nur. »Ja. Ich hatte auch mit ihnen telefoniert.«

Gisela Bottke schüttelte missbilligend den Kopf. »Nee. Also die kamen irgendwann … Und dann haben sie's noch nicht mal geschafft, die beiden zu fangen.«

Was vielleicht ein Segen war, wie Anne spontan dachte. »Es sind also noch immer zwei Raben?«

Die Nachbarin antwortete nicht gleich. Sie sah Anne nur an mit einem Blick, der irgendwie prüfend war. Dann sagte sie: »Kommen Sie mal mit«, und ging ohne ein weiteres Wort nach draußen. Wohl oder übel stemmte sich Anne hoch und schleppte sich hinterher. Sie wollte jetzt nur ins Bett. Frau Bottke verschwand um die Hausecke und Anne hörte sie rufen: »Wo bleiben Sie denn?«

Als Anne um die Ecke bog, sah sie, wie Frau Bottke eine Plastikbox aus ihrem Einkaufstrolley holte und Fleischstückchen in die Näpfe gab. Aus einer anderen Box schüttete sie Nüsse dazu. Sie kramte erneut in der Tasche, aber Anne konnte nicht sehen, was sie jetzt noch hervorholte, denn das gewaltige Hinterteil versperrte ihr die Sicht. Als Gisela Bottke sich wieder aufrichtete, sich zu Anne umdrehte und sie anschaute, so als wollte sie sich ihrer Aufmerksamkeit ganz sicher sein, sah Anne die Tischglocke in ihrer Hand. »Dann passen Sie mal auf!«, sagte sie jetzt und schon klang helles Glockengeläut durch den Sommerabend. Und ehe Anne sich's versah, waren über ihnen Flügelschläge zu hören und kurz darauf landeten zwei Kolkraben unter der Kiefer. Steifbeinig taten sie ein paar Hüpfer, sahen sich nach allen Seiten um und machten sich dann über die Näpfe her.

Annes Beine fühlten sich inzwischen an wie Baumstämme. Sie wollte sich jetzt einfach nur noch hinlegen. Doch um Frau Bottke loszuwerden, hätte sie ihr den Grund für ihr Unwohlsein verraten müssen, um nicht unhöflich zu wirken. Immerhin hatte die Nachbarin sich vorbildlich um die Raben gekümmert. Irgendwie hatte Anne das Gefühl, in deren Schuld zu stehen. Während sie die Raben beobachtete, wie sie mit ihren großen Schnäbeln das Fleisch aufpickten, hörte sie Frau Bottke plötzlich fragen: »Ich hab sie vorhin auf der Straße mit diesen Leuten reden sehen. Kennen Sie die etwa?«

Anne drehte sich um. »Wen meinen Sie? ... Ach, die Leute vom Gut. Na ja, kennen ist zu viel gesagt. Wieso fragen Sie?«

»War nur so eine Frage«, murmelte Gisela Bottke. Und als Anne sie weiterhin ansah, fügte sie notgedrungen hinzu: »Weil die ja noch nich lange hier wohnen.«

»Woher kommen sie denn?«

»Ach, von weit her. Aus Südamerika.«

»Ach ja?« Fast wider Willen richtete Anne ihre ganze Aufmerksamkeit auf Frau Bottke. »Das ... hätte ich irgendwie nicht vermutet. Aus welchem Land denn?«

Da wandte Frau Bottke sich ab, so als wollte sie nicht weiter über das Thema reden. Ein wenig irritiert sah Anne ihr zu, wie sie sich energisch an ihrem Rollkorb zu schaffen machte. Als sie sich wieder aufrichtete, sagte sie plötzlich, völlig zusammenhanglos: »Die Kleine geht nich mal in den Kindergarten.«

Erstaunt hob Anne die Augenbrauen. »Das muss wohl jeder selbst entscheiden.«

Frau Bottke zuckte die Achseln. Offenbar war sie beleidigt. »Ich mein ja bloß. Sollen heute nich alle in den Kindergarten? Wegen der Entwicklung und der Sprache und so.«

Anne dachte an die beiden Mädchen, an den pfiffigen Eindruck, den sie auf sie gemacht hatten. Wie sie mit Renate gesprochen hatten, in akzentfreiem Deutsch. Vor allem aber dachte Anne an das Geigenspiel, das aus dem Nebenzimmer geklungen hatte, so perfekt und rein.

»Diese Kinder kommen mir nicht gerade entwicklungsgebremst vor.« Sie fixierte Frau Bottke. »Kennen Sie die Kinder denn? Haben Sie mal mit ihnen gesprochen?«

Das schien Frau Bottke nun doch ein wenig aus dem Konzept zu bringen. Aber nur einen Moment lang. Dann sagte sie: »Das brauch ich nich. Ich weiß auch so genug.«

Die Richtung, die das Gespräch nahm, wurde für Anne immer weniger nachvollziehbar. Offenbar wusste Frau Bottke etwas über diese Menschen, das Anne nicht wusste.

»Jedenfalls sollten die nich so unter sich bleiben. Das tut ihnen nich gut.«

Anne ließ kaltes Wasser über ihr Gesicht laufen und legte sich dann hin. Kaum dass sie lag, bimmelte ihr Handy. Sie griff danach und war froh, als sie *Ruth* auf dem Display las. Ihre Mutter war wohl der einzige Mensch auf der Welt, in dessen Gegenwart sie vollkommen entspannt war, so seltsam sich das auch für die meisten Leute anhörte. Wenn sie an ihre Freundinnen dachte, so hatten die ein überwiegend problembelastetes, zumindest aber angespanntes Verhältnis zu ihren Müttern. So war es Anne nie ergangen und sie wusste, dass sie sich darüber glücklich schätzen konnte.

Anne erzählte von ihrem missglückten Versuch des Abschiednehmens und ihrem Zusammenbruch, woraufhin Ruth besorgt fragte, ob sie nicht kommen solle. Anne wäre fast versucht gewesen, den Vorschlag anzunehmen, so erschöpft und entmutigt fühlte sie sich in diesem Moment. Doch als sie kurz darauf vom Gutshof erzählte und dass das Anwesen nun wohl endlich verkauft sei, an eine nette und irgendwie ganz altmodische Familie mit zwei Kindern, reagierte ihre Mutter mit einem Schweigen, das Anne nicht einordnen konnte, und als sie das Gespräch beendeten und Anne auflegte, hatte sie irgendwie das Gefühl, etwas nicht mitbekommen zu haben. Hatte ihre Mutter nicht seltsam geklungen vorhin? Überhaupt war das ungewöhnlich für Ruth, dieses Schweigen. Gedankenverloren hatte sie geklungen, geradezu abwesend.

Anne legte das Smartphone auf den Tisch und trat ans Fenster. Ach was, sie wurde ja langsam zum Sensibelchen. Es war doch sonst nicht ihre Art, die Stimmungen anderer zu interpretieren. Andererseits war das ja auch kein Wunder. Maximilian war tot. Und obwohl das, was sie beide gehabt hatten, keine Lebensgemeinschaft im eigentlichen Sinne gewesen war, hatte der eine doch immer gewusst, dass der andere da war, auch wenn man nicht ständig aufeinanderhockte. Nun war dieser Pfeiler ihres Lebens einfach weggebrochen.

Dazu kam, dass ihr Projekt am Max-Planck-Institut in Seewiesen in etwas über einem Jahr abgeschlossen wäre. Dann würde sie das berühmte Gänsehaus, in dem schon Konrad Lorenz gewirkt hatte, wieder verlassen müssen. Genug Grund also, um sensibel zu werden.

Sie öffnete beide Fensterflügel und sah hinaus in den kleinen Garten. Eine leichte Brise strich durch den Rosenstrauch und ließ ein paar Birkensamen auf die Fensterbank rieseln. Irgendwie sind meine Gedanken dabei, sich zu verselbstständigen, dachte sie. Was nachvollziehbar ist, aber mir nicht weiterhilft. Nein, ich habe keine Wahl, ich muss das jetzt so annehmen. Maximilian ist tot und ich muss damit zurechtkommen.

Kennengelernt hatten sie sich schon an der Uni. Er war ihr Prof in Münster gewesen, der jüngste an der ganzen Uni, und anfangs hatten sie ein eher problematisches Verhältnis gehabt. Es war immer noch so, dass Anne sofort an Maximilian denken musste, wenn irgendwo von der akademischen Viertelstunde die Rede war. Maximilian hatte es sich zur Aufgabe gemacht, sie zu erziehen, und Anne damit gedroht, sie aus dem Kurs zu schmeißen, wenn sie nicht »sine tempore«, also um Punkt neun Uhr erschiene. Und er war erfolgreich gewesen, denn heute war sie der pünktlichste Mensch überhaupt. Ein Paar geworden waren sie aber erst fünfzehn Jahre später.

Maximilian stammte aus Hannover. »Das beste Hochdeutsch, das du kriegen kannst.« Ein Mann aus Hannover konnte klug und belesen, interessant und weltgewandt klingen, ohne dass er sich anstrengen musste. Wobei Maximilian all das tatsächlich war.

Sie selbst war in einem Neubaugebiet in der süddeutschen Provinz aufgewachsen. Einige Jahre nach ihrer Geburt hatten ihre Eltern eine Odyssee durch Süddeutschland unternommen, immer den Arbeitsstellen hinterher, um schließlich ihre Wurzeln in den fetten schwäbischen Boden zu stecken. Vielleicht lag es an der Sprache, vielleicht aber auch an etwas anderem, weniger Greifbarem, dass die Wurzeln ihrer Mutter – und letztlich auch ihre eigenen – niemals so richtig angewachsen waren. Ein Teil von ihnen war immer in Norddeutschland geblieben, in dieser kargen Heidelandschaft, in einer Gegend, in der die Leute keine Angst hatten, sich Eichen in den Vorgarten zu pflanzen, und in der man sogar Birken mochte, trotz der herumfliegenden Samen.

Anne betrachtete die Birkensamen auf dem Fensterbrett. In der Nachbarschaft, in der Anne mit ihren Eltern gewohnt hatte, wurden die Hecken in den Vorgärten schön niedrig gehalten, und eine beliebte Pflanze dort war die Blutberberitze, dieses rotblättrige Dornengestrüpp, das es einem nicht übel nahm, wenn man es flach wie ein Brett abschnitt, so flach und so niedrig, dass man vom Küchenfenster gut auf die Straße sehen konnte. Von diesem Fenster aus sah man auf eine Wand aus Heckenrosen und Sommerflieder. Das Gefühl, in Süddeutschland nicht recht zu Hause zu sein, hatte Ruth an Anne weitergegeben, und sicher war dieses Gefühl auch der Grund, warum Ruth nach Oma Käthes Tod die Baracke nicht verkauft hatte. In diesem Garten schien immer noch ein Teil ihrer Wurzeln zu stecken. Nachdem vor zwei Jahren Annes Vater gestorben war, hatte Ruth dann gebrochen mit der Gegend, in der sie den größten Teil ihres Lebens verbracht hatte. Sie hatte das schmucke Einfamilienhaus in Markdorf verkauft und war zurück in die Heide gezogen. Zwar nicht hierher in die Baracke, aber nach Celle, in die Nähe ihrer Freundin Leni.

Während Anne mit geschlossenen Augen zum offenen Fenster hinauslauschte, überlegte sie, wie Maximilian überhaupt auf die Idee mit der Baracke gekommen war. Und da fiel es ihr wieder ein: Vor vielleicht vier oder fünf Jahren hatte Steffen, ein befreundeter Theologe – er war in seinem früheren Leben ebenfalls Biologe gewesen, dann aber einer Art »Erweckungserlebnis« zum Opfer gefallen –, ihr und Maximilian von einigen Kolkraben berichtet, die er in der Heide entdeckt hatte. Damals musste Maximilian der Gedanke gekommen sein, das alte Haus ihrer Großmutter als Basis für sein Sabbatical zu nutzen.

Abwegig war das nicht, immerhin verglichen Maximilian und sie seit vielen Jahren das Verhalten von Menschen und Tieren. Im Laufe der Jahre waren immer mehr Gemeinsamkeiten zwischen ihnen entstanden, und letztendlich hatten sie sich beide auf die Gestenforschung eingeschworen. Und immer wieder zog es sie in den Kongo, wo sie an ihrem Herzensprojekt arbeiteten. Ruth hatte Anne mehr als einmal gefragt, warum sie sich immer wieder diese anstrengenden, manchmal auch gefährlichen Afrika-Aufenthalte antat, und immer wieder aufs Neue hatte sie Ruth klarzumachen versucht, wie sehr es sie begeisterte, die non-vokale Kommunikation von Bonobos in ihren natürlichen Lebensräumen zu erforschen. Was die Malaria anging, hatte Ruth allerdings recht gehabt. Und wie viele Nächte hatte Anne schlaflos auf ihrer Pritsche im Busch verbracht, bis sie sich endlich an die fremden Geräusche der afrikanischen Nacht gewöhnt hatte! »Du bist eben eine Ungläubige«, hatte Maximilian sie aufgezogen. »Der rechte Gottesglaube würde auch dir ein sanftes Ruhekissen bereiten.« Anne hatte nie recht begriffen, wie Maximilian als Ethologe überhaupt etwas mit Religion am Hut haben konnte.

Als Maximilian und sie irgendwann angefangen hatten, ihre Gestenstudien von den Bonobos auf andere Tiergruppen zu erweitern, war das ganz in Ruths Sinne gewesen. »Weniger Reisen in den Kongo? Endlich kommst du zur Vernunft!« Dabei war dieser Umschwung nur der Erkenntnis geschuldet, dass die Gestenforschung sich schon viel zu lange bei den Primaten festgefressen hatte. Und dass man dem Geheimnis um den Ursprung menschlicher Sprache nur näherkommen würde, wenn man das Kommunikationsverhalten anderer Tiergruppen unter die Lupe nahm. Und so waren Maximilian und Anne letztlich bei den Raben gelandet.

Annes Gedanken fühlten sich wirr an. Nach dem Telefonat mit ihrer Mutter war sie noch eine ganze Weile am Fenster gestanden und hatte nachgedacht. Über die ungewöhnliche Reaktion ihrer Mutter. Über ihren missglückten Totengang. Und über die eigenartige Begegnung mit Renate und Horst. Nun ging sie ins Bad, stellte die Dusche auf lauwarm und setzte sich auf die Fläche der altmodischen Sitzbadewanne. Dort blieb sie vornübergebeugt hocken und ließ das Wasser über Kopf und Schultern rieseln. Irgendwie hatte Anne das Gefühl, als würde Frau Bottke Renate und Horst das mit dem Kindergarten persönlich übel nehmen. In dem kurzen Gespräch jedenfalls war deutlich geworden, dass Frau Bottke irgendetwas über diese Leute wusste, etwas, das es ihr erlaubte, eine *Meinung* zu haben. Darüber, wie sie sich verhalten oder wie sie ihre Kinder erziehen sollten. Was jedoch klar gewesen war: dass Frau Bottke Anne nicht alles hatte sagen wollen. Jedenfalls hatte sie Anne mit dem Gefühl zurückgelassen, die Zusammenhänge nicht richtig zu begreifen.

Da waren zu viele Puzzle-Teile, die keinen rechten Sinn ergaben. Südamerika zum Beispiel – irgendwie konnte sich Anne das nicht vorstellen, auch wenn ihr unklar war, warum das für sie so völlig ausgeschlossen klang. Wieder einmal, fiel ihr auf, nahm sie die Leute im Geiste unter die Lupe. Diese berufliche Deformation einer Verhaltensforscherin würde sie wohl nie mehr loswerden. Ihre Fokussierung auf Gesten war schon fast pathologisch. Obwohl sich ihre Forschungen noch nicht einmal mit redebegleitender Gestik auseinandersetzten, ertappte Anne sich immer wieder dabei, wie sie den Menschen im Gespräch auf die Hände starrte, bis sie es merkten und mitten im Satz innehielten. Annes scharfer Blick machte ihnen ihre eigenen Gesten überhaupt erst bewusst. Und manchmal glaubte sie, ach was, sie wusste es ganz einfach, dass die Menschen in ihrer Gegenwart das Gefühl bekamen, sie wollte ihnen ihr Geheimnis entringen. Wie oft hatte sie erlebt, dass Leute – als Reaktion auf ihren penetranten Blick – die Arme vor der Brust verschränkten. Oder sie ließen plötzlich die Hände sinken und legten sie in ihren Schoß oder auf den Tisch, wo sie schlaff und zur Untätigkeit gezwungen liegen blieben wie zwei Fremdkörper.

Sie stellte die Dusche ab, um sich einzuseifen. Wieder dachte sie an Renate. Und mit einem Mal wurde ihr klar, was es war. Was sich in ihrem Hinterkopf herumtrieb, ohne dass es ihr bewusst gewesen wäre. Renate tat nichts von alledem. Da war ein Mensch, dessen Gestik Anne vollkommen fremd war.

RUTH. Die Heide ist ein trockenes Land, und wenn der Regen lange ausbleibt, geht die Angst um, dass alles brennen könnte. Im Sommer 1959 hatte die Waldbrandsaison schon im Mai begonnen, als ein Feuer bei Nienburg viele Hundert Hektar Nadelwald vernichtete und dem Sägewerk der Bellstedts einen Schaden von 500 000 Mark bescherte. Bis zu den Sommerferien waren an die hundert Wald-, Moor- und Heidebrände gemeldet worden, wobei die meisten bereits im Entstehen gelöscht werden konnten, ohne größeren Schaden anzurichten. Und da Mutter damals im Sägewerk arbeitete, war das bei uns zu Hause natürlich *das* Thema.

In jenem Sommer jedenfalls kam Mutter mittags nicht wie sonst immer zum Essen nach Hause, und so gewöhnte ich mir an, ihr mehr oder weniger regelmäßige Stippvisiten im Büro abzustatten und ihr eine Stulle und einen Apfel mitzubringen. Bei schönem Wetter setzten wir uns auch mal zehn Minuten auf die Bank am Mühlenteich und aßen.

An diesem Tag hatte ich jedoch ein anderes Ziel. Ich wollte Mutter um die Erlaubnis bitten, den Bibelabend besuchen und die Nacht im Zeltlager verbringen zu dürfen. Vielleicht klappte es, wenn ich Magda Löwe ins Feld führte?

Doch als ich an Mutters Bürotür klopfte, wo auf einem Schild ihr Name stand, Käthe Kalwis, war alles anders. Mutter saß an ihrem Schreibtisch mit der Rechenmaschine, einen Stapel Papiere mit Zahlenkolonnen vor sich, blickte nur kurz auf, als ich das Büro betrat, und schüttelte dann ganz leicht den Kopf. Christas Vater Herrmann Bellstedt und der Betriebsleiter Herr Borcke standen neben ihr, während die Rechenmaschine ratterte und Herr Borcke etwas von »verdammten Engländerhieben« vor sich hin murmelte. Ich hielt mich im Hintergrund und betrachtete derweil die Karte, die in Mutters Büro an der Wand hing. Irgendetwas Ernstes geht hier vor, dachte ich und ließ meinen Blick über die unzähligen roten Punkte wandern, mit denen jemand die Waldbrände markiert hatte. Wieder ratterte die Rechenmaschine und Mutter tippte immer neue Zahlen ein. Ein paar Minuten stand ich unschlüssig herum. Da hörte ich Herrn Bellstedt sagen: »Hat ja alles keinen Zweck. Wir werden noch mehr Leute entlassen müssen.«

Eine halbe Stunde später saß ich dann doch noch mit Mutter auf der Bank am Mühlenteich, aber sie wirkte nachdenklich, fast zerstreut. Als ich ihr von dem Bibelabend und dem Zeltlager erzählte und dabei Frau Löwe und Magda erwähnte, sah sie mich ganz merkwürdig an und sagte nur: »Ja, geh ruhig hin, ist doch schön, wenn sie so einen Halt am Glauben haben.«

Die Bedeutung ihrer Worte begriff ich erst später.

Es war ein Sommerabend, wie er schöner nicht hätte sein können, und obwohl alle Welt über die Hitze stöhnte und Mutter sich Sorgen machte, dass in Niedersachsen wie zwei Jahre zuvor der Wassernotstand ausgerufen werden könnte, genoss ich den Wüstenwind auf meiner Haut, als ich mit Hänschen auf dem

Gepäckträger in Richtung Striezel radelte. Wie goldener Samt leuchtete der Roggen im Abendsonnenschein und auf einmal kamen mir diese Fahrt und das Ziel, das ich hatte, ganz unwirklich vor. Voller Erwartung und überwach trotz Hänschens Gewicht trat ich fest in die Pedale; es konnte gar nicht schnell genug gehen. Gleich würde ich Erich wiedersehen.

»Warum kommt Christa nicht mit?«, rief Hänschen von hinten.

»Sie hat Besuch«, rief ich zurück und dachte daran, wie erleichtert ich gewesen war, als Christa mir erzählt hatte, dass sie an diesem Tag Besuch von einer Verwandten bekämen und sie deshalb nichts mit mir unternehmen könne. So war mir die Notlüge erspart geblieben. Ein bisschen ärgerte ich mich aber auch über Hänschens Nachfrage. Was kümmerte ihn Christa? Sie interessierte sich doch auch nicht übermäßig für ihn. Wie oft hatte sie gestöhnt, wenn ich ihr sagte, ich müsse den Kleinen mitnehmen. Das hätte ich ihm gerne klargemacht, aber aus irgendeinem Grund hing er an Christa, da brauchte er zu seinen Problemen in der Schule nicht noch eins auf den Deckel.

Es war kurz vor halb acht, als Hänschen und ich den Zeltplatz erreichten. Nicht weit vom Ufer sahen wir ein paar Männer, darunter auch Paul, die gerade Holz für das Lagerfeuer aufschichteten. Mein Herz begann wie doll zu schlagen, und das, obwohl ich Erich noch nicht einmal entdeckt hatte.

Ich stellte das Rad hinter dem Essenszelt ab und ließ den Blick über den Platz schweifen. Im Zelt hantierten zwei Frauen, die, wie ich vom letzten Mal wusste, Elfriede und Else hießen, mit einer Kiste. Als ich näher kam, sah ich, dass sie Kartoffeln in Eimer füllten.

»'n Abend«, sagte ich. »Kann ich was helfen?«

Elfriede, ein Mannweib mit einem Kreuz wie ein Ringer, die, das hatte Magda mir kichernd gesagt, bei der Brauerei Betz in

Lovensen arbeitete, gab mir zwei Eimer und deutete mit dem Kinn auf eine Wurzelbürste.

»Die müssen gewaschen werden. Fürs Kartoffelfeuer.«

Ich schnappte mir die Bürste und machte mich mit den Eimern auf den Weg zum Fluss, wobei ich mich immer wieder unauffällig nach Erich umschaute. Hänschen folgte mir.

Ich befüllte die Eimer mit Wasser, um die Kartoffeln ein bisschen einzuweichen, und sah mich dann nach einer Unterlage für die gewaschenen Kartoffeln um. Als ich nichts entdeckte, ging ich in Richtung Lagerfeuer, um mir dort ein Stück Karton oder ein Brett zu besorgen.

Und da sah ich sie. Christa.

Im ersten Moment glaubte ich tatsächlich, mich zu irren. Ich erkannte sie nicht gleich, mit ihren Locken, die wild und ungebändigt bis zu den Hüften fielen und mich an einen Wasserfall denken ließen. Die Abendsonne verfing sich in ihrem Haar und zauberte ein entzückendes Leuchten darauf, einen goldenen Karamellton, den ich nie zuvor wahrgenommen hatte. Und dann erst bemerkte ich, dass sie ja ihr kornblumenblaues Sommerkleid trug, das schönste, das sie besaß. Da drehte sie sich um und sah mich. Auf ihrem Gesicht stand derselbe Unglaube, den ich ein paar Sekunden zuvor selbst gespürt hatte.

Von irgendwoher hatte also auch sie von dem Bibelabend erfahren und mir nichts gesagt.

»Da ist Christa!«, rief Hänschen, der sie erst jetzt erkannt hatte, und lief auf sie zu.

»Ja«, murmelte ich. »Das ist sie wohl!«

Ich folgte ihm langsam und suchte angestrengt nach Worten. Doch am Ende kam mir nichts weiter über die Lippen als ein lahmes: »Na, das nennt man wohl eine Überraschung.«

Christa sagte gar nichts. Sie sah mich nur an und schien nicht im Mindesten peinlich berührt. Auf einmal fiel mir dieser Spruch ein, vom Krieg und von der Liebe, und ich konnte es mir nicht verkneifen zu fragen: »Hast du nicht gesagt, dass ihr heute Besuch bekommt?«

Daraufhin wurde sie zwar rot, doch gleichzeitig lächelte sie auf einmal ganz wissend und stellte die Gegenfrage: »Und wie war das bei dir?«

Die Antwort blieb mir erspart, weil nun Erich auftauchte und mir die Hand gab. Dabei sah er mich wieder mit diesem leuchtend blauen Blick an, der mich alles ringsum vergessen ließ: Hänschen und Christa, warum ich hier herumstand und was da gerade geschehen war zwischen meiner besten Freundin und mir.

Zu Erich sagte ich: »Dürfen wir uns eins von euren Brettern ausborgen?«

»Nur zu«, antwortete stattdessen Onkel Paul, der unbemerkt herangetreten war. Gemeinsam mit Hans zerrte er ein Brett unter dem Holz hervor und händigte es dem Jungen dann feierlich aus.

»Danke!«, sagte ich, doch Paul beachtete mich nicht weiter, streckte stattdessen seine Hand aus und ging mit Hans davon. An Christa gewandt fragte ich: »Kommst du mit, Kartoffeln waschen? Ich glaube, die Frauen könnten ein bisschen Hilfe gebrauchen.«

Ich bemerkte wohl den Widerwillen, mit dem Christa mir kurz darauf folgte.

Als Christa und ich wenig später vor Elfriede die Eimer mit den gewaschenen Kartoffeln hinstellten und fragten, was wir nun machen sollten, deutete sie mit dem Kinn auf zwei große Töpfe. »Da köchelt Obstsuppe. Die muss umgerührt werden.« Dann betrachtete sie Christa und fügte hinzu: »Aber du machst dir man besser erst die ollen Zotteln aus ’m Gesicht.«

Christa errötete und flocht sich hastig die Haare zu einem

Zopf. Und während ich mir einen großen Kochlöffel nahm, dachte ich noch, dass Elfriede das auch etwas netter hätte sagen können.

Als es zu dämmern begann, zündete Onkel Paul das Feuer an, und nachdem alle drum herum einen Platz gefunden hatten, nahm er die Bibel, schlug sie auf und begann zu lesen. Die Flammen züngelten und die Kiefernäste knackten, während mein Blick hinüber zu Erich wanderte, der schräg gegenüber von mir auf der anderen Seite des Feuers saß. Pauls Stimme wurde bald zu einem Hintergrundmurmeln. Statt ihm zuzuhören, stellte ich mir vor, wie Erichs Lippen die meinen berührten. Bald war ich nur noch auf den Gedanken fixiert, Erichs Blick aufzufangen. Ihn dazu zu bringen, mich endlich anzusehen und mir die heiß ersehnte Bestätigung zu geben, dass er mich genauso anziehend fand wie ich ihn.

Doch da schwoll Pauls Stimme an und katapultierte mich aus meinen Tagträumen. Er hatte die Bibel nun zugeklappt und predigte frei.

»Wir *alle* sind sündig!«, sagte er laut, stand auf und blickte in die Runde. Sah er dabei etwa mich an? Im zuckenden Schein der Flammen war ich mir sicher, dass sein merkwürdiger Blick, von dem ich nie genau sagen konnte, worauf er sich richtete, an mir kleben geblieben war. In dem Moment war ich überzeugt, dass er mich durchschaute und meine Unaufmerksamkeit gespürt hatte. Er schien zu wissen, dass ich nur wegen Erich hier war, hatte all meine ungehörigen Gedanken gelesen. Die Stille, die nun eintrat, dröhnte in meinen Ohren und dehnte sich zu einer Ewigkeit aus. Das Herz hämmerte mir im Hals und meine Kehle war auf einmal wie ausgedörrt. Als ich glaubte, die Anspannung nicht länger auszuhalten, fuhr er endlich fort. Weithin klang seine Stimme, wie ein heraufziehendes Unheil.

»Wir alle sind sündig, und der Satan wartet nur darauf, uns zu sich herunterzuziehen!«

Inzwischen war es dunkel geworden. Der unruhige Lichtschein des Feuers zuckte, und als ich endlich wieder den Blick zu heben wagte, wurde mir schlagartig klar, dass die anderen genauso betroffen wirkten wie ich. Betroffen und schuldbewusst. Alle hielten den Blick gesenkt oder starrten wie hypnotisiert in die Flammen. Alle haben ein Geheimnis, dachte ich plötzlich. Alle tragen etwas in ihrem Inneren, das sie vor den anderen verstecken. Am liebsten wäre ich aufgesprungen und davongelaufen, zu Mutter ins Sägewerk, in dem jetzt sicher die Neonröhren brannten und jeden Winkel ihres Büros fluteten.

»Seht euch an, ihr Sünder! Wie ihr das Dunkle in euch zu schützen sucht. Wie ihr eure Sünden vor der Welt verbergen wollt! Aber ihr müsst sie ans Licht lassen. Denn es gibt nur einen Weg, der Dunkelheit zu entfliehen. Es gibt nur einen Weg, zu einem reinen Herzen zu kommen.«

Da breitete Paul die Arme aus und drehte sich langsam im Kreis. Einen nach dem anderen sah er nun an, einen nach dem anderen schien er aufzufordern, ihm zu folgen. Und dann rief er, es war mehr wie ein Donnern: »Man muss den Teufel blamieren! Ja, blamieren muss man ihn, indem man die eigenen Sünden ans Tageslicht zerrt, erbarmungslos alles beichtet! Nicht nur sündige Taten und Worte, nein! Es sind auch die *Gedanken*, die ihr herauslassen müsst, damit sich das Böse gar nicht erst in euren Köpfen einnisten kann! Denn wer, glaubt ihr wohl, hat euch die in den Kopf gepflanzt, wer? Ja, jetzt dämmert es euch langsam … Aber wenn ihr es offen aussprecht, wenn ihr alles offen aussprecht, wird der Teufel blamiert und verliert seine Macht!«

März 1961. Das also ist Valparaìso. Ein Häusermeer und Schiffe und Kräne und Container, so weit das Auge reicht. Früher wusste ich nicht einmal, wo Chile liegt. Jetzt bin ich hier! Da ist es auch nicht so schlimm für mich, dass Else, kaum dass sie festen Boden unter den Füßen hat, schon wieder die Oberhoheit über die Kinder übernimmt. Und prompt schiebt sie die Schuld auf mich, als die kleine Traudel nach ihrer Mama weint. »Das haste ja schön hingekriegt«, raunzt sie mich an. Traudel bekommt eine Kopfnuss und wird dann angeschrien: »Wenn du jetzt nicht den Mund hältst, siehst du deine Mama nie wieder!« Mir wird ganz kalt bei diesem Satz und ich versuche der Kleinen unauffällig zuzuzwinkern. Will ihr damit sagen, dass sie keine Angst zu haben braucht. Aber durch Elses Drohung kriegt sie so einen Schrecken, dass sie ganz blass wird und mit einem Schlag verstummt.

Der März hier ist gelb. Gelb und staubig und heiß. Die Fahrt auf der Panamericana kommt mir unendlich vor. Fast fünfhundert Kilometer in Richtung Süden geht es nun, in die Nähe einer Stadt, die Parral heißt, sagt Onkel Knolle. Ich frage mich, wie die beiden Schwangeren das ertragen, das stundenlange Sitzen auf der harten Bank. Allerdings sieht Resi schon ganz schön mitgenommen aus, sie rückt auch dauernd hin und her, so als würde sie es keine Minute länger aushalten. Hin und wieder linse ich durch den Spalt in der Plane. Die fremden Berge ziehen vorbei. Baumlos sind sie und die Erde ist rot. Aber mit der Zeit kommt es mir grüner vor. Gegen Abend wird es kalt. In einer Pinkelpause verteilt Onkel Knolle graue Militärdecken, in die wir uns einhüllen.

Als wir aus dem Opel Blitz aussteigen, schaue ich sofort in alle Richtungen. Doch sosehr ich mir auch den Hals verrenke, ich kann Erich nicht entdecken. Also wird es wohl stimmen, er kommt erst später nach, muss zu Hause in Deutschland noch was für die Gemeinschaft erledigen. Ich bin wohl traurig, im ersten

Moment, doch dann denk ich: Umso schöner wird unser Wiedersehen. Und dann fällt mein Blick wieder auf Resi und die kleine Traudel, die sich beim Aussteigen das Knie aufgeschlagen hat und nun herzzerreißend schluchzt. Resi nimmt die Kleine in den Arm und tröstet sie. Als Else das sieht, wird sie fuchsteufelswild und wirft Resi vor, das Kind zu verderben. Das werde noch seine Folgen haben, sagt sie, und dass Resi ja wohl selbst wisse, was sie nun tun müsse. Da weint Resi und bittet sie, nichts zu sagen, aber Else wird nur noch wilder und schreit Resi an: »Bist du des Satans? Mich in deine Lügenwelt hineinzuziehen, das könnte dir so passen.« Und dass es sicher besser wäre, wenn »so eine« gar keinen Einfluss mehr auf die »armen Kinderseelen« hat.

Bei Sonnenaufgang hörte Anne das Krächzen. Einen trügerischen Moment lang glaubte sie in Schweden zu sein, in der kleinen Hütte, die direkt an die Rabenvoliere grenzte. Auch jene Raben fingen frühmorgens zu singen an, mit ihren lauten und groben Stimmen, auch damals hatte sie nie ausschlafen können. Im Halbdämmer hob sie den Kopf, blinzelte unbehaglich und rechnete schon damit, den Raben von damals auf der Leiter sitzen zu sehen, von der aus er direkt in ihr Zimmer blicken konnte. Nicht selten beobachtete er sie, so wie sie ihn beobachtet hatte. Damals hatte es Augenblicke gegeben, in denen sie verstanden hatte, wieso sich manche Menschen vor Raben fürchteten, vor ihrem Tollkirschenblick, dem blauschwarz glänzenden Gefieder und dem kräftigen Schnabel. Sie ließ den Kopf zurück aufs Kissen sinken.

Die Raben waren zurückgekehrt, natürlich. Einmal von Hand aufgezogen, kamen sie in der freien Wildbahn kaum mehr zurecht. Eigentlich war es ein kleines Wunder, dass sie überhaupt noch lebten. Schließlich kannten sie weder ihre natürlichen Feinde noch begriffen sie, dass nicht alle Menschen sie mochten. So distanzlos, wie sie waren, veranstalteten sie allen möglichen Unsinn und wurden dann häufig von irgendwelchen Sonntagsjägern oder Bauern abgeschossen. Sie musste überlegen, was mit den Raben zu tun war. Wahrscheinlich wäre es das Beste, die beiden in eine Auswilderungsstation zu bringen.

Als sie sich später zum Fenster schleppte und nach draußen sah, bestätigte der Anblick ihre Gedanken: Die beiden Raben waren wieder da und hatten die Gunst der Stunde genutzt, um die Bettwäsche abzuhängen, die sie gestern Abend noch zum Trocknen aufgehängt hatte. »Ach herrje«, murmelte Anne und ließ sich auf den Küchenstuhl nieder.

In einer eigentümlich mutlosen Stimmung überlegte sie, ob sie ihr Vorhaben, den Ort aufzusuchen, wo Maximilian gestorben war, nicht einfach aufgeben sollte. Selbst wenn diese Frau, Renate, sie dabei unterstützen würde, stellte sich immer noch die Frage nach dem Sinn. Nein, dachte Anne, wichtiger wäre es, erst mal so schnell wie möglich für eine artgerechte Unterbringung der Raben zu sorgen. Danach könnte sie immer noch überlegen, ob sie einen weiteren Versuch auf dem Moor machen wollte.

Am Ende verbrachte sie die nächsten zwei Stunden in einer für sie ungewohnten Zaghaftigkeit. Wie ein aufgescheuchtes Huhn lief sie durchs Haus, unfähig, irgendeine Entscheidung zu treffen, egal worüber, und schon gar nicht die, was mit Maximilians Sachen zu geschehen hatte. Ihr einzig konkreter Gedanke war, dass Maximilian der Baracke tatsächlich seinen Stempel aufgedrückt hatte. So standen seine schweren Timberland-Stiefel und die Wolfskin-Sandalen vor Oma Käthes Vitrinenschrank mit den Buchclubausgaben, und seine Seile und Haken und Rucksäcke hingen in der kleinen Diele gleich neben der Kuckucksuhr. Auf und neben dem Grundig-Röhrenradio stapelten sich Bücher und Fachzeitschriften. Und die Gefriertruhe im Keller unter der Küche war voller Schlachtabfälle.

Später saß Anne dann auf dem Bett, im Schneidersitz, und blätterte in einer alten Ausgabe von Hermann Löns' *grünem Buch*. Maximilian war ein Leser alter Schule gewesen. Und wie bei ihm zu Hause in Münster antiquarische Ausgaben von Brehms Tierleben und sämtliche Werke Svend Fleurons die Regale gefüllt hatten, so türmten sich hier zerlesene Exemplare von Hermann Löns *Mein buntes Buch*, *Mein blaues Buch* und all die anderen nach Farben benannten Sammlungen, dazu seine vielen Natur- und Tiererzählungen. Und natürlich jede Menge Printausgaben von *Animal Behaviour*, *Nature* und *Science* und ein schiefer Stapel Kopien aus der PNAS, der wissenschaftlichen Fachzeitschrift der Akademie der Wissenschaften der Vereinigten Staaten. Anne selbst war in den letzten Jahren auf E-Books und Online-Artikel umgestiegen, aus rein praktischen Gründen, aber Maximilian hatte das nie getan und auch nie gewollt.

Auf einmal spürte sie, wie Tränen über ihr Gesicht liefen. All das war nun Vergangenheit. Ihre Gespräche waren Vergangenheit, Maximilian war Vergangenheit. Alles, was ihr von ihm geblieben war, war in diesem Häuschen.

Anne klappte das Buch zu und nahm Maximilians schwarzes Notizbuch zur Hand, schlug es auf und wieder zu. Umklammerte es fester, ließ sich damit aufs Bett sinken und rollte sich zusammen. So blieb sie liegen, das Notizbuch in der Hand.

Gegen Mittag klopfte es. Als Anne die Tür öffnete, stand Renate da.

»Ich wollte wissen, ob es dir besser geht«, sagte sie statt einer Begrüßung und Anne wusste nicht recht, was sie erwidern sollte.

Mit ihren Gedanken steckte sie noch in Maximilians Aufzeichnungen fest. Seine Notizen waren, wie zu erwarten gewesen war, mit allerlei kuriosem Gedankengut über die Raben durchsetzt. Fast hatte Anne geglaubt, seine Stimme zu hören. Einzig mit ein paar nachlässig hingekritzelten Namen, die Anne als *Christa Buhr* und *Gustavo Schneider* entzifferte, und einer ewig langen Telefonnummer mit der Vorwahl 0056 konnte sie nichts anfangen. Wahrscheinlich waren das irgendwelche Biologen im Ausland, mit denen er sich ausgetauscht hatte.

Statt einer Antwort lächelte Anne Renate also zu, dann sagte sie: »Setzen Sie sich doch schon mal dort in den Schatten, ich bin gleich wieder da«, und verschwand im Haus, wo sie eine Karaffe mit eiskaltem Brunnenwasser und zwei Gläser auf ein Tablett stellte. Wieder draußen, schenkte sie die beiden Gläser voll, die sofort beschlugen.

»Jedenfalls kann sich nun keiner mehr darüber beklagen, dass es in Deutschland keine richtigen Sommer mehr gibt«, sagte Anne und lächelte schief.

Renate sah sie nur an. Dann griff sie nach dem Glas und trank einen Schluck. Sie legte ihre Hände in den Schoß, sah zu Anne hinüber und fragte: »Willst du noch aufs Moor gehen?«

Anne war überrascht von der Direktheit, mit der die andere sie ansprach, so völlig ohne Vorgeplänkel.

»Ja«, antwortete Anne ebenso direkt.

»Dann sollten wir morgen bei Sonnenaufgang los. Sonst wird es zu heiß.« Renate griff wieder nach dem Glas und leerte es in einem Zug. Dann stand sie auf und wandte sich zum Gehen.

»Wie kommt es, dass Sie sich so gut auskennen? Sie stammen doch nicht aus der Gegend?«

Renate zögerte und Anne wunderte sich ein bisschen. Bei dieser Frage musste man ja wohl nicht lange überlegen.

»Nein. Aber ich gehe oft hinaus ... in den Wald und auch ins Moor. Dort finde ich Frieden.«

Das verstand Anne. »Geht mir auch so. Nichts ist schöner, als in der Natur zu sein. Da fühlt man sich wieder wie ein Kind. Die Zeit, als man noch Baumhäuser und Geheimverstecke baute.« Sie grinste.

Aber Renate blieb ernst. »Das haben wir leider nie getan.« Dann strich sie ihren Rock glatt und sagte: »Bis morgen also. Sonnenaufgang ist um halb sechs.«

RUTH. Eigentlich wollte ich nie mehr daran zurückdenken: an dieses erste Verliebtsein, an Erich. Und noch viel weniger wollte ich an Christa denken. Lange Jahre habe ich es geschafft, die Erinnerungen in den hintersten Winkel meines Hirns zu schieben, so ähnlich wie die Fotos und die ungeöffneten Luftpostbriefe, die ich in eine Blechkiste gesteckt und in den Schuppen verfracht habe. Aber am Ende hat es nichts genützt. Das Wissen um das, was war, kann nicht für immer ruhen.

Jener Abend jedenfalls umfasste alles, was später geschah, auch wenn die düstere Stimmung, die Onkel Paul mit seinen Worten heraufbeschworen hatte, später einem heiteren Geplänkel wich. Wir holten die Kartoffeln aus der Glut und machten uns über sie her.

Kurt, Magdas Bruder, schmiss Steinchen ins Wasser, zwei kleine Bengel fochten im Schein der Glut mit ihren Kartoffelstöcken und die anderen Kinder spielten Schwarzer Mann. Immer wieder warf ich einen Blick zu Hans, der gerade die Rolle des Schwarzen Mannes übernommen hatte, und ich freute mich, ihn so ausgelassen zu sehen. In Gesellschaft dieser Kinder schien er die ihm sonst eigene Scheu abzulegen. Christa und ich saßen mit Magda Löwe zusammen und unterhielten uns.

Magda, das habe ich schon erwähnt, war wie ich ein Flüchtlingskind. Ihr Vater war zwar aus der Gefangenschaft zurückgekehrt, hatte vor zwei Jahren aber einen Arbeitsunfall gehabt, an dessen Folgen er schließlich gestorben war. Im Gegensatz zu meiner Mutter, die bald nach dem Krieg eine Festanstellung als Buchhalterin im Grösitzer Sägewerk bekommen hatte, hatte Magdas Mutter zunächst – wie die meisten Flüchtlinge – in der Landwirtschaft gearbeitet und war nach dem Tod ihres Mannes mit den Kindern in einen Bauwagen auf dem Sägewerksgelände gezogen, wo sie seitdem »Madame für alles« war, wie sie selbst es nannte. Da das Geld aber trotzdem hinten und vorne nicht langte, musste sie zusätzlich so ziemlich jede Arbeit annehmen, die sie kriegen konnte. An diesem Abend bediente sie im Heidekrug, nur deshalb fehlte sie hier beim Feiern und bei der Bibelstunde.

Nach einer längeren Gesprächspause erklärte Magda zögernd: »Mutter hat ihre Arbeit im Sägewerk verloren.«

»Was?«, rief ich und musste an das Gespräch denken, das ich mit angehört hatte.

»Ja«, sagte Magda und griff nach ihrem Kartoffelstock. »Und drei andere auch.« Sie beugte sich vor, stocherte in der Glut herum und spießte eine Kartoffel auf.

»Aber … was wollt ihr denn jetzt machen?«, fragte ich so erschrocken, dass ich gleich etwas Tröstliches nachschieben musste. »Sicher bekommt deine Mutter bald eine neue Arbeit«, fügte ich daher matt hinzu.

Aber Magda winkte ab. »Wir ziehen weg … nächsten Monat schon. Da gibt es so ein Heim im Rheinland, Lohmar-Heide heißt der Ort, das liegt bei Siegburg. Da können wir wohnen und arbeiten.«

»Aber könnt ihr denn nicht hier wohnen bleiben?« Mein Blick huschte zu Christa, die an ihren Fingern herumpulte.

»Das schon. Aber Arbeit gibt's hier halt keine mehr. Du weißt ja, Mutter hat keine Ausbildung.« Sie warf den Stock weg und kratzte an der angekokelten Kartoffel herum. »Wir haben Glück im Unglück. Verwandte aus Gronau sind auch schon dort. Überhaupt wohnen da 'ne Menge Heimatvertriebene, die meisten Baptisten wie wir. Und es ist ja Onkel Paul, der das Heim leitet!«

Auf einmal schoss mir der Gedanke durch den Kopf, was wohl passieren würde, wenn Mutter ihre Arbeit verlöre und wir aus der Baracke ausziehen müssten, und mir wurde ganz schummrig zumute. Aber hatte Herr Bellstedt nicht gesagt, dass Mutter *die Zahlenseele* des Sägewerks sei? Und ohne Seele war man ja wohl tot. Also drohte doch keine Gefahr – oder?

Eine nachdenkliche Stille hatte sich zwischen uns ausgebreitet, in der Christa sich das Ohrläppchen rieb und Magda die Kartoffel zerteilte und sich stückchenweise in den Mund schob. Plötzlich sagte Christa: »Vorhin, als Onkel Paul gepredigt hat, war's mir, als blicke er ganz tief in meine Seele.«

Magda sah mampfend auf. Zu meiner Überraschung kicherte sie, wurde dann aber gleich wieder ernst: »Ja, ne? Mir ging's auch so. Obwohl ich mir erst letzte Woche alles von der Leber geschrieben hab.«

»Geschrieben?«, fragte ich. »Wie meinst du das?«

»Na, ich hab eine schriftliche Beichte verfasst. Machen wir hier alle. Ihr glaubt nich, wie gut das tut! Als würde alles Schlechte von einem abfallen!«

Auf einmal sah Christa ganz wach aus. »So? Und wie geht das genau?«

»Ach, das is ganz leicht. Du schreibst einfach auf, was du getan hast, was nich richtig war. Aber auch, was du Schlechtes gedacht hast.«

Christa sah Magda unsicher an. »Aber … was genau?«

Magda steckte sich das nächste Stück Kartoffel in den Mund, kaute und sagte dann fast in einer Art Verschwörerton: »Sieh mal, jeder Mensch tut und denkt doch Dinge, auf die er hinterher nich grad stolz is. Und die belasten ihn dann, auch wenn er das gar nich merkt. Ich zum Beispiel hab mich immer wieder über Kurt geärgert. Weil der doch so frech is und so viel Unsinn macht. Oder über die Frau vom Verwalter. ›Flüchtlinge sind wie Schädlinge‹, hat die neulich wieder extra laut gesagt. So, dass auch Mutter es mitgekriegt hat. Da hab ich ihr mal wieder die Pest an den Hals gewünscht. Dass auch sie ihr Zuhause verliert, damit sie mal sieht, wie das is. Ich hab mich so geärgert, dass ich manchmal gar nicht mehr einschlafen konnte! Aber nachdem ich alles gebeichtet hatte, da hat Onkel Paul am nächsten Tag zu Mutter gesagt, wir wären doch gute Christenleute und solche wie uns könnten sie in Heide gut brauchen. Glaubt's oder nicht, Gott hat meine Gebete erhört! Und das Beste is: Da gibt's sogar einen Platz für Kurt. Im Heim, da kriegt er endlich wieder 'ne feste Hand!«

Ich wollte gerade sagen, dass das mit dem Heimplatz wohl weniger mit Gott als mit Onkel Pauls Nettigkeit zu tun hatte, als Erich zu uns trat. Er sah von einer zur anderen, mit einem amüsierten Ausdruck in den Augen. »Na, was ist das hier für ein Gemunkel?«

»Setz dich zu uns, du Lulatsch!«, forderte Magda ihn auf. »Und erklär den Mädels hier mal, wie man das anstellt mit dem Beichten.«

»Aha«, sagte Erich mit hochgezogenen Augenbrauen, »beichten wollt ihr also. Was für Geheimnisse habt ihr denn?«

Magda knuffte ihn in die Seite. Anscheinend war sie für seinen Charme vollkommen unempfänglich, so burschikos, wie sie sich ihm gegenüber benahm. Erich rief »Autsch!«, wurde dann aber schlagartig ernst.

»Wenn du wirklich zu Gott finden willst, dann musst du dir den ganzen Ballast von der Seele schreiben und Zeugnis ablegen über dein Leben.«

Seine Stimme hatte alles Scherzhafte verloren und der sonst so kernige Tonfall hatte auf einmal etwas Ehrfürchtiges, ja Feierliches. Ein Blick auf Christa genügte und ich wusste, dass sie genauso beeindruckt war wie ich.

»Niemand kann euch den Weg zu Gott besser weisen als Paul. Ich kenne ihn jetzt seit vier Jahren und ich sage euch: Bei keinem sind eure Beichtgeheimnisse besser aufgehoben als bei ihm.«

Christas Augen glänzten. Ob aus Schwärmerei für Erich oder aus dem Wunsch heraus, sich einmal alles von der Seele zu reden, das hätte ich nicht zu sagen gewusst. Jedenfalls guckte sie ganz fromm und sagte dann: »Ich danke euch, Magda und … Erich. Gleich morgen werde ich Zeugnis ablegen.«

Ich fand es seltsam, dass sie diesen gestelzten, mir viel zu pathetischen Ausdruck verwendete, gerade so, als wäre sie eine von ihnen, und sagte selbst nichts.

Nachdem sich Erich wieder zu Onkel Paul gesellt hatte, unterhielten wir uns weiter mit Magda, aber ich war nicht mehr bei der Sache. Immer wieder grübelte ich über diese Beichte nach und wie begeistert die beiden davon erzählt hatten. Bisher hatte ich gedacht, dass es »so etwas« nur bei den Katholiken gab und dass eine Beichte, wenn es denn sein musste, in einem Beichtstuhl stattzufinden hatte. Wieder überkam mich das mulmige Gefühl, das mich am Lagerfeuer überfallen hatte, und auch die Schuldgefühle waren wieder da. Ich konnte mir schon vorstellen, dass man sich leichter fühlt, wenn man sich von der Seele schreibt, was einen bedrückt. Aber wozu das alles einem fremden Menschen geben? Und wo hatte ich mich denn schon groß versündigt?

Ich linste hinüber zu Erich, der ein paar Meter entfernt mit zwei anderen jungen Männern sprach. Wie er dasaß, im Schneidersitz, und ganz ernst redete, sah er anziehender aus denn je. Wie gerne würde ich ihn küssen, wie gerne würde ich sein Gesicht ganz nah an meinem spüren, die Wärme seines Atems auf meiner Haut! Dann aber fiel mir ein, dass ich Christa diesen Bibelabend bewusst verschwiegen hatte. Wenigstens hatte ich sie nicht direkt angelogen. Aber eifersüchtig war ich schon auf sie gewesen. Wie sie da gestanden hatte, neben Erich, mit ihrem wunderschönen Haar, das in der Abendsonne so hübsch geglänzt hatte! Hatte ich ihr in dem Moment nicht auch die Pest an den Hals gewünscht? Na ja, zumindest ein paar Pickel. Andererseits bereitete mir das kein übermäßig schlechtes Gewissen. Ohne Pauls Predigt hätte ich wohl gar nicht darüber nachgedacht. Hatte der Teufel mich also auch schon am Wickel? Immerhin war Christa meine allerliebste Freundin! Ich teilte sonst alles mit ihr und sie tat das auch: das Pausenbrot, wenn es Wurst gab; die »verbotenen« Bücher aus der Bibliothek ihres Vaters; das braune Schlafsofa an den Wochenenden. Vielleicht beunruhigte mich gerade das am meisten – die Vorstellung, dass sie sich von mir zu lösen begann.

»… der Heilige Geist … nur die mit, die wirklich reinen Herzens sind.«

»Wie bitte?«, fragte ich und war plötzlich wieder ganz Ohr, weil Magda auf einmal so geheimnisvoll klang. »Was hast du gerade gesagt?«

Erst da bemerkte ich, dass Christa Magda regelrecht fixierte.

»Bei jeder Bibelfreizeit findet auch immer eine Gebetsnacht statt. Aber da dürfen nicht alle dabei sein. Onkel Paul nimmt nur die mit, die wirklich … bereit sind für Gott.«

»Ach ja?«, fragte ich, wohl ein wenig mokant, denn als Magda nun fortfuhr, lag ein fast beschwörender Eifer in ihrer Stimme.

»Ja! Ich war auch schon dabei. Ich sage euch, wer das einmal erlebt hat, der … ach, das Zungengebet verändert alles …«

»Das was?«

Jetzt lachte sie laut über mein dämliches Gesicht und sagte: »Da wird gebetet, und wer dabei alles richtig macht, der empfängt die Gnadengabe des Heiligen Geistes. Dann spürst du Gott, wie er zu dir spricht!«

»Aber nicht alle dürfen mit?«, wiederholte Christa und sah Magda gespannt an. Sie wirkte geradezu elektrisiert. Und in dem Moment glaubte ich ganz deutlich zu spüren, dass es für Christa nicht mehr nur um Erich ging, sondern um etwas anderes, Größeres. War Christa etwa dabei, *zu Gott zu finden,* oder wie immer man das nennen sollte?

Aus den Augenwinkeln nahm ich eine Bewegung wahr und sah, dass der Mann neben Erich aufgestanden war und auch Erich sich erhob. Er sagte etwas zu dem anderen, der ihm daraufhin eine Schaufel reichte. Dann kniete er nieder und schickte sich an, Sand auf die Glut zu schippen. Er musste meinen Blick gespürt haben, denn er hielt in seiner Bewegung inne und wandte sich mir zu. Mein Herz begann wie wild zu schlagen, während wir einander ansahen. Er lächelte nicht und ich auch nicht und der Moment schien ewig zu dauern, bis Erich sich wie ertappt wegdrehte und hastig Sand auf die Glut tat.

Auch Magda und Christa waren inzwischen aufgestanden. Ich stemmte mich ebenfalls hoch, immer noch benommen. Mit den Gedanken bei Erich fragte ich Magda: »Und wer geht denn da immer so mit, zu dieser Gebetsnacht?«

»Na, Onkel Paul natürlich und Fritz und meistens Elfriede und Erich und …«

In dem Moment, da sie seinen Namen sagte, war mir klar, dass ich es trotz aller Vorbehalte versuchen würde. Auch ich würde beichten, meinetwegen sogar schriftlich. Ich würde alles daransetzen, um dabei zu sein. Denn sonst käme mir Christa in die Quere.

Hinter uns klatschte jemand in die Hände. Die Kinder kamen herbeigerannt und wurden angewiesen, die Kartoffelstöcke einzusammeln. Im Weggehen hörte ich noch, wie jemand zu Kurt sagte: »Du darfst heute bei Onkel Paul schlafen.«

Es war spät in der Nacht, als der Druck auf meine Blase mich weckte. Eine ganze Weile blieb ich noch liegen, todmüde, ich konnte mich einfach nicht überwinden, aufzustehen und den ganzen Weg bis zum Abort zu gehen. Als ich es nicht mehr länger aushielt, schlug ich die Decke zurück und öffnete vorsichtig das Zelt. Da hörte ich Christas verschlafene Stimme aus dem Dunkeln.

»Was machst du?«

»Ich muss mal …«

»Ich auch. Ich komm mit.«

Leise, um Magda nicht zu wecken, schlüpften wir aus dem Zelt. Die Stille draußen war so vollkommen, dass uns das Rascheln unserer nackten Füße im feuchten Gras fast aufdringlich erschien. Der Mond über uns war hell und nicht ganz rund, und wenn man genau hinsah, glaubte man fast, dort oben ein Gesicht zu sehen.

»Vielleicht gibt es den Mann im Mond ja wirklich«, sagte ich und deutete mit dem ausgestreckten Arm nach oben.

Christa folgte meinem Blick und kicherte. »Das meinst du doch nicht im Ernst, oder?«

Ich wollte gerade etwas erwidern, als Christa »Psst« machte und abrupt stehen blieb. »Was ist das?«

Auch ich blieb stehen und beide lauschten wir. Es dauerte eine Weile, bis wir begriffen, dass das Geräusch, das wir beide deutlich hörten, ein Murmeln war und aus Onkel Pauls Zelt zu kommen schien. Wir wechselten einen raschen Blick und schlichen dann vorsichtig näher. Und da hörten wir ganz deutlich Onkel Pauls Stimme. »... und führe uns nicht in Versuchung, sondern erlöse uns von dem ...« Und als wir näher an die Zeltwand rückten, war da noch eine andere Stimme, eine helle, kindliche.

»Sie beten ...« Christas Flüstern war kaum mehr als ein stummes Bewegen der Lippen.

Wieder sahen wir uns an. Dann schlug sich Christa, wohl aus Nervosität, die Hand vor den Mund und lief davon. Erst in einiger Entfernung blieb sie stehen und ich hörte ihr unterdrücktes Prusten. Das Murmeln im Zelt verstummte. Bestimmt hatten sie uns da drinnen gehört. Jetzt beeilte auch ich mich wegzukommen; schließlich wollte ich nicht beim Lauschen ertappt werden.

Wir rannten los und blieben erst stehen, als wir völlig außer Atem den Abort erreicht hatten, der am Waldrand unter ein paar Eichen stand.

Da flüsterte Christa: »Was für ein frommer Mann Onkel Paul doch ist!«

»Hm«, sagte ich, weil mir sonst nichts einfiel. Aber dann fügte ich hinzu: »Eben hast du noch gelacht.«

Christa sagte nichts darauf, und als wir unser Geschäft erledigt hatten, legten wir den Rückweg in einem großen Bogen zurück wie zwei Indianer, die ein feindliches Lager umrunden, was bei Christa wieder einen nervösen Kicheranfall auslöste. Mir dagegen war das Lachen aus irgendeinem Grund vergangen. Und so schwieg ich und behielt meine verworrenen Gedanken für mich.

Am nächsten Morgen wachte ich früh auf. Magda und Christa schliefen noch. Vorsichtig schlüpfte ich aus dem Zelt, froh, dem stickigen Gummigeruch zu entkommen. Die Nacht hatte ein wenig Abkühlung gebracht, und so stand ich vor dem Zelt und genoss die Brise, die über mein Gesicht strich. Die Sonne war noch nicht aufgegangen und aus den Zelten war kein Laut zu hören. Irgendwo in der Ferne rief ein Kuckuck, und als ich im feuchten Gras zum Fluss stapfte, hörte ich die Blätter der Weiden leise rascheln. Ich legte mein Waschzeug und das Handtuch auf das Brett, das wir gestern nach dem Kartoffelwaschen hier hatten liegen lassen. Eine Weile betrachtete ich die Wiesen und den Wald dahinter, den leicht milchigen Himmel, der wieder einen strahlend heißen Tag verhieß. Ob es jemals wieder regnen würde?

Ich tat einen Schritt ins Wasser und bekam Lust, mich ganz zu erfrischen. Ich sah mich nach allen Seiten um, und nachdem nirgends jemand zu sehen war, zog ich mir rasch das Nachthemd über den Kopf und glitt ins Wasser. Zuerst fand ich es schrecklich kalt, aber nach ein paar kräftigen Schwimmzügen fühlte ich mich herrlich. So frisch, so wach, so frei! Das Wasser umspülte meine nackte Haut und wie in einem Rausch versuchte ich gegen die Strömung anzuschwimmen. Der Fluss war nicht breit und auch nicht sehr tief, das Wasser ging mir gerade mal bis zur Brust. Und doch floss es mit solcher Kraft, dass ich mich nicht einfach so hinstellen konnte, ohne abzudriften. Vor lauter Übermut hüpfte ich immer wieder hoch und warf mich gegen den Strom. Irgendwann hatte ich dann doch genug und watete an Land.

Und da sah ich ihn. Erich.

Er stand ganz in der Nähe, halb verborgen unter einer der Uferweiden, und schaute zu mir herüber. Hastig griff ich nach meinem Handtuch und hielt es vor mich. Halb erwartete ich, dass er nun die Flucht ergreifen oder zumindest den Blick abwenden würde. Oder er könnte mir etwas Scherzhaftes zurufen und die Situation so ein wenig lockern. Er aber tat nichts von alledem. Er stand nur da und starrte mich an, mit einem eigenartigen Ausdruck auf dem Gesicht.

Und dann tat ich etwas, das mir bis heute unerklärlich ist. Ich ließ das Handtuch sinken, ganz langsam. Und erwiderte seinen Blick.

So ist das mein erster Eindruck von unserem neuen Zuhause: Elses Gekeife in der Wildnis. Ein einziger Weg. Eine einzige Wiese. Ansonsten Gestrüpp, so weit das Auge reicht. Urwald. Zwei Gebäude gibt es: einen großen Schuppen und ein Stück entfernt das Kinderhaus, wo wir schlafen werden. Das ist also das Fundo, denke ich, und als könnte er mir in den Kopf blicken, zeigt Onkel Knolle in Richtung Horizont und auf die endlose Kette der Anden, die sich dort wie eine Wand von Zyklopen auftürmen, und sagt: »Gehört alles uns.« Einen Moment lang bin ich sprachlos. Ich habe nicht damit gerechnet, dass das Fundo so unglaublich groß ist, und will noch einmal nachfragen. Aber da hat er sich schon weggedreht und ich bin auch zu erschöpft von der Reise für große Gespräche mit Onkel Knolle. Und dazu widersinnigerweise auch noch traurig, weil mein geliebter Mann nicht da ist.

Auch die anderen sind erschöpft, doch kaum hocken wir auf den Strohsäcken, die nun unsere Betten sein werden, kommt Else und macht Dampf. Raus, raus, Onkel Paul kommt. Da beginnt mein Herz wie wild zu klopfen. Ich schaffe es kaum, mich aufzurichten, so mürbe und zittrig sind mir die Knie vor lauter Aufregung.

Draußen nehmen wir Aufstellung. Unauffällig zupfe ich mir die Haare zurecht. Sicher seh ich aus wie ein alter Wischmopp. Wir warten eine Weile und ich fang schon wieder an zu frieren, obwohl oder vielleicht gerade weil es tagsüber so heiß war. Viel-

leicht auch wegen der Müdigkeit. Jedenfalls kommt Onkel Paul nicht. Nach einer Ewigkeit des Herumstehens werden die Kinder unruhig. Aber die Angst vor Elses Knute lässt sie ausharren.

Meine Anspannung ebbt langsam ab. Ich bin jetzt nur noch müde und würde am liebsten auf mein Lager sinken, Strohsack hin oder her. Da hör ich ein Motorengeräusch und ein Mercedes taucht auf. Der Abendhimmel spiegelt sich in den Scheiben und ich verrenk mir den Hals, um hineinsehen zu können. Und da gehen die Türen auf und Onkel Mikke und Onkel Knut steigen aus. Und Onkel Paul. Er strahlt und ist so schwungvoll wie eh und je. Er begrüßt uns per Handschlag, klopft manchen von den kleinen Jungen auf die Schulter. Sie werden ganz rot vor Freude. Dann beginnt Onkel Paul zu sprechen. Er spricht von Gottes Gnade und dass nun eine neue Zeitrechnung für uns alle beginnt. Und dann lässt er Onkel Mikke herumgehen und alle Armbanduhren einsammeln. »Das staubt hier zu sehr, die gehen euch nur kaputt.« Eigentlich will ich meine gern behalten, ich hab sie zum Geburtstag bekommen und weiß, dass sie sehr teuer war. Aber alle geben ihre Uhren widerspruchslos ab und so will ich nicht die Einzige sein, die sich weigert. Nicht jetzt. Ich kann sie ja später zurückfordern. Als alle Armbanduhren eingesammelt sind, predigt Onkel Paul. Er spricht von Dankbarkeit. Dafür, dass ER uns beschützt hat auf dieser weiten Reise. Nun müssen wir unsere Dankbarkeit durch unserer Hände Arbeit ausdrücken, denn Arbeit ist Gottesdienst. Er sagt aber auch, dass nur wer mit dem Munde bekennt, selig wird. Gleich heute Abend soll jeder alles aufschreiben, was er die Reise über Sündiges gedacht und getan hat. Und dann sagt Onkel Paul, dass wir ihn von nun an Tío nennen sollen. Das ist Spanisch und heißt Onkel. »Denkt immer daran. Ich bin für euch da. Ich bin euer Tío permanente.« Der ewige Onkel.

In einem Moor unterzugehen ist physikalisch unmöglich. Lebensbedrohlich sind aber die niedrigen Temperaturen schon in geringer Tiefe, die dazu führen, dass man, wenn man stecken bleibt, an Unterkühlung stirbt. Und so kam es, dass Maximilian erfroren war, mitten im Sommer, während einer Hitzewelle. Der Mann von der Feuerwehr hatte es Anne erklärt: Die Sache mit der Adsorption – wer einmal feststeckt und hektisch versucht, sich zu befreien, macht alles nur noch schlimmer. Je hektischer man rudert, desto mehr Schlammpartikel saugen sich am Körper fest, ein Albtraum. Wer erst einmal bis zur Hüfte drinsteckt, kommt nur noch mit fremder Hilfe frei – und wer nicht freikommt, der erfriert.

Daran dachte Anne, als sie im grauen Morgenlicht des folgenden Tages neben Renate den Weg entlang zum Teufelsmoor ging.

Sie liefen schweigend nebeneinanderher, was Anne recht war, sie hätte ohnehin nicht gewusst, was sie sagen sollte.

Der Morgen war mild, doch die Milde verriet schon die Hitze, die bald wieder über der Landschaft lasten würde. In der Ferne riefen Tauben, und als sie vom Hauptweg abbogen, hörten sie einen Moment lang lautes Getrampel im Gebüsch, was Anne ein ersticktes »Huch« entlockte. Renate blieb nur stehen, ohne einen einzigen Laut von sich zu geben. Allein ihre Augen, die riesig aussahen, verrieten, dass auch sie sich erschreckt hatte.

»Wildschweine«, sagte Anne und sah in die Richtung, in der das Geräusch langsam verklang. Dann gingen sie weiter.

Irgendwann übernahm Renate die Führung und Anne folgte ihr. Einzig das Rascheln ihrer Schritte im Gras war zu hören und hin und wieder ein Vogel, ein Eichelhäher, ein Kuckuck. Als sie etwa eine Stunde unterwegs waren, machte Renate eine scharfe Linkskurve und wenig später standen sie vor einer Art Unterstand.

»Die hier«, sagte sie und deutete auf die aus groben Brettern, Ästen und Teerpappe zusammengezimmerte Hütte, »hat er gebaut.«

In seinen Aufzeichnungen hatte Maximilian das erwähnt. Auch dass er hier kiloweise Innereien vom Schwein ausgelegt hatte, um – wie seinerzeit Bernd Heinrich – die Raben anzulocken.

»In einem ersten Schritt wollte Maximilian die Versuche eines berühmten Rabenforschers nachstellen«, sagte Anne. »Kolkraben sind Allesfresser – und Aasfresser. Genau wie Heinrich wollte Maximilian beobachten, wie sie sich verhalten, wenn sie Nahrung finden. Ob sie durch ihre Rufe wirklich ihre Artgenossen herbeirufen, um zu teilen. Heinrich hat die Theorie aufgestellt, dass ihre Rufe gar nicht diesem Zweck dienen, sondern sogenannte Aasbrecher anlocken, die den Raben helfen sollen, das Wild aufzubrechen. Wenn das Aas aber gewissermaßen schon fressbereit daliegt, schaffen die Raben beiseite, was geht, verstecken die Nahrung an vielen verschiedenen Orten, für schlechte Zeiten, und rufen ihre Artgenossen eben gerade nicht herbei. Der nächste Schritt wäre gewesen, einen noch intakten Tierkadaver auszulegen und zu sehen, ob die Tiere sich anders verhalten als bei den Innereien.«

Anne verstummte und betrachtete den Unterstand näher. Plötzlich sah sie Maximilian vor sich, wie er dort gesessen und gewartet hatte, mit dieser unendlichen Geduld, auf der Isomatte aus Bundeswehrbeständen, die vermackte Isolierkanne von Stanley neben sich. Sie wandte sich ab. Die Vorstellung schnürte ihr die Kehle zu. Auf einmal hatte sie das Gefühl, hier wegzumüssen. Und so ging sie einfach los, in irgendeine Richtung und ohne sich umzudrehen. Hinter sich hörte sie Renates Schritte, die ihr folgte und schließlich die Führung wieder übernahm. Renate schien sie einfach zu verstehen, ohne Worte.

Jede war nun in ihre eigenen Gedanken vertieft. Anne war froh um die Stille zwischen ihnen, trotzdem ertappte sie sich nach einer Weile dabei, wie sie Renates Rücken musterte, ihren Gang beobachtete. Sie wurde nicht schlau aus dieser Frau, die grundsätzlich nur das Nötigste zu sprechen schien. Und dann fielen ihr wieder Frau Bottkes Worte ein, über »diese Leute«. Stammte die Familie wirklich aus Südamerika? Vielleicht erklärte das ja auch das »Du«, das Renate und Horst so ungeniert verwendeten.

Plötzlich wandte Renate sich zu ihr um und sagte: »Diese … Kolkraben, die Maximilian bei sich hielt. Ich glaube, jemand schießt auf sie.«

Anne sah auf und seufzte. »Ach«, sagte sie und fing Renates Blick auf. »Leider wundert mich das nicht. Als angebliche Schädlinge haben Bauern und Jäger sie schon immer gejagt. Was man ihnen nicht alles Schlechtes angedichtet hat!«

Renates Augen waren groß und rund.

»Ja«, fuhr Anne fort, »über Jahrhunderte ging das hier in Mitteleuropa so, bis zur totalen Ausrottung. Erbarmungslos verfolgt hat man sie, diese armen Vögel!«

Immer noch blickte Renate Anne unverwandt an. Doch auf einmal hatte Anne den Eindruck, als wäre da etwas mit Renates Blick, ein Flackern, ein Zucken der Lider. Doch der Moment ging vorüber, Renate drehte sich wieder nach vorne und nahm ihren Weg wieder auf.

Eine Weile lang gingen sie schweigend hintereinanderher. Anne war wieder ganz in ihre eigenen Gedanken vertieft, als Renate stehen blieb. Erst da bemerkte sie das rot-weiße Absperrband. Die abgebrochenen Äste und das zertrampelte Gelände erzählten den Rest.

Hier also. Annes Herz fing auf einmal wie wild an zu schlagen. Hier war Maximilian zu Tode gekommen. Maximilian, der für sie immer unverwundbar gewesen war. Der Mann mit der Bärennatur, dem niemals kalt gewesen war, dessen Hände auch bei minus zwanzig Grad so warm waren, als verliefen in seinen Fingern Heizdrähte. Anne stand da und konnte sich nicht wehren gegen die Erinnerungen: Maximilian vorne im Hörsaal, als ihr Professor in Münster. Maximilian und sie in Kinshasa, als er ihr die einzige Ampel der Stadt zeigte. Maximilian, mit dem zusammen sie das erste Mal am Ngorongoro-Krater gewesen war. Und während immer neue Bilder in ihr hochstiegen, registrierte ein anderer Teil von ihr das Hier und Heute: den Bruchwald im Hintergrund, die Birkenstämme, die aus dem sumpfigen Wasser ragten, die Wollgrasbüschel, die so watteweiß und fluffig wirkten, dass man nie auf den Gedanken käme, welche Tragödie sich hier abgespielt hatte. Und dort hinter der Absperrung das Moorgras.

»Dass das immer noch so aussieht«, hörte Anne ihre eigene Stimme wie aus weiter Ferne. Und dann sagte sie nichts mehr, sondern starrte nur auf den Flecken, der dunkler war als das Gelände drum herum, auf die zerwühlte moorige Erde, auf bleiche, zerrupfte Moorgrasbüschel. Das Ganze wirkte nicht im Geringsten gefährlich. Genau das ist das Tückische am Moor, dachte sie, dass es so harmlos aussieht. Man ist sich so sicher, dass einen dieses Gras trägt.

Und dann schwappte das Grauen über sie hinweg, und mit einer Deutlichkeit, die sie nicht für möglich gehalten hatte, sah sie eine Gestalt vor sich, Maximilians Gestalt. Wie er hier einsank, mit einem Fuß zunächst, wie er versuchte, diesen Fuß herauszuziehen aus dem glitschigen Untergrund; wie er mit dem anderen Fuß stecken blieb; wie er die Hände zu Hilfe nahm und sich an einem Grasbüschel festkrallte, um sich herauszuziehen. Wie seine Bewegungen immer schneller wurden, immer fahriger, bis die Kräfte ihn verließen.

Anne schlug die Hände vors Gesicht und stand unbeweglich da, bis sie eine Berührung am Arm wahrnahm. Sie begann den Kopf zu schütteln. »Was manche erleiden müssen«, sagte sie leise. »Das wird mich ein Leben lang verfolgen.«

Sie merkte, wie nass ihre Wangen waren, nahm die Hände vom Gesicht und öffnete die Augen. Renate konnte sie nur noch verschwommen sehen, denn es kamen immer neue Tränen. Und dann hörte Anne Renate plötzlich sagen: »Ja, es ist schon so. Man kann nicht einfach frei sein.«

Überrascht blinzelte Anne die Tränen weg. Der Gleichmut in Renates Gesicht war verschwunden. Darunter lag ein Ausdruck so vollkommenen Ausgeliefertseins, dass Anne sich bestürzt abwandte. Was um alles in der Welt mochte Renate erlebt haben? Der Moment dauerte nicht länger als ein paar Sekunden, und als Anne noch einmal zu Renate hinsah, war der Vorhang wieder gefallen.

Als Anne später bei Renate auf der Terrasse saß und selbst gemachte Limonade trank, war sie sich nicht mehr sicher, ob sie sich das Ganze nicht doch nur eingebildet hatte.

»Möchtest du noch Limonade?«, fragte Renate.

Anne nickte. »Danke.« Sie blickte auf. »Auch dafür, dass Sie ... dass du mich begleitet hast.«

Renate sagte nichts, nahm den Krug und schenkte Annes Glas bis zum Rand voll. Vom Garten her drangen die Rufe der Kinder zu ihnen, die Federball spielten oder es zumindest versuchten.

»Die beiden wissen sich gut zu beschäftigen«, sagte Anne, um irgendetwas zu sagen. Im Grunde kannte sie sich nicht mit Kindern aus, wusste nicht viel über sie, mal abgesehen von ihren Gesten. Diese beiden Kinder hier schienen ihre Ferientage jedenfalls in traditioneller Manier zu verbringen. »Sie spielen viel draußen.«

»Ja.«

Anne war weiß Gott nicht der Typ, der dauernd Konversation machen musste, um sich wohlzufühlen. Doch diese Frau konnte so lange schweigen, dass es selbst ihr zu viel wurde. Und so fühlte sie sich bemüßigt, das Gespräch ein wenig in Gang zu bringen.

»Ich selbst habe ja keine Kinder. Aber was ich so von meinen Freunden weiß … da wollen die Kinder ständig ins Internet.«

»Wir haben hier noch keinen Internetanschluss. Aber einen Computer schon.«

Anne blickte auf. Hatte sie da eben richtig gehört? Hatte Renate tatsächlich *Com-Puter* gesagt, so wie Puter? Doch da fragte Renate auf einmal: »Warum gehst du nicht einfach auf den Friedhof, um Abschied zu nehmen?«

Anne, die noch darüber nachdachte, ob sie sich womöglich verhört hatte, antwortete zerstreut, so als würde das irgendetwas erklären: »Ich … Maximilian liegt auf einem Friedhof in Hannover.«

Als Renate sie verständnislos anblickte, fuhr Anne ein wenig schwerfällig fort: »Maximilian gehört da nicht hin.« Dann wandte sie den Blick ab. Im Augenwinkel registrierte sie, dass Renate regunglos dasaß, und für einen kurzen Moment fragte sie sich, warum sie überhaupt etwas Persönliches zu diesem Thema gesagt hatte. Dieser Frau gegenüber, die doch in so geordneten Verhältnissen lebte, Vater-Mutter-Kinder, so wie es sein sollte, Familie schön traditionell, und die nichts von Annes spezieller Situation verstand, von der Not einer Frau, die keinen Ort zum Trauern hatte.

Natürlich hätte sie das Grab in Hannover besuchen und einen schönen, angemessenen Kranz dort niederlegen lassen können. Schließlich wusste jeder, wirklich jeder, dass Anne und Maximilian seit Jahren ein Paar gewesen waren. Und dennoch war dieses Grab fremdes Terrain, ein Ort, der durchdrungen war von der Tradition einer Familie, die sie nie kennengelernt hatte und in der sie eine Persona non grata war. Maximilian hatte ihr erklärt, dass das alles keine Rolle mehr in seinem Leben spielte, vor über zehn Jahren. Und sie hatte das akzeptiert und nie mehr nachgefragt. Doch weil dieser Familienort in ihrem Nomadenalltag keine Rolle gespielt hatte, gab es für sie nun keinen Ort, um zu trauern. Maximilian war im Tod quasi zwangsbeheimatet worden, sie dagegen hatte keine Heimat für ihre Trauer. Noch nicht einmal dafür hatte sie eine Heimat.

»Aber wenn sein Leib doch dort auf dem Friedhof in Hannover zur Ruhe gebettet wurde«, sagte Renate in Annes Gedanken hinein, als könnte sie diese lesen, »dann ist er doch jetzt dort und du kannst ihn jederzeit besuchen.«

Renate wusste nichts, natürlich nicht. Anne nickte nur, sie war zu müde, um Erklärungen über Lebenspläne und -realitäten abzugeben. Renate würde das ohnehin nicht verstehen.

Doch plötzlich hörte Anne sie sagen: »Was ist es, das dich quält?«

Anne sah auf, und ohne es eigentlich zu wollen, vielleicht aus Höflichkeit oder Respekt, antwortete sie: »Es ist kompliziert … Ich … Maximilian war immer noch verheiratet. Er hatte eine Familie, bei der er aber schon lange nicht mehr lebte, schon zwanzig Jahre nicht. Aber die Ehe wurde nie geschieden. Und das Grab, na ja, das ist so eine Familiengrabstätte.« Sie verstummte. Aus irgendeinem Grund war ihr das alles auf einmal peinlich. Diese Frau sah so züchtig aus und ihre Moralvorstellungen waren sicher ganz anders als ihre eigenen. Bestimmt hatte sie immer schon so gelebt, im sicheren Hafen der Ehe. Und da kam Anne daher und erzählte von ihrer verwerflichen Beziehungsrealität.

Doch da sagte Renate: »Aber das Grab ist da und jeder kann es besuchen. Ihr seid doch alle freie Menschen hier!«

Verblüfft sah Anne auf. Was für eine eigenartige Formulierung. »Ja, schon ...«, sagte sie zögerlich. »Rein theoretisch kann mir das keiner verbieten. Aber ...«

»Warum dann aber? Geh hin und bring ihm Blumen oder was immer ihr so tut.«

Anne nickte. Hatte Renate etwa recht? War sie dabei, es kompliziert zu machen? Sie würde in Ruhe darüber nachdenken. Aber für den Moment wechselte sie lieber das Thema. »Als Kind war ich oft hier in den Sommerferien, bei meiner Oma.«

Jetzt lächelte Renate, sagte aber nichts dazu.

»Wohnen Sie ... wohnt ihr schon länger hier?«

Das Lächeln versiegte. »Seit etwas über einem Jahr.«

»Das ist ja noch nicht soo lange. Wie gefällt es euch hier?«

»Wir sind sehr dankbar für das Haus.«

»Ich arbeite in Seewiesen, das ist in Bayern, in der Nähe von Andechs. Am Max-Planck-Institut. Wie Maximilian bin ich Verhaltensforscherin und habe mit Rabenvögeln zu tun.«

Warum nur hatte Anne in Renates Gegenwart ständig das Gefühl, sich rechtfertigen und erklären zu müssen? Betont leichthin fragte sie nun: »Und wo habt ihr vorher gewohnt?«

»In Chile.«

»In Chile? Das soll ein wunderbares Land sein. Ich selbst war bisher noch nie dort ... Wo denn in Chile?«

»In der Nähe von Parral.«

»Aha. Wo liegt das?«

»Rund dreihundertfünfzig Kilometer südlich von Santiago.«

»Wie lange habt ihr denn dort gelebt, wenn ich fragen darf?«

»Immer«, sagte Renate schlicht. »Ich bin dort aufgewachsen.«

Das hatte Anne nicht erwartet. »Aber ... Du sprichst wie eine Deutsche.«

»Ich bin Deutsche.«

»Dann bist du ja zweisprachig aufgewachsen.«

»Ich spreche nicht sehr gut Spanisch.«

»Nicht?« Anne sah die andere an. »Aber …«

Da holte Renate tief Luft und sagte: »Wir sind in einer deutschen Gemeinschaft aufgewachsen, mein Mann und ich.«

»Ja, ich habe gehört, dass dort noch deutsche Enklaven existieren. Es gab ja wohl mehrere Auswanderungswellen nach Südamerika?«

Aus irgendeinem Grund, den Anne nicht verstand, fühlte sie sich zunehmend unwohl. Sie war ehrlich daran interessiert, etwas über Chile und die Lebensumstände der Familie dort zu erfahren. Warum nur hatte sie das Gefühl, dass selbst diese harmlosen und allgemein gehaltenen Fragen für Renate eine Art Übergriff darstellten?

Sie trank ihre Limonade leer und stellte das Glas aufs Tablett.

»Na dann …«, sagte sie und erhob sich, »… will ich dich nicht länger aufhalten. Es war sehr nett von dir, mich zu führen. Ich bin dir wirklich dankbar!«

Anne sah auf Renate hinunter, die immer noch am Tisch saß, die Hände im Schoß. Langsam hob Renate den Kopf, sah Anne an. Sie machte keine Anstalten, ebenfalls aufzustehen. Plötzlich sagte sie: »Wir haben dort in einer Sekte gelebt.«

Anne war zu verblüfft, um etwas zu erwidern. Ein paar Sekunden stand sie nur da, wusste auch nicht, was sie tun sollte. Stehen bleiben oder sich wieder hinsetzen? Und gerade als sie sich so weit wieder gefasst hatte, dass sie in der Lage gewesen wäre, eine halbwegs vernünftige Frage zu formulieren, kamen die Kinder angerannt und riefen schon von Weitem: »Wir haben Durst!«

RUTH. Als ich zum Zeltplatz zurückkehrte, stand Onkel Paul vor unserem Zelt neben Christa und Magda. Er sah wütend aus. »Was ist denn los?«, fragte ich, doch statt einer Antwort sagte Magda nur: »Na warte, der Bengel kann was erleben!«

Als Paul kurz darauf zu den Essensfrauen ging und lautstark Bohnenkaffee forderte, erklärte Christa mir: »Kurt ist weggelaufen.«

Und Magda knurrte: »Wenn der wieder auftaucht, gibt's erst mal eine Reise ins Leder!«

Ich verstand nicht, weshalb sie sich so aufregte. Sollte sie nicht eher besorgt sein? Und sollte ich ihr nicht sagen, was Christa und ich letzte Nacht mitbekommen hatten? Vielleicht war ihm die ganze nächtliche Beterei einfach zu viel geworden. Doch ehe ich mich entschließen konnte, ihr davon zu erzählen, blaffte sie: »Mein Bruder ist ein Nichtsnutz! Hab ihn auch nur mitgenommen, weil Mutter es wollte. Und jetzt hat er mich vor allen blamiert.«

»Vielleicht ist er einfach woandershin gegangen zum Schlafen. Vielleicht ... hat Onkel Paul ja geschnarcht und ihn gestört!«, meinte Christa und warf mir einen Blick zu. »Oder es ist ihm was passiert?«

»Was soll dem schon passieren? Der hatte mal wieder eine von seinen Ideen, dieser Rotzbengel. Schwer erziehbar ist der! Denkt, er kann sich alles erlauben, nur weil Mutter alleine mit uns ist!«

»Ich finde trotzdem, dass wir ihn suchen sollten«, schlug ich vor. Nur zu deutlich war mir noch der kleine Herbert in Erinnerung, der Sohn vom Bauern Stelter, der vorletzten Sommer im Grösitzer Mühlenteich ertrunken war. Aber Magda zuckte nur die Achseln.

Und so machten Christa und ich uns auf und verbrachten wohl eine gute halbe Stunde damit, die Wiese am Flussufer auf-

und abzulaufen und nach einem blonden Haarschopf Ausschau zu halten. Was wir letzte Nacht mitbekommen hatten, erwähnten wir mit keinem Wort. Was gab es dazu auch schon zu sagen? Irgendwann kamen wir auf den Gedanken, dass er an der Badestelle sein könnte, wo die Dorfkinder sich immer trafen. Aber die Sandbucht lag still und unberührt da, sodass wir gleich wieder umkehrten.

Später, als wir den Tisch fürs Frühstück deckten, war auf einmal lautes Geschrei hinter einem der Zelte zu hören. Ich stellte den Stapel Teller ab und lief um die Ecke. Und da war Magda, die Kurt am Ohr zog wie die Witwe Bolte, was etwas Komisches hatte und mich im ersten Moment zum Lachen reizte. Doch als Magda ihrem Bruder eine Ohrfeige verpasste, dass es nur so klatschte, blieb mir das Lachen im Halse stecken. Immer wieder schlug sie zu, bis ich hinrannte und ihre Hand festhielt. Ein paar der Frauen und auch zwei Männer standen drum herum, aber die nickten nur, als würde hier der Gerechtigkeit zum Sieg verholfen.

So energisch wie möglich sagte ich zu Magda: »Der hat sein Fett ja nun weg, meinst du nicht?« Im Weggehen sah ich Kurt mit gesenktem Kopf dastehen. Sein Gesicht war schmutzig, die Backen glühten von den Ohrfeigen und die Tränen malten Schneckenspuren in sein Gesicht.

Eine Reise ins Leder machen. Eine ordentliche Tracht Prügel bekommen. Eine saubere Abreibung kassieren. Senge kriegen. So war das damals, so wurden die Kinder, wenn schon nicht erzogen, so doch *ordentlich zurechtgebogen*. Und keiner dachte sich etwas dabei. Auch ich nicht, als ich an jenem Morgen meinen Tellerstapel wieder aufnahm und den Tisch zu Ende deckte. Später, wir anderen saßen beim Frühstück, sah ich Kurt schon wieder ganz munter über die Wiese rennen und das Ganze war so gut wie vergessen. Erst Jahre später fiel mir die Szene am Fluss wieder ein und bekam nun eine ganz neue Bedeutung.

Am nächsten Tag ließ sich Christa taufen. Vom Ufer aus sah ich zu, wie Onkel Paul hemdsärmlig und mit hochgekrempelten Hosen im Wasser stand und Christa, die gerade aufgetaucht war und nun vor ihm kniete, die Hand aufs nasse Haar legte. Neben Paul stand Erich. Seit meinem Bad am frühen Morgen hatte ich ihn nicht mehr gesehen. Beim Frühstück hatte er sich nicht blicken lassen, und auch später, als wir ins große Zelt zum Gottesdienst gingen, hatte ich ihn nicht entdecken können. Und auf einmal wurde mir klar, dass er mich gemieden hatte. Als Christa nun aus dem Fluss watete und ich ihr das Handtuch reichte, bemerkte ich, wie hartnäckig er an mir vorbeisah. Und in diesem Moment beschloss ich, mich ebenfalls taufen zu lassen. Ehe ich es mir wieder anders überlegen konnte, streifte ich kurz entschlossen die Sandalen von den Füßen und watete ins Wasser. Langsam ging ich vor Onkel Paul in die Knie, vielleicht dreißig Zentimeter von Erichs Bein entfernt. Ich beugte den Kopf, spürte Pauls Hände auf meiner Schulter, sah Erichs Knie unmittelbar vor mir. Ich tauchte unter, und als ich wieder hochkam und sich Pauls Hand auf meinen Kopf legte, blickte ich auf zu Erich, der zu mir herunterstarrte.

April 1961. An das Wiedersehen mit meinem geliebten Mann will ich gar nicht mehr denken. Die schlimme Nachricht musste ich erst mal verdauen. Ja, es ist alles völlig anders geworden, als ich es mir die ganze Überfahrt lang erträumt hatte. Aber so ist es nun eben, ich will nicht jammern. Erich hat schließlich im Sinne aller gehandelt, das sehe ich ja ein. Es gibt so unendlich viel zu tun hier. Da bliebe einfach keine Zeit. Außerdem will ich demütig sein und meine Belange nicht über die der Gemeinschaft stellen.

Doch als Else mich heute Morgen angeraunzt hat: »Was, du willst dafür Porto verschwenden, bist doch grad erst angekommen!«, hat mich das trotzdem empört. Immerhin sind wir jetzt schon einige Wochen hier. Und einen Brief an Tante Hiltrud werde ich ja wohl schreiben dürfen, mich bedanken für das, was sie tut! Gesagt habe ich dann doch lieber nichts und trotzdem wirft Else mir nun immer wieder scheele Blicke zu. Aber ich tu so, als würde ich es nicht merken, sammle einfach weiter Steine und singe mit. Wilde Gesellen, vom Sturmwind umweht, *schallt es aus den Kehlen der anderen und aus den Lautsprechern, die sie aufgestellt haben.*

Wenn der Pito uns spätabends zum Essen ruft, bin ich ganz schön erledigt. Am Anfang hat mir der olle Ton noch eine Gänsehaut über den Rücken gejagt. Aber mittlerweile kann ich es zumindest abends kaum erwarten, bis ich das Signal wieder höre. Denn dann heißt es endlich ausruhen. Doch ich will nicht lamentieren. Es ist so ein gutes Gefühl, hier dabei zu sein. Obwohl ich mich schon ein bisschen wundere, wo eigentlich die ganzen Erdbebenkinder sind, um die wir uns kümmern wollten. Aber das kommt sicher noch. Gut Ding will eben Weile haben. Erst müssen wir hier ja mal selbst zurechtkommen.

Die Hitze lag wie ein heißes Tuch über der Landschaft, und als ich Freitag früh mit einiger Verspätung aufs Kartoffelfeld fuhr, hörte ich die Glocke vom Feuerturm auf dem Citronenberg Alarm schlagen. Schon wieder würde die Feuerwehr irgendwo einen Brand löschen müssen.

An diesem Tag so wie die ganze letzte Woche war Mutter sehr früh zur Arbeit gegangen, um zu rechnen.

Auf dem Acker angekommen, wanderte mein Blick über die gebeugten Rücken der Käfersammler, doch zu meiner Verwunderung konnte ich Christa nirgends entdecken. Sie muss krank geworden sein, dachte ich und gesellte mich zu den anderen.

Die Sonne brannte erbarmungslos auf uns nieder und die Stunden schienen kein Ende zu nehmen. Gegen halb elf schickte Herr Schlüpke uns nach Hause: »Dat ihr nich wieder umkippt!«, sagte er, drückte uns unser Geld in die Hand und fuhr dann selbst davon.

Wie ein Schatten folgte Hans mir zur Brücke, wo ich den Rock abstreifte und samt Unterwäsche und nass geschwitzter Bluse ins eiskalte Wasser sprang. Ich plantschte länger als sonst im Wasser herum, doch auf einmal rief Hans, der wie immer mit seiner Kinderangel auf der Brücke saß: »Aber da is ja Christa!«

Sofort stieg ich aus dem Wasser und lief zu Hans auf die Brücke. Und tatsächlich, da stand sie, auf der anderen Uferseite, vor dem Essenszelt, und füllte Kartoffeln in die Eimer. Kurz überlegte ich, ob das denn sein konnte, denn sie hätte mir doch sicher Bescheid gegeben, wenn sie wieder zum Lager wollte. Aber sie war es, mit dem langen Zopf und wieder in dem hübschen kornblumenblauen Kleid, das sie sonst nur an Sonntagen trug.

Ich wollte sie rufen, aber stattdessen stand ich nur da und beobachtete sie. Und dann sah ich, wie die Plane des Versammlungszelts zurückgeschlagen wurde und Paul und die anderen kamen. Kurz darauf tauchte auch Erich auf. Er blickte sich suchend um, und als er gefunden hatte, war er suchte, ging er ohne zu zögern zu Christa, schnappte sich die beiden Kartoffeleimer, trug sie zum Fluss und stellte sie ab. Christa, die ihm gefolgt war, sagte etwas zu ihm und lächelte ihn an.

In diesem Moment begriff ich endgültig, dass Christa hoffnungslos in Erich verliebt war. Ihr Blick, ihr Lächeln, ihre ganze

Körperhaltung – die Zeichen konnten nicht deutlicher sein. Und was noch viel schlimmer war: Ihm schien es ähnlich zu gehen. Ich weiß noch, wie die Erkenntnis mich mit voller Wucht traf, fast wurde mir schwindlig davon. Und noch heute erinnere ich mich an die Gefühle, die in mir tobten, an den Neid und die Eifersucht und den Ärger. Ärger darüber, dass er sie mir vorzog, dass sie ihn mir vorzog. Doch da war noch etwas anderes, Seltsames, etwas, das gar nicht dorthin gehörte: Mitleid. Denn ich war mir in diesem Moment absolut sicher, dass Erich die Intensität, die Absolutheit ihrer Gefühle nicht erwiderte.

»Warum gehen wir nicht zu Christa?«, sprach Hans in meine Gedanken hinein.

Ich sagte das Nächstbeste, was mir in den Sinn kam: »Mit den nassen Klamotten kann ich nicht unter die Leute gehen.«

»Ist doch egal«, beharrte er. »Die Bluse trocknet ja wieder!« Ich zögerte noch einen Augenblick und fragte mich, woher auf einmal diese Scheu kam. Es war ja wohl lächerlich, dass ich mich beim bloßen Gedanken daran, gleich dort drüben aufzukreuzen, wie ein Eindringling fühlte. Schließlich war Christa meine beste Freundin.

Der Mädchenchor hatte inzwischen zu üben begonnen und die Klänge von *O Haupt voll Blut und Wunden* erfüllten die Mittagsstille mit feierlichem Ernst. Die Essensfrauen klapperten mit den Tellern und rührten in den Töpfen, die Jungen und Männer sammelten Holz fürs Feuer am Abend. Jeder hatte sein Tun, keiner stand müßig herum und hatte Zeit zum Reden. Mein Blick wanderte zurück zu Christa, die inzwischen die Kartoffeln bürstete. Sie fügte sich so selbstverständlich in dieses Bild friedlicher Betriebsamkeit ein, dass mir mit einem Mal klar wurde: Christa gehörte jetzt zu ihnen. Das war nicht mehr meine Christa. Aber wie hätte ich damals ahnen können, dass alles derart aus dem Ruder laufen würde?

»Ich hab Hunger!«, quengelte Hans, dessen Blick an den Töpfen hängen geblieben war.

»Deine Mutter wird schon mit dem Essen auf dich warten«, sagte ich, wusste jedoch in dem Moment, als ich es aussprach, dass das nicht stimmte. Es gab niemanden, der auf Hans wartete. Frau Bottke wäre im Gegenteil froh, wenn er anderswo satt würde. Also nahm ich Hans an der Hand und wir überquerten ohne ein weiteres Wort die Brücke.

Christa wurde rot, als sie uns entdeckte. »Warum warst du nicht beim Käfersammeln?«, fragte Hänschen statt einer Begrüßung.

Christa ließ die Bürste sinken, stand auf und wischte die nassen Hände an der Schürze ab. »Ich … also …«, sagte sie an mich gewandt. »Ich wollte dir gestern Abend noch Bescheid geben. Dass ich nicht mehr komme. Zum Käfersammeln. Aber Vater hat mich nicht mehr weggelassen.« Sie verstummte und sah mich mit einem fast flehenden Blick an. Dann rollte sie die Augen wegen Hans und sagte mit so einem Unterton: »Das verstehst du doch?«

»Hänschen, du hast doch solchen Kohldampf! Frag mal, wann's Essen gibt!«

Als Hans außer Hörweite war, sagte ich: »*Was* soll ich verstehen?«

»Das hier«, sagte sie und machte eine ungelenke Handbewegung.

Ich hatte nicht vor, es ihr so leicht zu machen: »Aber was ist mit Geld verdienen? Und wann willst du lernen?«

Mit vor Eifer glänzenden Augen erwiderte sie: »Ich habe gestern mit Vater gesprochen und ihm von alldem erzählt. Was wir hier tun und dass wir viel beten und singen …«

Wir. Ich hörte wohl nicht recht. »Hast du ihm auch von Erich erzählt?«

Sie zuckte zusammen und wurde wieder rot. Doch dann sagte sie mit erstaunlich fester Stimme: »Irgendwann werde ich das tun.«

In meinen Ohren sauste es. Was redete sie denn da? Zwischen ihr und Erich war doch überhaupt nichts passiert. Oder etwa doch? Hatte dieser eine Vormittag gereicht und sie waren sich nähergekommen? Hatte Christa Erich etwa ihre Liebe gestanden? Oder hatte gar Erich den ersten Schritt getan? Ich musste es einfach wissen.

»Seid ihr denn jetzt ein Paar?«

Sie kicherte und sah sich nervös um. »Noch nicht. Aber ... du wirst es nicht glauben! Vater hat mir die Erlaubnis gegeben, die ganzen zwei Wochen hier zu sein. Und in diesen zwei Wochen wird es passieren. Das weiß ich einfach.«

Manchmal ist es fast ein bisschen wie ein Rausch. Wir alle gemeinsam an dieser ganz großen Aufgabe! Und hin und wieder sehe ich meinen geliebten Mann und dann lächelt er mir zu. Und das hat dann fast etwas Verschwörerisches, ich weiß auch nicht, warum. Oh, ich freu mich schon auf die Zeit, wenn wir zusammen wohnen werden, ich kann es kaum erwarten! Und deshalb macht mir die ganze Plackerei auch gar nichts aus, im Gegenteil. Mit jedem Stein, den ich schleppe, kommen wir unserem Ziel hier näher. Denn irgendwann, wenn alle wichtigen Gemeinschaftsgebäude einmal stehen, werden wir ja auch Unterkünfte für die Eheleute bauen. Und dann werden wir beide endlich als Mann und Frau zusammenleben. Auch wenn der Tío immer betont, dass die Gemeinschaft über allem steht und vor allem anderen kommt, auch vor der Ehe. Auf die ist er nämlich nicht so gut zu sprechen, sogar »Fleischespest« hat er sie schon genannt und gesagt, dass man besser daran täte, sich zu enthalten. Der Tío ist eben ein großer Mann, der über diesen Dingen steht und uns auch heben will.

An manchen Tagen würde ich allerdings schon jetzt gerne mal mit Erich zusammen sein oder wenigstens in Ruhe mit ihm sprechen können. Aber wir sollen arbeiten und nicht quatschen. Und Erich ist ja auch viel mit den Schäferhunden beschäftigt, die sie angeschafft haben, er kümmert sich um deren Abrichtung. Außerdem sind wir ja eine große Familie und ich möchte und darf keine andere verletzen, die nicht das Vorrecht hat, von einem Mann geliebt zu werden. Ich muss die Stärkere sein und darf keiner schwachen Seele wehtun und Begehren in ihr wecken, mit dem sie nicht fertigwird. Auch komm ich mir durch die viele harte Arbeit vor wie ein Ferkel, das sich im Dreck gesuhlt hat. Aber abends dürfen wir in den Fluss, darauf freue ich mich.

Das Einzige, was mir wirklich sauer aufstößt, ist das Teufelblamieren. Wo drei zusammenkommen, ist Gemeinde, da bin ich, sagt Jesus, sagt der Tío. Einmal am Tag müssen wir uns zwei Leute suchen. »Hast du schon?«, fragt Berta im Vorbeigehen, wenn sie die Steine in ihrer Sackschürze an mir vorbeischleppt. Und dann wird gebeichtet. »Ich habe heute ohne Erlaubnis einen Schluck Wasser aus dem Brunnen getrunken«, sagt Berta. »Ich habe heute eine Tasse zerbrochen und sie heimlich weggeworfen«, sagt Magda. Mir fällt nichts ein, was ich beichten könnte. Aber wenn man nichts beichtet, macht man sich verdächtig. Also sage ich das Nächstbeste, was mir in den Sinn kommt: »Ich bin heute lange auf dem Klo geblieben, um mich noch ein bisschen auszuruhen!«

Auch stört mich, dass wir die ganze Woche in denselben Arbeitsklamotten stecken. Immerhin dürfen wir mittwochs die Unterhose wechseln. Dabei hätte ich eigentlich genug Unterhosen. Einen ganzen Koffer Kleider hab ich mitgebracht. Aber der ist weg, an den komm ich nicht mehr. Samstagabend ist immer

Wäschetauschen. Da stehen wir dann im Gang in einer Reihe und legen die getragenen Kleider der Größe nach auf den Boden, den Rock oder die Schürze zuunterst. Wenn wir alles vorgezeigt haben, bekommen wir die frischen Sachen für die Woche: zwei Unterhosen, ein Hemd, eine Garnitur Arbeitszeug. Die »Feierabendsachen« werden alle drei Wochen gewechselt. Obwohl wir ja streng genommen keinen Feierabend mehr haben. Denn wenn die Arbeit getan ist, geht's ja noch ans Geigeüben. Zwei Stunden. Jeden Abend. Vor Mitternacht kommen wir nicht ins Bett.

Allerdings bereitet mir im Moment etwas ganz anderes Sorgen, und das sind die Damenbinden. Die müssen wir immer kalt vorwaschen. Erst am Wochenende kommen die in die allgemeine Wäsche. »Du Schwein, wie sieht das aus!«, brüllt Tante Elfriede mich an, weil ich die Flecken nicht ganz rausgekriegt habe.

Am nächsten Tag sollen sich alle fein machen. Die Mädels bekommen hübsche Kleidchen angezogen und weiße Kniestrümpfe. Die Kleinen weinen, als Else ihnen über die Kopfhaut harkt und die Zöpfe so stramm flicht, dass die Haut spannt. Als sie nicht zu weinen aufhören, kassieren Traudel und Luise gleich mal eine Extrakopfnuss. Plötzlich macht Else sich auch über mein Haar her, was mich ziemlich empört. »Ich bin kein Kind mehr«, sage ich. Ich bin einundzwanzig Jahre alt! Da trag ich doch keine Zöpfe mehr. »Befehl vom Tío«, das ist alles, was Else darauf sagt. Als alle aussehen wie frisch gebügelt, stellen wir uns in Reih und Glied. Und dann wird ein Foto gemacht.

»Wir haben in einer Sekte gelebt.«

Nach diesem Satz von Renate hatte Anne vieles fragen wollen, aber da waren ja die Kinder gekommen und Renate war aufgestanden und hatte ihnen Limonade eingeschenkt. Und Renates Gesichtsausdruck verriet Anne, dass dies nicht der rechte Moment war, das Thema zu vertiefen. So hatte sie sich schließlich verabschiedet und war gegangen.

Auf dem Rückweg dachte sie über das nach, was Renate noch gesagt hatte und was für Anne irgendwie eigenartig geklungen hatte. Erst jetzt, im Lichte von Renates letzter Äußerung, ergab es einen Sinn.

Dass sie hier alle freie Menschen wären.

Natürlich hatte Renate recht. So hatte sie das noch nie gesehen. Und vielleicht hielt sich Anne wirklich mit einem Problem auf, das eigentlich gar nicht existierte. Selbstverständlich konnte sie hier im freiheitlichen Deutschland ein Grab besuchen.

In der Baracke holte Anne als Erstes das Fleisch für die Vögel aus der Gefriertruhe, damit es bis zum Abend auftaute, und öffnete dann die Fenster, um eine Art Luftzug zu erzeugen, doch es regte sich nichts. Als sie sich gerade abwenden wollte, sah sie einen der Raben auf der Voliere sitzen und zu ihr heruntersehen. Todesbote, schoss es ihr absurderweise durch den Sinn, und plötzlich war da die Vorstellung, dass Maximilian noch leben würde, wenn diese Vögel ihn nicht aufs Moor hinausgelockt hätten. Sie schüttelte den Kopf, wie um diese aberwitzige Idee loszuwerden, und stellte sich unter die Dusche. Erst als ihr der eiskalte Wasserstrahl auf dem Kopf unangenehm wurde, drehte sie den Hahn ab, schlüpfte in ein leichtes Kleid und legte sich im Garten auf die Liege.

Ich muss meine Gedanken auf etwas Konkretes lenken, dachte sie und griff nach *Animal Behaviour*. Eine Weile gelang es ihr tatsächlich, sich in den Januar-Artikel von John Marzluff zu vertiefen. Bald jedoch war sie wieder bei Maximilian. Wie oft er und sie in den letzten Monaten über Marzluffs Forschung diskutiert hatten! Seit Maximilian im Sabbatical war, hatte er sich mehr und mehr mit Marzluffs Theorien auseinandergesetzt. Am meisten hatte ihn dessen neuestes, ziemlich aufsehenerregendes Experiment beschäftigt, das die Schlussfolgerung nahelegte, Krähen seien in der Lage, Informationen über traumatische Erfahrungen an nachfolgende Generationen weiterzugeben.

Sie selbst war nicht so recht von dieser Studie überzeugt, ihr war das Ganze zu wenig empirisch, aber Maximilian war geradezu enthusiastisch gewesen.

Anne ließ die Zeitschrift sinken. Sie würde sich ja doch nicht konzentrieren können. Wieder musste sie an Renate denken. Und an die Freiheit, die einerseits da war, andererseits aber auch nicht. Sie schloss die Augen. Es schwirrt in meinem Kopf, dachte sie. Vielleicht sollte sie das Grab wirklich besuchen, vielleicht würde sie so eher beginnen können, das Kapitel irgendwann abzuschließen. Wie widersprüchlich und absurd das klang: Man beginnt etwas zu beenden. Aber die Vorstellung, dass Maximilians Geist dort draußen auf dem Moor herumirrte, setzte ihr zu, egal wie abwegig sie sein mochte. Wenn sie seinen Namen auf einem Grabstein sähe, überlegte Anne, käme vielleicht wenigstens ihr Verstand zur Ruhe.

Sie erwachte vom Klingeln ihres Smartphones.

»Ja, Westhoff …«, sagte sie verschlafen und richtete sich auf. Lose Blätter segelten aufs Gras.

»Hier ist die Redaktion von *Psychotherapie und Wissenschaft*. Entschuldigen Sie die Störung, aber man sagte mir, ich könnte über Sie Herrn Dr. Dobrowsky erreichen. Ist das richtig?«

»Herr Dr. Dobrowsky hatte einen Unfall. Er ist tot.«

Schweigen. Dann ein zögerliches: »Das tut uns leid. Das … äh … wussten wir nicht.« Und wieder Schweigen.

»Worum geht es denn?«, fragte Anne widerwillig. Noch immer ziemlich benommen schwang sie die nackten Füße ins Gras und begann mit einer Hand die Blätter zusammenzusammeln.

»Es geht um ein Interview, das wir mit ihm geführt haben.«

Anne versuchte sich zu konzentrieren, aber die Müdigkeit vernebelte ihr das Gehirn. »Sind Sie sicher, dass Sie Dr. *Maximilian* Dobrowsky meinen?« Maximilian hatte ihr nichts davon erzählt und *Psychotherapie und Wissenschaft* war nicht unbedingt das typische Publikationsorgan für Biologen.

»Bin ich. Wir hatten ihm das Interview zum Gegenlesen geschickt, er wollte es sichten und uns grünes Licht für die Veröffentlichung geben. Das war allerdings schon vor Wochen. Und morgen ist Redaktionsschluss. Aber das hat sich ja nun erledigt.«

»Ach so, na ja, ich könnte in seinem PC nachsehen ... ich bin ebenfalls Ethologin und wir haben ... eng zusammengearbeitet.«

»Damit würden Sie mir natürlich sehr helfen. Aber es müsste relativ schnell geschehen. Bis morgen um sechzehn Uhr.«

Anne rieb sich die Stirn. »Ich melde mich.«

Anne ging ins Haus und kochte Kaffee. Nach ein paar Schlucken fühlte sie sich schon etwas wacher. Sie nahm den Kaffee mit ins kleine Wohnzimmer, wo sie sich im Schneidersitz aufs Sofa setzte und sich in Maximilians Laptop einloggte. Erst einmal suchte sie nach *Psychotherapie und Wissenschaft* und erfuhr, dass es sich dabei um ein wissenschaftliches Fachblatt mit interdisziplinärer Ausrichtung handelte. Das machte das Ganze zwar ein wenig plausibler, trotzdem blieb die Frage, warum Maximilian das Interview nicht erwähnt hatte. Als Nächstes ging sie die zuletzt geöffneten Dateien durch. Mit wachsender Verwunderung stellte sie fest, dass es sich dabei samt und sonders um Fachartikel handelte, die nicht das Geringste mit Biologie oder Ethologie zu tun hatten. Fast alle Artikel stammten von einem Dr. Nils Biedermann, und dann war da auch noch eine Stellungnahme des ECCHR, des Europäischen Zentrums für Verfassungs- und Menschenrechte, in der es um ein laufendes Verfahren gegen einen deutschen Arzt ging. Womit um alles in der Welt hatte Maximilian sich zuletzt beschäftigt?

Am Ende fand Anne das Interview. Maximilian hatte es bereits durchgesehen und ein paar Korrekturen an den Rand geschrieben. Er beschrieb darin das Ziel und die verschiedenen Projektschritte ihrer Arbeit und schilderte, welche Erkenntnisse daraus gewonnen werden können, wenn man die Kommunikation von prälinguistischen Kindern mit der Kommunikation von Bonobokindern und jungen Raben vergleicht. So weit, so gut, dachte Anne. Doch dann ging das Interview in eine unerwartete Richtung und mit einem Mal erkannte sie, wie intensiv sich Maximilian mit Marzluffs Studien auseinandergesetzt hatte. Wie Marzluff war auch Maximilian davon überzeugt, dass Angst den Antrieb für die besondere Findigkeit von Rabenvögeln in Städten bildet. Ihr ständiges Auf-der-Hut-Sein macht sie zu Überlebenskünstlern.

Anne las das Interview noch einmal und staunte über den Bogen, den Maximilian am Ende zum menschlichen Verhalten schlug. Auch der Mensch sei durch Anpassung in der Lage, in einer für ihn feindlichen Umgebung – zum Beispiel in einem totalitären System – zu überleben. Und auch beim Menschen sei die Triebfeder für dieses Überleben die Angst.

Anne hob den Blick vom Monitor. Es fühlte sich merkwürdig an, nun, nach Maximilians Tod, auf diese Worte zu stoßen. Irgendwie fremd und fast so, als hätte er ihr etwas Wesentliches vorenthalten.

Eine Weile lang blieb sie so sitzen, mit einem Kloß im Hals. Dann öffnete sie Maximilians Mailprogramm, fand die Mail von *Psychotherapie und Wissenschaft*, hängte das freigegebene Interview an und klickte auf Senden.

RUTH. Und so war alles anders, von einem Tag auf den anderen. Wo wir bis gestern noch jeden Schritt miteinander getan hatten, war ich nun allein. Beim Käfersammeln am Vormittag, beim mittäglichen Erfrischungsbad in der Striezel, beim nachmittäglichen Pauken für die Abiturprüfungen. Einzig in der Mittagspause sahen wir uns manchmal, doch das meist nur kurz, weil Christa an der Essensausgabe alle Hände voll zu tun hatte. Mit geröteten Wangen stand sie da, die Suppenkelle in der rechten Hand, und schöpfte am laufenden Band Eintopf auf. Und trotz der albernen Haube, die Elfriede ihr aufgenötigt hatte, sah sie ganz reizend aus mit ihren Rosenwangen und den blitzeblauen Augen. Wenn sie dann endlich zu mir an den Tisch trat, ein Tablett mit zwei Suppentellern und Gläsern vor sich her balancierend, war es meist schon spät. Aber das schien ihr nicht das Geringste auszumachen. Und mir auch nicht, denn es gab mir einen Vorwand, dort herumzusitzen und nach Erich Ausschau zu halten.

Auch dauerte Christas Pause stets nur so lange, wie sie brauchte, um den Teller leer zu essen. Kaum hatte sie den letzten Löffel in den Mund geschoben, war sie gleich wieder auf und davon. Ich weiß nicht, ob das schon die ersten Anzeichen von dem waren, was später kam, oder ob sie schlichtweg meine Gesellschaft mied. Außerdem fiel mir auf, wie sie sich während des Essens oft umsah. Damals dachte ich natürlich, dass sie – wie ich auch – nach Erich Ausschau hielt. Und vielleicht war es ja auch so.

Es dauerte eine gute Woche, bis sie mir von der Gebetsnacht erzählte, jener geheimnisvollen Veranstaltung, die Magda Löwe erwähnt hatte.

Nach dem Essen stellte sie die leeren Teller ineinander und sagte mit diesem Lächeln, das jetzt oft auf ihrem Gesicht lag:

»In zwei Tagen ist es so weit. Da gehen wir nachts in den Wald und beten in der Sprache des Herrn.«

Ich kaute noch und sah sie deshalb nur an. Als ich runtergeschluckt hatte, fiel bei mir der Groschen. Am liebsten hätte ich sie sofort gefragt, ob auch Erich mit von der Partie wäre. Doch dann sagte ich nur: »Ich dachte, da darf nicht jeder mit.«

Christa stellte die Teller und die Gläser aufs Tablett und antwortete gedämpft: »Gestern hat Onkel Paul mich zu sich gerufen und gesagt, dass ich jetzt auch so weit bin.«

»Wie … so weit?«

»Ich habe inzwischen gebeichtet.«

»Das hast du mir gar nicht erzählt!«, entfuhr es mir und ich musste mich zusammenreißen, um nicht allzu vorwurfsvoll zu klingen.

»Ja … Beim ersten Mal war's mir auch noch richtig unangenehm. Vielleicht hab ich's dir deshalb nicht gesagt.«

Ich fixierte sie. »Beim ersten Mal? Hast du denn schon öfter …?«

Sie senkte erneut die Stimme. »Ja. Schon dreimal. Aber erst jetzt hab ich's richtig gemacht!«

»Was kann man denn da falsch machen?«

»Wenn man nicht ganz ehrlich ist. Wenn man nicht alles gesteht … dann ist das so schlimm wie eine Lüge!«

»So? Und wie merkt man, ob man alles gesagt hat?«

»Onkel Paul hat's gelesen. Und mir dann gesagt, was noch nicht stimmt.«

»Du meinst, du hast das wirklich *aufgeschrieben*?«

»Nur so kann man ja alles aus sich herausholen!«

In dem Moment trat Elfriede an den Nebentisch und begann laut scheppernd die Teller abzuräumen. Christas Blick huschte über die Schulter.

»Ich werd dann mal.«

Rasch legte ich meine Hand auf ihren Arm. »Aber die Gebetsnacht«, sagte ich fast hastig. »Was muss ich tun, um mitzudürfen?«

Christa hob das Tablett und ich ließ meine Hand sinken. Einen kurzen Moment sah sie mich an, ohne zu lächeln und ohne etwas zu sagen, und ich fragte mich, ob sie den wahren Grund für meinen Wunsch erkannte. Doch dann entspannte sich ihr Gesichtsausdruck. Fröhlich wie immer sagte sie: »Dann beichte. Noch ist Zeit.«

Zu Hause versuchte ich mich gleich an der Beichte. Was es wohl eher traf: Ich saß am Küchentisch, ein Blatt Papier vor mir, und grübelte. Was war es wert, gebeichtet zu werden? Nach einer halben Stunde ähnelte das Geschreibsel meinen früheren Versuchen, Tagebuch zu führen. Das hatte ich ziemlich bald unerträglich peinlich gefunden und deshalb meist nach etwa einer halben Seite bleiben lassen, bis ich ganz damit aufgehört hatte. Warum sollte es mir mit dem Beichten also besser ergehen? Jedenfalls fiel mir nur lächerliches Zeugs ein, Banalitäten, für die Mutters gutes Briefpapier zu schade war.

»Ich habe über unsern Religionslehrer Herrn Mertens gelacht, weil er, wenn er an der Tafel steht und schreibt, wie eine wackelnde Birne aussieht.«

»Ich habe Christa die Mathematikhausaufgaben abschreiben lassen.«

»Gestern war ich zu faul, abends die Wäsche abzuhängen, obwohl es nach einem Gewitter aussah. Ich wusste, dass Mutter es nicht merken würde, weil sie erst spät nach Hause kam.«

Aber waren das *Sünden*? Eher nur die Dummheiten eines Kindskopfs! Ich stützte den Kopf in die Hände. Und dann fiel mir ein, was ich eigentlich hätte aufschreiben sollen. Ja, dachte ich unbehaglich, da fing es an, interessant zu werden: Der

Bibelabend, den ich Christa verschwiegen hatte. Meine eifersüchtigen Gefühle ihr gegenüber und dass ich Erich ganz für mich alleine haben wollte. Der Morgen am Fluss, als ich das Handtuch hatte fallen lassen. Und das berauschende Gefühl, als ich dort gestanden hatte, nackt, und Erich mich angesehen hatte und den Blick nicht hatte abwenden können.

War *das* Sünde?

Vielleicht schon, aber was um alles in der Welt ging das diesen Paul an? Der hatte doch rein gar nichts damit zu tun! Dabei wurde ich das ungute Gefühl nicht los, dass er sowieso irgendwie Bescheid wüsste, dass er, wie Christa zu mir und Magda Löwe gesagt hatte, bis tief in meine Seele schaute. Und wenn das wirklich so war: Wie konnte ich da irgendwelche Lappalien in meinen Beichtbrief schreiben?

Ich saß noch eine ganze Weile am Küchentisch herum, überlegte hin und her und starrte auf das Blatt. Auf dieses lächerliche Gekritzel, diese unbeholfenen Sätze eines Backfischs. Sollte ich nicht ein, zwei wirkliche Sünden hinzufügen? Doch etwas in mir sträubte sich vehement dagegen, meine innersten Gedanken preiszugeben, auf einem Blatt Papier festzuhalten und es einem Fremden auszuhändigen. Also faltete ich den Brief so, wie er war, und steckte ihn in einen Umschlag. Ich würde es darauf ankommen lassen.

Am selben Abend überreichte ich Paul den Beichtbrief. Noch heute sehe ich seinen Blick vor mir, als ich ihm mit einer – so empfinde ich das heute – übertrieben bescheidenen, ja demütigen Geste den Umschlag überreichte. Ich weiß noch, wie überraschend lässig er ihn entgegennahm. Er musterte mich kurz, aber scharf, dann wandte er sich sofort wieder ab, und im Weggehen rief er mir über die Schulter zu, bei mir hätte es ja ganz schön gedauert. So laut sagte er das, dass alle um uns herum es hören konnten. Danach rechnete ich kaum noch damit, zum erlauchten Kreis der Nachtbeter zugelassen zu werden, und war umso verblüffter, als Magda mir am nächsten Abend in feierlichem Ton verkündete, sie solle mir von Onkel Paul ausrichten, er wünsche mich morgen Abend nach der Predigt zu sprechen.

Meist handelten Onkel Pauls Predigten vom Satan und von den Verlockungen der Welt. Von den hohlen Fratzen, die diesen Verlockungen nur allzu gern nachgaben. Doch am Abend der Gebetsnacht hatte sein Ton eine andere Note.

»Ihr, die ihr schon einmal alles verloren habt, werdet wieder alles verlieren«, hörte ich seine Stimme durch die Zeltwand.

Ich war spät dran, denn an diesem Abend hatte Mutter nicht wie so oft in letzter Zeit bis in die Nacht hinein im Büro geschuftet. Stattdessen war sie nach Hause gekommen, gerade in dem Moment, als ich losfahren wollte. Wir hatten zusammen zu Abend gegessen, und als ich später endlich den Mut fand, ihr zu sagen, dass ich noch fortwollte, zu einer Predigt und zur Gebetsnacht, da legte sie das Besteck beiseite und sah mich an.

»Was ist das eigentlich mit diesen Leuten?«

»Nichts, was soll mit ihnen sein?«

Ihr forschender Blick ruhte auf mir. »Ich hab viel von ihnen gehört in den letzten Tagen. Berta Löwe wird ja mit ihnen nach Siegburg gehen.«

Ich nickte. »Ja, ich weiß.«

»Einerseits bin ich froh, dass sie dort eine feste Arbeit gefunden hat. Andererseits … Ich weiß auch nicht … Ist der Kurt denn so schlimm, dass er gleich in ein Heim muss?«

Ich zuckte die Achseln. Die Szene auf dem Zeltplatz fiel mir wieder ein. Die Schläge, die Magda ausgeteilt hatte. Etwas zögerlich sagte ich: »Vielleicht tut es Kurt ja ganz gut. Wenn sich mal jemand um ihn kümmert. Außerdem … da wird viel gesungen und gebetet. Das kann doch nicht schaden.«

Ein Lächeln huschte über das Gesicht meiner Mutter und der besorgte Ausdruck in ihren Augen verschwand für einen Augenblick.

»Berta war ja schon zu Hause in Allenstein bei den Baptisten. Wie die Grothes auch. Na ja, ist eben eine andere Form des Glaubens. Trotzdem … Ich weiß auch nicht, warum ich so ein komisches Gefühl habe.«

In diesem Moment entschied ich, dass es wohl besser wäre, Mutter nichts von meinen eigenen Zweifeln zu verraten. Immerhin wollte ich bei dieser Gebetsnacht dabei sein. Also sagte ich etwas, über das ich später noch oft nachdenken sollte: »Das sind wirklich alles gute Menschen, die glauben ganz fest an Gott.«

Am Ende hatte ich es geschafft, dass Mutter ihre Vorbehalte überwand und mich gehen ließ. Nun hockte ich draußen vor dem Zelt im Dunkeln, sah in die Sterne und wartete auf das Ende der Predigt. Hinter der erleuchteten Zeltwand erklärte Onkel Paul mit unheilvoller Stimme, dass wir hier nicht mehr sicher seien. »Wollt ihr warten, bis der Russe kommt und euch noch einmal alles wegnimmt? Euer Geld, euer Zuhause, eure Heimat! All das, was ihr euch so hart erarbeitet habt! Wollt ihr untätig dasitzen und das einfach geschehen lassen?!«

Ich horchte auf. Was redete Onkel Paul da? Seine Stimme schwoll zu einem Donnern an. Jetzt sprach er von der Endzeit und dass wir dieser neuerlichen kommunistischen Invasion nichts entgegenzusetzen hätten. Und während ich seiner Rede lauschte, beschlich auch mich eine Angst, die ich bis dahin nicht gekannt hatte. Der Ostblock war natürlich präsent für uns, wir wohnten hier nah an der Zonengrenze und in der Zeitung war ständig die Rede vom Warschauer Pakt. Trotzdem glaubte doch keiner wirklich an einen bevorstehenden Einmarsch der Russen, oder? Letztlich wusste ich wenig über diese Dinge. War die Situation in Wirklichkeit schon viel schlimmer, als wir ahnten? Oder übertrieb Onkel Paul aus irgendwelchen Gründen? Nach den Ferien, so nahm ich mir vor, würde ich meinen Geschichtslehrer Dr. Brock danach fragen.

Nervös zupfte ich an meinem Rocksaum herum und dachte an das Gespräch mit Onkel Paul, das mir nun bevorstand. Warum hatte er mich zu sich bestellt, was wollte er mir sagen? Und wie würde er auf meine sogenannte Beichte reagieren? Ich dachte an die halbherzigen »Sünden«, die ich mir abgerungen hatte. Eigentlich kann es ja nur so sein, dass er mich durchschaut, dachte ich. Dass er genau weiß, was für eine ich bin und dass es mir nicht wirklich darum geht, Gott zu begegnen. Unwillkürlich musste ich an Christa denken, an ihre Beseeltheit und auch an die von Magda. Würde *ich* je so etwas empfinden? Christa war auf jeden Fall näher dran, am Heiligen Geist, an Gottes Stimme oder woran auch immer. Sicher, ein Teil von mir sehnte sich ja auch danach, Gott nahe zu sein und mit Inbrunst an ihn und das ewige Leben zu glauben. Einen starken Halt im Leben, den brauchte doch jeder, oder etwa nicht? Manche von den Wörtern, die Paul gebrauchte, faszinierten mich, auch wenn ich sie nicht ganz verstand: *Ewigkeitszubereitung* zum Beispiel. Ein schönes Wort, es klang friedlich, nach guter Erde, gutem Boden, auf dem der Mensch – und seine Seele – gedeihen kann.

Ich war so in meine Gedanken versunken, dass ich ganz überrascht war, als plötzlich die Zeltwand zurückgeschlagen wurde und Paul, gefolgt von den anderen, herauskam. Er steuerte direkt auf mich zu, jedenfalls dachte ich das. Doch dann ging er einfach an mir vorbei, schien mich nicht einmal zu bemerken.

»Paul«, rief ich ihm nach, und als er nicht reagierte, wiederholte ich noch einmal, lauter diesmal: »Onkel Paul!«

Er blieb stehen und ich lief hinter ihm her.

»Was willste denn?«, fragte er ungeduldig und heftete seinen Silberblick auf mich.

»Aber … *du* wolltest mich doch sprechen. Hat Magda mir gesagt.« Als er immer noch nicht zu verstehen schien, fügte ich hinzu: »Es geht um die Gebetsnacht.«

»Ach … *du* warst das«, sagte er und musterte mich von Kopf bis Fuß, als sähe er mich zum ersten Mal. Wieder fühlte ich mich unbehaglich unter seinem Blick, irgendwie schuldig, und hatte dieses starke Gefühl, er würde tief in mich hineinblicken. Jetzt bereute ich es, ihn gerufen zu haben, und hätte mich am liebsten auf der Stelle verdünnisiert. Natürlich würde er mir gleich eine Absage erteilen, und das vor all seinen Jüngern.

Und tatsächlich sagte er: »Na, deine Beichte war ja nu wirklich 'n bisschen dürr! Da musste schon noch was nachlegen, wenn's dir ernst is mit dem Seelenheil!« Ich senkte den Kopf, nickte und sah zu, wie er sich umdrehte und davonging. Auch ich machte mich auf und wollte gerade mein Rad ansteuern, doch da rief er plötzlich über die Schulter hinweg: »Aber ich will ma nich so sein. Kannst dich bei Magda und Christa bedanken. Die haben ein gutes Wort für dich eingelegt!«

Mai 1961. Das Leben hier findet in Gruppen statt: die Männer, die Frauen, die Jungen, die Mädchen. Die Gruppennamen dürfen wir sogar selbst wählen. Da gibt es die von der Feuerwache, die sind von acht bis elf Jahre alt, und dann die Halalis, die sind etwas älter, so bis vierzehn, glaube ich. Obwohl, ich denke nicht, dass sich die Schranzen ihren Namen selbst ausgesucht haben. Klingt doch irgendwie abfällig, finde ich.

Und wir feiern keine Geburtstage mehr. Schließlich wollen wir uns selbst nicht ständig in den Vordergrund drängen, sagt Onkel Paul. Außerdem müsste man bei über dreihundert Leuten fast jeden Tag Geburtstag feiern, das geht natürlich nicht. Denn wir wollen uns ja auf das einzig Wichtige konzentrieren und leben, dass Gott ein Gefallen an uns hat. Und Arbeit ist nun einmal Gottesdienst. Einzig sonntags wird nur das Nötigste getan – füttern und melken – und mittags und abends essen wir alle gemeinsam, das ist schön.

Das mit den Geburtstagen ist mir zudem herzlich egal. Seit ich vier Jahre alt bin, ist der Geburtstag für mich wertlos. Zwei Wochen vor dem vierten Geburtstag war das mit Mutter. Seitdem hätte ich diesen Tag am liebsten aus dem Kalender herausgeschnitten. Nein, ich habe keine schöne Erinnerung an Geburtstage, auch nicht an spätere. Eine Haushälterin, die den Auftrag erhält, einen Kuchen zu backen. Ein Vater, der vier Stunden zu spät zur Feier kommt, als alles vorbei ist: die Kerzen ausgepustet, der Kuchen verputzt von Kindern, die mich nicht mögen und die ich nicht mag.

Nur für die kleine Traudel tut es mir leid! Schon auf dem Schiff hat das Kind mir von seinem Geburtstag erzählt, ganz stolz war sie, und immer hat sie dabei vier Finger abgezählt und mir hingestreckt und den Daumen mit der anderen Hand festgehalten. Das sah so lustig aus. Und nun soll der Tag für sie gar nicht kommen. Sie wird noch nicht mal wissen, dass sie Geburtstag hat. Denn wer sollte es ihr sagen? Zu ihrer Mutter hat sie seit der Episode bei der Ankunft keinen Kontakt mehr.

Vorhin bin ich beim Steinesammeln umgekippt. Die taugt zu nichts, höre ich Elses Stimme durch den Nebel in meinem Kopf. Im ersten Moment bin ich empört, seit wie vielen Wochen schleppe ich hier Steine, Tag für Tag für Tag! Und das mit Freude, ohne mich zu beklagen. Meine Arme sind verschrammt von den Dornen, von dem ganzen Gestrüpp, das wir zoppen. Mein Gesicht ist verbrannt. Kein einziges Mal hab ich mich beklagt. Und plötzlich muss ich an zu Hause denken, an den letzten Sommer, als ich mit Ruth Kartoffelkäfer gesammelt habe. Und dass wir damals auch im Fluss gebadet haben, in der eiskalten Striezel. Die beiden Flüsse hier heißen Lavadero und Perquilauquén.

Beim Geigeüben spät in der Nacht kann ich die Augendeckel kaum aufhalten. Else geht's nicht anders, das seh ich wohl. Aber als der Tío den Raum betritt, strafft sie den Rücken und tut ganz strebsam. Und dann raunzt sie mich an, so laut, dass alle es hören, auf jeden Fall aber der Tío: »Was tuste so erledigt, bist wohl das Arbeiten nicht mehr gewöhnt und brauchst 'ne extra Schicht!« Da guckt der Tío mich ganz komisch an und fragt mich, ob ich mir so meine Ewigkeit zubereiten will, mit Faulheit, und prompt hab ich mir einen zusätzlichen Dienst eingefangen und muss nach dem abendlichen Abwasch auch noch die Küche wischen. Aber ich verzieh keine Miene, sag nur: »Ja, Tante Else«, und nicke, weil ich weiß, wenn ich mir irgendwas anmerken lass, krieg ich am Ende noch eine geschallert wie Hanne neulich. Elfriede hat ihr nämlich eine Backpfeife verpasst, und nur weil Hanne dagegen protestiert hat, dass wir nicht mehr jeden Tag im Fluss baden dürfen. Manchmal denke ich, dass Hanne vielen hier ein Dorn im Auge ist. Weil sie so hübsch ist mit ihren leuchtenden Augen und dem hellblonden Haar. Weil sie so gerne lacht. Und weil sie sich einfach nicht den Mund verbieten lässt.

In dieser Nacht verfing sie sich in krausen Träumen von Rabenkrähen, die auf Grabsteinen saßen und angstvoll kreischend aufstoben, als Männer in SS-Uniform von einem Laster spran-

gen und mit Gewehren auf sie zumarschierten. Noch beim Aufwachen wunderte sie sich über diese weit hergeholten Bilder und fast genauso sehr darüber, dass sie sich überhaupt mal an einen Traum erinnerte.

Als sie später Kaffee trank, fiel ihr etwas anderes ein: Musste es außer der Redaktion von *Psychotherapie und Wissenschaft* nicht noch weitere Leute geben, die nichts von Maximilians Tod wussten?

Mit einem gewissen Widerwillen fuhr sie den Laptop hoch und machte sich daran, Maximilians Eingangspostfach durchzusehen. Sie schrieb ein paar Mitteilungen, öffnete weitere und hatte plötzlich eine Mail auf dem Bildschirm, mit der sie auf den ersten Blick überhaupt nichts anfangen konnte. Hatte der Schreiber sich in der Adresse geirrt? Aber nein, da stand: *Sehr geehrter Herr Dr. Dobrowsky*. Anne blinzelte, las noch einmal die Betreffzeile. *Bitte um Weiterleitung an Sres. Buhr/Surminski.* Was war das denn? Sie las, nun aufmerksam und von Anfang an:

Es freut mich, Ihnen mitteilen zu können, dass sich noch weitere Geschädigte bereit erklärt haben, sich an der Sammelklage zu beteiligen. Zusammen mit Sra. Buhr und Sr. Surminski sehe ich die Chancen für einen positiven Ausgang der Sache als überaus wahrscheinlich an. An dieser Stelle Ihnen nochmals meinen Dank für Ihre Unterstützung. Diese Menschen benötigen jede Hilfe, die sie bekommen können. Mit vorzüglicher Hochachtung, Gustavo Schneider, Abogados Schneider, Alvarez & Peréz.

Sie sah sich den Absender noch einmal an. Die Länderkennung der Mailadresse lautete *cl*. Wenn sie sich nicht sehr irrte, dann war das Chile. Anne löste den Blick vom Monitor. Chile, dachte sie. Frau Buhr und Herr Surminski. Waren damit etwa Renate und Horst gemeint?

Also hatte Maximilian den beiden bei einem Rechtsstreit helfen wollen, der, so verstand Anne das, in Chile stattfinden sollte? Eine Zivilklage. Worum es dabei ging, stand nirgends. Und auch als Anne nach alten Mails suchte, die ihr Aufschluss über die Angelegenheit hätten geben können, fand sie keine. Noch einmal kontrollierte Anne das Eingangsdatum der Mail. Zwei Tage nach Maximilians Tod. Dass die Mail noch nicht gelesen worden war, war klar. Wenn damit tatsächlich – und was lag näher – Renate und Horst gemeint waren, dann warteten sie mit Sicherheit auf diese Nachricht und Anne müsste ihnen Bescheid sagen. Aber wieso kümmerten sie sich nicht alleine darum? Da fiel Anne ein, dass die beiden ja noch kein Internet hatten.

Sie stand auf, duschte lauwarm und schlüpfte in ihre Afrikakluft: unverwüstliche Safarishorts und ein kurzärmliges Leinenhemd. Dann machte sie sich auf den Weg zum Verwalterhaus. Besser, sie erledigte das gleich.

Schon als Anne vom Rad stieg, hörte sie die Musik, irgendein Kammerkonzert. Renate und Horst waren Musikliebhaber, das hatte sie ja schon bei ihrem ersten Besuch gemerkt.

Sie öffnete die Gartenpforte und im Näherkommen merkte sie, dass die Klänge aus dem Wohnzimmer kamen. Die haben wirklich volle Pulle aufgedreht, dachte Anne und klingelte. Eine Weile lang stand sie so vor der Haustür herum, schwitzte aber in der prallen Vormittagssonne bald so sehr, dass sie beschloss, einfach ums Haus herumzugehen und sich durch Klopfen bemerkbar zu machen. Vielleicht saßen die beiden ja auch auf der Terrasse.

Als Anne um die Hausecke bog, sah sie den Wagen, einen alten Opel, dessen Lack so matt war, als habe man ihn sandgestrahlt. Dann erblickte sie den Tisch auf der Terrasse, auf dem Kaffeetassen und bekrümelte Frühstücksteller standen sowie ein kleines Blumengesteck, aus dem eine *48* herausragte und der Namenszug *Renate*. Irritiert kniff Anne die Augen zusammen und ging etwas näher an das Gesteck heran. War es möglich, dass Renate fast so alt war wie sie selbst? Denn offenbar war es ihr Geburtstag, der hier gefeiert wurde. Na ja, sie würde nicht lange stören, nur die Nachricht übermitteln und sich dann gleich wieder verabschieden. Obwohl sie, wenn sie ganz ehrlich war, zu gern gewusst hätte, um was genau es bei dieser chilenischen Rechtssache überhaupt ging. Sie sah sich noch einmal im Garten um und ging dann auf die Terrassentür zu. Alle Fenster und Türen standen sperrangelweit offen.

Und dann sah sie die Musizierenden und begriff. Sie saßen drinnen im Kreis, Renate, Horst und die Kinder, und dazu drei andere, zwei Frauen und ein Mann im Rollstuhl, schon etwas älter. Die Frauen hatten graues, zu einem Dutt gestecktes Haar und trugen wie Renate einen Rock, der weit über die Knie ging. Der Mann war dünn und musste so groß sein wie Horst, auch er trug ein kurzärmliges kariertes Hemd. Alle waren so in ihr Spiel vertieft, dass sie nichts um sich her bemerkten, schon gar nicht Anne, die auf der Terrasse stand und mit offenem Mund zu ihnen hereinsah. In ihr war nur Platz für einen einzigen Gedanken: Diese Musik war so schön und wurde mit so leichter Hand gespielt, dass man auf die Idee kommen konnte, diese Menschen hätten im Leben nichts anderes getan, als zu musizieren.

Ganz langsam zog sie sich zurück. Doch da hatte der Mann im Rollstuhl sie schon entdeckt. Abrupt hörte er auf zu streichen, den Bogen noch auf der Geige, und auch die anderen verstummten. Und dann sahen alle zu Anne hin, die immer noch vor der geöffneten Terrassentür stand und sich ertappt fühlte, wie ein Eindringling oder ein Spanner.

Der Moment ging vorüber und Anne erwachte aus ihrer Blockade. Sie hob die Hand und winkte Renate. Und dann rief sie wie über einen Zaun hinweg: »Ich habe geklingelt.« Ihre Stimme klang auch für ihre eigenen Ohren ganz unnatürlich und sie ärgerte sich über die Situation, in die sie da geraten war.

Auf diesen Satz hin kam Bewegung in die Szene.

Renate nahm lächelnd ihre Geige herunter und Anne beeilte sich zu sagen: »Ich komme ein anderes Mal wieder«, woraufhin Horst meinte: »Aber nein.« Anne stand immer noch da, wo sie die ganze Zeit gestanden hatte, und sagte schließlich: »Ich wollte euch nur ganz kurz sprechen.« Sie fühlte sich wie auf einer Bühne, denn noch immer sahen alle Anwesenden zu ihr hin, das jeweilige Streichinstrument in den Händen.

»Ich habe heute Geburtstag«, erklärte Renate und sah sich kurz zu den anderen um, als wollte sie sich rückversichern, aber es kam keine erkennbare Reaktion. Da führte Renate Anne in das kleine Zimmer gleich neben der Haustür, einen gesichtslosen Raum, in dem außer einem Schreibtisch, einem Stuhl und einem Regal nichts stand.

»Herzlichen Glückwunsch!«, sagte Anne. »Ich will auch gar nicht lange stören.« Sie zog ihr Smartphone aus der Tasche, wischte darauf herum und las Renate die Mail des chilenischen Anwalts vor. Danach Schweigen.

»Ja«, sagte Anne schließlich verunsichert, weil Renate so gar nicht reagierte, »damit seid doch ihr gemeint, nicht wahr?«

Immer noch Schweigen, so lange, bis die Tür, die nur angelehnt war, aufging und Horst hereinkam. Anne wiederholte, was sie gerade zu Renate gesagt hatte. Wieder schien eine Ewigkeit zu vergehen, in der keiner etwas sagte und in der Anne zu begreifen versuchte, was hier vorging und was für ein Problem die beiden eigentlich hatten. Dass sie gerade in ein Wespennest gestochen hatte, begriff sie erst viel später.

»Ja«, sagte nun auch Horst und Anne fragte sich, wie viele »Jas« in den nächsten Minuten wohl noch fallen würden.

Da erklärte Horst: »Dann werden wir dir wohl erzählen müssen, worum es hierbei geht«, drehte sich um und ging voran, führte Anne ins Wohnzimmer, wo die anderen auf etwas zu warten schienen. Jedenfalls sahen sie ihr entgegen, als sie das Zimmer betrat, mit diesen leeren Blicken, die nichts ahnen ließen von dem, was in ihnen vorging.

»Ihr könnt jetzt spielen gehen«, sagte Renate zu den Kindern, und die standen auf und verließen den Raum. Renate und Horst setzten sich und auch Anne nahm Platz, auf dem Stuhl, auf dem Alma gesessen hatte. Die Szenerie ließ sie an einen Kindergarten-Stuhlkreis denken, es fehlte nur noch die Reise nach Jerusalem.

Doch da fragte Horst: »Sagt dir Colonia Dignidad etwas?«

Anne blinzelte kurz und wirkte wohl recht ratlos, denn sogleich sagte Horst: »Also nicht …« und sah betreten aus. Oder war es Müdigkeit, die auf seinem Gesicht lag? »Tja … das macht die Sache nicht leichter.« Er sah von einem zum anderen und blieb dann mit dem Blick an dem Mann im Rollstuhl hängen, der daraufhin leicht nickte. »Wir wollten das eigentlich so wenigen Menschen wie möglich erzählen. Wir haben es Maximilian erzählt, aber er war ja nicht von hier. Und du bist auch nicht von hier. Deshalb können wir es dir wohl auch sagen …« Horst sah zu Boden, er schien sich zu sammeln oder zu wappnen. Und dann seufzte er tief und sagte: »Wie hat man uns schon genannt … Psychosekte und Folterlager und …« Wieder legte er eine Pause ein. Dann setzte er sich zurecht, klatschte sich mit den offenen Händen auf die Oberschenkel und sagte mit einem schiefen, irgendwie bitteren Grinsen: »… man kann nur sagen, dass das alles zutrifft.«

Wieder legte sich Schweigen über sie, bis der Mann im Rollstuhl vorschlug: »Du solltest vielleicht von Anfang an erzählen.«

Horst nickte. »Als bunter Hund denkt man, dass alle einen sofort sehen. Na ja, in Chile ist das auch so. Da weiß jedes Schulkind über uns Bescheid. … Ja, wo fang ich an … am Anfang.« Wieder dieses Grinsen. Und dann begann er zu erzählen.

»Unsere Eltern sind Anfang der sechziger Jahre nach Chile gegangen, um dort, wie sie meinten, ein urchristliches Leben zu führen. Es waren rund dreihundert Leute, Männer, Frauen, Kinder, die da aus dem Nichts heraus etwas haben entstehen lassen, nur mit ihrer Hände Arbeit. Dort, wo *nichts* war, haben sie *alles* gemacht. Wälder gerodet, Steine gesammelt, Felder angelegt, Häuser und Werkstätten gebaut. Ziemlich bald waren sie … waren wir Selbstversorger. Wir hatten alles. Eine Landwirtschaft, eine Molkerei, eine Getreidemühle, eine Rapsmühle, Bäckerei, Konditorei, Schlosserei, Schreinerei, sogar ein Krankenhaus mit OP, wo wir arme Chilenen umsonst behandelt haben.«

Er legte eine Pause ein und blickte Anne an. »Hm …«, sagte er dann fast versonnen. »Das hört sich alles ganz vernünftig an, nicht wahr?« Wieder war da dieses Grinsen. Man hätte es fast für verschmitzt halten können, wäre da nicht eine eigentümliche Starre in seinem Blick gewesen, so als müsste er das, was unter diesem Grinsen lag, um jeden Preis verbergen. »Aber das war es nicht. Das war nur die Oberfläche, das Idyll von den fleißigen, gottesfürchtigen Deutschen. In Wahrheit war es die Hölle. Wir durften nichts. Wir hatten nichts. Schon auf dem Schiff hat man die Eltern von den Kindern getrennt. Als unsere Eltern ankamen, mussten sie ihre Pässe abgeben, die Armbanduhren, niemand hatte Privatbesitz, niemand hatte Geld. Alle waren gleich.«

»Aber …« Anne sah von einem zum anderen.

»Wieso sie das mit sich haben machen lassen? Das wolltest du doch fragen, nicht wahr?«

Wieder dieser Blick, dachte Anne und nickte.

»Darüber hat sich wohl schon die halbe Welt den Kopf zerbrochen und doch keine wirkliche Antwort gefunden ... Erst mal war es wohl die Zeit. Man war gewohnt zu gehorchen, immer noch. Der Krieg steckte unseren Eltern in den Knochen. Meine Eltern zum Beispiel stammten aus dem Baltikum. Sie haben mit der Flucht alles verloren, dann kam der Kalte Krieg und sie hatten Angst, alles noch mal zu verlieren. Das bisschen, was sie sich aufgebaut hatten. Und ihr Führer, Paul Schäfer, war ein Mann, der ihre Angst zu nutzen wusste. Er hat sie sogar geschürt. Und so haben all diese Leute ihr gesamtes Hab und Gut verkauft und es in die Gemeinschaft gegeben, bei der Auswanderung. Ja – und in Chile standen sie dann da. Ohne alles. Und selbst wenn der eine oder andere für sich den Gedanken an Flucht gehabt haben mochte, so scheiterte es doch daran, dass sie nichts hatten, dort in der Fremde, nichts. Das war das eine. Das andere war die Aufbaustimmung. Da entstand schon etwas, ein ganz starker Gemeinsinn. Und dass die Familien nicht mehr zusammenleben sollten, haben unsere Eltern am Anfang sicher als einen Übergang angesehen, wie hätte es anders sein können? Da war wohl so eine Art Pfadfinderstimmung, alle campierten irgendwie, und wahrscheinlich dachten die meisten, alles würde anders werden, wenn der Anfang erst mal gemeistert war.« Er verstummte abermals und sah in die Runde.

»Aber so war es nicht«, sagte da der Mann im Rollstuhl.

»Im Gegenteil. Als alles fertig gebaut war, ist es erst richtig schlimm geworden.«

»Und irgendwann haben sie dann alles eingezäunt.«

»Sie haben sogar Kameras und Abhöranlagen und Bewegungsmelder installiert und das ganze Gelände war mit hauchdünnen Drähten bespannt – überall abseits der Wege gab es diese Spinnendrähte.«

»Und wenn einer darüber gestolpert ist, dann ging in der Überwachungszentrale der Alarm los. Dann sind sie gekommen und haben einen geholt. Man wurde eingesperrt und bekam Spritzen und Tabletten. Und überall haben sie verbreitet, man wäre nicht mehr zurechnungsfähig. Die haben einen einfach so für verrückt erklärt.«

Mit wachsendem Unglauben hatte Anne zugehört. Was erzählten diese Menschen da, diese brav aussehenden Leute, die so wirkten, als ob sie sich nie mit etwas Diffizilerem hatten herumschlagen müssen als der Wahl des Kirchengemeinderats oder der Frage, ob die alten Kirchenbänke durch eine mobile Bestuhlung ausgetauscht werden sollten.

Anne blinzelte. »Aber …« Sie verstummte sofort wieder. Mit einem Mal kam sie sich vor, als würde sie nur dieses eine Wort kennen. Sie holte tief Luft und sagte dann: »Aber wenn es so schlimm war, warum habt ihr euch nicht irgendwann zusammengetan und euch gewehrt?«

Keiner sagte ein Wort, aber Anne glaubte eine gewisse Ermüdung zu spüren, ein Gefühl, als hätten sie diese Frage schon viele Male beantwortet. Und nun taten sie es ein weiteres Mal.

»Wir hatten keinen Kontakt zu den anderen.«

Nur dieser eine Satz. Nicht weiter schwer zu verstehen, und doch hatte Anne große Mühe, die einzelnen Worte zu einem Ganzen zu verknüpfen. Nach einer Weile fragte sie: »Wieso *keinen Kontakt*? Wart ihr denn alle in Einzelhaft?«

»Wir waren in Seelenhaft.«

Wieder legte sich Schweigen über die Runde. Anne fühlte sich immer unbehaglicher. Sie hatte doch nur die Nachricht überbringen und sich dann wieder ihren eigenen Dingen zuwenden wollen. Seelenhaft. Wie sich das anhörte. Wie konnte jemand seine Seele in Haft nehmen lassen?

Fast gegen ihren Willen sah sie von einem zum anderen. Von

Renate, die sich aufrecht hielt wie eine Gouvernante aus dem vorletzten Jahrhundert, über Horst, der mit seinem schiefen Lächeln dasaß, als wollte er um Verzeihung bitten, und die beiden Frauen neben ihm, die eine in einer blauen, die andere in einer grün gemusterten Bluse, bis hin zu dem Mann im Rollstuhl. Und mit einem Mal war sie geradezu erschlagen von der Ähnlichkeit dieser Menschen miteinander. Sie lag nicht in den Gesichtszügen und auch nicht in ihrer Art, sich zu kleiden. Was sie alle wie aus einem Guss erscheinen ließ, war der Ausdruck auf ihren Gesichtern: diese entspannte Neutralität, die Anne nie zuvor bei so vielen Menschen gleichzeitig bemerkt hatte. Nicht um alles in der Welt hätte sie sagen können, was diese Menschen dachten, wie sie sich gerade fühlten. Und immer noch hing dieses Wort in der Luft: *Seelenhaft*.

RUTH. Es war nach zehn, als wir uns auf den Weg zum Citronenberg machten. Die Nacht war sternenklar und ich erinnere mich an den Mond, der groß und rund über dem Feuerturm im Wald stand wie die Laterne eines Riesen, die jemand dort oben an den Himmel gehängt hatte. Die Schatten der Bäume waren lang und schwarz, als wir in den Wald eintauchten, und ich weiß noch, dass Hänschen auf einmal dichter an mich heranrückte und seine Hand sich in meine legte.

In einer losen Kette liefen wir hintereinanderher, zu zweit oder zu dritt, eine Prozession von erwartungsfrohen Nachtwanderern. Zu Beginn unterhielten sich einige noch miteinander, doch nach einer Weile verstummten auch sie und eine geradezu feierliche Stimmung entstand, die auch von mir Besitz ergriff.

Ein paar Reihen weiter vorne, hinter Paul Schäfer, ging Erich und ich erinnere mich noch gut an die Blicke, die er mir zuwarf, und an mein Hochgefühl, als er sich nach und nach immer weiter nach hinten treiben ließ, bis er völlig selbstverständlich neben Christa und mir herging.

Auf der Lichtung beim Feuerturm machten wir halt. Links neben mir stand Christa, rechts von mir Erich. Fast übermächtig spürte ich auf einmal seine Gegenwart, und seine schiere Größe ließ in mir den Wunsch aufflammen, mich an ihn zu drücken, jetzt sofort, und in seiner Umarmung zu versinken.

»Ihr alle, die ihr euch hier versammelt habt, seid anders«, rief da Onkel Paul in meine Gedanken hinein. »Anders als die Leute, die jetzt in ihren Betten liegen und schlafen. Ihr habt euch mitten in der Nacht aufgemacht, um Erhörung zu finden. Der Weg zur Erhörung aber ist steinig. Steinig und dornig. Nur der, der all seine Sünden fahren lässt, der sich selbst fahren lässt und sich ganz klein und bloß und voller Vertrauen in Gottes Hände begibt, erlangt Erlösung. Denn Gott sieht in eure Köpfe, er sieht euch so, wie ihr wirklich seid! Ihm könnt ihr nichts vormachen, er weiß, wie es hinter euerm Lächeln aussieht.«

Betreten senkte ich den Kopf. Ob er mir meine Gedanken angesehen hatte? Jedenfalls wurde ich schlagartig ernst. Pauls Stimme hatte etwas Bedrohliches, und als er nun verstummte, hallten seine Worte im Schweigen der Nacht wider und sickerten in die Dunkelheit und in meinen Kopf. Aber auch alle anderen schienen den Atem anzuhalten, als Paul uns aufforderte: »Darum sucht euch nun alle einen Ort und beginnt zu beten, auf der Stelle. Betet, als ginge es um euer Leben. Und darum geht es ja auch! Da draußen regiert die Sünde. Da draußen regiert das Schmutzige. Und überleben wird nur der Reine, der Aufrichtige. Also ist euer erster Schritt der, eure Sünden rauszulassen. Denn sie sind wie Pech, zäh und klebrig, und ersticken alles andere in euch. Und wenn ihr es nicht herausspült, das Pech in euch, dann bleibt alles andere daran kleben, alle Worte des Gebets, das Flehen um Erlösung, alles bleibt daran kleben an diesem Schmutz und ihr werdet ihn nie mehr los. Spült euch rein und beichtet, lasst alles heraus und betet, betet, als gäbe es kein Morgen!«

In der Stille, die auf Onkel Pauls Worte folgte, war eine vibrierende Anspannung zu spüren. Nach und nach entfernten sich die Einzelnen voneinander. Ich sah Elfriede, die auf die Knie sank und den Kopf senkte, und Onkel Paul, der Hänschen bei der Hand nahm. Auch die anderen verteilten sich mit einem gewissen Abstand voneinander und sanken auf die Knie. Bald hörte man nichts als das Murmeln sich steigernder Gebete. Auch Christa und Erich waren verschwunden. Nur ich stand noch dort, wo ich zuvor gestanden hatte, und wusste nicht recht, was nun zu tun war. Sollte ich mich einfach niederlassen und irgendetwas bekennen? Unsicher sah ich mich um und entfernte mich dann ein Stück von den anderen, sank neben einem Baum auf die Knie und begann das Vaterunser zu beten. Etwas anderes fiel mir nicht ein. Ein paar Meter von mir entfernt kniete Magda, schon tief in ihr Gebet eingetaucht, und als ich den Blick schweifen ließ, entdeckte ich auch Christa, ebenfalls auf den Knien und mit tief gesenktem Kopf.

Ich war am Ende des Gebets angekommen und unternahm einen halbherzigen Versuch, frei zu beten, doch bei dem allgemeinen Gemurmel konnte ich mich nicht richtig konzentrieren und so fing ich mit dem Vaterunser von vorne an.

Eine Weile lang betete ich so vor mich hin, merkte aber selbst, dass ich allenfalls mit halbem Herzen dabei war. Zu skurril war die Situation, zu groß die Ablenkung durch die anderen, die alle durcheinandersprachen. Nach einer Weile schien die Lautstärke zuzunehmen. Besonders von Else und Elfriede waren komische Töne zu hören, die gar keinen Sinn ergaben.

»KARRAMASISALAMA-BERRASAMALA!«

Ich kniff die Augen zusammen und wünschte mir Stöpsel

für die Ohren. Warum mussten die anderen so herumlärmen! Kurz versuchte ich, mich nun doch auch ins Gebet zu versenken, aber bald hob ich wieder den Kopf und linste hinüber zu Elfriede. Deren Bewegungen waren inzwischen wie die eines Moslems, der sich gen Mekka wendet. Immer wieder riss sie die Arme hoch, um sich kurz darauf in einer dramatischen Geste hinzuwerfen. Auch die Laute, die aus ihrer Kehle kamen, klangen für mich eher arabisch. Ich musste mich zwingen, nicht zu grinsen. Mit Else war es noch ärger. Ihre Bewegungen erinnerten mich an ein Huhn, das wegzuflattern versucht. Wieder und wieder breitete sie die Arme aus, als wollte sie sich aus dem Stand in die Lüfte erheben. Dabei stieß sie dermaßen absonderliche Töne aus, dass ich mir die Hand vor den Mund halten musste, um nicht laut loszuprusten. Du bist gehässig, dachte ich. Aber das war dann doch alles ein bisschen viel Erleuchtung für meinen Geschmack.

Als mein Blick auf Christa fiel, blieb mir jedoch das Lachen im Halse stecken: Wie ein Schwein im Pfuhl wälzte sie sich auf der Erde hin und her und jaulte dabei vor sich hin. Was ging hier vor? Was taten diese Menschen? Im hellen Schein des Mondes beobachtete ich sie. Wie absorbiert sie wirkten von dem, was sie taten. Wie ihre eigenen unverständlichen Worte für sie eine Botschaft zu haben schienen. All diese Menschen waren offenbar von Gott oder dem Heiligen Huhn oder was auch immer erfüllt. Alle, nur ich nicht. Aber welcher normale Mensch hätte mir das verdenken sollen? Ich hatte mir diese Gebetsnacht vollkommen anders vorgestellt, feierlicher und vor allem würdevoller! Was hier vor sich ging, ließ mich an ein Irrenhaus denken. Ja, dachte ich, die gebärden sich wie eine Bande Bekloppter, die aus einer geschlossenen Anstalt ausgebrochen sind und hier im Wald ihren Veitstanz aufführen. In dem Moment fiel mir Erich wieder ein. Wo war *er* überhaupt?

Während ich da auf der Lichtung stand und nichts in mir spürte als dieses Fremdheitsgefühl, wurde mir mit einem Schlag klar, wie allein ich war. Ich würde niemals verstehen, was diese Menschen hier taten. Christa – wenn sie denn ernsthaft in dieser Trance war – und ich drifteten auseinander wie Kontinente.

Auf einmal wollte ich nur noch hier verschwinden, und zwar möglichst unauffällig. Ich sah mich noch einmal um. Außer mir waren alle mit sich und dem Heiligen Geist beschäftigt, niemand beachtete mich, also zog ich mich langsam zurück. Als ich in die Schatten der Kiefern am Rand der Lichtung eintauchte, spielte ich mit dem Gedanken, hier zu warten, bis alles vorüber wäre, um mich dann wie nebenbei unter die Erweckten zu mischen. Doch ein Blick zurück ließ einen Widerwillen in mir aufsteigen, gegen den ich nicht ankam. Nein, nein, dachte ich, ich muss von hier weg, jetzt sofort. Das Stöhnen und die Schreie verblassten, während ich den mondbeschienenen Waldweg entlangging, und allmählich bekam ich das Gefühl, wieder atmen zu können.

Doch da hörte ich Schritte und drehte mich um. Bevor ich dazu kam, mich zu erschrecken, erkannte ich die hünenhafte Gestalt, die hinter mir den Weg entlangkam: Erich. Hell leuchtete sein weißes Hemd im Mondschein. Flüchtete er etwa wie ich vor dieser absonderlichen Zusammenkunft? Oder war er mir gefolgt?

Auf einmal fing mein Herz wild an zu schlagen. Ich war stehen geblieben, fühlte mich wie festgewachsen. Gebannt starrte ich ihm entgegen, wie er durch diese eigenartige Landschaft aus Mondlicht und Schatten auf mich zuschritt.

Dann stand er direkt vor mir, so dicht, dass ich die Hitze seines Körpers spürte. Sein Gesicht lag im Dunkeln, und während ich seinen Blick mehr ahnte als sah, tat ich einen Schritt auf ihn zu, den einen Schritt, der uns trennte. Und dann ging alles ganz schnell. Fest griffen seine Hände nach mir, ungestüm drängte er sich an mich.

Was dann geschah, verschwimmt in meiner Erinnerung zu etwas Rauschhaftem, Grobem. Er zog mich weg vom Weg, vorbei an Bäumen und Sträuchern unter eine Kiefer. Dort sanken wir zu Boden, auf den dicken Teppich von Kiefernnadeln. Er tastete nach meinem Rock, nach meiner Bluse, zerrte ungeduldig daran. Sein Körper auf mir, sein Mund, sein Atem, heiß und stoßweise, seine Hände, hart und fordernd. Und über uns eine Scherenschnittlandschaft aus Ästen und Zweigen, aus Mondlicht. Und ganz von Ferne das Klagen und Heulen, das Jaulen und Wehklagen der Betenden, das sich mit Erichs Stöhnen vermischte.

Oktober 1961. Ich kann mein Glück kaum fassen. Nachdem ich gestern wieder beim Steineschleppen umgekippt bin, habe ich nun eine neue Aufgabe. Ab heute bin ich Gruppentante! Das Erste, was ich gedacht habe, als ich es erfahren habe: Das hat der liebe Gott gemacht, so sorgt er für mich, so bekommt alles einen Sinn, auch diese schwere Zeit! Letztlich sind die Kinder ja auch der Grund gewesen, warum ich überhaupt hierhergekommen bin. Auch wenn es statt der armen Erdbebenopfer nun eben die Kinder der Gemeinschaft sind, um die ich mich kümmern darf. Ein bisschen schäme ich mich natürlich auch dafür, dass mich das alles hier so hart ankommt. Was aber auch daran liegt, dass ich immer noch keine Nachricht von Tante Hiltrud bekommen habe. Aber ich selbst trau mich ja auch nicht, um Briefpapier und Porto zu bitten. Wo alle hier so schwer arbeiten, dass kein Raum für ein Privatinteresse bleibt. Und vielleicht geht es Tante Hiltrud genauso wie mir. Aber nun hab ich ja die Kinderchen. Zehn sind es, und ich hab die Kleinen ohnehin am liebsten um mich, weil sie noch ohne Arg und Hinterlist sind. Auch hab ich nun ein kleines Pony, das Moritz heißt, und einen Wagen, mit dem wir den ganzen Tag hin und her fahren, um Erledigungen zu machen. Das ist ein schönes Gefühl, die Kleinen hinten drauf, wenn wir übers Gelände schnüren und Hoch auf dem gelben Wagen *singen. Nur Traudel sieht immer so traurig aus. Auch macht sie immer noch ins Bett. Einmal war ich dabei, als Else sie dafür geohrfeigt hat. Links, rechts, links, mit voller Wucht. Als ich Traudel ganz vorsichtig darauf anspreche, sagt sie, sie friere in der Nacht. Und da kommt mir ein Gedanke: Vielleicht helfen warme Socken? So sitze ich nachts da und stricke Traudel ein Paar Bettschuhe aus selbst gesponnener Schafwolle. Und obwohl es länger dauert, stricke ich ein schönes Muster hinein, mit breiteren und schmaleren Zöpfen. Drei Tage später überreiche ich sie ihr in der Gruppe. »Die Traudel«, so erkläre ich, »hat gesundheitliche Probleme und braucht deshalb Bettschuhe.« Auch denke ich mir, dass sie zu ihrer Mutti will. Immer wieder versuche ich sie abzulenken, und so spielen wir alle zusammen Verstecken und Ringelreihen und manchmal lass ich die Kleinen auch auf Bäume klettern und dann zeig ich ihnen die Spiele, die ich damals mit Ruth auf der Heide gespielt hab.*

Und da kommt Erich mit Hasso vorbei und lächelt mir zu und sieht mich lange an. Und dann bin ich wieder ganz zuversichtlich und denke, dass es bei uns vielleicht auch so werden kann wie bei Onkel Knolle und Tante Erika. Die haben schon jetzt ein gemeinsames Zimmer. Wie ein richtiges Ehepaar. Aber Onkel Knolle gehört natürlich auch zu den Herren, die uns nach außen repräsentieren müssen. Erich ist zwar oft beim Tío, aber besondere Privilegien hat er nicht. Er ist damit zufrieden, bei der Hundestaffel zu sein. Das ist was für ihn. Und natürlich will er sich nicht ausgerechnet damit hervortun, dass er auf das nächtliche Beisammensein mit seiner Frau drängt. Was für einen Eindruck bekäme der Tío denn da von ihm! Die meisten Ehepaare leben hier im

Moment noch getrennt, die Männer bei den Männern und die Frauen bei den Frauen. Irgendwann wird sich das schon ändern. »Rom ist auch nicht an einem Tag erbaut worden«, sagt Erich.

Die Kinder haben kein Spielzeug. Und so sammle ich Kiefern- und Tannenzapfen und zeige ihnen, wie man mit Astgabeln kleine Schafställe und Schweinekoben baut, wie man das Dach mit dünnen Zweigen und Gras deckt. Die Tannenzapfen sind die Schweine und die Kiefernzapfen die Schafe. Das gefällt auch Traudel und für die Dauer des Spiels sieht sie fast fröhlich aus. Das Einzige, was ich an der neuen Aufgabe nicht mag, ist das Gruppenbuch. Dort muss ich alles eintragen, was die Kinder sich haben zuschulden kommen lassen. Auch was sie beichten. Das Gruppenbuch wandert dann direkt zu Onkel Paul, der alles liest. Aber was ist schon dabei, wenn ein Kind die kratzige Jacke nicht tragen oder diesen Brotaufstrich nicht essen mag, das Gepantsche aus Öl, Mehl und Salz, das es jetzt immer gibt, als Butterersatz. Außerdem käme ich mir vor wie eine Petze. Deswegen lass ich vieles lieber weg.

Und dann sagt Erich zu mir im Vorübergehen: »Morgen sprech ich mit dem Tío.« Worüber, das brauche ich nicht zu fragen, denn ich weiß genau, was er meint! Ich lasse die Kleinen weiterbauen und gehe ein Stück weit mit Erich durch den Wald. Und dann zieht er mich hinter einen Baum und küsst mich. Mein Herz klopft wie wild, ich habe Angst, jemand könnte uns sehen und es dem Tío verraten. Kein Ehepaar berührt sich hier. Noch nicht einmal Blicke tauschen die Eheleute. Sie verhalten sich gerade so, als würden sie einander kaum kennen. Das ist schon merkwürdig, aber andererseits soll eben jeder gleich viel wert sein. So wie jeder Mensch vor Gott gleich ist. Aber dieser Kuss ist so schön, dass ich ganz weich werde in Erichs Armen. Und in diesem Moment vergesse ich sogar, was ich sonst nie vergessen kann.

Anne hatte es nicht erwarten können wegzukommen, und als sie sich endlich aufs Rad setzte, bemerkte sie nach einer Weile, dass sie schnell und hart in die Pedale trat, so als hätten ihre Füße etwas verinnerlicht, was ihr Kopf noch nicht zu fassen in der Lage war. *Seelenhaft.*

Anne hing immer noch dem Wort nach, dachte daran, dass kurz darauf tapsende Schritte im Flur zu hören gewesen waren. Und dann war die Tür aufgegangen und die beiden Mädchen waren wieder hereingekommen in ihren bunt geblümten Sommerkleidern. Anne hatte sie im ersten Moment nur ansehen können, so krass war der Gegensatz zu dem soeben Gehörten und so hübsch waren die beiden, wie dunkle Rauschgoldengel mit ihren großen braunen Augen und dem langen Haar. »Wir haben schon den Tisch gedeckt, fürs Mittagessen«, hatte Alma der Runde stolz verkündet, woraufhin Renate Annes Blick gesucht und einen Finger auf die Lippen gelegt hatte. Dann war sie aufgestanden und hinter den Kindern aus dem Raum gegangen. Als ihre Schritte verklungen waren, hatte Horst zu Anne gesagt: »Sie wissen von alldem nichts.«

Zurück in der Baracke hatte Anne den Impuls, sofort ins Internet zu gehen und das Gehörte nachzurecherchieren. Es kam ihr alles zu übertrieben, zu extrem vor, um wahr zu sein. Andererseits hatte die Art, wie die beiden erzählt hatten, jeden Zweifel verboten. Am Ende schob sie das Ganze erst mal von sich und rief stattdessen bei der Auswilderungsstation in Walsrode an, um mit deren Leiter einen Termin zur Abholung der Raben zu vereinbaren. Als Nächstes beantwortete sie die Mail des chilenischen Rechtsanwalts – sie informierte ihn über Maximilians Tod und teilte ihm mit, dass sie die Nachricht über die Sammelklage an Renate und Horst weitergegeben habe. Kurz verharrte sie mit den Fingern über der Tastatur und fügte dann hinzu, dass er sie gerne anschreiben könne, wenn es noch Weiteres mitzuteilen gäbe.

Später fütterte sie die Raben mit Schlachtabfällen. Eine Weile lang sah sie ihnen beim Fressen zu, wie sie mit ihren kräftigen Schnäbeln große Stücke aus dem Fleisch hackten. Und plötzlich musste sie wieder an Maximilians Interview denken, an seine Worte über die Angst, die das Überleben der Rabenkrähen sichert. Diese Angst ging den beiden hier vollkommen ab, so vertrauensvoll, wie sie sich Frau Bottke und ihr und wohl auch allen anderen Menschen näherten.

Als nichts mehr zu tun war, suchte sie im Vorratskeller nach etwas, das sie kochen konnte, und beschloss lustlos, sich einen Kartoffelsalat mit Thunfisch und grünen Bohnen zusammenzupuzzlen. Sie musste einfach irgendetwas tun, etwas mit den Händen.

Sie setzte die Kartoffeln auf, öffnete eine Dose Thunfisch und ein Glas Bohnen, doch noch bevor die Kartoffeln kochten, kam ihr eine Frage, die ihr zunächst absurd, dann möglich und am Ende vollkommen plausibel erschien: Ob Maximilians Fixierung auf die marzluffschen Studien irgendwie mit Renate und Horst zusammenhing? Das wäre immerhin eine Erklärung dafür, dass er sich auf einmal weniger mit der Gestenforschung beschäftigt hatte als mit der Frage, wie Rabenkrähen überlebenswichtige Informationen nicht nur an ihre unmittelbaren Artgenossen weitergeben, sondern möglicherweise sogar an ihre Nachkommen. Und inwieweit Angst ihr Überleben gewährleistet.

Ja, dachte sie, so muss es gewesen sein. Maximilian hatte sich Gedanken um diese Menschen gemacht, hatte sich auf sie eingelassen. Er, der schon immer der Empathischere von ihnen beiden gewesen war, hatte sicher recht schnell begriffen, inwiefern Renate und Horst anders waren. Bemerkt hatte Anne diese

Dinge auch, doch sie hatte aus dem Wahrgenommenen keine Schlussfolgerungen gezogen: aus den fehlenden Gesten, den fast lethargisch wirkenden Händen, die im Gespräch einfach nur herumlagen, den Gesichtern, in denen man einfach nicht lesen konnte, oder diesem merkwürdig offenherzigen »Du«, mit dem die beiden Anne gleich zu Beginn angesprochen hatten und das nicht zu diesen sonst ultrakonservativ wirkenden Leuten passte.

Jetzt begriff sie auch, was es mit den Dateien auf sich hatte, die Maximilian zuletzt gelesen hatte. In allen ging es um die Colonia Dignidad – eine Kolonie der Würde, in der es menschenunwürdiger kaum hätte zugehen können.

Anne griff nach Maximilians Laptop, schaltete ihn ein und öffnete Google. Nur mal kurz reinschauen, dachte sie, doch schon als sie *Colonia Dignidad* ins Suchfenster eintippte, war ihr klar, dass es so nicht laufen würde. Es gab Hundertausende von Einträgen zum Thema *Colonia Dignidad*. Wie sie schnell herausfand, hieß deren ehemaliges Gelände heute *Villa Baviera* und machte auf Tourismus. Ein Hotel, dachte Anne und schaute ungläubig auf den Bildschirm. Wer wollte denn an solch einem Ort Urlaub machen? Aber vielleicht war das Thema in Chile nur eines von vielen. Bestimmt hatten die Chilenen genug mit ihrer eigenen Vergangenheit zu tun.

Anne klickte den nächsten Artikel an, dann wieder einen anderen und immer so fort. Schnell wurde ihr klar, dass sich die gesamte Presse im Laufe der Jahrzehnte über das Thema hergemacht hatte. Kein Wunder, dachte sie fast bitter, es bietet ja auch alles, was das Herz des Lesers höher schlagen lässt. Pädophilie, Geheimdienst und Diktatur, Folter, Verschwörungen und Perversionen.

Zwanzig Minuten später schwirrte ihr der Kopf. Jeder Vorbehalt diesen Menschen gegenüber hatte sich in Nichts aufgelöst und sie fühlte fast so etwas wie Scham, dass sie Horsts

Worte nicht sofort bedingungslos geglaubt hatte. Offenbar war alles noch viel schrecklicher gewesen, als er es erzählt hatte.

Da war die Rede von Menschen, die aus der Kolonie geflüchtet waren und von der chilenischen Polizei aufgegriffen und zurückverfrachtet wurden, weil die Carabineros während der Pinochet-Diktatur mit Paul Schäfer unter einer Decke gesteckt hatten. Bestochen mit deutschen Wurstwaren! Manche der Geflohenen hatten es sogar bis nach Santiago zur deutschen Botschaft geschafft. Doch auch von dort wurden viele wieder zurück ins Lager gebracht, denn überall war verbreitet worden, diese Menschen seien psychisch gestört. Außerdem hatte auch die Botschaft von der Kolonie regelmäßig Präsente erhalten! Offenbar hatte keiner glauben können, dass so etwas möglich war: dass diese frommen Deutschen da Menschen gegen ihren Willen festhielten. Immer Erschütternderes hatte sie gelesen, von chilenischen Regimegegnern, die von der DINA, dem chilenischen Geheimdienst, aufs Gelände verfrachtet und dort im sogenannten Kartoffelkeller gefoltert worden waren.

Das Schlimmste aber war ein Bild, das sie niemals vergessen würde, auch wenn sie es gar nicht mit eigenen Augen gesehen hatte: das der im Kreis aufgestellten Betten, in denen die Kinder gelegen hatten. Und was dann mit ihnen gemacht worden war, nein … daran wollte sie einfach nicht mehr denken.

Irgendwo piepste es. Anne sah auf und wusste im ersten Moment gar nicht, was das für ein Geräusch sein sollte. Dann erinnerte sie sich an die Kartoffeln auf dem Herd und begriff, dass es die Küchenuhr war. In dem Moment wurde ihr klar: Was sie da gerade erfahren hatte, würde sie niemals mehr loswerden. Die Sätze, die sie eben gelesen hatte, die Worte, die sie heute gehört hatte, waren wie feiner Sand in alle Ritzen und Winkel ihres Gedächtnisses gesickert und hatten sich dort niedergelassen.

In diese Gedanken versunken pellte sie die Kartoffeln, schnitt sie in Scheiben. Als sie nach dem Essen das Geschirr gespült und alles wieder in die Schränke geräumt hatte, entschloss sie sich spontan, ihre Mutter anzurufen. Mamakind, dachte sie, als sie die vertraute Nummer wählte. Was würdest du ohne deine Mutter machen!

Und kaum hatte Anne ihr »Ja, hallo, ich bin's« ausgesprochen, fragte Ruth auch schon: »Du klingst so komisch, geht's dir gut?«

Anne bekam nichts weiter heraus und sagte nur: »Ach, weißt du.«

»Das ist eine schwere Zeit, die du da durchmachst.« Während Ruth ihr in tröstendem Tonfall gut zuredete, wurde Anne erst richtig klar, in was für einer merkwürdigen Verfassung sie war. Auf der einen Seite saß dieser dicke Trauerkloß in ihrer Kehle fest, auf der anderen Seite waren die konfusen Gedanken an die Leute im Verwalterhäuschen hinzugekommen. Nun wirbelte all das Ungeheuerliche wie in einem Mixer in ihrem Kopf herum. Und plötzlich hörte sie sich selbst sagen: »Ich habe heute ganz furchtbare Sachen erfahren.«

Verblüfftes Schweigen. Anne konnte das entgeisterte Gesicht ihrer Mutter förmlich vor sich sehen.

In groben Zügen erzählte sie alles, was sie gehört und gelesen hatte. Nachdem sie geendet hatte, war eine ganze Weile lang nichts zu hören. Dann fragte Ruth eine einzige Sache.

»*Wie* heißt die Frau im Verwalterhaus?«

RUTH. »Ich muss dir unbedingt was sagen!«, flüsterte Christa und griff nach meinem Arm.

Magda, die im Zelt neben mir leise schnarchte, bot mir einen guten Vorwand, als einzige Reaktion den Finger an die Lippen zu legen.

Doch leider war Christas Bedürfnis, sich mitzuteilen, stärker als ihre Rücksicht auf Magda. »Hast du gesehen, wie Erich meine Nähe gesucht hat, letzte Nacht im Wald?«, wisperte sie und setzte sich auf. Im Dämmerlicht des Zeltes sahen ihre Augen ganz groß und rund aus, und als sie nun weitersprach, merkte ich, wie hibbelig sie war. Ihr Flüstern steigerte sich zu einem Zischen. Noch einmal deutete ich auf Magda und war froh, dass Christa sich schließlich wieder hinlegte und schwieg. Mit offenen Augen blickte sie an die Zeltdecke und ich sah, dass sie fast platzte vor Mitteilungsdurst. Noch vor wenigen Wochen hätte ich zusammen mit ihr gekichert und getuschelt, doch weil ich an nichts anderes denken konnte als an die Situation, in der ich nun steckte, machte ich einfach die Augen zu und tat, als sei ich noch schläfrig, obwohl meine Gedanken Karussell fuhren. Wie in einer Endlosschleife dachte ich immer wieder an die vergangene Nacht, an Erich und die Küsse, daran, wie er auf mir gelegen hatte und was dann geschehen war. Das Blut rauschte mir im Kopf und ich hatte das Gefühl, man müsste mir meinen Herzschlag ansehen können, an den Schläfen und am Hals. Zum Glück konnte Christa in dem Dämmerlicht nicht sehen, wie ich bei meinen eigenen Gedanken rot anlief. Da rückte sie plötzlich dicht an mich heran und flüsterte: »Ich glaube, Erich ist in mich verliebt!«

Ich klappte die Augen auf und sah in ihr Gesicht, das dicht vor meinem war. »Hm?«, murmelte ich und tat, als sei ich noch immer nicht richtig wach und würde kaum begreifen, was sie da gerade sagte. Doch in Wirklichkeit tobte ein erbitterter Kampf in mir. Es würde Christa umbringen und unsere Freundschaft für alle Zeit zerstören, wenn ich ihr gestand, was gestern zwischen Erich und mir passiert war. Andererseits musste sie unbedingt wissen, was wir getan hatten. Oder sollte ich eher sagen: Was ich getan hatte? Denn ich hatte es doch gewollt. Christa musste erfahren, dass Erich nicht so in sie verliebt war wie sie in ihn, sonst würde sie sich ins Unglück stürzen. Jetzt war die Gelegenheit, es ihr zu sagen, eine bessere bekäme ich vielleicht nicht mehr. Doch gerade als ich mir ein Herz fasste und den Mund aufmachte, beugte sie sich seufzend zu mir herunter, griff nach meinem Handgelenk und flüsterte: »Und weißt du was? Ich könnte sterben, so verliebt bin ich in ihn! Ich glaube, ich war noch nie im Leben so glücklich!«

Als ich die Tränen entdeckte, die in ihren Augen schimmerten, beschloss ich, erst einmal den Mund zu halten. Ich wollte ihr doch nichts kaputt machen! Trotzdem, diese Nacht hatte alles geändert. Wie ich Erich später gegenübertreten würde, daran wollte ich gerade lieber nicht denken.

War das alles nicht feige? Im Rückblick erkenne ich mich selbst nicht. Warum sagte ich es ihr nicht einfach? Schließlich hatte Christa kein Vorrecht in dieser Angelegenheit. Erich hatte sich eben entschieden, seine Wahl war auf mich gefallen. Und trotzdem konnte ich es einfach nicht. Ich würde noch warten. Ich würde erst mit Erich sprechen und dann mit ihr. Ich würde es ihr schonend beibringen. Wie man jemandem eine derart vernichtende Neuigkeit schonend beibringt, darüber würde ich noch nachdenken. Zuerst aber musste ich Erich warnen.

Ich war in einem Dilemma, für das es keine Lösung gab. Am liebsten hätte ich mich den ganzen Tag im Zelt verkrochen oder einen klammheimlichen Abgang gemacht, nur um Erich nicht begegnen zu müssen, nicht im Beisein von Christa. Auf der anderen Seite musste ich mit ihm sprechen, unbedingt. Aber wie sollte ich Christa das erklären, ohne ihr zu verraten, worum es ging?

Magda war inzwischen aufgewacht, und als die beiden zum Waschen gingen, murmelte ich etwas von wegen Unwohlsein und blieb grübelnd im Zelt zurück. Ich würde mich der Situation stellen und eine Lösung finden müssen. Was, wenn Erich mich suchte, wenn er beim Frühstück auf mich zukäme und nach meiner Hand griffe?

Als ich das Schwirren meiner eigenen Gedanken nicht mehr aushielt, schlüpfte ich aus dem Zelt. Mach, dass ich ihn zuerst alleine treffe, sandte ich ein Stoßgebet zum Himmel. Während ich mit meinem Waschzeug zum Fluss ging, sah ich in alle Richtungen, hin und her gerissen zwischem dem verzweifelten Wunsch, unsichtbar zu sein, und dem brennenden Bedürfnis, alles sofort auf den Tisch zu packen und Klarheit zu schaffen.

Beim Frühstück setzte ich mich zwischen Christa und Magda und duckte mich, so gut es ging. Einmal sah ich verstohlen auf und entdeckte Erich zu meinem größten Schrecken an einem Tisch neben dem Zelteingang. Doch zum Glück waren sowohl er als auch die anderen Jünger so in Pauls Monolog vertieft, dass niemand auch nur einen Blick für etwas anderes übrig hatte. Als die ganze Mannschaft aufstand und Erich, ohne nach rechts und links zu schauen, hinter den anderen das Zelt verließ, war ich so erleichtert, dass mir die Knie weich wurden.

»Was ist mit dir? Geht's dir immer noch schlecht?«, fragte Christa plötzlich und sah mich wachsam an. Ich wedelte mit der Hand. »Ich fühl mich nicht so … Ist vielleicht die Hitze. Besser, ich leg mich noch mal kurz hin.«

Jetzt betrachtete mich auch Magda mit gerunzelter Stirn. »In dem stickigen Zelt wird's bestimmt nicht besser.«

»Ich könnte dich nach Hause begleiten«, schlug Christa vor und fixierte mich dabei. Warum sah sie mich so komisch an? Hatte sie doch etwas gemerkt?

Und nach Hause zu fahren war vielleicht gar keine schlechte Idee. Mit einer kleinen Gnadenfrist würde mir bestimmt eine

Lösung einfallen, auch wenn ich mir beim besten Willen nicht vorstellen konnte, wie sie aussehen sollte.

Ich rieb mir die Stirn. »Lass mal«, sagte ich zu Christa und lächelte möglichst matt. »Nach Hause komm ich schon. Ihr habt ja Spüldienst.« Und als die beiden sich kurz darauf verabschiedeten, stand auch ich auf und machte mich daran, meine Sachen zusammenzusuchen.

Ich war schon fast bei unserem Zelt angelangt, als Paul auftauchte, im Schlepptau die übliche Mischpoke einschließlich Erich. Sie kamen in meine Richtung und ich spürte, wie sich mir vor lauter Anspannung alles verkrampfte. Ich hatte zwar vorgehabt, mit Erich zu sprechen, allerdings unbedingt alleine. Ich war noch nicht bereit dafür, mich mit ihm vor allen anderen zu zeigen. Einen Moment lang spielte ich mit dem Gedanken, mich blitzschnell ins Zelt zu verkriechen, aber dafür war es zu spät.

Am Ende ging Erich einfach so an mir vorbei, hinter Paul und den anderen her, ohne mich auch nur eines Blickes zu würdigen. Er schien mich gar nicht bemerkt zu haben, obwohl ich hätte schwören können, dass er mich gesehen hatte.

Vor Erleichterung, aber auch Verunsicherung wurden mir die Knie ganz weich, fast wäre ich zusammengesackt. Ich schlüpfte ins Zelt und kramte schnell meine Sachen zusammen. Ich wollte jetzt nur noch weg hier und allein sein.

Eilig schob ich mein Rad über den Platz, ohne mich noch einmal umzusehen. Als ich in den Weg an der Striezel einbog und endlich außer Sichtweite war, machte ich halt, um meine Tasche auf den Gepäckträger zu klemmen. Dann stieg ich wieder auf und fuhr so schnell wie möglich davon. Ich war noch nicht weit gekommen, als ich plötzlich jemanden rufen hörte: »Ruth, warte!« Es war ein leises Rufen und so gedämpft, dass ich die Stimme nicht gleich erkannte. Im Fahren blickte ich über die Schulter. Und da stand Erich auf dem Weg und winkte mich zurück.

Auf einmal spürte ich eine vibrierende Aufregung, und während wir uns aufeinander zubewegten, verschlang ich ihn mit meinen Blicken. Wie unglaublich gut er doch aussah, wie athletisch er war. Christa würde es eben schlucken müssen, dass er mich anziehender fand als sie.

Doch als ich ihm kurz darauf gegenüberstand und zu ihm hochlächelte, die Hände auf den Lenker gestützt, war sein Blick ganz anders, als ich erwartet hatte. Statt aufgeregter Verliebtheit oder zärtlicher Zuneigung spiegelte sein Gesichtsausdruck eher eine Art Verkrampfung wider. Vielleicht sah er sogar ängstlich aus?

»Ich wollte dich nur um etwas bitten«, sagte er schlicht.

»Ja?«

»Lass mich zuerst beichten!«

Ich schaute ihn verständnislos an. »Was willst du denn beichten?«

Sein Blick veränderte sich. Aus der furchtsamen Anspannung wurde – es konnte nicht anders sein – Verblüffung. Oder sogar Verachtung?

»Na das, was wir getan haben, du und ich, gestern im Wald. Das wirst du Onkel Paul doch wohl nicht verheimlichen wollen!«

Einen kurzen Moment fragte ich mich, ob er mich auf den Arm nehmen wollte. Als mir dämmerte, dass dem nicht so war, stieg ich aufs Rad und fuhr davon, einfach so. Während der Fahrtwind mir ums Gesicht und durch die Haare wehte, herrschte in meinem Kopf eine Art Vakuum. Da war nichts mehr als ein einziger Gedanke, eine einzige Frage: Wie konnte Erich nur glauben, dass er das, was wir in der vergangenen Nacht miteinander erlebt hatten, Paul Schäfer sagen musste! Er hatte sogar von *beichten* gesprochen. War es für ihn denn eine Sünde gewesen?

Ich fuhr weiter, ohne nach rechts und links zu blicken. Als ich auf die Striezelbrücke kam, hielt ich an, lehnte mich gegen das Geländer und sah ins Wasser hinab. Eine halbe Ewigkeit blieb ich einfach so sitzen, auf dem Sattel gegen das Geländer gelehnt, und beobachtete wie in Trance das Fischkraut, das in der Strömung sanft hin und her wogte. Hier auf dieser Brücke hatte alles angefangen, dachte ich, und dann fiel mir das Lagerfeuer ein und Paul Schäfers feurige Rede zu Hölle und Verdammnis. Auch ich hatte dabeigesessen und momentweise den vagen Wunsch verspürt, durch die Beichte frei und rein zu werden. Dabei hatte ich allerdings nicht an Dinge gedacht, die zwischen zwei Menschen passieren, die ineinander verliebt sind. Denn das war es doch, was zwischen uns war, zwischen Erich und mir. Zumindest hatte ich das bis eben noch gedacht. Jetzt war mein Kopf leer, ich wusste gar nichts mehr.

Als ich später zu Hause ankam und das Rad in den Schuppen schob, fühlte ich mich merkwürdig, fiebrig irgendwie.

»Du glühst ja«, das war das Erste, was Mutter zu mir sagte, als ich zur Tür hereinkam. Und sie schickte mich sofort ins Bett.

Die nächsten zwei Tage verbrachte ich in einer Art Fiebertraum, in dem ich erst Christa vor mir sah und mich dann mit Erich auf dem Waldboden wälzte. Und immer wieder tauchte Paul Schäfer vor mir auf, der sein eines Auge auf mich gerichtet hatte, während das andere an mir vorbeistarrte. Der schlimmste Albtraum aber war der, in dem ich nackt am Lagerfeuer stand und die Freikirchler mich anstarrten, mit reglosen Gesichtern, und Paul Schäfers Mund sich verzog und er irgendetwas schrie, das ich aber partout nicht verstehen konnte, sosehr ich mich auch anstrengte.

Die nächsten Wochen lebe ich eingesponnen in einen Traum. Alles wird gut werden. Wann immer ich Erich sehe, und sei es nur von Weitem, fängt mein Herz an zu hämmern, dass ich denke, alle müssten es hören.

An einem wunderbaren Frühlingstag bin ich wieder mit den Kindern im Wald. Von hoch oben ein Tirilieren und schräge Sonnenstrahlen zwischen den Bäumen. »Das sind die Finger Gottes«, sage ich, und alle Kinder stehen ganz ehrfürchtig da und schauen hinauf. Ein Stück entfernt mitten auf der Lichtung steht der Wagen, und Moritz, das Pony, grast in der Frühlingssonne. Dann spielen wir Verstecken.

Traudel zählt bis hundert. Von überallher höre ich es knacken und rascheln und kichern. Ich selbst habe mich ein ganzes Stück entfernt hinter einem Busch versteckt. Da steht Erich vor mir. Mein Herz tut einen Sprung, ich will etwas sagen, aber er tritt zu mir, legt mir die Hand auf den Mund. »Komm mit«, flüstert er und ich lasse mich von ihm führen. Er hat mit dem Tío gesprochen, er muss mit ihm gesprochen haben, wegen eines gemeinsamen Zimmers! Und vielleicht, vielleicht …

Hinter einem Busch bleibt er stehen und küsst mich. Wir sinken auf den Waldboden, er legt sich auf mich und bleibt so liegen, ganz still zuerst. Schwer ist er, aber das fühlt sich gut an, und dann, ganz plötzlich, schiebt er meinen Rock hoch. Ich schäme mich für meine verwaschene, unförmige Unterhose, doch er achtet gar nicht darauf. Er zieht seinen Reißverschluss auf, schiebt die schreckliche Unterhose zur Seite.

Das Ganze dauert vielleicht eine halbe Minute. Dann geschieht alles gleichzeitig. Erich stöhnt. Ein Stück weit entfernt knackt ein Zweig, Füße rascheln im Laub. Hastig zieht Erich sich zurück, kommt auf die Beine. Ich sehe, wie er einen Blick über die Schulter wirft. Dann verschwindet er im Wald. Ich selbst rapple mich auf, streiche meinen Rock zurecht. Wieder ein Ra-

scheln, lauter nun. Kaum stehe ich aufrecht und blicke mich um, streckt Traudel den Kopf hinter dem Baum hervor. »Gefunden!«, ruft sie und hüpft auf der Stelle und lacht übers ganze Gesicht. Ich lache zurück. Aber das Herz donnert mir im Leib.

RUTH. Es dauerte eine Woche, bis ich wieder auf den Beinen war. In dieser Woche bekam ich zweimal Besuch von Christa und Magda begleitete sie. Während die beiden in meinem Zimmer herumsaßen wie in einem Bahnhof, auf herbeigeholten Küchenstühlen, und ich ihnen zuhörte, wurde mir etwas klar. Sie erzählten von allem Möglichen, und das Leuchten in Christas Gesicht immer dann, wenn die Rede auf Erich kam, ließ keinen Zweifel zu: Der einzige Mensch, der unbedingt von den Ereignissen in der Gebetsnacht erfahren musste, war Christa. Christa, die dabei war, sich völlig in ihren Gefühlen für Erich zu verfangen.

Den letzten Tag meiner Genesung verbrachte ich auf dem Sofa, vertieft in einen stummen Dialog mit Christa. Immer und immer wieder ging ich im Geist das Gespräch durch, das ich mit ihr führen würde. Als ich abends merkte, dass ich ohne allzu zittrige Knie im Garten herumlaufen konnte, nahm ich mir vor, gleich am folgenden Tag zum Zeltlager zu radeln, um die Sache hinter mich zu bringen.

Ein spätsommerlicher Dunst hing über den Wiesen, als ich frühmorgens am Fluss entlangfuhr und mir in Gedanken immer wieder den ersten Satz vorsagte. Doch als ich die Wiese erreichte, erlebte ich eine Überraschung: Die Zelte waren abgebaut, der Platz war verwaist. Einzig die großen gelben Flecken im Gras erinnerten daran, dass hier die Freikirchler gebetet und gesungen, gegessen und gespielt hatten. Ich weiß nicht mehr genau, welche Gefühle sich in jenen Minuten in mir regten, doch es muss eine Mischung aus Verwirrung und Erleichterung gewesen sein: Sie waren weg, verschwunden, ich würde sie nie wiedersehen. Ich brauchte mich der Sache nicht mehr zu stellen. Ich würde Erich nicht mehr begegnen müssen, und Paul Schäfer auch nicht. Sie waren verschwunden wie ein Spuk, den es nie gegeben hatte, und zwischen Christa und mir würde alles wieder so werden wie vorher.

In einer Hochstimmung radelte ich zum Gutshof. Die Schwäche, die das Fieber hinterlassen hatte, war wie weggewischt. Ich fühlte mich so froh und leicht, als hätte ich eine Schürze aus Blei abgeworfen, genau wie die, die man mir einmal zum Röntgen um die Schultern gelegt hatte, als ich mir den Arm gebrochen hatte.

Als ich unter den Linden auf das Alte Gut zufuhr, dachte ich voller Überschwang: Alles, alles wird wieder gut! Ich würde Erich vergessen und Christa würde das mit der Zeit sicher auch tun. Niemand würde verletzt werden. Ich lehnte das Rad an die Hausmauer und sprang die Treppen hoch, immer zwei Stufen auf einmal, und klingelte Sturm. Ich blickte hinauf zu Christas Fenster mit den weißen Gardinen und konnte kaum erwarten, sie zu sehen. Als Frau Niemeyer, die Haushälterin, mir öffnete und sagte: »Na, so was, da kommst du ja gerade noch rechtzeitig«, stürmte ich gleich nach oben. Energisch öffnete ich Christas Zimmertür und wollte gerade etwas rufen, das sie zum Lachen brachte, da sah ich den aufgeklappten Koffer auf ihrem Bett. Abrupt blieb ich stehen und sagte statt einer Begrüßung: »Ich dachte, du fährst dieses Jahr nicht nach Berlin?«

Doch noch bevor sie antworten konnte, erkannte ich an ihrem Gesichtsausdruck, dass die Reise diesmal nicht nach Berlin gehen würde.

»Du bist wieder ganz gesund!«, sagte Christa und legte die

Manchesterhose, die sie gerade aus dem Schrank genommen hatte, in den Koffer.

Ich nickte und setzte mich auf den Schreibtischstuhl, dorthin, wo ich eigentlich noch nie gesessen hatte. Wenn ich Christa besuchte, machten wir es uns immer auf dem Bett bequem. Aber darauf lag ja jetzt der Koffer.

Ich saß sehr aufrecht und sah sie an, wie sie da stand, ihren Norwegerpullover fest umklammert. Sie schien kaum stillstehen zu können vor Erwartung. Oder war es Anspannung? Ihre Augen waren ganz groß und ihre Finger kneteten unablässig den Pullover. Plötzlich sagte sie: »Ich hab einen Ausbildungsplatz.«

Ich muss ziemlich entgeistert gewirkt haben, denn sie lachte auf und sagte: »Wie du guckst …« Dann beugte sie sich zu mir herunter, umarmte mich und lachte noch lauter und ausgelassener.

»Ach, Ruth, ich geh nach Lohmar-Heide, zusammen mit den Löwes. Und dort mache ich eine Ausbildung zum Jugendpfleger. Bei Onkel Paul! Na, was sagst du?«

Ich sagte nichts. Konnte nichts sagen, nicht im ersten Moment und im zweiten auch nicht. Erst allmählich sickerte die Bedeutung von Christas Worten in mein Gehirn und ich begriff, was sie mir da gerade eröffnet hatte. Und dann sprach sie auch schon weiter, die Worte sprudelten nur so aus ihr heraus: »Stell dir vor, Erich wird auch dort sein! Ich werde ihn jeden Tag sehen. Aber das Allerbeste, das Allerschönste weißt du noch gar nicht!«

Sie machte eine Pause, holte Atem, lachte wieder übers ganze Gesicht und griff nach meiner Hand. Mit mühsam unterdrückter Aufregung flüsterte sie: »Er hat mich geküsst!«

Ich konnte sie nur ansehen, fühlte mich wie nach einem kalten Guss. Was erzählte sie denn da? Was war in der einen Woche geschehen, in der ich im Bett herumgelegen hatte? Ich brachte nichts weiter heraus als die Frage: »Aber was ist mit der Schule?«

Christa winkte ab. »Ach, du weißt doch genauso gut wie ich, dass ich das Abitur sowieso nicht bestanden hätte. Und wenn doch, dann nur mit Ach und Krach. Eine Berufsausbildung, das ist doch viel besser, außerdem wollte ich schon immer was mit Kindern machen.«

»Und dein Vater?«, fragte ich matt. »Lässt er dich einfach so gehen?«

Ihr Gesichtsausdruck veränderte sich unmerklich, und als sie weitersprach, klang ihre Stimme ein wenig ungeduldig.

»Du scheinst dich ja gar nicht für mich zu freuen!«

»Ich …«, hob ich an und verstummte gleich wieder. Ich wusste nicht, was ich sagen sollte. Gleichzeitig spürte ich ihren Blick wie eine Last. Es war zu spät, ich konnte ihr nichts mehr sagen – sie würde es mir niemals glauben, sondern nur denken, ich sei eifersüchtig und wollte ihr die Freude verderben. Mir blieb nichts anderes übrig, als mich zu verstellen, und so sagte ich mit so viel Begeisterung, wie ich aufbringen konnte: »Natürlich freue ich mich für dich.«

November 1961. Seit unserer Begegnung im Wald hab ich meinen lieben Mann kaum zu Gesicht bekommen. Auch das nagt nun immer mehr an mir und manchmal fühle ich mich einsam hier, obwohl ich ja ständig von der kleinen Schar umringt bin. Auch frage ich mich nun oft, wie lange es wohl noch dauern wird. Und Tante Hiltrud schreibt einfach nicht! Aber es hilft ja alles nichts. Deshalb verwende ich meine ganze Kraft darauf, den Kindchen in meiner Obhut Gutes zu tun.

Manchmal denke ich, dass Else die kleine Traudel deswegen auf dem Kieker hat, weil sie ein besonders hübsches Kind ist, mit ihren blauen Augen. Und dann habe ich plötzlich eine Idee, was ich für Traudel tun kann: Ich will ihr zwei Haarbänder für die Zöpfe nähen und sie ihr »zum Geburtstag« schenken. Es kann ja nicht so schwer sein, einen hübschen Stoffrest aufzutreiben! Auch fällt mir ein, wie ich's machen werd. Ich will mich ungeschickt anstellen und meinen Rock zerreißen. (Dafür gibt's dann sicher eine Strafe. Wenn ich Glück hab, auch nur eine Wohltat. Da muss der, der einen Fehler gemacht hat, der Gemeinschaft was Gutes tun, ein Gedicht aufsagen, ein Musikstück darbieten oder sonst irgendwas machen, was er gut kann.) Aber mit einem zerrissenen Rock komm ich unauffällig an die Nähmaschine und da ist auch der Restekorb.

Und es klappt tatsächlich. »Dummes Ding!«, hat Elfriede mich angeschrien und mir eine geschallert. »Das kannst du heut Nacht, wenn du alles andere erledigt hast, reparieren. Und lass dir nicht einfallen, hier morgen wieder mit kaputtem Rock aufzukreuzen.« Ich halte mir die Backe, die sicher ganz rot ist von dem Schlag. Schließlich hat Elfriede ganz schön Kraft in den Armen. Was man ihr auch ansieht. Sie ist ein rechtes Mannweib, hat ja auch früher in einer Brauerei gearbeitet.

Als es dunkel ist und die anderen sich mit ihren Handarbeiten um Elfriede scharen, mache ich mich auf den Weg zur Nähstube. Draußen vor der Tür bleib ich erst mal einen Augenblick stehen. Die milde Frühlingsluft umfängt mich und ich gucke hinauf in die Sterne. November und Frühling, denke ich, und dass die Welt auf dem Kopf steht. Eine verkehrte Welt, in allem. Der Weg an der Striezel fällt mir ein und die Heide, dort ist es auch so still wie hier. Nur der Geruch ist hier anders. Fremde Bäume, Araukarien, Eukalyptus, Lorbeer, Mimosen. Was sie jetzt wohl zu Hause machen? Und da schießen mir die Tränen in die Augen. Bald halte ich diese Ungewissheit nicht mehr aus.

Ich setz mich in Bewegung. Fast überlaut kommen mir meine

Schritte vor. Elfriede hat mir keine Taschenlampe mitgegeben, aber meine Augen haben sich an die Dunkelheit gewöhnt und die Nacht ist auch nicht ganz so schwarz wie sonst. Ich komm an den Birken vorbei, die ich gepflanzt hab. Sie sind noch recht klein, aber sie grünen schon aus und ich bilde mir ein, ihren Duft zu riechen.

Zu Hause in Grösitz wachsen viele Birken. Und unsere Linden! Die sind ja jetzt ganz golden oder vielleicht haben sie ihr Blattgold auch schon abgeworfen? Aber hier ist nun Frühling. »Alle Birken grünen in Moor und Heid«, summe ich leise vor mich hin. Und dann schnürt mir das Heimweh die Luft ab, das Heimweh und dieser dicke Schmerzklumpen, der immer irgendwie da ist, und das Summen bleibt mir in der Kehle stecken. Jetzt nur nicht heulen, sonst sieht Elfriede das nachher und dann denkt sie, ich sei unzufrieden, und dann meldet sie's dem Tío. Außerdem darf ich nicht zweifeln, dass bald alles gut werden wird. Das wäre ja ein Verrat an meinem lieben Mann und natürlich auch am Herrn, der doch so gut für uns sorgt. Der Gedanke ist so tröstlich, dass ich gleich ruhiger werde und ein kleines Gebet spreche, das aus meiner tiefsten Seele kommt.

Ich ertaste das Schloss in der Tür zur Nähstube, dann den Lichtschalter. Ich war noch nie bei Dunkelheit hier. Früher hatte ich Angst allein im Dunkeln. Heute ist die Dunkelheit mein Freund. Die Angst speist sich hier aus einer anderen Quelle. Nicht das Alleinsein fürchtet man hier, sondern die Augen, die dich sehen. Die dich beobachten und die Sekunden zählen, die du wegbleibst, um deine Notdurft zu verrichten. Und den Mund, der dich verpetzt, wenn du zu lange fort bist. Und die Ohren! Denn wer hört, ist schuldig. Das ist Gesetz.

In fieberhafter Eile nähe ich den Riss zusammen und durchwühle dann den Restekorb. Alles, was darin liegt, sind dröge Polyesterstoffe in Grau und Braun. Da kommt mir der Gedanke, im Nebenraum bei den Rotkreuzklamotten nachzusehen. Und tatsächlich, auf dem linken Ständer hängen die schönen Klamotten, die, die verkauft werden sollen. Und dann entdecke ich mein eigenes Kleid, das hübsche blaue Sommerkleid! Ich weiß nicht, warum mich das so trifft, aber vor lauter Empörung krampft sich mir der Magen zusammen. Warum darf ich mein eigenes Kleid nicht mehr anziehen? Und müssen die mich nicht fragen, eh die sich an meinen Sachen vergreifen! Entschlossen schneide ich die beiden Schleifen ab, was gar nicht weiter auffällt. Ich bin immer noch empört, aber ich freu mich auch über diesen Zufallstreffer, auch weil ich nun nicht noch Zeit zum Nähen aufwenden muss. Überdies ist Kornblumenblau eine schöne Farbe für Traudel.

Als es dunkel wurde, die Hitze aber immer noch in allen Winkeln des kleinen Hauses saß, duschte Anne zum zweiten Mal an diesem Tag und legte sich dann ins Bett, nur mit einem Laken bedeckt. Durch das geöffnete Fenster drang das Zirpen der Grillen. Man hätte meinen können, das hier sei die Toskana oder Sizilien. Wie wohl das Klima in der Gegend der Colonia Dignidad sein mochte? Eine Weile starrte sie mit offenen Augen ins Dunkel. In ihrem Kopf herrschte ein wildes Durcheinander aus Bildern und Gedanken. Sie dachte an den Vortrag für die Leibniz-Gesellschaft, den sie übernächste Woche halten musste, an den Termin beim NDR in Hamburg, der auch bald anstand. Dazwischen immer wieder das Bild der im Kreis aufgestellten Betten.

Nach einer guten Stunde gestand sie sich ein, dass es mit dem Schlaf wohl erst mal nichts werden würde. Sie setzte sich an den Laptop, veränderte den Leibniz-Vortrag durch sinnlose Kosmetik und klappte das Gerät schließlich heftiger als gedacht wieder zu. Sie war einfach nicht bei der Sache. Stattdessen dachte

sie unentwegt an Renate und Horst und an all diese Menschen, die dort gelebt hatten. Sie konnte einfach nicht nachvollziehen, wie so etwas möglich war.

RUTH. Noch heute begreife ich nur schwer, wie Christa so mir nichts, dir nichts aus meinem Alltag verschwinden konnte.

Nachdem ich mich vom ersten Schock erholt hatte, unternahm ich noch einen vorsichtigen Versuch, sie umzustimmen, doch ihre Reaktion – ein bis dahin unbekanntes Blitzen in ihren Augen und ein trotziger, verschlossener Gesichtsausdruck – zeigte mir, dass es keinen Sinn hatte, sie zu bedrängen. Auch ein vorsichtiges Gespräch mit Herrn Bellstedt führte zu nichts. Er schien froh zu sein, dass Christa für sich einen Weg gefunden hatte und gut untergebracht war. Die Einzige, die meine Bedenken zu verstehen schien, war Frau Niemeyer, aber der resignierte Ton in ihrer Stimme zeigte, dass auch sie keine Möglichkeit sah, Christa von ihrem Vorhaben abzuhalten.

Den Rest der Sommerferien verbrachte ich mit Geldverdienen, aber in meinen Tagen klaffte eine Lücke, die ich, so glaubte ich damals, niemals würde schließen können. Als Ende August die Schule wieder anfing, war es seltsam, allein am Bahnhof von Grösitz zu stehen, allein in den Zug zu steigen und allein durch den sterbenden Sommer zu fahren. Während Stoppelfelder, von der Sonne vergilbte Wiesen und dürre Kiefernwälder an den Zugfenstern vorbeizogen, fragte ich mich, ob das nun auch das Ende unserer Freundschaft wäre.

Als Mitte September ein Blitz vom Himmel fuhr und mit einem Donnerknall den Regen einleitete, war es, als fände damit ein ganzer Lebensabschnitt seinen Abschluss. Ich saß zu Hause am Küchentisch und paukte englische Grammatik, und draußen vor den Fenstern ging ein Monsunregen nieder, der die Striezel zum Anschwellen brachte und Furchen in die Sandwege spülte. Ich ließ mich einlullen von diesem Regen, von dem Geräusch plätschernden Wassers, das durch das Fallrohr der Dachrinne rauschte. Tagelang ging das so und nach und nach richtete ich mich ein in diesem Wetter, pendelte fast gedankenlos hin und her zwischen der Schule und meiner Insel am Küchentisch.

Die Tage verschwimmen und natürlich hab ich keine Ahnung, wann Traudel Geburtstag hat. Auch hab ich keine Gelegenheit, Resi danach zu fragen. Die seh ich nur selten, und wenn, dann sind immer andere dabei, die ihre Lauscher ausfahren.

Doch dann kommt eine gute Gelegenheit für meine Geburtstagsidee. Nach dem Mittagessen, beim Geschirrabräumen, als alle beschäftigt sind, passe ich Traudel auf dem Gang ab. »Komm mal mit«, sag ich streng, als müsste ich Traudel eine Verfehlung vorhalten. Im Vorratsraum hol ich die Schleifen, die ich in ein Stück Papier gewickelt hab, aus meiner Schürzentasche und flüstere: »Alles Gute zum Geburtstag.« Es wäre schon ein ziemlicher Zufall, wenn Traudel tatsächlich an diesem Tag Geburtstag hätte. Aber das ist ja egal. Niemand wird je davon erfahren. Hoffentlich. Das Kind sieht mich fassungslos an, kaum wagt es, die Hand auszustrecken. Wahrscheinlich vermutet es einen Hinterhalt. »Nun nimm schon«, flüstere ich. »Die sind für dich!« Hastig greift die kleine Hand danach und lässt die Schleifen unter der Schürze in ihrer Rocktasche verschwinden. Noch ein Blick, ein flüchtiges Lächeln, dann dreht sie sich um und ist auch schon um die Ecke verschwunden. Ich freu mich so, bin auch ein bisschen stolz, dass mir die List gelungen ist. Es war schön, mal wieder jemandem eine Freude zu bereiten.

Drei Tage sind nun seit Traudels sogenanntem Geburtstag vergangen, und immer wenn wir uns begegnen, meist beim Abwaschen, lächelt Traudel mir ganz leise zu. Das Lächeln ist kaum als solches zu erkennen, aber ich sehe es dennoch. Auch trägt Traudel die Schleifen in ihren Zöpfen. Ein kleiner Triumph!

Am nächsten Tag ist Handarbeitsunterricht angesagt. Ich bringe den Mädchen das Häkeln bei. Dazu gehen wir rüber zur Nähstube und holen Wollreste, die in Körben bei den Rotkreuzklamotten aufbewahrt werden. »Da!«, sagt auf einmal Traudel und ich sehe, dass sie mein altes Sommerkleid entdeckt hat, das, von dem ich die Schleifen abgeschnitten habe. Ich sage »Pst« und lege die Finger an die Lippen, doch die anderen scharen sich schon um uns. »Ein schönes Kleid«, sagt Ingrid und zeigt darauf. »Das ist meins«, sage ich, nehme den Bügel von der Stange und zeige es ihnen. Die Mädchen umringen mich und betrachten das Kleid. »Ein Prinzessinnenkleid«, sagt Elisabeth. Ich lache und sage: »Ach, das ist sicher auch schon aus der Mode!« Ich hänge das Kleid zurück. »Aber nun wollen wir häkeln.«

Am nächsten Morgen setzte sich Anne aufs Rad und fuhr los in Richtung Striezel. Ein kaltes Bad würde ihr nach dieser weitgehend schlaflos verbrachten Nacht vielleicht guttun.

Im Augenwinkel wischten die Büsche und Bäume vorüber, und erst als der Wald sich lichtete und den Blick auf den Fluss freigab, wurde ihr die Anspannung bewusst, mit der sie auf dem Rad saß, und sie verlangsamte das Tempo.

Auf der Striezelbrücke stieg sie vom Rad und lehnte sich gegen das Geländer. Das verwitterte Holz fühlte sich rau an unter ihren Fingern, rau und trocken und warm, es hatte die ganze Hitze dieses verrückten Sommers in sich gespeichert. Sie sah an sich herunter, ihre Bluse war schon wieder zerknittert und durchgeschwitzt. Ich sollte von hier oben in den Fluss springen, dachte sie plötzlich. So wie ich das als Kind in den Ferien immer gemacht habe. Und all diese Gedanken fortschwemmen, wenigstens für die Dauer eines Bades. Maximilians schrecklichen Tod. Renates und Horsts Stimmen, die ihr diese Ungeheuerlichkeiten erzählt hatten, dieses Entsetzliche, von dem ihr Verstand immer noch wie in Watte gepackt war.

Sie setzte sich auf das Brückengeländer, sah hinab in das dunkle Wasser und dachte an einen Bericht von diesem Dr. Nils Biedermann, der ihr schon in den Dateien von Maximilian begegnet war. Biedermann war Leiter des psychotherapeutischen Betreuungsprogramms, das 2005 vom Auswärtigen Amt für die Bewohner der ehemaligen Colonia Dignidad ins Leben gerufen worden war. Sein Bericht war in irgendeiner Zeitschrift erschienen, für Politische Psychologie oder so. Von einer totalen Umkehrung der Werte hatte der Arzt gesprochen, die diesen Menschen jede normative Orientierung genommen habe. Als hirtenlose Herde seien sie nach der Flucht Paul Schäfers 1996 zurückgeblieben. Und offenbar war es ihnen bis heute nicht gelungen, eine neue Führung aufzubauen. Am meisten bestürzte Anne in diesem sonst recht nüchtern und sachlich gehaltenen Bericht die Aussage Biedermanns, dass das, was das Psychologenteam während der ersten Konsultationen erfahren musste, trotz aller Vorkenntnisse dessen Vorstellungen überstiegen habe. Obwohl sich Biedermann und sein Team bereits zuvor schon intensiv mit den Menschenrechtsverletzungen während der Militärdiktatur Pinochets auseinandergesetzt hatten, war ihnen eine Gemeinschaft wie die, die sie in der Colonia Dignidad vorfanden, offenbar noch nie zuvor untergekommen.

In dem Beitrag war auch die Rede davon, dass die herkömmliche Gruppentherapie scheiterte und neu konzipiert werden musste und dass die Therapeuten – vor dem Hintergrund des von Paul Schäfer ausgesprochenen »Familienverbots« – zunächst einmal eine Vortragsreihe organisiert hatten, in der erklärt wurde, was das überhaupt war, Familie.

Anne sprang vom Brückengeländer und begann auf und ab zu laufen. Immer wieder tauchten die Gesichter von Renate und Horst vor ihrem inneren Auge auf. Sie mit dem Gelesenen unter einen Hut zu bringen machte ihr unendliche Mühe. Der Widerspruch zwischen der biederen Fassade auf der einen Seite und den grauenhaften Abgründen auf der anderen Seite war kaum zu ertragen.

Frauen und Männer hatten in der Colonia Dignidad vollkommen getrennt gelebt und die Jungen waren schlimm bestraft worden, wenn sie einem Mädchen auch nur einen kurzen Blick zuwarfen. Renate und Horst hatten ihr gestern noch einiges von ihrem Alltag in der Kolonie erzählt. Wie alle hatten schuften müssen, sechzehn Stunden am Tag, schon als Kinder. Ziegelsteine backen und schleppen, Unkraut hacken auf Feldern, Kühe melken und füttern, Schweinestall ausmisten, Waschen und Bügeln. Und sie hatten alles gemacht. Wie sie nach all der Arbeit noch Spagat hatten üben müssen und wie es mit dem Unterricht erst losging, wenn sie schon todmüde waren und eigentlich nur noch hatten schlafen wollen. Dazu kam noch das Geigeüben, zwei Stunden am Stück. Und nun lassen sie ihre eigenen Kinder Geige üben, schoss es Anne durch den Sinn.

Von Versammlungen hatten sie erzählt, wo gebeichtet wurde, wenn man einen Teller zerbrochen oder heimlich einen Schluck Wasser genommen hatte. Dann wurde darüber befunden, wie die Wohltat dafür auszusehen hatte. »Wohltat?« Anne war nur noch in der Lage gewesen, von einem zum anderen zu sehen und einzelne Wörter nachzuplappern, die sie nicht verstand. Sie kam sich vor wie eine Erstklässlerin, für die alles neu ist.

»Eine Wohltat war, etwas Gutes für die Gemeinschaft zu tun«, hatte Horst geantwortet. »Am Ende jeder Zusammenkunft gab es solche Wohltaten, das gehörte zur Kultur auf dem Fundo. Da wurden viele Gedichte aufgesagt und Lieder aus der Heimat gesungen. Diese Dinge haben unsere Gemeinschaft erfüllt. Du bist da vor diese Menschen getreten, die dich alle von A bis Z kannten. Die geselligen Abende haben unsere Verbundenheit gestärkt. Die tollsten Sachen wurden aufgeführt, Sketche in Verkleidung, Polonaisen. Das hat uns zusammengehalten, trotz all der anderen Sachen.« Dann war er plötzlich verstummt und hatte eine Weile lang gar nichts mehr gesagt. Schließlich war da wieder dieses schiefe Lächeln gewesen. »Ja, du siehst, das war alles auch irgendwie ambivalent. Diese Abende ... Und auf der anderen Seite wurde gepetzt.«

Wieder hatte Anne fragend von einem zum anderen geguckt, bis Renate schließlich sagte: »Wir waren darauf abgerichtet, uns gegenseitig zu verraten. Wir durften nichts Privates mit einem anderen besprechen. Wir durften keine Freunde haben. Wenn wir gehört haben, wie jemand etwas Negatives sagt, irgendetwas Harmloses, ganz egal, wir haben es gepetzt, und dann wurde derjenige hart bestraft. Wir haben alles und jeden verraten, selbst unsere eigene Mutter.«

Anne starrte immer noch auf die Wasseroberfläche. Die Striezel lag so dunkel und still da, dass man hätte meinen können, sie habe keine Strömung. Und da waren sie wieder, Renates Worte, und ließen sich nicht mehr wegdrängen.

»Deshalb kann ich heute keine Kinder bekommen. Alma und Emilia sind adoptiert, aus einem chilenischen Kinderheim«, hatte sie gesagt. »Weil sie das mit den Viehtreibern immer wieder gemacht haben. Und bei mir da unten alles kaputtgegangen ist.«

Anne streckte die Hände hoch über den Kopf. Sie musste das

jetzt tun, musste das Wasser spüren, das war die Natur, das war die Realität, das war ihr Leben. Und alles andere, diese eigenartigen Menschen mit ihrer grauenvollen Geschichte, diese Worte und Bilder, die an ihr kleben geblieben waren, sollten hinweggespült werden in der Strömung des Flusses. Sie holte tief Luft und sprang.

Das Eintauchen in das kalte Wasser war ein Schock, das Unter-der-Wasseroberfläche-Gleiten wie das Durchschwimmen eines Eiskanals. Als sie es nicht mehr länger aushielt, tauchte sie auf, mit wild hämmerndem Herzen, prustend, um sich spritzend. Doch die Gedanken waren immer noch da.

Als sie zurückkehrte, stand der Wagen ihrer Mutter in der Einfahrt.

»Ruth?«, murmelte sie und öffnete die Gartenpforte. Da kam ihre Mutter bereits aus dem Haus gelaufen. Nachdem die beiden sich umarmt hatten, hielt Ruth Anne an den Schultern fest und betrachtete sie genau, so als wollte sie in ihrem Gesicht lesen. »Wie geht es dir?«, fragte sie, und ohne eine Antwort abzuwarten, fügte sie hinzu: »Ich hab mir Sorgen gemacht.«

Anne ging ins Haus und Ruth folgte ihr. Nach dem vergangenen Abend und diesem sonderbaren Morgen erschien ihr das Auftauchen ihrer Mutter völlig unwirklich. Auf einmal fühlte sie sich wieder unendlich schwach. Sie ging in die Küche und ließ sich auf einen Stuhl sinken.

»Warum hast du nicht angerufen?«

»Ich hab mich ganz spontan entschieden.«

Anne sah ihre Mutter überrascht an. Spontaneität gehörte nicht unbedingt zu Ruths charakteristischen Eigenschaften.

»Ich hatte plötzlich das Gefühl, du könntest ein bisschen … Gesellschaft brauchen. Wenn du schon mal in der Nähe bist. So oft kommt das ja nicht vor.«

Anne nickte matt. »Ich mach uns einen Kaffee«, sagte sie und erhob sich. Doch Ruth schüttelte den Kopf.

»Setz dich wieder oder besser, leg dich aufs Sofa. Ich mach das.«

Anne ging ohne ein weiteres Wort zum Sofa und ließ sich hinplumpsen. »Stimmt, ich bin immer noch ziemlich groggy.«

»Wahrscheinlich wäre es klüger gewesen, es etwas langsamer anzugehen, meinst du nicht?«

Anne streckte die Füße aus. »Na ja ... ich wollte da wohl etwas beschleunigen. Irgendwie hatte ... habe ich das Gefühl, ich müsste endlich wieder in die Gänge kommen.«

Ruth seufzte. Anne wusste, was ihre Mutter dachte, im Wortlaut sogar. *Mit dem Tod endet auch die Eile.* Familienjargon.

»Ach, Kind«, sagte Ruth jetzt und sah sie so voller Mitgefühl und Bedauern an, dass Anne die Tränen in die Augen traten. Nie wird mich jemand so verstehen wie sie, dachte Anne und fühlte sich gleich noch ein bisschen elender. Und auf einmal überkam sie ein so überwältigendes Gefühl von Verlust, dass ihr die Tränen über die Wangen rannen. Rasch wandte sie sich ab, griff nach einer Packung Tempotaschentücher auf dem Tisch und wischte sich übers Gesicht. Die Lektüre letzte Nacht, dachte sie, hat mir absolut nicht gutgetan. Und um irgendetwas zu sagen und ihrer Mutter eine Erklärung für ihren Ausbruch zu liefern, sagte Anne: »Ich hab dir doch von diesen Leuten erzählt. Die, die jetzt in dem Verwalterhäuschen wohnen.«

Ruth nickte.

»Maximilian hatte ihnen bei der Kommunikation mit einem Rechtsanwalt geholfen.«

»Ach ja?« Anne fand, dass Ruth zerstreut wirkte, nicht wirklich bei der Sache. »Du solltest die mal kennenlernen. Die sind wie aus einer anderen Welt. Und sie haben ein paar schlimme Sachen durchgemacht.«

Ruth, die gerade auf dem Weg in die Küche war, blieb stehen, sagte aber nichts. Zögernd fuhr Anne fort: »Ich finde, dass ich denen irgendwie helfen sollte.«

»Ach ja?«, fragte Ruth wieder und nahm die Hand von der Klinke.

»Ja. Zumindest könnte ich ihnen bei ihrem Mailverkehr helfen. Weil sie selbst keinen Internetanschluss haben und sich ja irgendwie mit diesem Rechtsanwalt in Chile verständigen müssen.«

»Ach, Kind, warum willst du das denn tun! Das ist doch alles zu viel für dich, du musst dich jetzt schonen!«, sagte Ruth plötzlich ganz eindringlich. Sie trat wieder ins Zimmer und setzte sich zu Anne auf die Sofakante. »Komm lieber mit mir nach Hause und kurier dich erst mal richtig aus. Ich werd mich ein bisschen um dich kümmern.«

Überrascht betrachtete Anne ihre Mutter. Das sah Ruth gar nicht ähnlich. Sonst stand sie so gut wie immer hinter Annes Plänen. Offenbar sorgte sich ihre Mutter ernsthaft um sie.

Anne schüttelte den Kopf. »Mach dir keine Gedanken. Ich fühl mich schon viel besser.« Und wie um ihre Worte zu bekräftigen, straffte sie die Schultern und setzte ein Lächeln auf, das Tatkraft und Wohlbefinden signalisieren sollte. »Ich verspreche dir, dass ich langsam tun werde.«

Anne sah, wie es in Ruths Gesicht arbeitete. Sie schien nicht überzeugt zu sein.

Also legte Anne noch einen drauf: »Keine Gewaltmärsche ins Moor mehr, Ehrenwort.« Scherzhaft fügte sie hinzu: »Und wenn was sein sollte, dann werden diese Sektenleute mich schon wieder vom Gartenzaun pflücken!«

Abrupt erhob sich Ruth, griff nach ein paar Zeitschriften, die auf dem Tisch ausgebreitet waren, und ordnete sie zu einem Stapel, mit ziemlich energischen Bewegungen, wie Anne fand.

Und plötzlich – so plötzlich, dass Anne zusammenzuckte – herrschte Ruth sie an: »Halt dich fern von diesen Leuten. Die haben doch eine Meise.«

Dezember 1961. »Heute«, sagt der Tío bei der Versammlung, »musste ich Übles hören. Über einen von euch.« Er macht eine gewichtige Pause und sieht von der Bühne auf die Gemeinde herunter, lässt seinen Blick über uns schweifen. »Einige von euch tragen Lügenfratzen, die ihnen der Teufel vors Gesicht hält, damit keiner merkt, wie hässlich sie wirklich sind.« Plötzlich zeigt er auf mich: »Komm mal hoch.«

Erst kann ich mich gar nicht rühren. Bin erstarrt vor Angst. Weiß nicht, was er von mir will. Schlimm auch die plötzliche Aufmerksamkeit aller im Saal. Was hab ich verbrochen, überleg ich fieberhaft, während ich die Treppe zur Bühne hochsteige.

»Es gibt einige unter euch, die nicht nur selbst im stinkenden Sumpf des Teufels stecken. Das allein ist schon schlimm genug für uns andere, die wir hier versuchen, ein gottgefälliges Leben zu führen. Schlimmer und gefährlicher ist, wenn solche Teufelsbraten versuchen, uns andere da mit runterzuziehen.« Plötzlich donnert er los: »Dieses Weibsstück frisst, was es gespien hat!«

Und da stehe ich nun, mit hochrotem Kopf. Alle sehen mich an. Auch Erich. Am liebsten würd ich auf der Stelle durch eine Falltür im Boden versinken. Aber der Boden unter mir ist stabil. Es gibt keine Falltür. So bleib ich einfach stehen im Scheinwerferlicht. »Weißt du denn nicht, dass wir hier …«, er macht eine ausladende Geste, »… dass wir hierhergekommen sind, um allen hohlen Verlockungen, allem Tand der eitlen Welt da draußen zu entkommen?« Er legt eine Pause ein, die tausend Jahre zu dauern scheint. Tausend Jahre, in denen meine Gedanken hin und her hetzen auf der Suche nach dem, was ich getan hab, was des Teufels war. Hat vielleicht einer gesehen, dass ich beim Geigeüben eingeschlafen bin? Meine Augen huschen zu Erich und suchen Halt, Trost, seine Liebe. Aber da ist nur Leere. Seine Augen blicken an mir vorbei. Und das ist so entsetzlich, dass ich aufschluchzen möchte, jetzt, sofort, auf der Stelle. Da fällt mein Blick auf Hanne, die große, blonde Hanne, die wie eine Lichtgestalt zwischen zwei Tanten emporragt, gleich unter mir. Ganz vorne steht sie und sieht mich voller Mitgefühl an.

Auf einmal schnellt die Faust des Tío nach vorne. Ich glaube, er will mich schlagen, und zucke zurück. Aber er schlägt mich nicht, er schlägt nicht oft selbst. Stattdessen hält er mir die Faust hin und öffnet sie langsam. Auf der flachen Hand liegen zwei kornblumenblaue Schleifenbänder. Weitere tausend Jahre vergehen, in denen der Tío der Gemeinde erzählt, wie ich versucht hab, ein kleines Kind zu Gefallsucht und Eitelkeit zu verführen.

»Doch damit nicht genug!«, schreit der Tío, der jetzt richtig in Fahrt kommt. »Du hast auch noch Günstlingswirtschaft betrieben und ein Kind den anderen vorgezogen. Weißt du denn nicht, dass wir hier alle gleich sind?«

Und dann hält er plötzlich Traudels Bettsocken in der Hand und wedelt mir damit vor dem Gesicht herum. Ich weiß nicht mehr, was ich sagen und was ich denken soll. Ich stehe einfach da.

Doch der Tío ist noch nicht fertig. »Aber das Verwerflichste, das Widerlichste von alldem ist, dass du versucht hast, das Kind …«, er zeigt nach unten und erst da erkenne ich Traudel und erschrecke über ihr raspelkurzes Haar, »… in deine stinkenden Lügen hineinzuziehen.«

Mittlerweile kann ich mich kaum mehr auf den Beinen halten. Ich fühle mich schwach und elend und schäme mich so sehr. Ich blinzle gegen die Helligkeit und hab Mühe, seine Worte zu verstehen, obwohl sie in meinen Ohren dröhnen. Ich schwanke leicht, ich darf jetzt nicht das Gleichgewicht verlieren. Und da wird mein Blick wieder zu Hanne gezogen. Sie schließt die Augen, ganz kurz nur, und nickt mir dann fast unmerklich zu.

In dem Moment wendet sich der Tío abrupt von mir ab und setzt sich wieder auf seinen Thron. »Aber diesmal ist er blamiert worden, der Satan! Diesmal sind seine Missetaten ans Licht gebracht worden, sodass sie für alle sichtbar sind. Dieses Kind«, sagt er jetzt matt und zeigt auf Traudel, »ist zu mir gekommen. Tage hat das Kind mit dem Satan gerungen, aber dann hat es sich vom Gestank der Sünde, der seine Seele verpesten wollte, befreit. Zum Zeichen der Reinigung hat sie sich selbst von ihren Zotteln befreit! Aber dieses Weib« – er deutet wieder auf mich – »ist durch und durch verdorben.« Und nun schreit er los. »Du wirst so lange mit niemandem hier sprechen, bis ich es dir wieder erlaube!«

TEIL II

WILL SATAN MICH VERSCHLINGEN

Anne war starrköpfig. Nicht in allen Dingen und nicht grundsätzlich, doch es gab eine sichere Methode, sie dazu zu bringen, etwas zu tun – indem man es ihr ausreden oder es ihr verbieten wollte. So war die Entscheidung, Maximilians »Nachfolge« bei diesen komischen Sektenleuten anzutreten, in dem Moment gefallen, als ihre Mutter sie davon abzuhalten versuchte. Allerdings war Annes Eigensinn eher leise; er zeichnete sich durch konsequentes Schweigen aus und nicht durch lautes Herumschreien. Und so stritten sich die beiden nicht. Auf Ruths Worte sagte Anne nur: »Mal sehen.« Allerdings merkte sie schon in den nächsten Minuten, dass ihr die Uneinigkeit mit ihrer Mutter zu schaffen machte. Ruth hatte bisher immer auf Annes Seite gestanden, daher war die neue Situation vollkommen ungewohnt für sie. So fand sie auch in dieser Nacht keinen Schlaf, sondern wälzte sich nur von einer Seite auf die andere. Und beim Herumgrübeln fragte sie sich immer wieder, wann sie sich überhaupt das letzte Mal mit Ruth gestritten hatte. Vielleicht in einer fernen Pubertät? Die mütterliche Missbilligung, die nun über ihr schwebte, war jedenfalls ein ganz neuer und ziemlich unerquicklicher Zustand, den Anne spätestens nach dem Frühstück, das in einem verklemmten Schweigen stattgefunden hatte, beendet wissen wollte.

»Was ist eigentlich los?«, fragte sie Ruth, die sich mit einer Tasse Grüntee vors Haus gesetzt hatte. »Warum willst du nicht, dass ich diese Leute unterstütze?«

Ruth, die bis eben in den Wipfel des alten Apfelbaums geschaut hatte, betrachtete Anne. Einen Moment lang glaubte Anne, eine Art Verletzlichkeit oder Traurigkeit in ihrem Blick zu erkennen, doch dann änderte sich ihr Gesichtsausdruck und sie wirkte nur noch müde.

»Tut mir leid wegen gestern. Ich hab's nicht so gemeint. Ich war wohl einfach ein bisschen erledigt nach dem langen Tag.«

Da entdeckte Anne die Blechschatulle, die links neben Ruth im Gras stand. »Was ist das denn?«, fragte sie und zeigte darauf.

Ruth folgte ihrem Blick. »Das ...«, sagte sie und drückte den Deckel fest darauf, »... sind nur alte Briefe aus dem Schuppen ... ich dachte, ich nehm sie mit nach Hause.« Sie trank den letzten Schluck Tee, dieses Gunpowder-Gebräu, das sie sich jeden Morgen zubereitete, verzog das Gesicht zu einem Lächeln, stand auf, schnappte sich die Schatulle und ging ins Haus.

Anne war im Hintertreffen, das wusste sie, Maximilians Tod hatte sie aus dem Ring katapultiert. Und Renate und Horst und ihre sich mehr und mehr verselbstständigenden Gedanken über die Colonia Dignidad hatten ihr Übriges getan.

Sie schenkte sich den letzten bitteren Kaffee in die Tasse, es waren nicht mehr als ein paar Tropfen. Beim Trinken verzog sie das Gesicht. Der Kaffee nutzt nichts, dachte sie, nicht dieses Mal.

Der Küchentisch ihrer Oma war übersät mit allem, was zu ihr gehörte: dem Laptop, Konzeptpapier mit eilig hingeworfenen Gedanken, Mindmaps, ihrem Scrapbook mit banalen Ideen, nichts Bahnbrechendes, nichts, was vor dem Expertenpublikum bei der Leibniz-Gesellschaft Bestand haben würde.

Sie öffnete eine Datei, der letzte Artikel in *Animal Research* war gut gewesen, hervorragend, sie hatte eine Menge Anerkennung dafür bekommen. Sie würde es doch schaffen, einen banalen Vortrag vorzubereiten. Das hatte sie doch sonst auch immer hingekriegt.

Der Rasenmäher, der seit einer Weile von nebenan zu hören gewesen war, verstummte. Nun war nur noch Frau Bottkes Heckenschere zu hören, keine elektrische, das störte sie nicht weiter. Alles, was mit sauberer, altmodischer Handarbeit zu tun hatte, machte ihr nichts aus.

Mit ein paar Klicks hatte sie ihren viel beachteten Artikel über non-vokale Kommunikation von Rabenvögeln auf dem Bildschirm. Dass die vokale Kommunikation der Singvögel, zu denen die Raben ja gehörten, überraschende Ähnlichkeiten zur gesprochenen Sprache des Menschen aufweist, war bereits hinlänglich erforscht und bewiesen worden – schließlich sind Singvögel im Gegensatz zu Menschenaffen in der Lage, komplexe Lautmuster zu imitieren und neue Sequenzen zu kreieren. In Annes Artikel ging es aber um die non-vokalen Fähigkeiten der Rabenvögel, was ein völlig neuer Ansatz war.

Eine Weile lang kritzelte sie auf dem Block herum, versuchte sich zu konzentrieren. Als sie eine halbe Stunde später immer noch nichts Akzeptables zu Papier gebracht hatte, beschloss sie, wenigstens ihre Mails anzuschauen und zu beantworten. Auf den ersten Blick sah sie die Nachricht des chilenischen Rechtsanwalts in ihrem Posteingang. Er teilte mit, dass noch eine andere Familie dazu bereit war, sich der Klage anzuschließen. Und dann bat er dringend um Kontaktaufnahme.

Schon wieder dieses Thema. Leiser Unwille stieg in ihr auf, der ihr gleich ein schlechtes Gewissen bereitete. Dir ist es im Leben immer so gut gegangen, flüsterte eine leise Stimme in ihrem Kopf. Und jetzt hast du mal die Gelegenheit, anderen zu helfen, denen es nicht so gut gegangen ist wie dir! Und dann kam ihr noch ein ganz anderer Gedanke, einer, den sie – die Wissenschaftlerin, die weder an einen Gott glaubte noch an sonst irgendeine höhere Macht – vor ein paar Wochen noch als lachhaft abgetan hätte: Vielleicht waren diese Leute nicht zufällig gerade jetzt in ihr Leben getreten.

Mit einer ungeduldigen Handbewegung klappte Anne den Laptop zu und stand auf. Das Nützlichste wäre sicher, Renate und Horst beim Einrichten eines Internetanschlusses behilflich zu sein. Denn wenn sie daran dachte, wie Renate das Wort Computer ausgesprochen hatte, musste sie wohl davon ausgehen, dass die beiden in diesen Dingen nicht besonders firm waren. Und wenn der Anschluss erst funktionierte, wären sie unabhängig – und Anne wäre es auch. Sie beschloss, sich gleich auf den Weg zu machen.

RUTH. Zu Beginn schrieb ich noch lange Briefe an Christa, erkundigte mich nach ihrem Leben in Lohmar und wie es ihr in der Ausbildung erginge. Doch als von Christa nicht mehr zurückkam als gelegentlich ein paar knappe Postkartenzeilen, wurden auch meine Briefe seltener und kürzer. Zunächst konnte ich kaum fassen, wie Christa so distanziert sein konnte, doch irgendwann schlug meine Verwunderung in ein schlechtes Gewissen um. Was, wenn Erich ihr alles verraten hatte über jene Nacht? Wenn er mich als die treibende Kraft hingestellt hatte, als die Verführerin, die ihn dazu gebracht hatte, sich vollkommen zu vergessen? Es würde zu Christa passen, sich dann verletzt zurückzuziehen, statt mich darauf anzusprechen. Aber der nichtssagende Ton ihrer Postkarten fügte sich nicht ins Bild. Christa war konfliktscheu, das ja, das war schon immer so gewesen. Doch wenn sie von Erich und mir erfahren hätte, hätte die Christa, die ich kannte, sich ganz in Schweigen gehüllt und jeden Kontakt vermieden. Nachdem ich lange bedrückt gewesen war, wuchs irgendwann Ärger in mir. Als wieder einmal eine dieser typischen Postkarten kam – *Es geht mir gut. Viele Grüße auch an deine Mutti* –, schrieb ich spontan einen Brief und fragte sie, warum sie nicht auf meine Fragen einging. Danach hörte ich gar nichts mehr von ihr.

Im Frühjahr 1960 hatte ich endlich mein Abitur in der Tasche. In meinem Überschwang schickte ich Christa eine Einladung zu meiner Abiturfeier, doch die Zeit verstrich, ohne dass ich etwas von ihr hörte. Erst als die Feier längst vorüber war, kam ihre Antwort. Es waren auch jetzt nur ein paar eilig hingeworfene Zeilen, in denen sie mir zur bestandenen Reifeprüfung gratulierte – sie klang wie ein Bankbeamter, der sich ein paar Routinefloskeln abringt, bevor er sich dem nächsten Kreditvergabegespräch widmet.

Ich erinnere mich noch, wie ich das Blatt sinken ließ und stumm den Kopf schüttelte, wie Mutter gerade in dem Augenblick zur Tür hereinkam und mich dort sitzen sah, auf unserem braunen Cordsofa, und mir stumm den Brief aus der Hand nahm, ihn las und ihn dann kommentarlos zur Seite legte.

Ich wusste damals nicht, was Herr Bellstedt Mutter erzählte, ob er und Mutter überhaupt je von Christa sprachen. Erst viel später erfuhr ich, dass ich nicht die Einzige war, die sich Gedanken um Christa machte.

Im Mai verließ ich Grösitz und zog nach Liebenburg in den Harz, wo ich in einem Institut für Pflanzenschutz eine Ausbildung zur Biologisch-technischen Assistentin begann. In den ersten Tagen fühlte ich mich eigenartig, wie hineinverpflanzt in eine fremde Welt. Zusammen mit sieben anderen Mädchen bewohnte ich ein Holzhaus, das sie den Taubenschlag nannten und das etwas abseits des Hauptgebäudes lag. Ich fand eine neue Freundin, Leni, ein sommersprossiges Mädchen mit einem breiten Lachen, und als der Sommer kam und wir viel draußen waren, dachte ich seltener an Christa. Noch zwei, drei Briefe hatte ich geschickt, aber keine Antwort mehr bekommen. In meinem letzten Brief hatte ich sie verärgert gefragt, ob es ihr lieber sei, wenn ich mich nicht mehr meldete.

Es war September, als die Antwort kam. Christas Brief erklärte nichts und ging mit keinem Wort auf meine Verärgerung ein, sondern schilderte in übertrieben fröhlichem Tonfall ihren Arbeitsalltag in einem Kolonialwarenladen in Siegburg. Erst später an diesem Abend, ich lag schon längst im Bett, schoss mir durch den Kopf, was das Sonderbarste an diesem Brief war: Wieso arbeitete Christa in solch einem Laden, wo sie doch eine Ausbildung zur Jugendpflegerin hatte machen wollen?

Ich selbst hatte hier in Liebenburg meinen Platz gefunden. Nach der Paukerei fürs Abitur kam mir der Lernstoff hier sehr leicht vor, und nicht nur mit Leni, auch mit den anderen Mädchen verstand ich mich gut. Wir waren zu acht und stammten alle aus unterschiedlichen Teilen der Bundesrepublik, eine kam sogar aus dem Schwarzwald, was mir damals unendlich weit weg erschien. Jeder von uns wurde im Rahmen der Ausbildung ein eigenes Thema zugewiesen, eine befasste sich mit Sommergerste, eine mit Weizen, eine mit Hafer und so fort. Ich selbst hatte den Roggen. Wenn wir mikroskopierend im Feld saßen und der Sommerwind uns umwehte, fühlte ich mich immer wie in einer anderen Welt und war glücklich.

Und dann waren da auch noch die Jungen. In diesen Monaten hatte ich so viel Freiheit wie nie zuvor, denn unser Ausbilder achtete nicht besonders gründlich darauf, was wir an den Feierabenden so trieben. Gelegenheit macht Diebe, wie man so sagt, und unser freies Leben hatten wir nicht zuletzt unserer Unterbringung zu verdanken. Das Taubenhaus, in dem wir wohnten, lag ein gutes Stück entfernt vom Institut und hatte eine

Veranda mit Außentreppe, wodurch jedes Zimmer über einen eigenen Eingang verfügte und wir relativ unbemerkt kommen und gehen konnten, wann und wie wir wollten.

Dass das Institut ein wenig abgelegen war, störte uns nicht. Immer wieder schwangen wir uns aufs Rad, um an so vielen Tanzveranstaltungen wie möglich teilzunehmen, und bald hatten ein paar von uns einen Verehrer mit einem fahrbaren Untersatz, einem Roller oder sogar einem Auto.

Im Oktober fuhr ich zum ersten Mal seit meinem Weggang im Mai wieder nach Grösitz, zur »Herbstpause«, wie das im Institut genannt wurde. Nach fast fünf Monaten Abwesenheit aus dem Zug zu steigen und den Koffer auf dem sandigen Bahnsteig abzustellen war merkwürdig. Alles, was mein Leben hier ausgemacht hatte, lag nun hinter mir: die Schulzeit, die Fahrten mit der Osthannoverschen Eisenbahn und die vertrauten Tage mit Christa. Acht Jahre lang hatten wir zusammen diesen Zug bestiegen und waren die dreißig Kilometer zum Auguste-Viktoria-Gymnasium gefahren. Während ich vor dem Bahnhof stand, hatte ich auf einmal wieder ihr Gesicht vor Augen, so wie ich es an jenem Tag im Sommer das letzte Mal gesehen hatte: die großen, vor Aufregung leuchtenden Augen, das glückselige Lächeln. Ehe ich mich's versah, war da ein ganz elendes Gefühl in mir, ein dicker Klumpen, der fest in meiner Kehle steckte.

Da kam Mutter um die Ecke geeilt, mit Helmut im Schlepptau, einem der Arbeiter aus dem Sägewerk, der sie hin und wieder durch die Gegend kutschierte. Als Mutter mich lachend umarmte, schluckte ich das schlimme Gefühl hinunter. Ich wollte mir diese Ferien von nichts und niemandem verderben lassen, auch nicht von den Gespenstern der Vergangenheit.

Februar 1962. »Die Hanne ist abgehauen.« Das höre ich Onkel Knut vor dem Hühnerstall zu jemandem sagen und der Schreck fährt mir in alle Glieder. Ich weiß nicht, mit wem er spricht, darf auch nicht nachschauen oder mich sonst wie bemerkbar machen. Denn wer hört, ist schuldig. Und Schuld habe ich schon genug auf mich geladen.

Das ist auch der Grund, warum ich mit niemandem ein Wort gewechselt habe, seitdem ich im Hühnerstall bin, seit zwei Monaten also. Auch nicht mit meinem Mann. Den habe ich zuletzt bei der Versammlung gesehen und mich die ganze Zeit über gefragt, wo er wohl abgeblieben sein mag. Hab mir zusammengereimt, dass der Tío ihn nach Süden abgeschoben hat, in unsere Steinbrechanlage oder ins Casino Familiar in Bulnes, wo die Gemeinschaft ein Restaurant betreibt. Der Tío wollte wohl auf Nummer sicher gehen, darum musste Erich hier weg – weg von dem Teufelsweib, das ich bin. Doch heute Morgen hab ich Onkel Knut über Erich reden hören, in einem Atemzug mit Siegburg, und jetzt glaub ich, alles ist anders. Denn in Siegburg wohnt ja Tante Hiltrud!

Ich wage kaum, dem Gefühl nachzugeben. Ein winziger Hoffnungsfunke hat in mir ein Flämmchen zum Brennen gebracht. Vielleicht hat mein Warten bald ein Ende? Den ganzen Tag über kreisen meine Gedanken nur darum und immer wieder kehre ich zu der Frage zurück: Was macht Erich in Siegburg? Es kann nur diesen einen Grund geben – dass er endgültig alles regeln will. Und vielleicht – auch diesen Gedanken erlaube ich mir, obwohl er fast noch verrückter ist –, vielleicht hat Erich an jenem Tag, als ich auf der Bühne stand, mir deshalb nicht beigestanden, weil er da schon diesen Plan hatte. Denn er weiß ja, dass der Tío keinen Widerspruch duldet. Dieser winzige Hoffnungsschimmer erhellt von jetzt an auch noch die dunkelsten Tage.

Ruth war zum Einkaufen gefahren, als Anne wenig später durch den drückend heißen Nachmittag radelte. Der Himmel war giftig gelb und über dem Citronenberg drängten sich bleigraue Wolken. Hoffentlich würde jetzt endlich mal ein bisschen Regen fallen.

Als sie sich dem Alten Gut näherte, kamen Stimmen vom Verwalterhäuschen her: ein Mann, der ziemlich laut sprach, und eine Frau, die kaum zu hören war. Anne hörte auf zu treten, ließ das Rad ausrollen und stieg ab.

»Wir werden euch in unsere Gebete einschließen«, tönte es durchs Gebüsch. Anne ging ein Stück weiter, und als sie durch eine Lücke im Buschwerk schaute, sah sie etwas Weißes dahinter aufblitzen, ein Hemd. Jemand anderes – Renate? – murmelte eine Erwiderung. Fast gegen ihren Willen spitzte Anne die Ohren. Als der Mann fortfuhr, sagte er etwas über »die Brüder und Schwestern daheim«. Anne pirschte sich an eine Lücke zwischen den Fliederbüschen heran, die ihr einen Blick aufs Haus gewährte. Und da sah sie Renate in der Haustür stehen, einem weiß behemdeten Mann mit vollem grauem Haar gegenüber, der draußen vor der Treppe stand, und neben ihm war noch ein zweiter Mann, groß, mit braunen Haaren und ebenfalls in weißem Hemd. Beide Männer wirkten schlank und drahtig, obwohl sie sicherlich auf die sechzig zugingen. Nun sah Anne, wie Renate den Kopf schüttelte und erneut etwas sagte, aber auch diesmal so leise, dass Anne nichts verstand.

Daraufhin erwiderte der Grauhaarige: »Gehet in euch und bittet unseren Herrgott um Führung, damit er euch den rechten Weg weise.« Seine Stimme klang, als predige der Mann von einer Kanzel herab. Vielleicht war er wirklich ein Pfarrer, überlegte Anne. Aber welcher Weg war gemeint? Und wieso sollte Renate in sich gehen? Anne starrte immer noch durchs Gebüsch. Etwas an diesem Mann rief einen heftigen Widerwil-

len in ihr hervor, gar nicht so sehr seine Worte, sondern vielmehr seine Stimme. Nun sagte der andere etwas, der bisher noch nicht den Mund aufgemacht hatte. Doch er sprach so leise, dass Anne nicht verstand, was er sagte. Sekunden vergingen, die Anne wie Minuten vorkamen. Sie sah Renate regungslos dastehen. Dann trat sie zurück und die beiden Männer folgten ihr ins Haus.

RUTH. Den Samstag verbrachten wir mit Essen und einem ausgedehnten Nachmittagsspaziergang über die Heide. Auf dem Rückweg wurde es bereits kühl. Vereinzelte Nebelschleier hingen über den kniehohen Erikabüschen, und als wir am Alten Gut vorbeikamen und die Linden wie Gold in die aufziehende Dämmerung leuchteten, fragte mich Mutter nach Christa und ob ich etwas von ihr gehört hätte. »Ja«, antwortete ich betont leichthin und erzählte, dass sie anscheinend viel zu tun habe. Ich war überzeugt, Mutter würde gleich nachfragen, weil meine Stimme ganz falsch geklungen hatte, doch sie sah nur stirnrunzelnd zum Gutshaus hinüber und murmelte: »Soso.« Mein Blick folgte ihrem und blieb traurig an Christas Fenster hängen. Am Ende war ich froh, als Mutter von Tante Hilde aus Goslar zu erzählen begann und von Lotte aus Amerika, die in diesem Jahr vielleicht nach Deutschland kommen wolle.

Als wir nach Hause kamen und Mutter Teewasser aufsetzte, schnappte ich mir den Eimer, um noch rasch Kohlen aus dem Schuppen zu holen.

Dort schlug mir der vertraute Geruch nach Kohle entgegen und ich freute mich auf ein gemütliches Feuer im Ofen und auf Mutters Zuckerkuchen, der in der Küche auf mich wartete. Während ich summend Kohlen in den Eimer schaufelte, hörte ich auf einmal ein leises Knacken, so als würde jemand auf einen trockenen Zweig treten. Ich verstummte und richtete mich auf. Im Schuppen war es dämmrig und es gab auch kein Licht, das ich hätte einschalten können. Also blieb ich ein paar Sekunden einfach so stehen, spitzte die Ohren und sah mich im Halbdunkel um. Doch ich hörte nichts weiter, also schaufelte ich weiter Kohlen in den Eimer und ging dann zur Tür. Und da war es wieder, etwas deutlicher nun, doch nicht deutlich genug, um zu erkennen, aus welcher Ecke das Knacken kam. Möglichst geräuschvoll öffnete ich die Schuppentür, ließ sie zufallen und blieb dann im Halbdunkel stehen.

Und da hörte ich es, das Wimmern. Es war ganz leise, kaum wahrnehmbar, im ersten Moment dachte ich, da wäre ein kleines Tier, ein verletztes Kätzchen, das sich zum Sterben in eine Ecke zurückgezogen hatte. Doch dann kam zu dem Wimmern ein anderer Laut und ich begriff, dass da ein Mensch war, der gerade die Nase hochzog.

Kurz darauf fand ich ihn. Er kauerte zwischen alten Brettern und dem Kohlenhaufen und starrte mir angstvoll entgegen. Im Dämmerlicht wirkten seine dunklen Augen riesig, weit aufgerissen und kugelrund.

»Hans!«, sagte ich gedämpft, »was machst du hier?«

Aber er gab keine Antwort, sah mich nur weiter an.

»Was ist denn los? Hast du was ausgefressen?« Ich betrachtete ihn forschend, als mir ein Gedanke kam. »Hat er dich wieder gehauen?«

Doch zu meiner Überraschung schüttelte Hans energisch den Kopf.

»Was ist es dann? Hast du was angestellt?«

Wieder schüttelte Hans den Kopf und mir gingen langsam die Fragen aus. Doch plötzlich sagte er: »Ich will da nicht hin.«

»Hm? Wohin denn nicht? Nun komm doch erst mal da raus. Du wirst ja noch ganz schmutzig.«

Hans quetschte sich zwischen den Brettern hindurch, ich reichte ihm meine Hand und er tat einen großen Schritt über den Kohlenhaufen hinweg.

»Ich soll zu den Kirchenleuten.«

»Zu den Kirchenleuten? Aber die sind doch gar nicht mehr hier.«

»Die haben ein Heim in Lohmar, da soll ich hin, wenn Mutter im Krankenhaus ist.«

»Davor hast du dich versteckt?«

Er sagte nichts.

»Aber …«, ich überlegte. »Wie lange muss deine Mutter denn ins Krankenhaus?«

Er runzelte angestrengt die Stirn. »Zwei Wochen?«

»Ach so«, sagte ich erleichtert und lachte. »Zwei Wochen gehen doch schnell vorbei! Und letzten Sommer bist du gern dort hingegangen. Weißt du nicht mehr, die machen lauter Sachen, die dir gefallen. Lagerfeuer und Völkerball …«

Hans sagte nichts darauf.

»Haben die anderen Kinder da dich etwa geärgert?«

Wieder schüttelte er den Kopf.

»Haben sie dich ausgeschlossen, lassen sie dich nicht mitspielen? Hat dich jemand von denen gehauen?«

Wieder das Kopfschütteln.

»Ja, was ist es dann? Irgendeinen Grund muss es doch geben, weshalb du da nicht mehr hinwillst!«

Aber Hans schwieg beharrlich und starrte weiter verbissen auf seine Schuhspitzen.

»Hänschen«, sagte ich da ganz sanft und zog ihn zu mir heran. »Mir kannst du's doch sagen. Was ist denn los?« Ich beugte mich zu ihm hinunter und betrachtete ihn, so gut es ging, im Dämmerlicht des Schuppens: sein breites Lausbubengesicht mit den vielen Sommersprossen, die großen dunklen Knopfaugen, die nun mit leerem Blick an mir vorbeisahen. Irgendetwas belastete ihn, das war klar. Doch da machte er sich los, riss die Tür auf, dass sie an die Schuppenwand knallte, und rannte davon. Und ich stand einfach nur da und sah, wie die Tür wieder zuschwang, und fragte mich, was wohl so schlimm sein konnte, dass er es noch nicht einmal mir sagen wollte.

5.15 Uhr aufstehen, jeden Tag, sieben Tage die Woche. Ich kann mich gar nicht mehr erinnern, wie mein Leben früher war. Zumindest erscheint mir das alles jetzt völlig unwirklich. Die Gegenwart relativiert die Vergangenheit. Auch denke ich jetzt oft an zu Hause. An Vater, der es immer nur gut gemeint hat. Nie hat er die Hand gegen mich erhoben, kein einziges Mal. Aber wie gut es mir ging, das hab ich damals nicht erkannt. Und so hat Berta, meine Betriebsleiterin, tatsächlich recht, wenn sie sagt, dass ich eine dumme Trin bin. Aber sie sagt es nur deshalb, weil ich vor lauter Müdigkeit mit den Futtereimern in der Hand gestolpert bin. Denn wenn ich im Hühnerstall fertig bin, geht die Nachtschicht los und ich backe Dachpfannen im Betonwerk, für das neue Krankenhaus, das alle hier nur Neukra nennen, und auch für das Zippelhaus, das soll unser Versammlungsgebäude werden. Zusammen mit den anderen Frauen backe ich bis zum Umfallen.

Die Männer sind um diese Uhrzeit nicht mehr da. Männer und Frauen dürfen jetzt nicht mehr zusammenkommen, weil das Sünde ist. Selbst die, die verheiratet sind und fünf, sechs, sieben Kinder haben, leben getrennt: die Männer bei den Männern, die Frauen bei den Frauen, und auch die Geschwister werden auseinandergerissen. Ich habe wohl den fassungslosen Blick der kleinen Heiderose mitbekommen, als sie ihren Bruder Werner auf dem Weg gegrüßt hat und der so getan hat, als kenne er sie nicht mehr.

Das Schlimmste aber war, neulich Hänschen wiederzusehen. Ganz klein kam er mir vor, klein und stumm, mit gesenktem Kopf ist er an mir vorbeigeschlichen. Ich darf gar nicht dran denken, dass er nur wegen mir hier gelandet ist. Ja, eine dumme Trin bin ich, weil ich die Wahrheit nicht erkannt habe, als noch Zeit dafür war. Ein ganz normales Leben habe ich führen wollen. Das war doch alles, was die meisten hier gewollt haben. Eine Familie, Kinder, ein kleines Häuschen vielleicht.

Wenn der Wecker um kurz nach fünf schrillt, ist das jetzt immer so, als würde etwas in meinem Kopf explodieren. Und wenn ich wenig später mit den Futtereimern in den Stall gehe, bin ich so schrecklich müde, dass ich mich kaum auf den Beinen halten kann. An diesem Tag schlafe ich im Gehen ein, sacke zusammen mit den Eimern in der Hand. Ich schrecke auf, ein Huhn kreischt, fast hätte ich es mit dem Eimer totgequetscht. Ansonsten ist die Arbeit im Hühnerstall gar nicht so schlecht. Mit Magda komme ich ganz ordentlich zurecht. Wir kennen uns ja schon lange und man könnte vielleicht sagen, dass wir uns gut ergänzen. Auch wenn sie natürlich kein Wort mit mir redet.

Immer wieder muss ich an das denken, was ich über Hanne gehört habe. Hanne, die viele ja zu »kess« finden, vor allem die frommen Tanten. Ob Magda das mit Hanne schon weiß? Sie darf ja zu den Versammlungen gehen. Am liebsten würde ich sie danach fragen. Doch ich kann ihr nicht vertrauen, niemandem darf man hier je vertrauen, denn diese Welt ist voller Spitzel und Verräter, deren Gewissen nach den Anordnungen des Tíos funktioniert. Aber ich kann zufrieden sein, es gibt schlimmere als Magda, viel schlimmere. Und mit Magda hab ich mich nun eingerichtet. Wo es mir an Körperkraft mangelt, springt Magda ein, und wenn es bei der Arbeitsorganisation hapert, regle ich das. Wie bei den Achtzig-Kilo-Säcken mit den Futtermischungen. Um sie so wenig wie möglich herumschleppen zu müssen, lassen wir sie nun über eine Bohle direkt auf die Sackkarre rutschen. Als Nächstes will ich eine kleine Rampe bauen, dann können wir mit der Sackkarre direkt auf die Waage fahren, ohne die Säcke noch einmal anheben zu müssen. Eine weitere Herausforderung ist das Beladen des einachsigen Handwagens, mit dem wir Grünes holen, also Klee, Gras und Hafer. Immer kippt das Ding entweder in die eine oder in die andere Richtung, und wenn er falsch geladen ist, haben wir Mühe, gegen das Gewicht anzudrücken. Mit vielen Gesten – reden darf ich ja nicht – zeige ich Magda, wie wir den Karren beladen müssen, damit er im Gleichgewicht ist und wir ihn nur noch zu ziehen brauchen.

Manchmal habe ich Angst, dass mein Verstand einschläft. Tagein, tagaus die Schufterei, dieses eintönige Leben. Um nicht völlig zu verblöden, lerne ich heimlich auf dem Plumpsklo spanische Vokabeln, wer weiß, wofür das gut ist. Manchmal wundere ich mich, dass sie mir mein Spanischbuch nicht längst weggenommen haben. Auch benutze ich meinen Verstand, wo es geht. Dann rechne ich aus, wie viel Wasser ich täglich in die Ställe trage, und komme auf 1800 Liter. Wir haben keine Wasserleitung im Hühnerstall, deshalb schleppen und schleppen wir das Wasser und das Futter. Sklaven sind wir, das denke ich jetzt oft. Wir sind nicht mehr als die Sklaven damals auf den Baumwollplantagen. Onkel Toms Hütte, *das haben wir damals im Gymnasium gelesen und ich hab mich darüber bei Ruth beklagt, dass ich so was nicht lesen will, dass ich es langweilig finde. Weil das alles ja längst vorbei ist.*

An Futter, so rechne ich aus, schleppe ich täglich tausendfünfhundert Kilo, und alle zwei bis drei Wochen, wenn wir die Futtermischungen machen, bewegen wir ein Gewicht von zehn Tonnen, Magda und ich.

Und wie ich aussehe.

Einmal sehe ich mein Spiegelbild in der Scheibe von Tío Pauls

Mercedes. Im ersten Moment erkenne ich mich nicht. Meine Augen – das Licht des Leibes – sind wie tot. Eines von den Gesichtern, die man damals, nach dem Krieg, in den Zeitungen sah. Fotos von Kriegsheimkehrern. Oder Lagerinsassen. Kein Wunder, dass mein Körper völlig durcheinander ist. Seit Monaten habe ich meine Regel nicht mehr gehabt. Ich muss überlegen, wann ich sie überhaupt das letzte Mal hatte. Damit ich bei der Wäschekontrolle nicht auffalle, habe ich die mir zugeteilte Damenbinde das letzte Mal in Hühnerblut getunkt und das dann ausgewaschen.

Und dann mache ich eine Beobachtung, die ich nie mehr vergesse. Es ist Abend, kurz vor dem Essen, und ich helfe Gerlinde noch rasch, die letzte Ladung Bettlaken von der Leine zu nehmen. Da höre ich das Motorengeräusch. Es ist der Wagen, mit dem Onkel Knolle immer unterwegs ist, das erkenne ich. Ich arbeite schweigend weiter, nehm die Wäscheklammern von der Leine und werf sie in den Beutel, falte das Laken. Da verstummt das Geräusch abrupt. Autotüren werden geöffnet und wieder zugeschlagen. Dann ist Stille. Ich bin neugierig. Was tun die um diese Uhrzeit hier? Ist nicht gerade Herrenversammlung? Vorsichtig linse ich zwischen zwei Laken hindurch. Und da seh ich, wie Onkel Knolle, Onkel Knut und Lulatsch einen leblosen Körper aus dem Jeep zerren. Mein Herz schlägt zum Zerspringen. Gerlinde, die ein Stück weit entfernt steht, hat nichts gesehen. Aber ich hab die hellblonden Haare erkannt: Es ist Hanne, die die Herren da in die Krankenstation schaffen.

Zwei Tage später ertönt der Pito, der zur Versammlung ruft, und als sie vorbei ist, erfahre ich, dass Hanne im Krankenhaus an einer Lungenentzündung gestorben ist. Warum nur bin ich mir sicher, dass sie schon vorher tot war?

RUTH. Am zweiten Tag, einem Sonntag, brachte ich beim Frühstücken doch noch einmal die Rede auf Christa und erzählte Mutter von dem merkwürdigen Eindruck, den ich durch ihren letzten Brief gewonnen hatte. Sie reagierte nicht, nahm stattdessen das Brotmesser und begann unregelmäßig dicke Scheiben abzuschneiden.

»Was ist?«, fragte ich, plötzlich beunruhigt.

Erst beim zweiten Nachfragen hielt sie in ihrer Bewegung inne, sah auf und sagte: »Vielleicht solltest du mal mit Herrn Bellstedt sprechen.«

Als ich später am Vormittag in die Allee zum Gutshof einbog, wirbelte ein Windstoß goldene Lindenblätter auf mich herab. Wie früher lehnte ich mein Rad an die rote Backsteinwand und blieb einen Moment stehen, die Hände noch auf dem Lenker. Täuschte ich mich oder machte das Haus einen verlassenen Eindruck? Leise raschelte der Wind im Rosenlaub und in der Ferne rief eine Krähe, immer und immer wieder.

Auf mein Klopfen hin tat sich eine ganze Weile lang nichts. Erst als ich energisch an die Tür donnerte, hörte ich drinnen Schritte und die Tür schwang auf.

Da stand Konstantin, wie immer akkurat gekleidet, ein paar Bögen Papier in der Hand. Ich weiß nicht mehr, was es war, das blütenweiße Hemd oder die schwarze Tuchhose, jedenfalls ergriff mich bei seinem Anblick auf einmal eine unbegreifliche Furcht und mein allererster Gedanke war: Christa ist tot, er trägt die Kleider für ihre Beerdigung.

»Ruth!« Er sah mich überrascht, aber auch ein bisschen beunruhigt an. »Ist etwas mit deiner Mutter?«

»Nein, nein«, beeilte ich mich zu sagen. »Ihr geht es gut.«

Ich trat von einem Fuß auf den anderen. »Ich bin gekommen, um mich nach Christa zu erkundigen.«

Sein Gesichtsausdruck veränderte sich. Einen Moment lang

schien er zu zögern, doch schließlich tat er einen Schritt zur Seite und winkte mich herein. Wortlos schloss er die Tür hinter uns und ging voran, den Korridor entlang. »Frau Niemeyer?«, rief er im Gehen, und als keine Antwort kam, sagte er wie zu sich selbst: »Ach, sie ist ja im Garten.« Er steckte den Kopf aus der hinteren Tür und rief erneut: »Frau Niemeyer? Mach mal bitte Tee, wir haben Besuch.«

An der Türschwelle des Jagdzimmers, das gleichzeitig als Büro diente, machte er halt. Schmerzlich bemerkte ich die leere Bodenvase, in der sonst um diese Jahreszeit immer ein üppiger Hagebuttenstrauß gesteckt hatte. Offenbar machte sich niemand mehr die Mühe, auf die Heide zu gehen und kratzige Hagebuttenzweige zu pflücken.

»Setz dich doch! Ich bin gleich so weit.« Er trat an seinen Schreibtisch, legte die Blätter, die er noch immer in der Hand hielt, beiseite und kritzelte etwas in seinen Kalender. Ich hörte die Uhr auf dem Kaminsims ticken und ließ meinen Blick erst über die Bücherregale, dann über die Fotografien an der Wand schweifen: Christa, Konstantin, ihre Mutter. Da war sogar ein Foto von Theodor Heuss, der den Stamm eines Bäumchens festhielt. *Tag des Baumes* stand darunter und *25. April 1952*.

Einen Augenblick später klappte Konstantin seinen Kalender zu und setzte sich mir gegenüber in den anderen Sessel.

»Ich weiß ja nicht, was deine Mutter dir schon erzählt hat«, sagte er langsam.

Ich sah ihn an. »Mutter? Was soll sie mir erzählt haben?«

Die Tür ging auf und Frau Niemeyer kam herein, ein Tablett mit Tee vor sich her balancierend.

»Na, das ist ja mal eine Freude, Ruth!«, sagte sie, wirkte dabei aber eher traurig und bedrückt. Ich war kurz davor, aufzuspringen und zu rufen: Was ist hier bei euch los? Nun sagt es mir endlich!

Nachdem Frau Niemeyer wieder gegangen war, blickte mich Konstantin einen Augenblick stumm an, dann stand er plötzlich auf und begann im Zimmer auf und ab zu gehen und zu erzählen.

»Es ist jetzt etwa einen Monat her, dass Christa uns besucht hat. Dieser Besuch war der erste und einzige, seit sie bei den Freikirchlern ist, und leider ist er völlig anders verlaufen, als ich es erwartet hatte.«

Er blieb stehen und schien zu überlegen, wie er fortfahren sollte. Er hatte plötzlich etwas geradezu Verzweifeltes an sich. Mühsam unterdrückte ich meine Ungeduld, nickte und sagte: »Ich mache mir Sorgen um Christa. Deshalb bin ich gekommen.«

Einen Moment lang sahen wir uns schweigend an. Dann setzte er sich, legte die Hände auf den Oberschenkel und sagte: »Christa hat ein Kind.«

Ich weiß nicht mehr, wie ich darauf reagierte, was ich zu ihm sagte, ob ich überhaupt etwas sagen konnte. Christa und ein Kind! So unfassbar war das für mich, dass in diesem Moment alles andere ausgelöscht schien und ich wie eine Begriffsstutzige nur immer diese paar Worte denken konnte, ohne dass sie letztlich in meinem Kopf angekommen wären. Denn das konnte nicht sein, Christa und ein Kind, das gehörte einfach nicht zusammen.

»Im Juli ist es auf die Welt gekommen, ein Mädchen. Und im September hat sie uns dann besucht.«

Ein Mädchen, Christa hatte eine Tochter. Und dann kamen die Fragen, erst eine, dann die nächste, bis eine ganze Lawine in meinem Kopf herunterdonnerte. Ich stand auf, trat ans Fenster und massierte mir die Schläfen. Ohne mich umzudrehen, fragte ich: »Und wer ist der Vater?«, obwohl ich die Antwort längst zu kennen glaubte.

»Einer von diesen Freikirchlern. Ein gewisser Erich.«

Ich nickte, blieb aber mit dem Rücken zu Konstantin stehen, der jetzt fortfuhr: »Ich weiß gar nicht, wie ich es dir sagen soll. Aber sie hat … ich habe sie gar nicht wiedererkannt.«

Ich drehte mich um. »Ist sie denn … verheiratet?«

»Das ist das Nächste«, sagte er und sah mich an. »Sie hat geheiratet, schon vor einigen Monaten. Als wir erfuhren, dass sie schwanger war, mussten wir … na ja … musste Vater wohl oder übel sein Einverständnis erklären.« Wieder verstummte er. Nie hatte ich ihn so unsicher und zögerlich erlebt. Und dann brach es aus ihm heraus: »Sie hat von Vater ihren Erbteil verlangt.«

»Was?«

»Ja«, entgegnete er und fuhr sich durchs Haar. »Sie kam hierher, angeblich um uns das Kind zu zeigen. Und noch am selben Abend hat sie den Erbteil unserer Mutter gefordert.«

Ich war sprachlos. Die Christa, die ich kannte, hätte das Wort Erbteil niemals benutzt, es wahrscheinlich nicht einmal gekannt. Wie sehr musste sie sich verändert haben in den letzten Monaten! Plötzlich kam mir ein schrecklicher Verdacht.

»War Christas … Mann auch dabei?«

Konstantin lachte bitter.

»Das war auch mein erster Gedanke. Allerdings war sie allein mit dem Kind und hat auch behauptet, niemand habe sie geschickt. Aber ich glaube, wir wissen alle, dass das nicht wahr ist.«

Ich schüttelte den Kopf, meine Gedanken rasten hin und her, während ich Konstantin entgeistert anstarrte.

In dem Moment ging erneut die Tür auf und Herr Bellstedt betrat den Raum. Er musste meine Stimme von draußen erkannt haben oder Frau Niemeyer hatte ihm gesagt, wer zu Besuch war, denn auf seinem Gesicht lag nicht die Spur einer Überraschung.

»Ach, Ruth«, sagte er, gab mir die Hand und lächelte matt. »Also hat dir Konstantin schon alles gesagt?«

Ich nickte stumm und sah zu, wie er sich langsam in den schweren braunen Ledersessel vor dem Kamin sinken ließ. Seine Bewegungen wirkten steif, so als hätte er Rückenschmerzen.

Lange Zeit sagte keiner ein Wort. Schließlich räusperte ich mich und fragte mit wackliger Stimme: »Und jetzt? Ich meine, was ist jetzt?«

Herr Bellstedt reagierte nicht und so antwortete Konstantin: »Sie beharrte darauf, wollte sich davon nicht abbringen lassen. Sie wiederholte immer wieder das Gleiche. Sie wolle dort ihr *eigenes Leben gestalten*. Jetzt, da sie ein Kind habe, brauche sie das Geld. Und ihr stehe laut gesetzlicher Erbfolge der Anteil ihrer Mutter zu.«

Konstantin verstummte und ich versuchte das alles zu begreifen. Wie war so etwas möglich? Seit über einem Jahr war Christa nun bei den Freikirchlern und in dieser Zeit hatte ich sie kein einziges Mal gesehen. Zögerlich sagte ich: »Das, was sie gesagt hat, diese Worte … ich finde nicht, dass die nach ihr klingen.«

Konstantin lachte bitter auf. Und dann sprach er das aus, was wir alle drei dachten: »Also hat sie wohl jemand geschickt?«

Herr Bellstedt, der bis dahin blicklos vor sich hin gestarrt hatte, hob nun den Kopf. Unter seinen Augen lagen Schatten und er wirkte viel älter, als ich ihn in Erinnerung hatte.

»Du kennst diese Leute doch, auch diesen Erich. Glaubst du, dass er dahintersteckt?«

Bei diesen Worten sackte mein Herz noch tiefer und meine Gedanken fingen an zu schwirren. Die Nacht im Wald fiel mir wieder ein. Und der Tag danach, als Erich mich gebeten hatte, ihn zuerst beichten zu lassen. Ob er es wohl getan hatte? »Ich weiß es nicht«, sagte ich hilflos und erwiderte Herrn Bellstedts müden Blick.

»Und ich war so froh, dass sie endlich etwas gefunden hat«, sagte er wie zu sich selbst. »Eine Ausbildung, Halt im Glauben. Ich dachte allen Ernstes: Nun wird sie sich auf die Ausbildung konzentrieren und ihre Sache gut machen. Ich war so glücklich, dass sie sich endlich für etwas begeistern konnte. Mit dem Lernen hat es bei ihr ja meistens nicht so gut geklappt. Wenn sie eine gute Schülerin gewesen wäre, hätte ich dem Ganzen niemals zugestimmt!«

Er verstummte und stemmte sich dann ebenso langsam hoch, wie er sich gesetzt hatte. Steifbeinig ging er in Richtung Schreibtisch, zog die oberste Schublade auf und holte einen Stapel Postkarten heraus.

»Wir haben ihr geschrieben. Ein paarmal. Am Anfang hieß es: Einen Ausbildungsvertrag? Den bekomme ich in Lohmar-Heide. In einem Brief wollte ich dann Genaues wissen. Aber ich habe nie eine Antwort erhalten. Da bin ich mit Konstantin hingefahren.«

Er hob den Kopf und sah mich direkt an. Ein bitterer Zug lag um seinen Mund. Konstantin stand ebenfalls auf, nahm seinem Vater die Karten aus der Hand und reichte sie mir.

»Hier. Diese nichtssagenden Zeilen hat sie uns geschickt. *Mir geht es gut. Es ist sehr schön hier.* Tralala. Diese Karten hätten von *jedem* kommen können!«

Ich blickte auf die Ansichtskarten vom Rhein, drehte sie um und erkannte Christas Schrift, die wohlgerundeten, kindlichen Buchstaben.

»Und dann?«, fragte ich.

»Nichts«, antwortete Konstantin. »Sie war nicht da. Wir standen vor diesem Heim herum, etwa eine Stunde. Haben auf sie gewartet, bis irgendwann eine Frau kam, die sagte, Christa werde gerade in Siegburg eingesetzt, müsse dort ein paar Tage in einem Laden aushelfen. Wir sind dann nach Siegburg gefahren und haben auch kurz mit ihr sprechen können, aber es kamen dauernd Kunden und sie musste bedienen. Vater ist dann ein bisschen ungemütlich geworden und hat gefragt, ob das die Ausbildung zum Jugendpfleger sei, die sie hier bekomme. Er bestehe darauf, endlich den Ausbildungsvertrag zu sehen, Christa sei schließlich noch minderjährig. Ansonsten würden wir sie auf der Stelle mit nach Hause nehmen. Daraufhin hat sie uns gesagt, dass sie schwanger ist und heiraten will.« Konstantin verstummte und sah Herrn Bellstedt an, der nun das Wort ergriff.

»Na ja, um das Ganze abzukürzen: Wir sind dann zurück nach Lohmar gefahren und dort hat man uns hoch und heilig versprochen, man werde uns *unverzüglich* eine Ablichtung des Ausbildungsvertrags zuzuschicken, den man *leider gerade nicht zur Hand habe.* Und dann sind wir wieder nach Hause gefahren.«

»Aber … Ich verstehe das alles nicht. Wenn sie eine Ausbildung als Jugendpflegerin macht, wieso arbeitet sie dann in dem Laden?«

»Man hat uns erklärt, es sei Not am Mann und sie müsse vorübergehend aushelfen«, sagte Konstantin. »Der Laden gehört anscheinend zum Missionshaus.«

»Ja … so ist das nun«, fuhr sein Vater fort. »Wir wollten natürlich, dass sie nach Hause kommt … Aber dazu war sie nicht bereit. Und was hätte ich anderes tun können? Sie war schwanger und wollte den Vater ihres Kindes heiraten. Also habe ich meine Erlaubnis gegeben, wohl oder übel. Und inzwischen ist es ohnehin zu spät. Im Februar wird sie einundzwanzig.« Herr Bellstedt lächelte bitter. »Dabei war ich im ersten Moment so froh, sie zu sehen. Sie sah gut aus, braun gebrannt und kräftig. Sonst war sie ja immer etwas blass gewesen …« Herr Bellstedt verstummte.

Mir schwirrte der Kopf. Christa und Erich waren nun also verheiratet. Und damit nicht genug, sie hatten auch noch ein Kind! Und nun wollte Christa plötzlich Geld von ihrem Vater! All das war passiert, und sie hatte mir nur diesen kurzen, unsinnigen Brief geschickt, in dem kein Ton davon stand. Das war doch alles nicht zu fassen.

Als könnte er meine Gedanken lesen, sagte Herr Bellstedt: »Irgendjemand steckt da dahinter. Ich habe sie gar nicht mehr erkannt. Sie war so … starrköpfig. So unzugänglich.«

Und Konstantin sagte leise, wie zu sich selbst: »Das war … gar nicht mehr meine Schwester.«

Ich sah ihn an. »Wie meinst du das?«

»Der Mensch, der da vor mir stand, sah aus wie meine Schwester. Sie hatte die gleichen Augen, die gleiche Größe, die gleiche Stimme. Und doch … war das nicht mehr Christa. Diese Person war mir völlig fremd.«

Auf einmal kroch eine eisige Furcht in mir hoch.

»Aber … da muss man doch etwas tun«, sagte ich und hörte selbst, wie hilflos meine Stimme klang.

»Aber was? Was willst du tun? Als sie das letzte Mal hier war und das Geld verlangt hat …« Konstantin betrachtete seine Schuhspitzen. »Wir sind nicht im Guten auseinandergegangen.«

»Wie meinst du das?« Ich sah Konstantin an, der einen Blick mit seinem Vater wechselte. Schließlich antwortete dieser: »Es kam zum Streit. Sie hat uns mit einem Prozess gedroht. Sie sagte, sie will vor Gericht gehen und ihren Erbteil einklagen.«

Ich war fassungslos.

»Und nun?«

Konstantin zuckte mit den Achseln. »Wir wissen es nicht. Wir wissen nicht, was wir tun sollen.«

»Aber sie ist doch minderjährig, zumindest im Moment

noch. Können Sie ihr nicht *befehlen*, nach Hause zu kommen?« Ich sah Herrn Bellstedt an und Konstantin lachte bitter auf.

»Ja, das habe ich versucht. Aber weißt du, was sie da gesagt hat? Dann würde sie diesen Onkel Paul zu ihrem gesetzlichen Vormund bestimmen.«

Ungläubig sah ich von einem zum anderen.

»Natürlich haben wir uns da gefragt, was das überhaupt für einer ist, dieser Paul Schäfer. Du kennst ihn doch, oder nicht?«

Ich zuckte die Achseln. »Mit ihm hatte ich nie viel zu tun. Der war immer umgeben von seinen Jüngern. Und außerdem … seit dieser Gebetsnacht weiß ich auch nicht, was ich von denen halten soll.« Das hatte ich eigentlich gar nicht sagen wollen, aber nun war es heraus.

»Die Gebetsnacht? Aber ich dachte, das war so eine besondere Erfahrung mit Gott. Was kann am Beten verkehrt sein?«

Konstantin fixierte mich und beinahe wäre ich rot geworden bei der Erinnerung, was in dieser Nacht sonst noch geschehen war. Andererseits reichte das, was ich beobachtet hatte, vollkommen aus, um die Freikirchler merkwürdig oder sogar befremdlich zu finden.

In kurzen Worten berichtete ich von den Geschehnissen jener Nacht, was sowohl Konstantin als auch Herrn Bellstedt zunehmend entgeistert dreinblicken ließ.

»Ich kann das gar nicht glauben«, meinte Konstantin. Herr Bellstedt schwieg und ich sagte nach einer Weile: »Die Frage jetzt ist doch: Was können wir tun? Die Polizei verständigen?«

Müde blickte Herr Bellstedt mich an. »Mit welcher Begründung? Zu viel Beten? Widerrechtliche Einflussnahme? Sie haben ja nichts Unrechtes getan. Und dann … Wie soll man das begründen? Meine Tochter ist minderjährig schwanger geworden, ich habe daraufhin meine Erlaubnis zur Eheschließung gegeben und nun will sie ihre Ausbildung zur Jugendpflegerin beenden. Klingt doch alles ganz plausibel.«

»Aber da ist noch etwas, das du nicht weißt«, sagte Konstantin und warf seinem Vater einen Blick zu. Als dieser nickte, fuhr er fort: »Wir haben uns ein wenig über Paul Schäfer erkundigt. Es hat sich herausgestellt, dass ein junger Mann aus seiner Gefolgschaft, ein ehemaliger Konfirmand, gegen seine Eltern geklagt hatte – auf Übertragung des Sorgerechts auf Paul Schäfer.«

»Wie bitte? Aber das ist doch …«

»Ja, da fehlen einem die Worte. Jedenfalls ging der Prozess zugunsten von Paul Schäfer aus. Ihm wurde daraufhin das Sorgerecht für den Jungen übertragen.«

Ich sah die beiden völlig verdattert an, konnte aber nichts dazu sagen. Irgendwann nickte Herr Bellstedt und fuhr fort: »Tja, so ist es also. Wir können nichts tun, außer sie und das Kind mit Polizeigewalt nach Hause schaffen zu lassen. Aber nur für vier Monate, denn dann wird sie einundzwanzig.«

In dem Moment fasste ich einen Entschluss. Ich stand auf und verkündete: »Ich werde hinfahren. Gleich morgen. Immerhin kenne ich diese Leute. Ich sehe mich dort um und vielleicht gelingt es mir ja, Christa zurückzuholen.«

März 1962. Ich kann nicht aufhören zu grübeln. Immer wieder versuche ich das Gehörte und das Gesehene richtig anzuordnen. Aber ich bekomme das Puzzle nicht zusammen. Zu viele Teile fehlen mir: Hanne, die angeblich geflohen ist. Hanne, deren Körper ganz schlaff ist, als sie aus dem Auto getragen wird. Und dann behauptet der Tío, dass sie an einer Lungenentzündung gestorben ist, aber erst im Krankenhaus? Das ist das eine.

Das andere ist das mit meinem Rücken, der immer schlimmer wird. Wenn ich abends an der Eiersortiermaschine stehe, muss ich immer von einem Fuß auf den anderen trampeln, weil mir die Füße wie Feuer brennen und ich einfach nicht mehr stehen kann. Und dann die Nächte, wenn ich aufwache mit tauben Armen und Händen. Vorletzte Nacht war es so schlimm, dass ich vor Angst aufgeschrien hab, weil ich dachte, dass mir die Arme abgestorben sind, endgültig nun. Und letzte Nacht sind mir sogar der Nacken und der Hinterkopf eingeschlafen.

Wenn ich morgens aufwache, bin ich so steif, dass ich mich nur ganz gerade aus dem Bett direkt in den Stand herausrollen kann, weil ich oben im Stockbett schlafe. Manchmal schaffe ich es kaum, mir Schuhe und Strümpfe anzuziehen.

Und dann muss ich auch Pillen nehmen, grüne, rote und blaue. »Das ist zu deinem Besten«, sagt die Doctora, und als ich nach dem Grund frage, heißt es: »Du bist nicht mehr bei Sinnen. Jede Nacht spielst du verrückt.« Ich versuche zu erklären, dass das von den Rückenschmerzen kommt, dass ich Angst habe, wenn ich in der Nacht meine Arme und Hände nicht mehr spüre. Und dass ich mich bessern will.

Doch sie glaubt mir nicht, ich sehe es in ihren Augen. Und dann begreife ich. Es hat mit Erich zu tun. Wegen ihm muss ich dieses Zeug nehmen. Sie wollen mich ruhigstellen. Vielleicht denken sie, dass ich von Erich träume, mich frage, wo er abgeblieben ist und ob es ihm gut geht. Oder womöglich sogar Träume habe, wie wir als Mann und Frau zusammen sind! In dem Moment muss ich an mich halten, um nicht aufzuspringen und sie anzuschreien.

Geht denn nichts anderes vor in euren Köpfen?

Aber ich beherrsche mich, wie könnte es auch anders sein. Ich setze mein neutrales Gesicht auf, versuche sogar, mir ein freundliches Lächeln abzuringen, und spreche noch einmal über meine Schmerzen und bleibe dabei ganz besonders ruhig. Da sagt die Doctora plötzlich: »Was grinst du so verschlagen? So grinst doch keiner, der Schmerzen hat.« Und dann kriege ich die Pillen und Tante Berta passt auf, dass ich sie auch nehme.

Die ersten Tage bin ich so hilflos, dass ich sie einfach schlucke. Tante Berta steht daneben und beobachtet mich. Jede Bewegung meines Kehlkopfes. Aber wie ich mich dann fühle! Ich kann keinen klaren Gedanken mehr fassen. Nach einer guten Woche ersinne ich eine List. Ich stecke die Pillen in die Backentasche und schlucke umständlich, bewege den Kehlkopf so auffällig, als hätte ich wie immer Mühe, sie hinunterzuwürgen. Als Tante Berta nicht mehr hinsieht, spucke ich sie schnell in ein Stofftaschentuch, das ich später auf der Toilette ausschüttle. Aber wie soll ich die Verfärbungen im Stoff bei der Kleiderrückgabe verbergen?

Doch dann geschieht etwas, das mir noch viel mehr Angst macht. Irgendwann, der Rücken hat sich beruhigt und ich bin froh, endlich, endlich meine Schmerzen los zu sein, fällt mir mein Bauch auf, und zwar beim Duschen. O gütigster Gott, lass es Einbildung sein! Und bitte lass die Gruppentante mich nicht ansehen!

Und Gott sei Dank, es geht gut, denn Tante Elfriede ist immer so damit beschäftigt, uns anzutreiben, dass sie niemanden richtig anschaut. »Rein«, bellt sie wie ein alter Feldwebel und wir rennen in die Dusche, schaffen es kaum, uns einzuseifen, da kommt schon der Befehl: »Raus!« Und egal, wie dreckig man noch ist oder ob noch irgendwo Seifenschmiere klebt, wir rennen raus und reiben den Rest ins Handtuch.

Den ganzen Tag kreisen meine Gedanken um meinen Bauch. Ich hab nichts anderes mehr im Kopf. Auch liege ich in dieser Nacht die meiste Zeit über wach, und wenn ich doch schlafe, dann träume ich. Immer wieder träume ich dasselbe. Dass sie mich auf die Bühne holen. Was, wenn es wirklich wahr ist?

Anne glaubte nicht an Gott, leider nicht. Vielleicht hätte sie dann einen besseren Weg gefunden, mit diesem Tod umzugehen.

Sie bückte sich, legte den schlichten grünen Kranz auf den Berg an Gestecken und Kränzen, die sich an Üppigkeit gegenseitig zu überbieten schienen, richtete sich wieder auf und starrte auf den Namenszug, der ihr fremd erschien, nicht zu dem Menschen gehörend, den sie gekannt und geliebt hatte: *Prof. Dr. Maximilian Dobrowsky*. Es war ein Fehler gewesen, hierherzukommen. Oder nein, kein Fehler. Vielmehr war es völlig bedeutungslos. Sie fühlte nichts.

Während sie sich abwandte und eilig die Grabreihen entlang zum Ausgang lief, musste sie an Ruth denken, der sie diese atheistische Prägung zu verdanken hatte. Ihr Vater Fritz hatte sich, wenn Anne es recht bedachte, fast so etwas wie einen Kinderglauben bewahrt gehabt. Michelangelos Gott Vater, der mit seinem Rauschebart in der Sixtinischen Kapelle wohnte und von dort oben auf alles herabblickte. Anne erinnerte sich, dass das Thema Religion oft zu Konflikten zwischen ihren sonst so harmonischen Eltern geführt hatte. Der wichtigste Streitpunkt in dem Zusammenhang war gewesen, dass Ruth ihrem Fritz die kirchliche Trauung verwehrt hatte. Für Fritz' Eltern war das, so erzählte man sich in der Familie, eine mittlere Katastrophe gewesen, sie hatten ein Jahr lang nicht mit ihrer frisch gebackenen Schwiegertochter gesprochen. Als Anne mit achtzehn (für irgendetwas brauchte sie damals ihre Geburtsurkunde) feststellte, dass ihre Eltern erst drei Jahre nach ihrer Geburt geheiratet hatten, war sie ziemlich verblüfft gewesen und hatte sich gefragt, warum sich die Großeltern nicht viel mehr darüber aufgeregt hatten. Immerhin musste das Anfang der Sechziger doch ein ziemlich dicker Hund gewesen sein, schlimmer jedenfalls als eine nicht stattgefundene kirchliche Trauung. Wie jeder sich seine Moralvorstellungen selbst zurechtstrickte!

Sie war zu schnell gegangen, schon wieder fühlte sie sich klebrig, der Schweiß rann ihr unter den Armen und zwischen den Brüsten herab. Als sie den Wagen aufschloss und die Tür öffnete, schlug ihr eine atemberaubende Hitzewelle entgegen, ein Klima wie in einem Backofen. Sie ließ die Fenster herunter und blieb draußen stehen. Beim Warten betrachtete sie die Windschutzscheibe, die voller Birkensamen war. Vielleicht war es ja gar nicht unbedingt die Religion an sich, auf die ihre Mutter allergisch reagierte. Doch Kirchen oder Gläubige, die andere missionieren wollten, ließen Ruth fast böse werden. »Wenn Menschen sich in etwas hineinsteigern, sind sie zu allem fähig«, erklärte sie oft. »Fanatismus in Glaubensdingen hat noch niemandem geholfen, im Gegenteil. Denk mal an all das, was im Namen irgendeines Gottes schon veranstaltet wurde: Hexenverbrennungen und Kreuzzüge und was weiß ich!«

Als Anne schließlich in den Wagen stieg, war der Ledersitz so heiß, dass sie ihre Jacke unterlegen musste. Beim Losfahren stoben die Birkensamen davon, ein paar wehten zum Fenster herein. »Ein Bollwerk gegen den Verfall, das sind die Kirchen«, echote Fritz' Stimme in ihrem Kopf. Wenn er doch noch leben würde!, schoss es ihr durch den Sinn, dann wäre alles irgendwie leichter. Er, der in seinem Leben immer zuversichtlich gewesen war, der in einer soliden protestantischen Umgebung aufgewachsen war und bis zu seinem Tod den Gottesdienst besucht hatte. Dennoch war Anne weder getauft noch konfirmiert worden. Da hatte sich ihre Mutter durchgesetzt. »Es mag einen Gott geben. Aber den find ich nicht in einer Kirche. Vielleicht im Wald oder auf einem Berg, aber nicht in einer Kirche!« Und dabei war es geblieben.

Als Anne aus dem Wagen stieg und das Tor öffnete, stand die Haustür weit offen und ein appetitlicher Duft wehte zu ihr herüber. Ruth hatte von einem Bauern am Ort Pfifferlinge organisiert, ein Wunder bei dieser Trockenheit, und ihr lief auf einmal das Wasser im Mund zusammen. Schön, dachte sie, so nach Hause zu kommen und jemand hat gekocht! Als Anne das Haus betrat, trug Ruth gerade das Geschirr nach draußen, wo sie den Tisch in den Schatten der Kiefer gerückt hatte.

Beim Essen betrachteten sie die Raben, die ihrerseits sie betrachteten.

»Fast könnte man sich beobachtet fühlen«, sagte Ruth.

»Da kannst du aber sicher sein«, entgegnete Anne und grinste. »Ein Wunder, dass sie noch nicht auf dem Tisch sitzen.«

»Wie im Märchen. Wir könnten ihnen ja Teller hinstellen. Aber sag mal, bringen die sich nicht selbst in Gefahr, wenn sie so distanzlos sind?«

Anne nickte. »Leider ist das so. Ich hoffe nur, dass die aus Walsrode schneller sind als die schießwütigen Bauern.«

Am Nachmittag brachen sie auf zum Schwimmen.

»Ich muss nur noch kurz telefonieren«, rief Anne Ruth zu, die schon auf dem Weg nach draußen war.

Nach ihrem vergeblichen Besuch bei Renate am Vortag hatte Anne Renates Nummer bei der Auskunft erfragt, sie dann aber nicht erreicht.

»Renate Buhr«, sagte Renate jetzt am anderen Ende der Leitung.

»Ich hoffe, ich störe nicht«, sagte Anne, den Blick in den Garten gerichtet, wo Ruth an der Gartenpforte stand, den Badeanzug und das Handtuch unter den Arm geklemmt.

»Nein. Du störst nicht«, antwortete Renate und Anne drehte sich mit dem Rücken zum Fenster.

»Ich wollte dir nur sagen, dass der Rechtsanwalt aus Chile wieder geschrieben hat. Er möchte euch wissen lassen, dass sich noch eine andere Familie anschließen wird. Und nun bittet er um eine Antwort. Er sagt, er habe es auch telefonisch öfters bei euch versucht.«

Es folgte ein längeres Schweigen, dann war plötzlich Horst am Apparat. Seine Stimme klang steif: »Es tut uns leid, dass du diese Mühe mit uns hast.«

»Aber das ist doch halb so wild«, murmelte Anne nun. Noch während sie es aussprach, wurde ihr klar, dass das eine glatte Lüge war. Die beiden hatten sich in ihrem Kopf festgesetzt, und das war nicht leicht auszuhalten.

Da sagte Horst: »Wir müssen etwas mit dir besprechen. Könntest du vorbeikommen?«

»Ich … also, ich habe Besuch … meine Mutter ist da und wir sind gerade auf dem Weg zum Fluss, schwimmen.«

»Aha. Aber dann seid ihr ja ganz in der Nähe. Vielleicht könntet ihr auf einen Sprung hereinkommen?«

»Hm …«, sagte Anne und auf einmal fiel ihr ein, wie sie im knospenden Alter von zwölf mit einem Mädchen aus der Schule zu den Zeugen Jehovas gegangen war, die daraufhin später bei ihnen zu Hause geklingelt hatten. Den eisigen Gesichtsausdruck ihrer Mutter beim Anblick der Zeuginnen Jehovas würde Anne niemals vergessen.

»Wenn Sie meine Tochter nicht in Ruhe lassen, zeige ich Sie an.« Das hatte Ruth damals tatsächlich gesagt, in einem Ton, der Anne hatte frösteln lassen, leise und gefährlich. Jedenfalls hatten die beiden Frauen sich nie wieder bei ihnen blicken lassen.

»Es dauert nicht lange«, hörte sie Horst in ihre Gedanken hinein sagen. »Ansonsten könnte ich kurz bei dir vorbeikommen, wenn dir das lieber ist.«

»Nein, nein«, sagte Anne da und entschied in dem Moment: »Wir sind gleich bei euch.«

Doch noch bevor sie die Aus-Taste gedrückt hatte, fragte sie sich, ob Ruth überhaupt mitkommen würde.

RUTH. Ich fuhr also ins Blaue hinein, schon früh am nächsten Morgen saß ich im Zug Richtung Siegburg. Konstantin hatte mich nach Großheide auf den Bahnhof gebracht, und als ich gute sechs Stunden später wieder ausstieg, klopfte mein Herz vor Aufregung und meine Handflächen waren ganz schwitzig.

Während der Zugfahrt versuchte ich, mir die richtigen Worte zurechtzulegen. Die überirdisch schöne Herbstlandschaft vor dem Abteilfenster ließ mich melancholisch werden, und nach und nach reifte in mir das Bewusstsein heran, dass ich Christa nur zur Rückkehr bewegen konnte, indem ich ihr ausnahmslos alles erzählte, die ganze Wahrheit über mich und Erich und die Gebetsnacht. Denn eines stand für mich fest: Es musste Erich gewesen sein, der Christa dazu gebracht hatte, etwas Derartiges von ihrem Vater zu fordern. Eine andere Erklärung gab es nicht.

Als ich am Spätnachmittag durch die verschlafenen Straßen von Lohmar ging, den Zettel mit der Adresse wie einen Talisman in der Hand, fühlte ich eine Mischung aus Beklemmung und ungeduldiger Erwartung. Wie würde Christa auf mein Erscheinen reagieren? Was würde sie sagen, wenn ich plötzlich vor ihr stand? Daran, dass ich auch Erich wiedersehen würde, mochte ich gar nicht denken.

Das Missionshaus lag ein wenig abseits des Ortes, auf einem relativ großen Gelände, das rundum komplett eingezäunt war. Ich ging vorbei an einem hohen, breiten Tor und blieb dann vor einer ebenfalls ziemlich hohen Pforte stehen. Ich trat ein paar Schritte zurück, sah hinauf über die Pforte hinweg. Mein Blick tastete sich an der Fassade entlang, an den oberen Fenstern, die allesamt merkwürdig still und merkwürdig leblos wirkten, vor allem wenn man bedachte, dass hier so viele junge Menschen lebten. Inzwischen hatte sich meine Beklemmung zu wildem Herzklopfen gesteigert. Ich atmete tief durch und drückte die Klinke. Doch die Pforte war verschlossen. Verblüfft vergewisserte ich mich noch einmal und entdeckte dann an dem Pfeiler einen Klingelknopf mit einer Gegensprechanlage.

Ich klingelte. Nichts geschah, auch nach mehrmaligen Versuchen nicht. Nach einem letzten vergeblichen Klingeln lief ich an dem Gebäude hin und her, linste zwischen dem großen Tor und der Mauer hindurch auf das Gelände, sah aber nicht viel. Zudem hatte das Tor von außen weder einen Griff noch eine Klinke, die ich wenigstens versuchsweise hätte runterdrücken können.

Ich war wohl eine halbe Stunde auf dem Bürgersteig vor dem Haus auf und ab gegangen, als ein Transporter angefahren kam und vor dem Tor hielt. Das Licht spiegelte sich in der Scheibe, sodass ich die Personen im Wagen nicht sehen konnte. Erst als die Beifahrertür aufging, erkannte ich Berta Löwe, die mich mit großen Augen ansah. Sie stieg aus und rief: »Na, da brat mir einer 'n Storch! Das is ja Ruth!«

Der Mann hinter dem Steuer musterte mich neugierig durch die geöffnete Tür.

»Ja!«, rief ich genauso aufgeräumt. »Die Überraschung ist mir wohl gelungen! Ich hab gerade Herbstferien und da dachte ich: Jetzt ist die Gelegenheit für einen Besuch bei Christa und ihrer Kleinen!«

»Ja, die is 'n richtiger Goldschatz. Schreit nie! Na, dann ma rein mit dir!«, sagte Frau Löwe und drückte auf den Knopf der Gegensprechanlage neben der Haustür, rief eine Art Parole hinein, woraufhin das Tor geräuschlos aufglitt. Der Transporter fuhr an ihr vorbei aufs Grundstück und Frau Löwe winkte mich herein.

»Na, komm schon! Oder wolltest du uns von außen besuchen?« Sie lachte, und als ich ihr folgte, glitt das schwere Tor wieder geräuschlos zu.

Der Mann war inzwischen auch ausgestiegen, lief über den Hof und verschwand in einer Art Werkstatt, nicht ohne sich noch einmal nach mir umzudrehen. Jetzt zog Berta Löwe einen schweren Schlüsselbund aus ihrer Schürzentasche, schloss eine Metalltür auf und betrat vor mir das Gebäude. Ich folgte ihr einen fensterlosen Korridor entlang bis zum Ende, wo sie eine Tür öffnete und sagte: »Was glaubt ihr wohl, wen ich auf der Straße aufgegabelt habe?«

Als ich den Raum betrat, sahen mir drei Frauen entgegen: die lachende Magda, die mürrische Elfriede und ein großes blondes Mädchen namens Hanne, das in meinem Alter zu sein schien und mich freundlich angrinste. Christa war nirgends zu sehen.

Magda und Hanne gaben mir die Hand, Elfriede wandte sich gleich wieder den Kürbissen zu, die offensichtlich eingemacht werden sollten. Die Frage nach Christa brannte mir unter den Nägeln, auch nach Erich hätte ich mich am liebsten sofort erkundigt. Doch als Magda mir eine Schürze von einem Haken reichte, verschob ich die Fragen auf später. Und so stand ich ein paar Minuten nach meiner Ankunft im Missionshaus in der Küche, ein Messer in der Hand, und arbeitete mit, gerade so, als hätte ich seit Wochen nichts anderes getan.

Später zeigte Magda mir das Baby. Christa sei noch »auf Arbeit«, sagte sie und öffnete die Tür zu einem Schlafsaal, der – wie ich auf die Schnelle zählen konnte – mit zehn Betten bestückt war. Vor dem Fenster stand ein Stubenwagen. Magda schob den weißen Vorhang beiseite und wir betrachteten den schlafenden Säugling.

Ich weiß noch, wie ich fassungslos dastand und sich meine Gedanken im Kreis drehten. Dass das Christas Kind war. Dass Christa jetzt eine Mutter sein sollte und eine Ehefrau. Und dass sie mit dem Mann verheiratet war, der auch mich schon berührt hatte.

Ich starrte auf das winzige Gesichtchen, die kleinen Hände, die mich an Seesterne denken ließen. Auf das hellblonde Haar, das unter dem weißen Mützchen hervorlugte.

»Ich kann das gar nicht richtig glauben!«, flüsterte ich und warf Magda einen Blick zu, die sich zu dem Baby hinunterbeugte und die Decke zurechtzupfte. Dann richtete sie sich wieder auf und wir verließen den Schlafsaal. Auf dem Korridor fragte ich: »Und … wo wohnt die kleine Familie denn jetzt?«

Magda warf mir einen verständnislosen Blick zu. »Wie meinst du das?«

»Na, Christa und … Erich und das Baby. Die werden ja wohl irgendwo zusammen wohnen.«

»Nee«, sagte Magda gedehnt. »So viel Platz haben wir hier nu auch wieder nich, dass jeder seine Privatsuite hätte! Hier schlafen alle, wo sie hingehören. Christa und die Kleene bei den Frauen. Und Erich bei den Männern.«

Beim Abendessen sah ich Paul Schäfer, der wie bei der Zeltfreizeit in Grösitz von der üblichen Truppe umgeben war. Einzig Erich war nirgends zu sehen, was mich auf der einen Seite unglaublich erleichterte, zumindest für den Moment. Andererseits ließ dieses Warten meine Anspannung wachsen und führte dazu, dass ich jedes Mal, wenn jemand den Speisesaal betrat, nervös zur Tür blickte in der Erwartung, ihn zu sehen. Dass Christa erst später am Abend zurückkommen würde, hatte mir Magda schon gesagt.

Von Weitem beobachtete ich Paul Schäfer, der mehr denn je

wie ein Prophet wirkte, wenn auch wie ein eher derber, wusste ich doch, was für Sprüche er auf Lager hatte. Als ich nach dem Essen die Teller abräumte und er mich bemerkte, hätte ich nicht zu sagen gewusst, ob er überrascht war oder was er dachte. War er verärgert, mich zu sehen? Oder erkannte er mich vielleicht gar nicht wieder? Doch da rief er schon: »Hast du's in deinem Kuhkaff nicht mehr ausgehalten oder was?«

Ich lief rot an, als alle Augen sich auf mich richteten. Ich hatte ja lange genug Zeit gehabt, darüber nachzudenken, was ich als Begründung für meinen Überraschungsbesuch angeben würde. Und so sagte ich das, was meiner Einschätzung nach bei den Freikirchlern am besten ankäme.

»Nee«, antwortete ich gedehnt, »ich wollte einfach was Sinnvolles tun in meinen Ferien. Dachte, ihr könntet ein paar zusätzliche Hände gebrauchen.«

»Also is bei dir doch noch nich Hopfen und Malz verloren, das freut mich zu hören!«

Es war inzwischen nach neun und Christa war noch immer nicht aufgetaucht. Ich erkundigte mich ein zweites Mal nach ihr und fragte, wie das denn mit dem Baby sei, wenn sie so lange weg wäre. Magda winkte ab. »In der Zeit machen wir das, immer im Wechsel, mal die eine, mal die andere«, sagte sie fast beiläufig und vermittelte mir so das Gefühl, dass ich mit Christa vorerst nicht zu rechnen bräuchte. Dieser Ton war es auch, der mich daran hinderte, gleich noch nach Erich zu fragen.

Ansonsten verging der Abend recht schnell, angefüllt mit Arbeit, die hier nie auszugehen schien. Nachdem ich mitgeholfen hatte, die Schweine und die Hühner zu füttern und nach dem Abendessen das Geschirr für die, so wurde mir gesagt, rund fünfzig Bewohner abzutrocknen, versammelten sich alle im Gemeinschaftsraum im Keller und warteten auf Paul Schäfer, der sich nach einer Viertelstunde Warten endlich zeigte und unverzüglich mit dem Predigen begann. Nach der Predigt und dem gemeinsamen Singen ging es ans Beten. Ich weiß noch, dass mir vor Müdigkeit fast die Augen zufielen und dass ich bis zu einem gewissen Punkt gar nicht richtig zuhörte. Erst als Magda, die neben mir saß, zu sprechen begann, begriff ich, dass es hier nicht um gewöhnliches Beten ging, sondern vielmehr ums Beichten.

»Ich danke dir, Vater, Allmächtiger, dafür, dass du mich meine Sünden hier vor allen bekennen lässt. Denn meine Seele ist schwer von Sünde. Ich habe mich gestern Vormittag heimlich eine halbe Stunde hingesetzt und ausgeruht und bin sogar eingeschlafen, während alle anderen hart gearbeitet haben.« Verwundert hörte ich zu, und als Pauls Stimme plötzlich anschwoll, zuckte ich zusammen.

»Denn wenn euer Hände Arbeit Gottesdienst ist, wie kann es dann anders sein, als dass eure Müdigkeit vom Satan kommt!«

Sein einäugiger Blick war jetzt nicht mehr auf Magda, sondern auf mich gerichtet. Und da erst dämmerte mir, dass ich gleich an der Reihe wäre. Unruhig rutschte ich auf meinem Stuhl herum und versuchte einen möglichst frommen Eindruck zu machen. Was um Himmels willen sollte ich sagen? Was konnte ich beichten? Was würde passieren, wenn ich einfach sagte, dass ich nicht beichten wolle? Ob sie mich dann gleich hinauswarfen? Gerade noch hatte Paul Schäfer von der »Verderbtheit der Welt da draußen« gesprochen. Ach, hätte ich doch bloß besser zugehört! Nein, ich konnte es mir nicht erlauben, unverrichteter Dinge wieder nach Grösitz zurückzukehren. Ich war gekommen, um mit Christa zu sprechen. Also würde ich noch ein Weilchen bleiben müssen.

Im Nachhinein erscheint mir das alles so absurd! In welche Gedankenspirale hatte ich mich da hineinziehen lassen? Wieso habe ich nicht den Mut aufgebracht, einfach zu fragen, warum es denn verkehrt sei, nach einem arbeitsreichen Tag Müdigkeit zu empfinden? Und dass doch auch Gott sich am siebten Tage ausgeruht hat! Aber aus irgendeinem Grund wusste ich, dass es nicht gut ankommen würde, Paul Schäfers Wort hier vor versammelter Mannschaft anzuzweifeln. Und deshalb sagte ich, als ich an der Reihe war, das Erstbeste, was mir einfiel: dass ich zu Hause zu faul gewesen war, vor meiner Abreise die Wäsche von der Leine zu nehmen. Erst danach fiel mir ein, dass diese »Sünde« ja schon einmal hatte herhalten müssen, damals, als ich in der Küche gesessen und meine schriftliche Beichte für die Gebetsnacht verfasst hatte. Aber falls Paul Schäfer das bewusst war, ließ er es sich nicht anmerken.

Als wir um halb zwölf im Waschraum standen und die Zähne putzten, sagte Magda: »Wenn Christa bis jetzt nicht da ist, wird sie wohl im Laden übernachten, das macht sie manchmal … wenn viel zu tun is.«

Ich nickte und wunderte mich im Stillen. Immerhin hatte Christa ein Kind zu versorgen. Doch ehe ich weiter darüber nachdenken konnte, sagte Magda in meine Gedanken hinein: »Ein eigenes Bett kann ich dir aber trotzdem nich anbieten. Wir haben hier nich allzu viel Platz, weißt du ja.«

Im Spiegel über dem Waschbecken begegnete ich ihrem Blick. Aber sie sah rasch wieder weg und schrubbte sich wie wild die Zähne.

Ich spülte den Mund aus und sagte dann: »Macht nichts. Ich bin ja auch unangekündigt hier aufgetaucht.«

Auch Magda bückte sich jetzt übers Waschbecken und spülte sich den Mund aus. Mit einem Grinsen sagte sie: »Na ja, von uns hat auch nicht jede ein eigenes Bett.«

Offenbar guckte ich so verständnislos, dass sie gleich hinzufügte: »Ich musste selber eine Zeit lang hausieren gehen. Mich jede Nacht zu einer anderen ins Bett legen, reihum.«

Nun war ich völlig perplex. Und da fiel mir etwas ein. »Aber … hättet ihr hier nicht eine eigene Wohnung bekommen sollen, du mit deiner Mutter und Kurt?«

Statt einer Antwort zuckte Magda nur kurz mit den Achseln.

Am Ende erklärte sich eine Frau namens Gudrun bereit, mit mir das Bett zu teilen. Es war ein langer Tag gewesen und inzwischen war ich so müde, dass ich einfach nur froh war, mich hinlegen zu können. Das Letzte, woran ich dachte, bevor ich einschlief, war, dass dieses Heim hier wie eine Insel war, eine abgelegene Insel in einem weiten, weiten Meer.

Am nächsten Morgen wachte ich frierend auf. Vorsichtig hob ich den Kopf und spähte nach links und rechts. Die Frauen in den anderen Betten rührten sich kaum, nur hier und da war ein Atmen zu erahnen, und zwei oder drei Betten weiter, dort, wo meiner Erinnerung nach Elfriede schlief, war eine Art Rasseln zu hören. Meine Füße waren eiskalt und ich dachte sehnsuchtsvoll an mein Bett in Liebenburg. Mit einem Mal kam mir mein Leben dort geradezu luxuriös vor. Ein eigenes Zimmer, nur für mich allein! Und dann fragte ich mich, was um Himmels willen Magda hier hielt, an diesem Ort, wo sie noch nicht einmal einen sicheren eigenen Schlafplatz hatte, geschweige denn ein eigenes Zimmer. Und für Christa, die nun Ehefrau und Mutter war und von zu Hause ganz anderes gewöhnt, galt das umso mehr. Wie stark musste ihr Glaube sein, dass er das alles aufwog! Und ihre Bindung an diese Gemeinschaft, von der sie alle so viel hielten. Wenn ich ganz ehrlich war, dann waren für mich doch viele von diesen Leuten hier sauertöpfische, bigotte Langweiler, die sich hinter den Missionshausmauern vor der realen Welt verschanzten.

Nun habe ich das Gefühl, dass Elfriede mich beobachtet. Bilde ich es mir nur ein oder lässt sie mich keine Sekunde aus den Augen? Bestimmt ahnt sie was und wartet nur noch ab, bis es nicht mehr zu leugnen ist. Dann geht sie zum Tío. Ich hab solche Angst davor, wieder auf die Bühne zu müssen. Ich hab solche Angst davor, was sie mit mir machen werden. Aber noch mehr Angst habe ich davor, hier ein Kind auf die Welt zu bringen. O gütigster Vater, ich darf gar nicht dran denken, was das hieße! Wenn ich es nur hier rausschaffen könnte. Ich könnt's probieren, auch ohne Pass. Hauptsache weg hier. Ärger kann's ja nicht werden. Alles ist besser, als hier auf das Schlimmste zu warten. Denn dass mich hier noch irgendwas oder irgendwer rettet, diese Hoffnung hab ich nun endgültig aufgegeben. Hanne ist tot und mein Mann ist auch nicht wieder aufgetaucht. Nein, ich hab nichts mehr zu verlieren. Außerdem bin ich mir sicher: Verprügeln werden sie mich sowieso, ob nun wegen des Bauches oder weil ich versucht hab abzuhauen. So wie Hans, unser Hänschen, der weggelaufen ist in Richtung Anden und den sie nach tagelangem Umherirren in der Wildnis aufgegriffen haben, mit ihren Hunden. Halb verhungert war er, der kleine Kerl.

Wenn das Fundo nur nicht so riesig wäre! Andererseits erhöht sich dadurch die Chance, dass sie erst mal in der anderen Richtung nach mir suchen. Und wenn alles gut geht, schaffe ich es in der Zeit bis zu den Italienern. Ich hoffe einfach, dass die mir helfen werden. Einen halbherzigen Versuch zu fliehen hab ich ja schon hinter mir, neulich nachts, als ich wieder zur Nachtschicht im Dachpfannenmachen eingeteilt war. Ich sagte, ich müsste aufs Klo. Aber als ich dann aus dem Plumpsklo kam und die Dunkelheit um mich her so schwarz war, hab ich die Idee gleich wieder aufgegeben, aus Angst, in die falsche Richtung zu laufen. Ich muss zum Fluss kommen. Der Fluss ist meine einzige Chance.

RUTH. Erst kurz vorm Mittagessen sah ich endlich Christa. Als eine der Letzten betrat sie die Küche. So völlig unvorbereitet traf sie mein Anblick, dass sie die Augen weit aufriss und wie angewurzelt stehen blieb.

»Du?«, rief sie, sodass die anderen, die in der Küche waren, sich umdrehten und mich ebenfalls anstarrten. Ich tat so unbekümmert wie möglich unter den Blicken dieser Frauen, die alle so arbeitsam wirkten, so stumm und ernst, lief auf Christa zu und umarmte sie.

»Wenn der Berg nicht zum Propheten kommt!«, sagte ich und lachte, obwohl mir gar nicht zum Lachen zumute war.

Christa brauchte eine Weile, bis sie sich gefasst hatte. Anscheinend wusste sie nicht recht, wie sie reagieren sollte. Ich hatte erwartet, dass sie zugenommen hätte, immerhin war die Schwangerschaft noch nicht lange her. Stattdessen sah sie schlanker aus denn je und ihr Gesicht hatte klarere Konturen bekommen.

»Ich hatte gestern Abend gehofft, dich noch zu sehen.«

»Ja …«, sagte sie zögerlich. »Ich musste noch lange arbeiten gestern.«

Ich nickte und tat so, als wäre das für mich völlig klar.

»Ich habe deine Tochter gesehen«, sagte ich. »Sie ist sehr niedlich.«

Christa lächelte kurz und sagte: »Ja«, dann ging sie zu einer Brotschneidemaschine, holte ein paar Laib Brot aus einem Schrank und begann, die Laibe in Scheiben zu schneiden, indem sie an einer Kurbel drehte. Auch von den anderen Frauen stand keine müßig herum, also fragte ich möglichst zupackend: »Was kann ich helfen?«

Den Rest des Tages über wartete ich auf den richtigen Moment für mein Gespräch mit Christa, doch bald begriff ich, dass all diese Menschen, die Männer ebenso wie die Frauen, viel zu beschäftigt waren, um auch nur ein paar Minuten herumstehen und reden zu können.

Am Nachmittag erledigte ich die unterschiedlichsten Arbeiten, wobei ich ständig auf der Lauer lag, um Christa einmal allein zu erwischen. Aber als der Versammlungssaal im Keller unter Anleitung einer verbitterten alten Schachtel geschrubbt war und endlich wieder alle Stühle an Ort und Stelle standen, musste das Laub vom Hof gekehrt werden, und als wir das und etliche andere Aufgaben erledigt hatten, war es schon wieder an der Zeit, sich um das Abendessen zu kümmern. Von Stunde zu Stunde schwand meine Hoffnung, das Gespräch mit Christa erledigen zu können, während wir Seite an Seite arbeiteten, weil immer mindestens zwei ältere Frauen in Hörweite um uns herumwirtschafteten, und am nächsten Tag war es nicht anders.

Als der dritte Abend gekommen war, begriff ich, dass es durchaus an einem Mangel an Zeit gelegen haben konnte, dass Christa mir so selten und wenn, dann immer nur ein paar Zeilen geschrieben hatte. Falls jeder ihrer Tage so gewesen war wie die letzten beiden, dann hatte sie nicht eine einzige Minute Zeit für sich gehabt. Nicht einmal für ihr Baby hatte sie Zeit. Ich begriff nicht, warum sie sich auf so etwas einließ. Was hatte sie von einem Leben, das ausschließlich aus Arbeit und Gebet zu bestehen schien und in dem man jede Nacht dermaßen erschöpft war, dass man sich nur noch wünschte, sich für die nächsten hundert Jahre die Decke über den Kopf ziehen zu können? Falls man überhaupt eine eigene hatte! Ich verstand sie weniger denn je. Am schlimmsten fand ich das mit dem Kind. Das Stillen und Wickeln erledigte sie, wie ich mitbekommen hatte, immer ganz rasch zwischendurch und huschte dann gleich wieder weiter zur nächsten Aufgabe. Und wo war verdammt noch mal der Vater? Wo war Erich? Was war denn das für ein Familienleben?

Natürlich hatte es in diesen beiden Tagen auch schöne Momente gegeben. Da war ein Gemeinschaftsgefühl, das ich bis dahin nicht gekannt hatte: wenn man etwas zusammen anpackte und es gewissermaßen mit Volldampf erledigte. Und keiner war dabei, der lustlos wirkte. Ich fand es auch irgendwie nett, dass fast jeder von den Männern einen lustigen Spitznamen hatte, es gab zum Beispiel einen *Lulatsch* und einen *Knolle* und einen *Primus* und einen, der *Schrank* hieß, dabei aber ein ganz mickriges Männchen war. Und ein paar von den Mädchen waren wirklich nett und dazu immer gut gelaunt, Cordula zum Beispiel oder Hanne, mit der man zwischendurch ziemlich herumalbern konnte. Wenn allerdings die Rede auf ihren Glauben kam, auf die Bibel oder auf Paul Schäfer oder darauf, was richtig war und was falsch, hörte der Spaß schlagartig auf. Dann bekamen alle ganz fromme Gesichter und sprachen auf einmal mit so einer Ehrfurcht. Fast hätte man glauben können, Paul Schäfer stünde für sie gleich neben Gott.

Am dritten Morgen waren Christa und ich zum ersten Mal allein miteinander, und das auch nur, weil der VW-Bus kaputt gegangen war und wir mit einem Handwagen loszogen, um von einem Bauernhof ein paar Kilometer entfernt eine Ladung Kartoffeln zu holen.

Wir waren etwa eine Viertelstunde unterwegs und ich überlegte, wie ich das Gespräch anfangen sollte, wegen dem ich hergekommen war. Christas Verhalten machte es mir schwer, sie benahm sich mir gegenüber ganz genau so wie in Gegenwart dieser Aufpasser-Frauen, die alle hier »Tanten« nannten. Schließlich fragte ich sie ohne jede Vorbereitung: »Und wie geht es dir wirklich?«

Sie warf mir einen verwunderten Blick zu.

»Wie meinst du das?«

»Christa!« Ich blieb stehen und sah sie an. »Ich bin jetzt seit zwei Tagen hier und dies ist die erste Möglichkeit, mehr als zwei Sätze hintereinander mit dir zu sprechen!«

»Na und?« Ihre Augen waren kugelrund. Sie schien überhaupt nicht zu begreifen, was ich von ihr wollte. Mein Gefühl warnte mich und sagte mir, ich solle vorsichtig sein und dieses Gespräch langsam angehen. Doch schon platzte es aus mir heraus: »Aber du wolltest doch eine Ausbildung zur Jugendpflegerin machen! Stattdessen malochst du den ganzen Tag. In der Küche, im Haus, in diesem komischen Laden, alles Arbeiten, die mit Jugendpflege überhaupt nichts zu tun haben! Und dann hast du doch ein Kind. Für das du gar keine Zeit hast!«

»Oh, da täuschst du dich aber! Außerdem ist jemand ausgefallen, da gibt es im Moment eben einen kleinen Engpass und alle müssen mit anpacken. Arbeit ist Gottesdienst!«

Einen Moment lang war ich sprachlos. Was redete sie denn da?

»Das hast du dir doch nicht selber ausgedacht!«, schimpfte ich und da wurde mir klar, dass dieses Gespräch völlig verkehrt lief.

Tatsächlich rief sie jetzt ganz empört: »Was willst du denn damit sagen? Dass ich nicht in der Lage bin, selbst zu denken?«

»Nein, nein, natürlich nicht … Das habe ich doch gar nicht gemeint.« Ich lächelte ihr begütigend zu, aber sie herrschte mich an: »Was hast du denn sonst gemeint?« Auf einmal war sie gar nicht mehr die sanfte Christa, die ich kannte. Sie warf mir einen vor Wut funkelnden Blick zu und sagte: »Onkel Paul hat recht. Ihr von draußen versteht uns nicht!«

Das wäre die Gelegenheit gewesen, das Ganze in andere Bahnen zu lenken. Doch statt auf sie einzugehen, fragte ich unwirsch: »Kriegst du überhaupt Geld von denen?«

Ihre Finger schlossen sich fester um den Griff des Lastenwagens. Trotzig reckte sie das Kinn in die Höhe und sah stur geradeaus. Nach einer Weile huschte ihr Blick ganz kurz zu mir herüber.

»Ist das alles, was dir einfällt? Nach Geld zu fragen?«

Am liebsten hätte ich ihr gesagt: *Du kannst gerade ruhig sein, ist noch gar nicht lange her, dass du deinem eigenen Vater wegen Geld mit dem Gericht gedroht hast.* Aber ich verkniff es mir und da fuhr sie auch schon fort: »Siehst du denn nicht, dass ich hier alles habe, was ich zum Leben brauche?«

So schnell würde ich mich nicht geschlagen geben. »Du hast doch noch nicht mal ein eigenes Zimmer! Und das, obwohl du jetzt Ehefrau und Mutter bist!«

In den letzten beiden Nächten hatte ich beobachtet, wie eine Art Klinkenputzen oder Reise-nach-Jerusalem-Spiel um einen Schlafplatz stattgefunden hatte. Am liebsten hätte ich sie jetzt auch noch nach Erich gefragt, den ich bisher noch immer nicht zu Gesicht bekommen hatte. Doch da blieb sie auf einmal stehen, und mit einem Gesichtsausdruck, den man vielleicht »beseelt« hätte nennen können, der mir aber eher fanatisch vorkam, fragte sie mich: »Weißt du denn nicht, dass es um viel mehr geht als um irdische Güter? Was ist schon ein Bett? Wo es um deine *Seele* geht, um Ewigkeitszubereitung!«

Ihr Gesicht glühte vor Eifer und mir schossen tausend Gedanken durch den Kopf. Dass sie da wirklich ganz tief drinsteckte und all das tatsächlich glaubte. Dass ich mit dem Mann geschlafen hatte, mit dem sie nun verheiratet war. Und dass ich es ihr nun nicht mehr sagen konnte, weil ich dann für sie der Teufel in Person wäre und sie überhaupt nicht mehr erreichen würde.

April 1962. Wir stehen in einer Reihe vor dem Kinderhaus und warten. Elfriede kommt und verteilt die Lederhandschuhe und die selbst gebauten Schrapper für die Hagebutten. Die Schrapper sind Holzbretter mit Griff, aus denen vorne eine Reihe Nägel herausragen und dahinter ein Loch im Brett ist. Darunter ist eine Dose als Auffangbehälter genagelt. Das Hagebuttenpflücken ist eine stachelige Arbeit und man kann noch so gut achtgeben, am Abend kommt man trotzdem mit zerkratzten Armen heim. Die Wildrosen gedeihen hier prächtig. Sträucher, so weit das Auge reicht. Früher, zu Hause, mochte ich Hagebutten. Diese roten Früchte, die so hübsch aussahen in der großen Vase in Vaters Arbeitszimmer. Doch seit ich hier bin, mag ich sie nicht mehr.

Ich habe alles genau durchdacht. Beim Arbeiten stehen die Pflückerinnen oft weit voneinander entfernt. Wenn ich es geschickt genug anstelle und mir gleich am Anfang die richtige, die dem Fluss zugewandte Seite, aussuche, kann ich mich unauffällig von den anderen entfernen. Und ich habe eine Chance, dass es klappt. Denn Elfriede fängt – so war das zumindest in den letzten beiden Tagen – immer auf der gegenüberliegenden Seite an, was wohl mit dem Sonnenstand zu tun hat. Elfriede mag es nicht, wenn ihr die Sonne ins Gesicht scheint. Außerdem ist jede beim Pflücken auf sich selbst konzentriert. Man muss aufpassen, dass einem die Dornen nicht auch noch das Gesicht zerkratzen.

Nach einer halben Stunde sind alle Pflückerinnen locker über das Gelände verteilt. Mir ist es tatsächlich gelungen, mich in Richtung Perquilauquén zu bewegen. Ich schaue zu den anderen, alle sind mit den kratzigen Hagebuttenzweigen beschäftigt, passen auf, dass sie sich nicht verhaken. Ganz langsam bewege ich mich immer weiter fort, bis ich völlig außer Sichtweite bin. Dann beginne ich zu laufen. Ich renne, so schnell ich kann, über Wurzeln und Steine, umrunde Brombeergestrüpp und dichtes Gesträuch, tauche schließlich in den Urwald ein, der den Fluss wie ein Gürtel umgibt. Nun geht es steil bergab. Ich darf nicht zu weit nach links geraten. Links sind die Felsen. Ich vermute, dass Hanne bei ihrem Fluchtversuch dort abgestürzt ist. Aber rechts geht es zur Balsa, diesem aus einem Baumstamm gefertigten Boot, das sie mit einem Kabel über den Fluss ziehen. Und dort laufe ich Gefahr, entdeckt zu werden, auch wenn das Gelände auf der anderen Seite des Flusses nicht mehr zum Fundo gehört.

Als ich endlich unten ankomme, erschrecke ich. Die Strömung ist stärker und der Fluss breiter, als ich erwartet habe. In der Flussmitte ist ein gewaltiger Felsen. Und da fällt mir wieder Hanne ein. Jemand hat gesagt, sie habe auf einem Felsen gelegen, das hab ich heimlich mit angehört.

Ich folge dem Flusslauf um eine Biegung und um noch eine. Doch der Fluss will einfach nicht schmaler werden. Ich habe keine Ahnung, wie lange ich schon unterwegs bin. Ob die anderen mein Fehlen bemerkt haben? Ich darf nicht länger zögern. Ich muss hinüberschwimmen, und zwar jetzt gleich. Sind das schon die Hunde? Ich steh ganz still, halte den Atem an und lausche. Aber da ist nichts außer dem Singen der Vögel und dem Rauschen des Flusses. Ich nehm die Schürze ab, binde mir damit den Rock hoch. Soll ich die schweren Schuhe ausziehen und sie mir an den Schnürsenkeln über die Schulter binden? Aber die Schuhe sind wichtig, die darf ich auf keinen Fall verlieren. Von den Schuhen hängt es ab, wie schnell ich es durch das Gestrüpp schaffe, bis zu den italienischen Siedlern. Und die Strömung könnte sie mir von der Schulter ziehen. Also behalt ich sie an und schwimme los.

Das Wasser ist kalt, jetzt im Herbst, aber nicht so eiskalt wie die Striezel! Wie gut es war, dass Ruth und ich dort immer gebadet haben. Ruth. Wenn sie jetzt bei mir wäre! Die wüsste, was zu tun ist. Die Schuhe werden schwer und schwerer, ich bekomme es mit der Angst zu tun, ich will nicht sterben, nicht ertrinken. Ich strample energisch, lass mich nicht beeindrucken von dem Blei-

gewicht an meinen Beinen. Und dann spüre ich plötzlich Boden unter meinen Füßen. Ich hab's geschafft! Ich bin auf der anderen Seite des Flusses! Ich unterdrücke den aufkommenden Jubel, seh mich hektisch um, taxiere das gegenüberliegende Ufer. Aber da ist niemand zu sehen. Dennoch renne ich los, ohne mir vorher die Kleider auszuwringen, ohne mir das Wasser aus den Schuhen zu kippen.

Das andere Ufer ist flacher. Ich renne über Steine, tauche ein in das schützende Dickicht. Ich kämpfe mich durchs Unterholz. Äste peitschen mir ins Gesicht, Brombeerranken zerkratzen mir die Beine. Ich fange an zu glauben, dass ich nie mehr aus diesem Urwald herauskomme. Doch von unserer Seite, die ja höher liegt, weiß ich, dass der grüne Gürtel um den Fluss irgendwann endet. Und dass irgendwo dort eine Ansiedlung ist. Und da lichtet sich der Wald und ich komme an ein Feld. Ein Stoppelfeld. Da kann es nicht mehr weit sein, denke ich und beginne zu rennen, mit schweren Schritten trample ich am Feldrain entlang, immer geradeaus. Und da höre ich es. Es gibt keinen Zweifel. Irgendwo bellen die Hunde.

»Wir bleiben nicht lange.«

Anne, die vor der Pforte zum Verwalterhäuschen stehen geblieben war, warf einen flüchtigen Blick zu Ruth, die halb abgewandt dastand und wie versteinert zum Gutshaus hinübersah.

»Ich sag dir's noch mal: Du musst nicht mitkommen! Ich brauch nicht lange. Geh doch schon zum Fluss. Ich komm dann nach.«

Doch aus irgendeinem Grund, den Anne nicht so recht verstand, beharrte Ruth darauf, sie zu begleiten. Sie hat vor irgendetwas Angst, dachte Anne, aber wovor? Dass die mich kidnappen? Dass die mich zum Glauben bekehren wollen, zu ihrer

seltsamen Religion? Anne hatte keine Ahnung, wie die aussehen mochte, aber absurd war der Gedanke so oder so.

Als sie die Pforte aufdrückte, hörte sie ein Stück entfernt ein Lachen. Sie drehte sich um und sah die beiden Mädchen auf sie zurennen, mit fliegenden Zöpfen und einem Seitenscheitel wie mit dem Lineal gezogen.

»Wie lange die Armen das wohl noch mitmachen?«, hörte Anne ihre Mutter murmeln.

Sie drehte sich zu Ruth um. »Wen meinst du? Wer macht was mit?«

»Na, sieh dir die beiden doch an. So läuft doch heute kein Kind mehr herum.«

»Ich dachte, dir gefällt das.«

»Ja, bei uns damals … Aber heutzutage! Ist doch nur eine Frage der Zeit, bis die gehänselt werden.«

Vor Verblüffung wusste Anne erst mal nicht, was sie darauf sagen sollte. Als die beiden Mädchen vor ihnen stehen blieben und riefen: »Wir müssen dir was zeigen!«, hätte Anne Ruth am liebsten zugeraunt: »Mir kommen die nicht gerade wie typische Mobbingopfer vor!« Doch am Ende sah sie Ruth nur mit hochgezogenen Augenbrauen an, ergriff Almas ausgestreckte Hand und ließ sich fortziehen.

Nachdem Anne eine ganze Batterie von Sandkuchen bewundert hatte, kamen Renate und Horst über die Terrasse aus dem Haus. Ein wenig steif reichte man sich die Hand. Die Verlegenheit, die die beiden ausstrahlten, übertrug sich auf sie selbst, stellte Anne fest. Auch Ruth gegenüber wechselte die Anrede zwischen Du und Sie hin und her und Anne hoffte, ihre Mutter würde nicht plötzlich in klarstem Hannoveraner Hochdeutsch sagen: »Ich kann mich nicht erinnern, Ihnen das Du angeboten zu haben«, wie sie das in der Vergangenheit schon manchmal getan hatte, zum Beispiel als eine Verkäuferin in einem Naturkostwarenladen sie einmal mit einem freundlichen »Wie kann ich dir helfen?« begrüßt hatte.

Doch nichts dergleichen ereignete sich, und als sie sich schließlich an den Tisch setzten und Anne auf die Mail des Rechtsanwalts zu sprechen kam, nickte Horst und bedankte sich. Renate, die eben noch Kaffee nachgeschenkt hatte, hielt in ihrer Bewegung inne und sah zu Horst, der wiederum Renate ansah.

»Tja«, sagte er dann, und noch bevor er weitersprach, wusste Annc plötzlich, was passieren würde. Nein. Sie würden Nein sagen. Sie würden das nicht machen. Und tatsächlich erklärte Horst gleich darauf: »Wir haben noch einmal über alles nachgedacht. Über einen Prozess und was das nach sich ziehen würde. Wir sind Maximilian sehr dankbar, er hat uns wirklich sehr unterstützt ... Aber wir haben uns entschieden, nicht zu prozessieren. Wenn du Abogado Schneider das bitte mitteilst.«

»Aber ... wieso denn plötzlich? Ich verstehe nicht ... Euch ist doch schreckliches Unrecht widerfahren! Diese Leute sind doch Verbrecher. Ihr könnt die doch nicht einfach so davonkommen lassen!«

Anne warf einen Seitenblick auf Ruth, die mit regungsloser Miene vor sich hin starrte, als hörte sie gar nicht zu.

»Du hast da, glaube ich, etwas falsch verstanden«, sagte Horst nur. »Der Prozess richtet sich nicht gegen die Villa Baviera. Es soll eine Sammelklage geben gegen den deutschen und den chilenischen Staat! Seit etlichen Jahren sammelt Gustavo Schneider Material. Es war ja so, dass alle wussten, was da bei uns geschieht. Schon 1966 wurde bekannt, dass auf dem Fundo Menschen festgehalten und gequält werden. Und dann der Bericht von Amnesty International, 1977. Später gab es eine Anhörung vor dem Deutschen Bundestag. Und so ging das all die Jahre, ohne dass irgendjemand etwas unternommen hätte.«

»Aber ... wenn das so war, dann verstehe ich nicht, warum ihr es nicht wenigstens versuchen wollt. Wenn alle weggesehen haben, dann ist es doch euer gutes Recht zu klagen!«

Plötzlich beugte Horst sich vor. Das schiefe Lächeln war verschwunden.

»Verstehst du denn nicht: Wir alle waren doch Teil davon! Wir alle, die heute klagen wollen, *waren* doch diese Gemeinschaft! Wir, die dort lebten, haben uns gegen die chilenische und deutsche Regierung gestellt! Und während der Pinochet-Diktatur wurden auf dem Gelände sogar Menschen gefoltert!«

Zum ersten Mal sah Anne so etwas wie Verzweiflung auf seinem Gesicht. Fast zaghaft fragte sie: »Aber ihr, du und Renate, ihr habt diese Menschen doch nicht gefoltert. Ihr wart doch noch Kinder. Und außerdem habt ihr es ja gar nicht anders gekannt!«

»Tja«, sagte Horst da. »Das ist ja alles schön und gut. Das Problem dabei ist nur, dass ich mir das alles selbst nie verzeihen werde. Dass ich ein Teil davon war. Dass auch ich, als ich dann älter war, nichts getan habe, um gegen das alles anzugehen. Wir waren so damit beschäftigt, unsere eigene Haut zu retten, dass wir nichts, aber auch gar nichts gewagt haben. Nichts gewagt. Nichts gefragt. Ein Leben, ohne Fragen zu stellen, das kann sich hier keiner vorstellen!«

Mit weit aufgerissenen Augen sah er Anne an. Dann beugte er sich vor, rieb sich das Gesicht. Seine Schultern bebten, als er leise sagte: »Und weißt du, was ich glaube, wovon ich felsenfest überzeugt bin? Dass wir heute – ohne das Eingreifen des chilenischen Staates – immer noch unter Paul Schäfer leben würden.«

Eine Ewigkeit verging, in der keiner ein Wort sagte. Schließlich murmelte Renate: »So ist es nun«, stand auf und schenkte Kaffee nach. »Wir wollten dir das jedenfalls nicht am Telefon sagen. Wir danken dir sehr für deine Bereitschaft, uns zu helfen. Auch Maximilian sind wir sehr dankbar. Er war wie ein Freund für uns. Aber nun ist es Zeit für uns voranzugehen. Den rechten Weg findet man nicht, wenn man zurückschaut. Und außerdem …«, Renate sah von Anne zu Ruth, »bringt uns das ja unser Leben nicht zurück. Wir müssen jetzt an die Kinder denken und alles dafür tun, dass sie in Frieden und Freiheit aufwachsen. Wir wollen nicht, dass sie das je erfahren.«

Anne sagte nichts darauf. Sie sah von Renate zu Horst. Und dann klingelte etwas in ihrem Hinterkopf. Den rechten Weg. Das hatte sie doch schon einmal gehört. Und plötzlich wurde ihr klar, dass das gestern kein »normaler« Pastor gewesen war, dass die beiden Männer von der Sekte gewesen sein mussten. Noch ehe sie sich bremsen konnte, hörte sie sich selbst fragen: »Hat man euch unter Druck gesetzt?«

In Renates Augen flackerte etwas, aber Horst erwiderte Annes Blick gleichmütig. Langsam schüttelte er den Kopf: »Die Zeiten sind vorbei«, sagte er leise. »Das würden wir jetzt nicht mehr zulassen.«

Eine Weile sagte keiner ein Wort. Im Hintergrund waren die Stimmen der Kinder zu hören, die auf dem Rasen Ball spielten.

Es war Ruth, die am Ende das Schweigen brach. Bisher hatte sie überhaupt nichts gesagt, sodass Anne ihre Anwesenheit fast vergessen hatte. »Aber eines verstehe ich einfach nicht … Wo waren denn eure Eltern? Wo waren eure Mütter?«

»Ja«, fiel Anne ein und sah erst Renate an und dann wieder Ruth. »Eine Mutter schaut doch nicht einfach so zu«, entfuhr es ihr. »Klar, ich habe selbst keine Kinder, aber ich bin Tochter. Und ich kann mir einfach nicht vorstellen, dass du da … stillgehalten hättest. Dass du bei alldem einfach so zugesehen hättest.«

Ruth wich Annes Blick aus und schaute ins Leere, dann

machte sich ein lastendes Schweigen breit. Plötzlich sagte Renate: »Ich war siebenunddreißig, als ich erfahren habe, wer meine Mutti war.«

Es dauerte eine Weile, bis Anne die Bedeutung hinter diesen Worten verstand. »Aber …«, sagte sie stockend und verstummte gleich darauf wieder. Dann schüttelte sie den Kopf. Das alles würde sie nie begreifen, niemals. Renate saß jetzt ganz still da, die Schultern hochgezogen.

Da fragte Ruth völlig unvermittelt: »Warum sind Sie nach Grösitz gekommen?« Die Frage stand wie ein Fremdkörper im Raum – ein Ding, das nicht hierhergehörte und keinen Sinn ergab. Und mit einem Mal hatte Anne den Eindruck, dass Ruth diese Frage schon die ganze Zeit hatte stellen wollen. Dass sie sich verschanzt hatte hinter einem Panzer aus vordergründiger Teilnahmslosigkeit, aber die ganze Zeit dagesessen und auf den rechten Augenblick für diese Frage gewartet hatte.

Mit einer vagen, irgendwie verlorenen Geste deutete Renate in Richtung Gutshaus.

»Meine Mutti kommt ja von hier.«

»Deine … Mutter stammt aus Grösitz?«, fragte Anne.

»Aber ja. Sie ist hier geboren. 1940.«

Anne fuhr herum und sah Ruth an. »Aber dann seid ihr ja fast gleich alt. Da kanntest du sie doch sicher?«

»Wie … heißt sie denn?« Ruths Tonfall war beiläufig, zu beiläufig, wie Anne fand.

»Christa Buhr … geborene Bellstedt. Ihr Vater war der Besitzer des Sägewerks hier.«

»Aber da hat ja meine Oma gearbeitet!«, rief Anne. Und zu Ruth gewandt: »Da *musst* du sie doch gekannt haben!«

Ruth schien Anne nicht zu hören. Sie saß mit durchgedrücktem Rücken da, ihre Hände umklammerten den schwarzen Badeanzug so fest, dass die Fingerknöchel weiß hervortraten.

RUTH. Auf dem Rückweg vom Kartoffelholen unternahm ich noch zwei weitere Versuche, mehr über die Hintergründe von Christas Besuch in Grösitz zu erfahren. Vorsichtig brachte ich die Rede auf ihre Familie, auf ihr Zuhause. Auf die Erwähnung ihres Vaters reagierte sie mit keinem Wort und bald nahm das Gespräch erneut eine völlig andere Wendung, als ich gehofft hatte. Sie fing nämlich wieder an, mir von ihrem Glauben vorzuschwärmen, sprach voll glühender Abscheu über die Sünde und die Versuchungen des Satans, sodass ich am Ende verstummte und sie mein Schweigen wohl als innere Umkehr interpretierte. Jedenfalls war sie plötzlich ganz eifrig und schlug mir vor, ein gutes Wort bei Paul Schäfer für mich einzulegen, damit auch ich an der für diesen Abend geplanten »Seelenreinigung« teilhaben durfte. Allein der Begriff weckte in mir ein tiefes Unbehagen und ich fragte mich, wie das wohl vonstattengehen mochte. Ob man sich dazu auch wieder auf dem Boden herumwälzen musste?

In diesem Moment, während wir zu zweit den Kartoffelwagen zogen, begann ich zu begreifen, dass es für Christa längst nicht mehr nur um Erich ging. Nicht er war es, der sie bei den Freikirchlern hielt. Eigentlich schien Erich in ihrer Gefühlswelt gar keine große Rolle mehr zu spielen. Und die Kluft zwischen ihr und mir war inzwischen so tief, dass auch die Wahrheit über Erich und mich nichts mehr an Christas Grundsatzentscheidung ändern konnte: Sie hatte bei diesen Menschen ihr neues Zuhause gefunden.

Wie gewöhnlich fand die Zusammenkunft im großen Gemeinschaftsraum statt, der im Kellergeschoss des Missionshauses lag, und wie die Male zuvor waren auch die »Missratenen« anwesend, wie Magda die Zöglinge nannte, unter denen auch ihr Bruder Kurt war.

Ob das nun scherzhaft gemeint war oder ernst, konnte ich nicht sagen. Mir jedenfalls kamen die Jungen nicht besonders missraten vor. Andererseits, was wusste ich schon von Kindererziehung?

Die Jungen betraten zackig den Raum, fast wie ein Trupp kleiner Soldaten, und nichts wies darauf hin, dass sie besonders schwer zu bändigen wären. Ob das schon die Früchte von Paul Schäfers Erziehung waren? Ihnen gegenüber schien er warmherziger, er ging immer wieder zu einem von ihnen hin, klopfte ihm auf die Schulter oder hatte ein lustiges Wort für ihn übrig. Die Jungen schien das mit Stolz zu erfüllen, manche bekamen vor Freude über die Zuwendung ganz rote Ohren. So ganz verkehrt kann Paul Schäfer also doch nicht sein, dachte ich damals, während ich den Kopf senkte und in die Gebete und Gesänge einstimmte.

Doch irgendwann änderte sich die Stimmung. Zuerst bemerkte ich nur, dass Paul Schäfer die kernige Lockerheit ablegte, mit der er gewöhnlich aus der Bibel vorlas oder frei über einzelne Bibelstellen räsonierte. Sein Tonfall wurde schärfer und ließ mich aufhorchen. Mit einem Mal hatte ich das Gefühl, dass eine Anspannung in der Luft lag.

»… ist es überlebensnotwendig, dem Teufel abzusagen. Dem Teufel, der immer wieder nach uns greift und uns hinabzuziehen versucht in seinen Sündenpfuhl.«

Langsam sah er sich im Raum um, blickte von einem zum anderen, woraufhin jeder zum Boden sah. Der Ausdruck »arme Sünder« schoss mir durch den Kopf.

»Ich weiß, meine lieben Brüder und Schwestern, dass manche von euch die Sündhaftigkeit eurer Gedanken und eures Fleisches umtreibt.«

Keiner der Anwesenden wagte, ihn anzusehen. Plötzlich donnerte er los: »Ich aber sage euch: Schon wer eine Frau mit begehrlichen Blicken ansieht, der hat im Herzen mit ihr die Ehe gebrochen. Wenn dich also dein rechtes Auge verführt, dann reiß es heraus und wirf es weg!«

In der Stille, die nun folgte, war kein Laut zu hören, ja, man hätte glauben können, es sei gar niemand im Raum. Als das Schweigen unerträglich wurde, fuhr Paul Schäfer ganz leise fort: »Was also ist euer Weg?«

Wieder sein Blick, der von einem zum anderen glitt. »Euer Kopf muss frei werden von diesen Gedanken, wenn euer Leib gesund bleiben soll. Drum treibt euch selbst die Sünde aus dem Leib!«

Das Schweigen, das auf diese donnernde Rede folgte, war dick von Schuldgefühlen. Keiner wagte es, auch nur den Blick zu heben, aus Angst, die anderen könnten die Verderbtheit darin erkennen. Und dann musste ich auf einmal an den Abend am Lagerfeuer denken und erinnerte mich, dass es da um dasselbe Thema gegangen war, die Fleischeslust. Aber was war eigentlich so schlimm daran, jemanden zu begehren? So waren die Menschen nun mal gemacht! So hatte der liebe Gott oder die Natur oder was auch immer uns in die Welt gesetzt. Und wenn ich ganz ehrlich zu mir war, so war das Zusammensein mit Erich in jener Nacht – und auch die aufregende Zeit davor – wie ein Rausch gewesen.

»Und weil die Sünde und die Fleischeslust stets von Neuem ausgemerzt werden müssen, haben wir ihr heute Nacht wieder den Kampf angesagt. Auf dass wir es mit der Zeit schaffen, den Beelzebub aus diesem Haus vollkommen zu verbannen.«

Darauf folgte eine Pause, dann ein Stühlerücken und allgemeine Aufbruchstimmung. Einige verließen den Raum und auch ich schickte mich an hinauszugehen. Doch da kam Paul Schäfer auf mich zu und blieb vor mir stehen: »Du willst doch nicht etwa schon gehen?«

»Ich dachte, es ist zu Ende.«

»Es ist nie zu Ende. Vor allem dann nicht, wenn deine Seele im Fegefeuer brennt. Oder glaubst du, die du von draußen kommst und dir die Lasterhaftigkeit wie Pech an den Sohlen und Handflächen und in den Gedanken klebt, dass ausgerechnet du es nicht nötig hast, deine Seele vom Schmutz zu reinigen? Was ist mit den Hurengeistern in deinem Leib? Willst ausgerechnet *du* dich nicht von ihnen befreien?«

Im ersten Moment war ich wie gelähmt und wusste überhaupt nicht, was ich darauf sagen sollte. In mir war nur ein einziger Gedanke: Erich musste tatsächlich »gebeichtet« haben. Paul wusste also, was Erich und ich in der Gebetsnacht getan hatten. Kurz fragte ich mich, wer noch alles über meine privatesten Angelegenheiten informiert war, und spürte Trotz in mir aufsteigen. Was ging das diese Menschen an! Am liebsten hätte ich ganz laut gesagt, dass ich mich eigentlich nicht für übermäßig sündig hielt und dass er mich mit seinem Höllengerede in Ruhe lassen sollte. Aber was wäre dann mit Christa? Während ich fieberhaft hin und her überlegte, wie ich reagieren sollte, trat Christa an meine Seite, nahm meine Hand und sagte: »Das weiß sie alles. Deshalb ist sie ja hier.«

Mit geröteten Wangen und so voller Hoffnung stand Christa da und so fest hielt sie meine Hand, dass ich schließlich einfach die Augen niederschlug und schwieg.

Am Ende sagte Paul Schäfer: »Dann kommt, ihr Sünderinnen!«

Wie in einer Prozession zogen die im Raum Verbliebenen durch den Hintereingang hinaus. Ich fragte mich, was sie bei diesem Wetter draußen wollten, und folgte ihnen. Der Regen peitschte schräg von der Seite auf uns ein, und als ich sah, dass die Männer vorne mit den Taschenlampen den gekiesten Weg in den hinteren Teil des Gartens einschlugen, war ich drauf und dran umzukehren, doch dann überwog eine gewisse Neugierde. Wo wollten die bei diesem Wetter, um diese Stunde noch hin?

Da erkannte ich die Umrisse einer Hütte. Einer nach dem anderen verschwand durch die Tür nach drinnen und ich wunderte mich, wie viele Leute in dem winzigen Schuppen Platz fanden. Ich ging als Letzte hinein und begriff nun erst, wo alle steckten: Die Hütte war nur eine Art Überbau, so etwas wie ein überdachter Eingang, der zu einem unterirdischen Bunker führte.

Der Raum war fensterlos und maß circa zwanzig Quadratmeter, was nicht üppig war für die sechzehn Menschen, die nun darin herumstanden. Ich weiß noch, dass ich sofort an Krieg denken musste, an meine Tante Gerda und ihre beiden Kinder, die beim Bombenangriff der Royal Air Force in einem Bunker in Königsberg gesessen hatten und dort elendiglich verbrannt waren.

Ohne zu zögern, so als hätten sie diesen Ablauf schon öfter zelebriert, begannen die Frauen Kerzen anzuzünden und sie in Form eines kleinen Kreuzes in der Mitte aufzustellen. Noch bevor die letzte Kerze brannte, formierten sich ein paar der Männer zu einem lockeren Kreis um das brennende Kreuz in der Mitte. Da verließen nacheinander alle Frauen den Raum.

»Was …«, stotterte ich. »Wieso gehen die?«

Ich hatte erwartet, wieder so einer lallenden Gebetsorgie beizuwohnen, doch anscheinend hatten die Freikirchler etwas anderes geplant. Was konnte das sein?

»Was tun wir hier?«, fragte ich, als wir Frauen uns oben, in dem kleinen Überbau neben dem Treppenabgang, zusammendrängten. Doch gerade als Christa antworten wollte, tauchte Onkel Knut, einer von Pauls treuesten Jüngern, in der Luke auf.

»Ich will anfangen«, rief Hiltrud, eine der jüngeren »Tanten«, eine mausgraue Person, die mir bisher ziemlich zurückhaltend, ja beinahe verschlossen vorgekommen war.

Sie holte tief Luft, warf Christa noch einmal einen längeren Blick zu, die beruhigend nickte, und tauchte dann hinter Knut in den Bunker hinab.

Etwas Feierliches stand an, so viel hatte ich inzwischen begriffen. Wahrscheinlich eine Beichte, dachte ich und beobachtete heimlich die anderen, die beklommen wirkten, aber auch irgendwie ergeben und fromm, fast wie Johanna von Orléans auf dem Weg zum Scheiterhaufen. Dieser Vergleich verfolgte mich noch Jahre später: Johanna als Märtyrerin, die sehenden Auges in den Tod ging.

In dem Moment ertönte vom Haupthaus laute Posaunenmusik. Ich warf den anderen einen fragenden Blick zu, doch die schienen nicht weiter verwundert. So standen wir dort herum und irgendwann glaubte ich, von unten laute Stimmen zu hören und dann ein Singen. Ich war froh, dass es sich nicht so anhörte wie seinerzeit das Gelalle und Gestöhne im Wald. Meine Beklommenheit wich einer Art Erleichterung. Ein bisschen Singen und Beten, das würde ich schon überleben. Und Christa schien das hier so wichtig zu sein. Wenn ich mitmachte, öffnete mir das vielleicht doch noch einen Weg, wie ich zu ihr durchdringen konnte. Die Zeit dafür war knapp, meine Herbstferien gingen in zwei Tagen zu Ende, ich musste zurück nach Liebenburg. Und so sagte ich ganz forsch: »Ich möchte die Nächste sein. Darf ich?«

Christa und Magda wechselten einen Blick, den ich nicht recht deuten konnte. Täuschte ich mich oder war ihnen das gar nicht recht? Warum taten hier alle immer so geheimnisvoll, wenn es um bestimmte Dinge ging? Darum sagte ich fast ärgerlich: »Was schaut ihr so komisch? Traut ihr mir das nicht zu oder was? Jetzt bin ich doch schon ein paar Tage da und habe alles mitgemacht hier, warum also nicht das?«

Da hörte man unten die Stahltür aufgehen und kurz darauf tauchte Hiltruds Kopf auf. Der Lichtschein einer Taschenlampe huschte wie der Scheinwerfer eines Leuchtturms über uns hinweg, und ehe ich oder die anderen es sich anders überlegen konnten, sagte ich bestimmt: »Ich bin als Nächste dran.«

Eilig kletterte ich die steile Stiege hinunter, während Onkel Knut mir leuchtete. Doch schon als ich den Raum betrat, überkam mich ein komisches Gefühl und ich bereute meine überhastete Entscheidung.

Die Männer saßen im Kreis um das leuchtende Kreuz, neben dem ein einzelner freier Stuhl stand. Zögernd blieb ich in der geöffneten Tür stehen.

»Was glotzt du wie ein abgestochenes Kalb! Haben dir die anderen nicht gesagt, was zu tun ist?«, herrschte Onkel Paul mich an.

Ich war so überrumpelt, dass ich gar nichts erwiderte, und zu meiner Schande muss ich gestehen, dass da trotz aller Abwehr etwas in mir war, ein anderer, fremder Teil, der das Bedürfnis hatte, alles richtig zu machen. Noch heute kann ich mir das nur so erklären, dass ich in Lohmar mit der Zeit in eine Art Ausnahmezustand verfallen war. Die Realität, die ich kannte und für unverrückbar gehalten hatte, wirkte nun nicht mehr fest und sicher, die Quadersteine dieser Realität hatten sich zu verschieben begonnen. Ihre gewohnte Anordnung löste sich auf und machte nach und nach einer anderen Platz. Hätte ich mich ganz auf diese Erfahrung eingelassen, wäre das vielleicht gar nicht mal besonders verunsichernd gewesen, denn die neue Realität brachte auch eine Art Erleichterung mit sich: Man konnte sich fallen lassen und die Verantwortung an andere abgeben.

»Mir hat niemand was gesagt«, antwortete ich und glaubte

auf Onkel Pauls Gesicht ein zufriedenes Lächeln zu erkennen. Dann machte ich Anstalten, mich auf den Stuhl in der Mitte zu setzen. Doch da herrschte Paul mich an: »Bleib stehen!«

Ich tat, was er sagte. Eine kleine Weile lang sahen Paul und die anderen mich schweigend an. Dann brach Paul das Schweigen.

»Du weißt also nicht, warum wir hier versammelt sind?«

Ich schüttelte den Kopf.

»Und kannst es dir auch nicht denken?«

»Nein.«

»Aber du hast gesagt, du willst die Nächste sein.«

»Ja.«

»War das nicht ein bisschen leichtsinnig, vielleicht sogar kess? So etwas würde doch nur eine sehr leichtsinnige Person tun.«

»Ich … ich weiß nicht.«

»Eine Person, die auf Abenteuer aus ist.«

»Was?« Ich fühlte mich immer unbehaglicher. Wohin führte diese eigenartige Befragung?

»Ganz recht. Eine von diesen kessen Frauen, die sich leicht hingeben, die …«

»Aber nein … So eine bin ich nicht!« Ich sprach so leise, dass meine Worte ohne Gewicht blieben. Und dann spürte ich, wie eine heiße Röte von meinem Hals aufstieg, wie mein Gesicht zu glühen begann und meine Handflächen ganz feucht wurden. Das konnte doch nicht sein … Meinte er etwa …? Und plötzlich hatte ich nur noch den Wunsch zu fliehen, einfach fortzulaufen, weg von diesen Männern, die mich reglos ansahen. Und doch blieb ich einfach so stehen, wie festgenagelt von ihren Blicken, von ihrem Schweigen, von ihrem Urteil. Ich fühlte mich wie vor einem Gericht und konnte immer nur an das denken, was ich getan hatte, im letzten Sommer im Wald, denn inzwischen war mir klar, worauf Onkel Paul anspielte.

Und offenbar wussten alle diese Männer Bescheid.

Panisch blickte ich in die vom Kerzenschein beleuchteten Gesichter, die nun unheimlich wirkten, gar nicht wie die Gesichter der patenten und arbeitsamen Männer, die ich in den vergangenen Tagen immer wieder bei den Mahlzeiten und Gottesdiensten gesehen hatte. Und wie ich dort stand in dieser Licht- und Schattenlandschaft, fühlte ich mich wie in einem Gemälde von Hieronymus Bosch, in irgendeiner scheußlichen Bibelszene um Rache und Verdammnis, um das Jüngste Gericht, um all die Seelen, die im Fegefeuer brannten. Und dann fragte ich mich, ob sie Erich extra wegen mir von hier fernhielten, ob sie ihn weggeschickt hatten, weil ich, die Sünderin, gekommen war? Erich musste Paul Schäfer alles gesagt haben über jene Nacht, in der die anderen inbrünstig Gott und ihr Seelenheil gesucht hatten, während ich mich in Ekstase mit einem Mann auf dem Boden gewälzt hatte.

»Mit deiner Lügerei machst du alles nur schlimmer! Schwer genug, dir die Hurengeister auszutreiben, aber zuerst mal musst du bereuen.« Paul, der bis dahin wie die anderen dagesessen hatte, stand nun auf und kam auf mich zu. Seine eine Gesichtshälfte, die mit dem gesunden Auge, lag im Schatten und das tote Auge starrte an mir vorbei. Eine Art Dämon schien da vor mir zu stehen, die andere, dunkle Seite von Onkel Paul. Und diese Seite meinte es gar nicht gut mit mir, sondern war böse und gemein. Starr vor Schrecken ließ ich es geschehen, dass er mir die Hände auf die Schultern legte.

»Die da draußen«, hob er an, »leben ein Leben in Sünde. Sie beten den Mammon an, jagen Vergnügungen hinterher, ihre hohlen Fratzen verbergen sie unter dem Teufelszeug der Schminke. Und so müssen wir uns entscheiden. Du musst dich entscheiden. Draußen oder drinnen. Willst du dich draußen in der Schlangengrube winden, im Sündenpfuhl langsam ersticken an deiner eigenen Schlechtigkeit? Oder willst du noch einmal – gerade so – eine Kehrtwendung vollziehen und dem allen entsagen und hier bei uns Gutes tun, Gott dienen, Gott ein Wohlgefallen sein?«

Erst da begriff ich, dass er mich nicht bloßgestellt hatte. Er hatte den anderen nicht verraten, was ich mit Erich getan hatte, obwohl er es mit Sicherheit wusste.

Noch heute verstehe ich das Gefühlsgemisch, in das ich in diesem Moment geriet, nur schwer. Ich weiß nur, dass ich mit vor Erleichterung schwachen Knien vor ihm stand. Und dass ich ihn in diesem Moment tatsächlich für einen guten Vater hielt. Und während diese Erleichterung meinen ganzen Körper durchströmte, gab ich nach unter dem sanften Druck seiner Hände auf meinen Schultern und kniete mich nieder und fühlte mich plötzlich ganz weich und nachgiebig vor Dankbarkeit.

Jetzt würde doch noch alles gut werden.

Und wenn mir hier vergeben wurde, von Onkel Paul, dann würde mir auch Christa vergeben. Eine tiefe Ruhe erfüllte mich, als ich so vor dem Stuhl kniete, die Hände auf die Sitzfläche legte und sie wie von selbst zum Beten ineinandergriffen. Doch da hörte ich Onkel Paul plötzlich sagen: »Nu aber ma hoch mit dem Pferdearsch!« Dabei klopfte er ungeduldig auf die Sitzfläche, und als ich ihn verständnislos ansah, sagte er etwas von *Weibern* und *schwer von Kapee*, fasste mich ganz grob am Arm und dirigierte mich so, dass ich mit dem Hinterteil über dem Stuhl lag.

Und dann ging alles ganz schnell.

Kopfüber sah ich, wie die anderen aufstanden. Der Rock wurde mir hochgeschlagen und dann spürte ich einen Schlag auf meinem Gesäß. Ehe ich mich's versah, folgten weitere Schläge, auf den Hintern, auf den Rücken. Ich weiß nicht mehr, wie viele Schläge ich kassierte, ich weiß nur noch, dass mir der Schock und der Schmerz den Atem raubten. Ein paar Schrecksekunden lang verharrte ich völlig regunglos. Ich wollte schreien, aber der Schrei steckte wie festgefroren in meiner Kehle. Bis sich die Erstarrung löste und ich mich hochrappelte. Ich schlug und trat wild um mich, und irgendwie gelang es mir, die Tür zu erreichen, sie aufzureißen und auf allen vieren nach oben zu klettern.

»Die haben mich geschlagen«, schrie ich den Frauen zu, die oben an der Treppe standen und mir entgegensahen. Ich heulte und meine Sicht verschwamm, daher bemerkte ich ihre fehlende Reaktion nicht gleich. Doch schließlich sah ich ihre Gesichter im verlorenen Halbdunkel des kleinen Raumes – Gesichter, die vor allem eins ausdrückten: Gleichmut. Wie konnten sie mich so ansehen, so reglos, als wäre nichts weiter geschehen? Christa war die Erste, die reagierte.

»Wir dachten, du kennst das Schinkenklopfen.«

Endlich tauchen Häuser auf, armselige Bruchbuden. Ob ich es wagen kann? Aber ich hab ja keine Wahl. Ich muss um Hilfe bitten. Ich schau mich genau um, das Hundegebell ist verstummt. Vielleicht hab ich mich getäuscht. Vielleicht waren das gar nicht die Spürhunde des Fundos.

Langsam nähere ich mich dem ersten Haus. Der Garten besteht aus festgetrampelter Erde, an einem Drahtzaun wächst ein mickriger Feigenbaum. Drei Hühner scharren in der roten Erde. Ich gehe auf die Haustür zu, von der blassblaue Farbe abblättert. Mein Herz hämmert so laut, dass ich es am liebsten abstellen würde. Und dann klopfe ich.

Die Tür schwingt auf, eine Frau mit einem Baby auf dem Arm steht da. Sie ist sehr jung, jünger als ich? Hinter der Frau lugt ein kleiner Junge hervor, schaut mich aus großen dunklen Augen an. Auch die Frau sieht mich an. Dann gleitet ihr Blick an meinen zerschrammten Armen und Beinen hinab und bleibt schließlich an meinem Bauch hängen. Da erst merke ich, dass ich den Rock noch immer mit der Schürze hochgezurrt habe, und binde ihn hastig los. Zögerlich spreche ich die Sätze, die ich vorbereitet habe, in der Hoffnung, mich der fremden Frau verständlich machen zu können. In dem Moment ertönt wieder das Hundebellen, so deutlich nun, dass es keinen Zweifel mehr gibt. Die Frau bemerkt meinen Gesichtsausdruck, erkennt die Angst in meinem Blick. Am Ende des Feldes tauchen die Männer mit den Hunden auf, die Frau zieht mich ins Haus und schließt die Tür. Im Halbdunkel des Raumes stehen wir da und lauschen. Die Augen des kleinen Jungen leuchten, auch die Augen der Frau sind unnatürlich groß. Es dauert keine zwei Minuten, bis wir den Hund hören. Er jault und kratzt und springt an die Tür. Einige Zeit später poltert jemand dagegen. »Aufmachen«, sagt eine herrische deutsche Stimme. Es ist Onkel Knolle. Eine Weile lang stehen wir weiter so da, keiner wagt sich zu rühren. Da beginnt das Baby zu weinen und es kommt Leben in die Frau. Sie scheucht mich in die hintere Kammer, zieht die klapprige Tür zu. So stehe ich im Dunkeln. Der Fensterladen ist geschlossen. Nur ein einziger schmaler Sonnenspalt scheint auf den Boden, dort, wo eine Lamelle fehlt. Aus dem Nebenraum höre ich, wie die Frau etwas sagt, wie Onkel Knolle und dann Onkel Knut etwas sagen, auf Spanisch, denn die Herren sprechen Spanisch. Das Baby schreit. Die Stimme der Frau wird lauter, sie ruft etwas. Es ist, als würde sie etwas zur Haustür hinausrufen, jemand anderem etwas zurufen. Carabineros *ist das Wort, das ich verstehe. Und dann ist wie durch ein Wunder Stille. Ich höre, wie die Haustür geschlossen wird, das Baby hat aufgehört zu weinen. Ich halte den Atem an, husche zum Fenster und linse durch den Spalt. Und dann sehe ich sie, die*

Herren. Außer Onkel Knolle und Onkel Knut sind es noch drei, jeder mit einem Hund. Sie stehen dort und beratschlagen. Immer wieder blicken sie zum Haus hinüber. Mein Herz donnert gegen meine Brust. Ich stelle mir vor, wie sie zurückkommen, wie sie die Tür einschlagen und mich mit Gewalt hier herauszerren. Doch dann drehen sie sich um und gehen fort. Ich kann es gar nicht glauben. Die Frau hat sie fortgeschickt. Die Frau ist für mich eingetreten und hat mich gerettet. Ich bin in Sicherheit.

Anne saß auf der Brücke, im Abendsonnenschein. Sie sah hinab zu Ruth, die unten am Ufer die Füße ins Wasser streckte.

Sie hatte immer noch große Mühe, die Reaktion ihrer Mutter – oder vielmehr das völlige Fehlen einer Reaktion – richtig zu begreifen. Ruths mehr als knappe Antwort auf Annes Frage nach Christa kam ihr eigenartig vor. Natürlich habe sie Christa gekannt, in diesem Kaff habe doch jeder jeden gekannt. Was für ein Wischiwaschi-Satz!

»Komm doch rein!« Ruth hielt die Hände wie einen Trichter um den Mund und rief: »Es ist herrlich!«

Anne hob zögernd die Hand und winkte, antwortete aber nicht. Stattdessen beobachtete sie Ruth, wie sie ein paar Schritte in den Fluss hineintat und losschwamm, kaum dass ihr das Wasser bis zur Hüfte ging.

Nein, Anne war nicht nach Schwimmen zumute. Zu viele Gedanken geisterten in ihrem Kopf herum – nicht nur über das Verhalten ihrer Mutter, das sie so gar nicht mit der Ruth zusammenbrachte, die sie kannte. Auch was Horst gesagt hatte, beschäftigte sie, über Schuld und über ein Leben, in dem man keine Fragen stellt. Dabei war er doch eindeutig ein Opfer dieses Systems. Er war dort hineingeboren worden, kannte nichts anderes. Die Werte, die ihm dort von klein auf vermittelt worden waren, waren seine Werte geworden. Wie soll man sich von etwas befreien wollen, das man als gottgegeben oder zumindest als Gesetz betrachtet?

Anne legte sich auf den Rücken, spürte das raue, warme Holz unter ihren nackten Armen und Beinen, die Sonne auf ihrem Gesicht. Schuldgefühle, das konnte sie verstehen. Und vielleicht war da ja auch noch der Wunsch, das alles endlich hinter sich zu lassen und nicht wieder in einem Prozess aufzuwärmen.

Die Brücke vibrierte leicht unter ihrem Kopf. Sie öffnete die Augen und sah Ruth auf sich zukommen. Anne setzte sich auf, griff nach Ruths Handtuch und reichte es ihr hoch.

»Na?«, fragte sie, »immer noch so kalt wie gestern?«

Ruth grinste, trocknete sich ab. »Wie gestern, vorgestern, letztes Jahr. Du kneifst wohl, wie?«

»Mir ist grad nicht nach Gefriertruhe.«

Später gingen sie zurück. Der kleine Fußpfad führte unter lauter Kiefern entlang, deren Nadeln einen dicken weichen Teppich unter ihren Füßen bildeten. Nach einer Weile bogen sie links ab, nahmen die Abkürzung über die freie Heidefläche, die durchzogen war von schmalen Sandwegen. Die Sonne war schon untergegangen, aber die Heidebüsche schienen die Wärme zu speichern und auch der Sand unter ihren Füßen war noch warm. Hoffentlich treffen wir keine Kreuzotter, dachte Anne und blickte auf ihre Zehen hinab, die blass aussahen vom weißen Sand, wie mit Mehl bestäubt.

Da fiel Anne ihre Fassungslosigkeit wieder ein, nachdem klar geworden war, dass Renates Mutter Christa allen Ernstes noch immer in der Villa Baviera lebte.

Anne hatte das gar nicht glauben wollen. Sie hatte von Renate zu Horst geguckt und im ersten Moment nicht gewusst, was sie darauf sagen sollte. Sie wollte ja niemandem zu nahe treten.

Doch schließlich hatte sie es sich nicht verkneifen können zu fragen: »Aber warum das denn, um Himmels willen? Wie kann man dort noch leben wollen!«

»Tja«, hatte Horst daraufhin gesagt. »Man verbringt fünfzig Jahre in einem Arbeitslager. Dann ist man plötzlich ›frei‹. Die Welt draußen ist nicht wiederzuerkennen. Für die Alten ist es so, als hätten sie eine Zeitreise hinter sich, und ein Neuanfang scheint sich für sie nicht zu lohnen. Es kann sich ja keiner vorstellen, wie schwer das ist. Kaum zu schaffen manchmal. Auch für uns nicht. Es tut einen Knall und plötzlich wachst du fünfzig Jahre später in der Zukunft wieder auf. Natürlich kann die Villa Baviera für keinen von uns eine echte Heimat sein. Aber das gilt auch für diesen Ort hier, dieses Deutschland im Jahr 2010. Im Grunde sind die Alten schlimmer dran als jeder Migrant. Alles, woran sie je geglaubt hatten, so schrecklich das auch war, müssen sie ablegen, weil es so verwerflich war. Aber es ist auch nichts Neues in Sicht. Ich glaube nicht, dass sie sich je wieder irgendwo zu Hause fühlen werden.«

Renate hatte dabei ganz traurig ausgesehen und dann hinzugefügt: »Wir wünschen uns sehr, dass Mutti hierherkommt. Sie scheint sich einfach nicht zu trauen, wer weiß schon, warum. Aber vielleicht gelingt es uns ja doch noch, sie zu überreden.«

Der Weg wurde enger und Anne ließ sich hinter Ruth zurückfallen. Als sie wieder nebeneinandergingen, warf Anne Ruth einen langen Seitenblick zu. Dann stellte sie noch einmal die Frage, auf die sie vorhin keine richtige Antwort bekommen hatte: »Erzähl mir ein bisschen mehr über diese Christa ... Ihr wart doch anscheinend gleich alt, da musst du sie ja schon etwas näher gekannt haben, oder?«

Ruth bückte sich, stellte ihre Sandalen vor sich auf den Weg und schlüpfte hinein. »Christa?«, sagte sie vornübergebeugt.

Anne war ebenfalls stehen geblieben. Auf einmal wallte etwas in ihr hoch, eine Ungeduld, provoziert durch diese unsinnige Rückfrage. Christa, ja, wer denn sonst, verdammt noch mal!

»Na ja ... sie war ziemlich hübsch.«

Befremdet blickte Anne zu Ruth. War das alles? Angespannt sagte sie: »Das kann man sich ja denken, wenn man Renate so anschaut. Aber das meinte ich eigentlich nicht. Wie sie als Mensch war, das wollte ich wissen. Was für einen Eindruck hattest du von ihr? Stell dir mal vor, du kennst jemanden, der etwas so Krasses erlebt hat!«

Ruth antwortete nicht gleich. Sie schien ihre Worte genau abzuwägen, vielleicht kramte sie auch nur in fernen Erinnerungen. »Na ja«, meinte sie schließlich, »sie war irgendwie ... weich.«

»Und sonst? Du musst doch noch ein bisschen mehr wissen!«

Aber Ruth winkte ab: »Ach, Kind. Das ist jetzt fünfzig Jahre her. Ich erinnere mich wirklich kaum ... Ich würde sie wahrscheinlich nicht einmal mehr wiedererkennen!«

Anne blieb stehen. »Klar, das ist eine lange Zeit«, hob sie an, »aber trotzdem ...« Und plötzlich brach es aus ihr heraus. »Wieso habe ich bloß den Eindruck, dass du dich bloß nicht erinnern *willst*!« So, jetzt war es raus.

Ruth blieb ebenfalls stehen und drehte sich abrupt zu Anne um. »Was ... wie kommst du denn darauf?«

Eine gefühlte Ewigkeit lang sagte Anne nichts. Was ging in ihrer Mutter vor, was passierte hier gerade? Anne hatte keine Antwort auf Ruths Frage, da war nur dieses Gefühl, dass ihre Mutter irgendetwas zurückhielt.

Eine Weile lang gingen sie schweigend auf dem Sandweg nebeneinanderher. Ruth streifte erneut die Sandalen von den

Füßen, schüttelte den Sand aus, bückte sich, schloss die Riemen. Sie richtete sich wieder auf und sagte dann wie beiläufig: »Ich werde die Baracke übrigens verkaufen.«

Anne blieb wieder stehen, wie vom Donner gerührt. »Was? Aber wie kommst du denn jetzt darauf?«

»Ach, Kind. Ich hatte das schon viel länger vor. Aber nun ... Nach dem, was mit Maximilian passiert ist. Da will ja niemand dran erinnert werden.«

»Aber ... nein! Das kannst du doch nicht machen!«

Ruth richtete sich auf. »Warum denn nicht? Wo ich jetzt wieder in der Nähe wohne, brauche ich das Haus nicht mehr. Und du warst doch die letzten zehn Jahre kaum hier.«

Ruth setzte sich wieder in Bewegung und Anne folgte ihr. Sie spürte, wie ihre Fassungslosigkeit zu Wut hochkochte. Was sollte das denn jetzt plötzlich? Erst kriegt sie nichts heraus, als es um diese Christa geht. Und dann kommt sie auf diese Idee! Sie hörte, wie Ruth nach vorne gerichtet sagte: »Du musst versuchen, Abstand zu gewinnen!«

»Aber ich will die Baracke behalten!«, schrie Anne nun. Sie fühlte sich gleichzeitig im Recht und wie eine Dreijährige.

Ruth blieb abrupt stehen und drehte sich zu Anne um. Eindringlich sagte sie: »Ach, Kind! Maximilian wirst du hier nicht wiederfinden!«

Anne und Ruth sahen sich an. Einen Moment lang war Anne versucht einzulenken, doch dann sagte sie mit mühsam unterdrücktem Zorn: »Ich glaube einfach nicht, dass es dir hier wirklich um Maximilian geht.«

RUTH. Wenn ich nach all den Jahren zurückblicke auf jene Nacht, ist das erste Gefühl, das auftaucht, immer die Scham. Nicht die Empörung und die Fassungslosigkeit über das, was diese Menschen mir angetan haben, auch nicht die Erinnerung an den Schmerz, den ich noch Tage danach spürte, besonders in der Nierengegend. Nein. Zuallererst ist da die Scham, dass ich das habe mit mir machen lassen.

Erst nach und nach kommt der Rest. Ein überwältigendes Versagensgefühl und eine unendliche Einsamkeit. Schluchzend stand ich zwischen diesen Frauen, die mich musterten, und fühlte mich auf einmal wie auf einen anderen Planeten verpflanzt, zu einer Spezies, die mich nicht verstand und die ich nicht verstand. Ich würde sie auch nie verstehen, niemals, das wurde mir in der Minute klar. Die Annäherung an diese Menschen, die ich in den letzten Tagen vollzogen hatte, war wie ausgelöscht. Nichts war mehr übrig von der Solidarität und dem Gemeinschaftsgefühl, und obwohl mir auf einmal bewusst wurde, dass diese Gefühle nicht echt gewesen waren, so spürte ich in diesem Augenblick zugleich auch ein tiefes Bedauern. Die Kluft zwischen Christa und mir war nun so tief, dass sie durch nichts mehr überbrückt werden konnte.

Das Ganze kann nicht länger als ein, zwei Minuten gedauert haben, und während ich dort stand, mit verheultem Gesicht, und ich weiß nicht was erwartete, Trost oder Anteilnahme, hörte ich auf einmal das schleifende Geräusch der Metalltür von unten und kurz darauf feste Tritte auf der Treppe. Und dann rannte ich einfach los. Ich rannte los, hinaus in die Dunkelheit und in den Regen. Halb erwartete ich, dass jemand mir folgen würde, dass sie mich zurückholen würden, um mir auch noch die restliche Portion Prügel zu verabreichen.

Der Regen war noch stärker geworden, er prasselte mit Macht vom Himmel herunter, während ich über die Wiese rannte. Erst als das Haus hinter den Bäumen auftauchte, bemerkte ich, dass die Posaunen noch immer spielten. Ich verlangsamte meine Schritte und sah die Musikanten im großen Versammlungsraum sitzen, der hell erleuchtet war und dessen Fenster trotz des Regens sperrangelweit offen standen, gerade so, als würde dort ein glanzvolles Fest gefeiert. Offenbar waren die meisten Kirchler dort versammelt und ich würde getrost meine Sachen holen und unauffällig verschwinden können. Doch als ich an die Hintertür kam, war diese verschlossen. Mir war nicht nach Rütteln und Klopfen zumute, und so ging ich langsam ums Haus herum und fand zum Glück ein Küchenfenster, das vom Lüften noch immer offen stand. Ich sah mich gründlich nach allen Richtungen um, und erst als ich sicher war, dass niemand etwas mitbekam, kletterte ich durchs Fenster in die Küche.

Zittrig rannte ich zum Dröhnen der Posaunen durch den hell erleuchteten Korridor. Der Schlafsaal lag verlassen da, wer hätte bei dem Lärm auch schlafen können?

Ich zog meine Tasche unter dem Bett hervor, in dem ich letzte Nacht mit einer Tante Resi geschlafen hatte, nahm meinen Mantel von einem Haken an der Wand und lief zum Haupteingang. Ich war gerade in den Mantel geschlüpft und schulterte die Tasche, als am Ende des Korridors zwei Männer auftauchten: Knolle und Lulatsch, die bei der Prügelei im Keller nicht dabei gewesen waren. Im Näherkommen versuchte ich in ihren Gesichtern zu lesen, doch noch bevor sie darüber nachdenken konnten, wohin ich um die Uhrzeit wohl unterwegs sein mochte, sprach ich sie in diesem zackig-forschen Tonfall an, der unter den Kirchlern Usus war.

»Besser Wetter wird heut wohl nich mehr!«, rief ich und das Herz donnerte mir derart im Leib, dass sie es fast hätten hören müssen.

»Jeder, wie er's verdient«, antwortete Lulatsch ebenso forsch und grinste. Knolle guckte nur miesepetrig, genau wie sonst auch. Für sie schien es nicht ungewöhnlich zu sein, dass jemand mitten in der Nacht bei strömendem Regen aufbrach. Hier galt es ja offenbar als normal, nachts noch alle möglichen Arbeiten zu erledigen.

»Na dann«, sagte ich und stemmte die Haustür auf. »Mast- und Schotbruch, wie es so schön heißt, wenn man in See sticht.« Ich trat in den Regen hinaus, ohne mich noch einmal umzusehen. Die ersten Meter zügelte ich meinen Schritt, doch als ich aus dem Lichtkegel der Straßenlaterne in die Dunkelheit getaucht war, begann ich zu rennen. Ich rannte und rannte, bis die Häuser dichter beieinanderstanden. Erst an einer Kneipe, vor der ein paar Leute herumstanden, wurde ich langsamer. Beim Anblick der lachenden Frauen und Männer hätte ich vor Erleichterung fast losgeheult. Ohne zu zögern, betrat ich das verräucherte Lokal, steuerte die Theke an und fragte den Wirt völlig durchnässt und außer Atem, ob er mir ein Taxi rufen könne. Ich sah wohl die Verwunderung auf seinem Gesicht, doch als ich nichts weiter sagte, drehte er sich um, ging wortlos zum Telefon und wählte eine Nummer. Im funzeligen Licht der Thekenbeleuchtung zählte ich mein Geld und hoffte, dass es für eine Fahrt zum Bahnhof reichen würde.

Die restlichen Stunden bis zum Morgen verbrachte ich frierend im Wartesaal des Bahnhofs, und als endlich der Zug Richtung Grösitz kam, dauerte es keine fünf Minuten, bis ich völlig erschöpft in einen traumlosen Schlaf sank.

Es dauert eine Stunde, vielleicht sind es auch zwei oder drei, bis ein Wagen vor dem Haus vorfährt. Die Frau, die Maria heißt, schiebt das Stück Stoff zur Seite und sieht aus dem kleinen Fenster gleich neben der Haustür. Ich sitze in eine Decke gehüllt am Küchentisch. Meine Kleider und Schuhe hat Maria hinterm Haus auf ein Holzbrett gelegt, zum Trocknen in die Sonne. Ich höre zwei Autotüren zuschlagen, dann noch einmal zwei. Kurz darauf klopft es an der Tür. Maria sieht wieder hinaus. Einen kurzen Moment lang rührt sie sich nicht, dann dreht sie sich zu mir um. Täusche ich mich oder wirkt sie verunsichert? Als Maria nun die Tür einen Spaltbreit öffnet, höre ich einen Mann etwas auf Spanisch sagen. Im nächsten Moment geht die Tür ganz auf und zwei Carabineros stehen davor. Sie sehen an Maria vorbei, hin zu mir. Wieder sagen sie etwas zu Maria, die nicht aus dem Weg geht. »Es maníaca«, das sind die Worte, die sie zweimal wiederholen, »sie ist verrückt.« Maria scheint dort, wo sie steht, festgewachsen zu sein. Doch einer der Carabineros schiebt sie zur Seite. Und dann tauchen hinter dem Mann zwei andere Männer auf. Onkel Knolle und Onkel Knut, die nun auf mich zeigen. Onkel Knolle sagt etwas zu den Carabineros, die mich daraufhin am Arm packen und hochziehen. Ich krampfe meine Finger um die Decke, halte sie fest. Alles, was ich darunter trage, ist die Unterhose, die die Frau mir gegeben hat. Wie eine Verbrecherin zerren sie mich zum Wagen. Es ist wie in einem Albtraum, nur schlimmer. All das geschieht wirklich und ich muss es geschehen lassen, muss mich in den Wagen stoßen lassen, Onkel Knolle und Onkel Knut setzen sich links und rechts neben mich. Und dann fährt der Wagen los. Ich drehe mich um. Durch die Heckscheibe sehe ich Maria vor der blauen Tür stehen. Sie steht ganz still, das Baby im Arm. Unsere Blicke verlieren sich, als der Wagen um die Ecke biegt.

RUTH. »Wir müssen die Polizei verständigen. Die müssen sie da rausholen!«

Herr Bellstedt hatte den Telefonhörer schon in der Hand und wählte, als ich halblaut einwandte: »Das Problem ist aber, dass sie sich schlagen *lassen.*«

Zu viert saßen wir da, Konstantin, Herr Bellstedt, meine Mutter und ich. Sofort nach meiner Ankunft in Grösitz war ich vom Bahnhof zum Sägewerk gelaufen, wo ich ihnen in Mutters Büro schilderte, was ich in den letzten Tagen in Lohmar erlebt hatte.

Meine Mutter erhob sich, zitternd vor Empörung. »Ich versteh das nicht. Das ist ja, als wären die freiwillig in Gefangenschaft!«

»Niemand kann sich das vorstellen, wenn er es nicht erlebt hat! Da findet etwas statt, die werden regelrecht umgekrempelt … Und sie selbst sehen das als Notwendigkeit an … wie bei den Mönchen im Mittelalter, die haben sich doch auch den Rücken blutig geschlagen.«

Mutter schnaubte verächtlich. »Mittelalter, ja … jetzt haben wir 1960 und außerdem haben diese Mönche sich wenigstens selbst verkloppt.«

Eine ganze Weile lang schwiegen wir. Jeder versuchte die ungeheuerlichen Neuigkeiten zu verarbeiten, die ich aus Lohmar mitgebracht hatte. Konstantin brach schließlich das Schweigen.

»Das Problem wird sein, dass wir von diesen Leuten niemanden dazu kriegen werden, Anzeige zu erstatten.«

»Aber *ich* kann das tun. *Ich* werde sie anzeigen!«

Herr Bellstedt nickte, wirkte aber resigniert. »Das kannst du tun. Aber dann stellt sich doch die Frage: Was werden die anderen sagen? Bestimmt werden sie lügen und deiner Aussage widersprechen.«

»Aber … das können die doch nicht machen … Die haben mich *geschlagen*!«

»Eben«, sagte er. »Wer so was macht, schreckt doch vor einer kleinen Lüge nicht zurück. Schon allein aus Selbstschutz.«

»Aber Lügen ist eine Sünde! Und die wollen doch vor Gott alles richtig machen.«

Konstantin lachte bitter. »Das mag ja sein. Trotzdem habe ich das Gefühl, die stricken sich immer schön ihre eigene Wahrheit.«

Ich halte den Blick gesenkt. Mein Kopf ist jetzt völlig leer. Ich weiß nichts mehr, habe keine Ahnung, was ich noch tun kann oder wie ich die Versammlung überleben soll. Die Schmach, vor allen anderen auf der Bühne zu stehen, barfuß, nur mit der Decke über den Schultern. Ich höre Beleidigungen. Das Jüngste Gericht, denke ich da. Und dass das auch nicht ärger sein kann. Kein Schimpfwort, keine Schmähung ist schlimm genug für mich. Es gibt keinen Ausdruck, der meine Schuld in Worte kleiden könnte. Während der Tío meinen Undank, mein schmutziges Wesen, meinen Gestank geißelt, wage ich lange nicht, in die Augen der anderen zu sehen. Als ich es schließlich doch tue, erschrecke ich. Und da erkenne ich, dass ich keine Gnade zu erwarten brauche. Keine Gnade und kein Erbarmen. Die Herren blicken starr an mir vorbei, aber die frommen Tanten machen aus ihrem Hass und ihrer Verachtung keinen Hehl. Hier werde ich kein Mitleid finden. Das weiß ich nun. Vielleicht werden sie mich totschlagen. Als der Tío fertig mit mir ist, treten die Herren vor. Wie eine Todesdrohung sehe ich sie kommen. Sie werden mich töten, mich und mein ungeborenes Kind. Und als die ersten Schläge auf mich niederprasseln, nehme ich all meinen Mut zusammen. Vielleicht ist es aber auch nur die Verzweiflung, die mit schriller Stimme kreischt: »Ihr dürft mir nichts tun, ich bekomme ein Kind!«

Was nun folgt, ist fast noch unheimlicher. Wie eingefroren stehen die Herren da, wie versteinert der Tío. Die Gesichter der Tanten sind erstarrt.

»Schafft sie mir aus den Augen«, sagt der Tío. Das ist das letzte Mal für viele Monate, dass ich die anderen sehe.

In der Baracke nötigte Ruth Anne, es sich bequem zu machen, während sie das Abendessen zubereitete. Und so saß Anne widerwillig auf dem Sofa und werkelte mit dem Laptop auf dem Schoß an ihrem Vortrag für das Leibniz-Institut herum. Oder tat zumindest so. In Wirklichkeit konnte sie die Fürsorge ihrer Mutter gerade nur schwer ertragen. Ihr kam das alles falsch vor, so als versuchte Ruth, mit ihrer herumwuselnden Belagerung davon abzulenken, dass sie ihrer Tochter etwas verschwieg.

Sie hörte Ruth aus der Küche rufen: »Magst du Rote Bete im Salat?«, und antwortete ungeduldig: »Ja, das weißt du doch!« Als ob sie jetzt nach irgendwelchem Gemüse gefragt werden wollte!

Plötzlich musste sie an Renate denken. Daran, dass die ihre Mutter erst mit siebenunddreißig kennengelernt hatte, obwohl sie doch die ganze Zeit da gewesen war, in unmittelbarer Nähe. Mit fast Ende dreißig eine Mutter zu bekommen – wie mochte sich das anfühlen? Und diese Christa, wie war es für sie wohl gewesen, als sie so spät im Leben wieder eine Tochter haben durfte?

Allerdings begriff Anne absolut nicht, wie es sein konnte, dass diese Eltern, diese Mütter, ihre Kinder einfach so anderen überlassen hatten. Warum hatte es keinen Generalaufstand gegeben? Eine Mutter muss doch alles tun, um ihr Kind zu beschützen. Warum war das bei diesen Müttern anders gewesen? Und noch etwas verstand Anne nicht: Warum zur Hölle lebte diese Christa immer noch dort? Wieso war sie nicht hier, bei ihrer Tochter und deren Familie?

Ruth kam aus der Küche, ein Tablett mit Tellern und Besteck in der Hand. »Möchtest du lieber draußen essen?«, fragte sie Anne, die abwesend den Kopf schüttelte und, während Ruth den Tisch deckte, ihre Gedanken weiterspann.

Es musste wohl wegen ihres Glaubens passiert sein, überlegte sie. Schöner Glaube, der einen dazu bringt, die eigene Brut im Stich zu lassen. Da hat ja jede Rabenmutter mehr Familiensinn! Vielleicht hatten diese Leute gedacht, dass es genügt, wenn sie ihre Kinder irgendwann nach dem Tod im Paradies wiedersehen? Dann lieber mit beiden Beinen im Diesseits, dachte Anne, wenn so etwas dabei herauskommt. Auch wenn Maximilian offener gewesen war in Bezug auf religiöse Fragen, war ihre Haltung dem Leben und dem Tod gegenüber doch sehr ähnlich gewesen. Sie waren beide überzeugt davon, dass da nichts käme. Nada. Es würde schwarz um sie werden und das war's.

Ruths Worte von vorhin fielen ihr ein, dass sie Maximilian hier nicht wiederfinden würde. Das passt ja dann perfekt, dachte sie fast bitter. Wo aber dann? Auf dem Friedhof in Hannover jedenfalls nicht. Anne versuchte, sich an die letzten gemeinsamen Momente mit Maximilian zu erinnern. Es musste in Münster gewesen sein, wo Maximilian, der Nomade, noch immer seinen Hauptwohnsitz gehabt hatte, auch wenn ihm die Altbauwohnung dort schon lange nichts mehr bedeutete.

Weil der Fahrstuhl ausgefallen war, hatten sie kistenweise Bücher die Treppe heruntergeschleppt, all die alten Exemplare von Löns' Tierbeobachtungen, die er mit in die Heide nehmen wollte. Sosehr sich Anne auch anstrengte, sie konnte sich nicht daran erinnern, wie er in jenem letzten Moment, bevor sie fuhr, ausgesehen hatte. Welchen Ausdruck hatte sein Gesicht da gehabt? Vermutlich hatte er dieses halb ironische, halb traurige Lächeln aufgesetzt, das so typisch für ihn war, wenn sie wieder einmal Abschied nahmen. Diese Zwangsläufigkeiten des Lebens, das Unabwendbare, dem man sich eben stellen muss. Ein Mann muss tun, was ein Mann tun muss. Was für ein Unsinn! Immerhin hatten sie bei jedem Abschied über solche Sätze grinsen können. Nur dass es beim letzten Mal ein Abschied für immer gewesen war.

RUTH. Am Ende gingen wir doch zur Polizei und ich erstattete Anzeige. Als der Polizeibeamte die Zusammenhänge zu begreifen begann, fragte er an Herrn Bellstedt gewandt: »Ihre Tochter macht dort also eine Ausbildung?«

»Ja, seit letztem Jahr.«

»Und ist Ihre Tochter dort auch geschlagen worden?«

Als Konstantin und Herr Bellstedt mich ansahen, wandte sich auch der Beamte mir zu und wiederholte seine Frage. »Ist Ihre Freundin auch geschlagen worden?«

Ich zögerte, dachte an Christa. Schinkenklopfen hatte sie das genannt, was sie im Bunker erwartete. Aber vielleicht hatten sie ihr ja gar nichts getan. Christa war schließlich nicht so sündhaft wie ich, also gab es bei ihr weniger rauszuprügeln.

»Ich nehme es an.«

»Sie nehmen es an. Aber gesehen haben Sie es nicht?«

Ich schüttelte den Kopf. »Nein«, sagte ich leise. »Gesehen habe ich es nicht.«

Der Beamte runzelte die Stirn. »Wird Ihre Freundin denn gegen ihren Willen dort festgehalten?«

Wieder schüttelte ich den Kopf. »Nein«, sagte ich, »sie ist freiwillig da. Aber verstehen Sie denn nicht: Das ist, als hätten sie sie einer Gehirnwäsche unterzogen.«

»Das wird schwierig«, brummte der Beamte nun. »Wenn sie freiwillig da ist …« Dann legte er den Stift auf den Tisch, sah Herrn Bellstedt an und sagte: »Die Kollegen in Siegburg werden sich das mal ansehen. Aber viel Hoffnung habe ich da nicht.«

»Wie?«, fragte Konstantin. »Das ist alles? Aber da muss man doch was machen können!«

»Ja, in ihrem Fall …«, sagte der Beamte und deutete mit dem Kinn in meine Richtung, »kann man schon was machen. Aber wie ich es verstanden habe, geht es Ihnen hauptsächlich darum, das junge Frollein zurück nach Hause zu holen. Ich geb Ihnen jetzt mal einen guten Rat: Lassen Sie sie doch einfach ihre Ausbildung zu Ende machen und danach sieht man dann weiter.«

Konstantin wirkte mittlerweise, als könnte er sich nur noch mit Mühe beherrschen. Schnell warf ich ein: »Das mit dem Schlagen ist schon schlimm, aber auch sonst … wie soll ich sagen … ich habe den Eindruck, als würde Christa dort ausgebeutet, so wie viele andere auch. Die kommen alle immer erst nach Mitternacht ins Bett.«

Der Beamte lehnte sich zurück. An Herrn Bellstedt gewandt sagte er nun: »Sind Sie doch froh, dass Sie so eine fleißige Tochter haben. Die meisten jungen Leute heute taugen nicht zum Arbeiten …«

»Aber sie hat noch nicht mal einen Ausbildungsvertrag … Wer weiß, ob sie überhaupt Lohn bekommt!«

»Also geht es um den Vertrag? Dann sollten Sie darauf drängen, einen zu bekommen.«

»Das haben wir ja. Aber der kommt nicht.«

Jetzt legte der Beamte das Anzeigenformular in einen Aktendeckel und schlug ihn zu.

»Mein Sohn Kalle ist in einer Werkstatt. Lernt Automechaniker. Der ist jetzt im dritten Lehrjahr, und alles nur auf mündlicher Absprache. Aber es funktioniert trotzdem! Und jetzt sag ich Ihnen noch was: Was glauben Sie, was in so 'ner Werkstatt für ein Umgang herrscht? Die gehen da auch nich grad zimperlich miteinander um!«

Am Ende unterschrieb ich die Anzeige, auch wenn uns allen klar war, dass es nicht viel bringen würde, und kehrte noch am selben Tag nach Liebenburg zurück.

Auf die Rübenernte folgte eine lange Phase theoretischen Unterrichts. Nach wie vor dachte ich an Christa und auch an Konstantin und seinen Vater, doch der Alltag mit seinen täglichen

Aufgaben nahm mich mehr und mehr in Anspruch, und als ich an einem Samstagabend beim Tanzen Fritz kennenlernte, vergaß ich alles andere. Ich dachte nur noch an ihn und wann ich ihn wohl wiedersehen würde.

Nachdem die Herbststürme auch die letzten Blätter von den Bäumen gewirbelt hatten und die Pfützen zum ersten Mal mit einer Haut bedeckt waren, kam ein Brief von der Polizei. Ich erhielt Bescheid, dass die Befragungen in »o. g. Angelegenheit« nichts zutage befördert hätten und dass die Sache »mangels strafrechtlich verwertbarer Erkenntnisse« nicht weiterverfolgt werden könne.

Mai bis Anfang Juli 1962. Ich bin keine Hure, auch wenn die frommen Tanten das immer wieder sagen. Ich bin eine verheiratete Frau. Eine verheiratete Frau, deren Mann sich auf der anderen Seite der Erdkugel, nämlich in Deutschland, befindet. Vielleicht halten sie mich deshalb für ein unkeusches Weib.

»Der Tío wird schon wissen, warum er Erich dort haben will«, lautet Tante Gudruns Antwort, als ich mir ein Herz nehme und danach frage, jetzt, wo ich nichts mehr zu verlieren hab. Da sieht sie mich empört an, empört und verächtlich. Ob ich etwa glaube, dass mein persönlicher Krempel wichtiger ist als die »Außenhandelssachen« der Gemeinschaft, die Erich jetzt erledigt? Ich sage nichts. Stattdessen denke ich darüber nach, ob das vielleicht heißt, dass Erich bei Tante Hiltrud ist! Ich verstehe gar nichts mehr.

»Aber was noch wichtiger ist«, sagt Tante Gudrun, bevor für zwei Jahre niemand mehr einen normalen Satz zu mir sagen wird. »Was noch wichtiger ist: dass du wegkommst aus den Augen der anderen. Die wollen nämlich nicht immer an die Fleischespest erinnert werden.« Und so lebe ich fortan in der Bäckerei, streng isoliert von den anderen.

Gleich am ersten Tag meines Eingesperrtseins sehe ich die anderen Schwangeren. Es sind drei und auch sie wohnen nun hier. Sie wohnen hier und sie arbeiten hier, stehen mit ihren dicken Bäuchen in der Backstube, tagein, tagaus. Erst ein paar Tage später bemerke ich, dass Tante Gudrun immer telefonisch Bescheid bekommt, wann die Eier geliefert werden, und dass wir dann jedes Mal ins Hinterzimmer müssen. Und das alte Brot darf nur um eine bestimmte Uhrzeit abgeholt werden und steht dann schon rechtzeitig draußen auf der Rampe, vor der verriegelten Tür. Und dann fällt mir noch etwas auf: Auch die anderen Schwangeren verlassen die Bäckerei niemals, obwohl keiner sie als Huren beschimpft.

Nach ein paar Wochen ist mein Bauch so dick, dass ich beim Gehen das Gefühl habe zu watscheln. Auch sind meine Beine und Füße so angeschwollen, dass ich sowieso nur noch in übergroße Latschen passe. So macht es gar nichts, dass ich die Gummireifenschuhe tragen muss, die mit dem speziellen Profil, sodass man meine Spuren aus allen anderen herauskennt. Das ist mir egal, genau wie die roten Kleider, die ich tagsüber trage, und die weißen, die ich in der Nacht anziehen muss. Ich kann jetzt sowieso nicht mehr wegrennen, mit dem Gewicht eines Flusspferdes. Außerdem ist es inzwischen schon Juli geworden und so kalt, dass ich noch ein paar dicke Socken zusätzlich trage. Dazu regnet es viel. Das Schweigen macht mir nichts aus, auch die Arbeit nicht, im Gegenteil. Obwohl ich mittlerweile ganz ledrige, zerstochene Fingerkuppen von den Näharbeiten habe, die ich jetzt immer erledige. Doch bei der Arbeit kann ich lernen. Und so sitze ich stundenlang da und manchmal ist mir, als würde mein Kopf selbstständig die spanischen Vokabellisten herunterbeten, die ich im Geiste vor mir sehe. Ich muss nur aufpassen, dass ich die Lippen nicht bewege. Sonst wird Tante Gudrun misstrauisch.

Auch darf ich jetzt in einem Raum mit den anderen essen.

Aber die anderen, die anständigen Schwangeren, die, die keine solchen Säue sind wie ich, würdigen mich keines Blickes. Ich bin Luft für sie. Ich bin jetzt nur noch Schmutz, was Tante Gudrun nicht müde wird zu betonen. Wenn ich schon Sprechverbot habe, dann sollte ich auch Hörverbot haben! Das gerollte Rrr, dieser bigotte Mund, der sich doch nicht zu schade ist, auch die übelsten Schimpfwörter auszusprechen.

RUTH. Weihnachten 1960 war für mich ein Fest der gemischten Gefühle. Als ich am Tag vor Heiligabend im Zug nach Grösitz saß und die blattlosen Bäume wie eine Scherenschnittlandschaft an mir vorbeizogen, dachte ich an Fritz und an das Geschenk, das ich ihm beim Abschied überreicht hatte. Ob ihm die Krawatte gefiel? Später wanderten meine Gedanken weiter zu den in blau-weißes Sternenpapier gewickelten Päckchen in meinem Koffer – eine Wollmütze und Handschuhe für Mutter und ein Spielzeugauto für Hans. Ich freute mich darauf, dem Kleinen das Geschenk zu überreichen, wusste ich doch, dass er ansonsten nicht viel bekommen würde. Auch hatte ich vor, mich in aller Ruhe mit ihm zu unterhalten, um zu hören, wie er die zwei Wochen im Missionshaus erlebt hatte. Um ein Geschenk für Christa hatte ich mir dieses Jahr keine Gedanken machen müssen. Im letzten Jahr hatte ich noch einen gut ausgepolsterten Umschlag mit zwei Schildpattkämmen nach Lohmar geschickt, doch ob sie überhaupt dort angekommen waren, hatte ich nie erfahren.

Auch der Kirchgang an Heiligabend war seltsam. Wie schon das Jahr zuvor sah ich Herrn Bellstedt und Konstantin in der ersten Bank sitzen und wie schon im letzten Jahr blieb der Platz neben ihnen leer.

Als wir nach dem *O du fröhliche* auf den Kirchplatz traten

und Herr Bellstedt und ich uns frohe Weihnachten wünschten, traten ihm Tränen in die Augen. Der schlimmste Schrecken aber ereilte mich eine Stunde später, als Mutter in der Küche unser Abendessen vorbereitete und ich rasch zu Bottkes hinüberlief, um Hans sein Geschenk zu überreichen.

Die Kiefern, die auf dem bottkeschen Grundstück standen, rauschten im Wind und durch die geschlossenen Fenster drang das übliche Kindergezanke. Es dauerte eine Weile, bis die Tür aufging und Frau Bottke erschien, den kleinen Fridolin auf der Hüfte.

Ich erschrak, denn sie sah schlecht aus, abgemagert und mit einer ungesunden Gesichtsfarbe. Anscheinend hatte sie den Krankenhausaufenthalt nicht gut überstanden oder war noch immer krank.

»Na, so was … da kommt ja eine ganz Fremde!«, sagte sie. Ihr Ton klang so matt, wie sie aussah.

Aus der Stube hörte ich Ernst Stucks missgelaunte Stimme, wie er die Kinder anraunzte. Ein bisschen wunderte ich mich, dass Hans nicht die Tür geöffnet hatte, und überhaupt fragte ich mich in dem Moment, warum er nicht längst bei uns drüben aufgekreuzt war.

»Ich hab hier was für Hans«, sagte ich und hielt das Päckchen ein wenig höher. »Wo ist er denn?«

»Ja, woher sollst du das auch wissen?«, sagte Frau Bottke. »Der Lütte ist doch in Lohmar.«

»Wie? Immer noch? Ich dachte, er sollte da nur zwei Wochen hin … während Sie im Krankenhaus waren?«, fragte ich völlig perplex.

»Na ja«, sagte Erna Bottke gedehnt. »Hat sich so ergeben. Ich war dann ja fast vier Wochen weg. Ging mir gar nich gut … Und da meinte Paul Schäfer, Hänschen könnte ruhig länger bleiben. Und als ich dann rauskam und immer noch ganz elend war, da dachte ich ...« Sie machte eine Pause und blickte sich fast ein wenig ängstlich um. »... dass es da doch viel schöner is für ihn, mit den anderen Jungens und so.«

Es war, als griffe eine kalte Hand nach mir, und mein Magen krampfte sich zusammen.

»Jedenfalls hat das Missionshaus ihn aufgenommen und da kriegt er jetzt endlich eine richtig gute Erziehung ... ganz fromme Menschen sind das. Und hier ...« Wieder sah sie sich um und wie auf Kommando ertönte aus der Küche Ernst Stucks Gebrüll: »Hier zieht's wie Hechtsuppe. Mach endlich das verdammte Loch zu!«

Ich spürte, wie meine Knie weich wurden, und tat einen ungeschickten Schritt zur Seite. Hänschen war in Lohmar. Bei diesen Menschen. Das konnte doch einfach nicht wahr sein.

Juli 1962. Das Kind ist da. Es ist ein Mädchen. Ich liege da und halte es in den Armen, muss es immer ansehen, dieses kleine Gesichtchen! Und dann fange ich an zu weinen, um mich, um die Kleine, um das Leben. Um den alten Schmerz, den ich ganz tief in mir vergraben hatte. Jetzt ist er plötzlich wieder da, so spitz und so scharf wie Glas. Ich weine und weine, kann nicht aufhören. Da kommt Tante Lorchen und nimmt mir das Kind weg. Sie legt es in den Stubenwagen. Sorgfältig, wie es ihre Art ist. Dann wendet sie sich wieder dem Bett zu und ohrfeigt mich. Zwei harte Schläge auf die Backen. »Kannst noch mehr haben, wenn dir das nicht reicht.«

Endlich habe ich wieder jemanden, mit dem ich reden kann, und auch wenn dieses winzige Wesen selbst noch nicht spricht, so weiß ich doch, dass es mich versteht. Meine Tochter. Mir ist, als sei sie das weiseste Wesen, als trüge sie alles Wissen und alles Leben in sich, was je war, ist und sein wird. Ich erkenne das an ihrem Blick, der so klug ist und so rätselhaft und hinter dem sich das ganze Lebenswissen verbirgt. Nur Worte bilden kann sie noch nicht. Aber das ist auch gar nicht nötig, denn ich verstehe sie auch so. Wenn sie das winzige Gesichtchen verzieht, wenn die kleine Unterlippe vor Empörung zittert, dann droht eine Hungersnot. Das andere Weinen ist greller. Es bedeutet, dass ihre Windeln gewechselt werden müssen.

Mein kleines Glück dauert genau vier Wochen. Dann komme ich wieder in den Hühnerstall und mein Kindchen ins Kinderhaus. Ich hätte sie so gerne Lilian genannt wie Lilian Harvey, deren Filme ich früher so mochte. Auch ist die Kleine ja so hübsch wie die Schauspielerin, eigentlich noch hübscher. Mein Babychen. Mein Rosenknospengesicht. Sie wissen es nicht, aber die Gummireifenschuhe und die roten und weißen Kleider brauche ich nicht mehr. Denn wie könnte ich jemals wieder fliehen, wenn doch meine Kleine hier ist!

Als Anne einen Tag später mit dem Moderator des NDR wegen der Sendung telefonierte, kam sie sich vor wie ein Nerd. Sie konnte fast vor sich sehen, wie der Typ den Kopf schüttelte, während sie ihm mit Nachdruck erklärte, dass der Vogel, den *er* meinte, kein Rabe war, sondern eine gewöhnliche Saatkrähe, nicht größer als fünfundvierzig Zentimeter. Der Corvus corax aber war mit seinen sechsundsechzig Zentimetern der größte Singvogel der Welt. Manche Grundschulkinder wissen besser Bescheid als dieser Typ, dachte Anne, als sie den Hörer auflegte.

Nach dem Telefonat stieg sie aufs Rad und machte sich auf den Weg zum Verwalterhäuschen, mit einem Geschenk auf dem Gepäckträger, das sie Renate übergeben wollte. Anne hatte lange überlegt, womit sie Renate eine Freude machen könnte, und war dann darauf gekommen, ihr eines von Maximilians Lieblingsbüchern zu schenken, ein Hermann-Löns-Buch mit Geschichten aus Heide und Moor.

»Ich wollte mich noch einmal bei dir bedanken«, sagte Anne zehn Minuten später und streckte Renate das Buch entgegen. »Dafür, dass du mit mir aufs Moor gegangen bist.«

»Ach«, sagte Renate mit diesem neutralen Blick, den Anne nun schon kannte. »Das hättest du aber nicht tun müssen.« Sie schlug das Buch auf und blickte auf die Widmung, die Anne ihr hineingeschrieben hatte, eine Zeile aus einem Löns-Gedicht. *Da weißt du, was der Rabe ruft und was die Eule singt …* und dann den Zusatz: *Für Renate, die vielleicht auch so ein Wandervogel ist, wie Hermann Löns es war!*

Fast ein bisschen verlegen sagte Anne: »Ich dachte, das passt ganz gut … Weil du doch gerne in der Natur unterwegs bist … und weil die Raben für Maximilian nun mal …«

Auf einmal sah sie, wie Renate das Buch sinken ließ. Wie sie die Augen schloss und tief einatmete. Es war ein eigenartiges Atmen, ein zittriges, vollkommen verkrampftes Nach-Luft-Ringen, so als müsse sie all ihre Kraft bündeln, um nicht die Fassung zu verlieren. Und plötzlich hörte Anne sie sagen:

»Diese Raben … ich … wir waren in einer Gruppe, die ›die Wandervögel‹ hieß. Zum Abschuss freigegeben, zur Ausrottung …«

Fassungslos stand Anne da und begriff zunächst gar nichts. Erst dann dämmerte ihr die Bedeutung dessen, was sie da geschrieben hatte. Hilflos stammelte sie: »Ich … also … es tut mir so leid.«

Endlich öffnete Renate die Augen. Einen Moment lang sah sie Anne an, dann sagte sie leise: »Dir braucht nichts leidzutun.« Dann drehte sie sich um und winkte Anne herein.

Um irgendetwas zu sagen, fragte Anne: »Sind die Kinder draußen?«

»Emilia ja. Für Alma hat die Schule wieder angefangen.«

Sie traten beide an die offene Terrassentür und betrachteten das kleine Mädchen, das selbstvergessen im Sandkasten stand und sich Wasser aus einer Gießkanne über die Zehen kippte. Plötzlich musste Anne an Frau Bottkes Worte denken. Leise fragte sie: »Sie geht noch nicht in den Kindergarten?«

Renate nickte. »Es ist schön für mich, sie noch ein bisschen hierzuhaben. Aber setz dich doch!«

Anne wandte sich von der Terrasse weg. »Na ja, der Ernst des Lebens fängt wohl früh genug an«, sagte sie und nahm Platz. Ihre Augen glitten über den Wohnzimmertisch, wo buntes Papier, Schere, Klebstoff, ein aufgeklapptes Album mit alten Familienbildern und ein paar lose Fotos herumlagen.

Renate, die Annes Blick bemerkt hatte, sagte: »Ein Schulprojekt. Die Kinder sollen einen Stammbaum basteln.« Sie seufzte und sah Anne mit ihren großen blauen Augen an. »Du siehst, es gibt kein Entkommen. Die Vergangenheit holt einen immer wieder ein.«

»Darf ich?«, fragte Anne, und als Renate nickte, zog sie das Album zu sich her. Anne blätterte durch die Fotos mit gezacktem Rand. Plötzlich stutzte sie. »Aber … das ist ja der *feine Opa*!«

Renate sah sie fragend an und Anne fügte, noch immer völlig verwirrt, hinzu: »Ich kenne diesen Mann! Der hat uns früher immer besucht. Zu Hause in Markdorf.«

Renate betrachtete sie fast ausdruckslos. »Das ist Opa Bellstedt, der Vater meiner Mutter. Ich selbst habe ihn leider nie kennengelernt. Aber … wieso nennst du ihn den *feinen Opa*?«

Anne zuckte die Achseln und wunderte sich nun selbst. »Keine Ahnung. So habe ich ihn damals genannt, ich war ja noch ganz klein. Jedenfalls war er der Chef meiner Oma, sie hat im Sägewerk als Buchhalterin gearbeitet.« Auf einmal runzelte sie die Stirn. »Aber wieso hat er uns eigentlich zu Hause besucht? Ist doch ganz schön weit von hier nach Süddeutschland.«

»Ich habe eine Idee«, sagte Renate plötzlich. »Komm doch mal mit rüber ins Gutshaus. Da hängen noch viel mehr alte Fotos an den Wänden.«

Kurz war Anne versucht, auf den Vorschlag einzugehen. Aber dann musste sie an ihre Mutter denken, an deren unerklärliche Abwehrhaltung, als der Name Christa gefallen war. Was Ruth wohl davon halten würde, wenn Anne in diesem Haus herumstiefelte? Und so sagte sie erst einmal ausweichend: »Das würd ich gern. Aber ich habe heute noch ziemlich viel vor …«

»Dann ein anderes Mal, vielleicht morgen? Es ist wirklich ein wunderschönes Haus. Seitdem Konstantin, mein Onkel, im Pflegeheim ist, sehe ich immer mal wieder nach dem Rechten. Und ich bin sicher, Konstantin hätte nichts dagegen.«

Anne zögerte immer noch, doch kurz darauf hörte sie sich sagen: »Ich komme gerne. Aber jetzt muss ich zurück, meiner Mutter bei der Gartenarbeit helfen.« Und sie von der Idee abbringen, das Häuschen zu verkaufen, fügte sie im Stillen hinzu.

»Ja, nur das Unkraut wächst von alleine«, sagte Renate. »Um den Rest muss man sich kümmern.«

Anne nickte. Und dann fragte sie spontan: »Sag mal, dürfte ich bis morgen dieses Foto ausleihen?«

Ruth war dabei, die Forsythie zu beschneiden, als Anne zurück zur Baracke kam. So sorgfältig, wie sie die Schere dabei ansetzte, hätte man glauben können, sie wolle hier wieder einziehen. Einen Moment lang schaute Anne ihrer Mutter nur still zu und fragte sich, wie es sein konnte, dass sie etwas verkaufen wollte, an dem sie augenscheinlich so sehr hing.

»Du«, sagte sie statt einer Begrüßung. »Schau dir das mal an!«

Ruth warf einen Blick auf das Foto. Auf ihrem Gesicht war nicht zu erkennen, was sie dachte.

Als Ruth nicht reagierte, sagte Anne beinahe ungeduldig: »Aber das ist doch der *feine Opa*!«

»Ja«, entgegnete Ruth ruhig. »Das ist Herr Bellstedt.«

»Aber ich kenne ihn! Ich erinnere mich an ihn. Er hat uns im Sommer immer besucht!«

Ruth schien immer noch nicht zu begreifen, warum Anne so aufgeregt war. Sie nickte nur. »Klar. Der war ja jeden Sommer in Gaienhofen zur Kur. Wegen seines Rückens. Da hat er uns jedes Mal besucht.«

Anne ließ das Foto sinken. Irgendwie war sie enttäuscht, wusste aber nicht, warum. Etwas lahm sagte sie: »Ich hab mich nur gewundert. Ich dachte, der war halt Omas Chef und sonst nichts.«

Verwundert sah Ruth sie nun an. »Na ja, er hat viel für uns getan, für Oma und mich. Er hat damals nach dem Krieg die Baracke bauen lassen, damit wir nicht mehr in dem Durchgangszimmer auf dem Dehningshof hausen müssen.«

Anne nickte und fühlte sich albern. Was hatte sie nur erwartet? Und doch war da etwas, eine ferne Erinnerung, die irgendwie mit dem feinen Opa zu tun hatte. Mit ihm und mit dem Alten Gut. Sie wurde dieses komische Gefühl nicht los, dass es da noch etwas zu wissen gäbe. Etwas, das mit der Familie Bellstedt zusammenhing, vielleicht auch mit dieser Christa, von der Ruth partout nichts erzählen mochte. Denn dass Ruth sie nur flüchtig gekannt haben wollte, konnte Anne einfach nicht glauben.

Oktober 1962. Ich sehe sie jetzt nur noch dreimal am Tag, die Zeit, die es dauert, sie anzulegen. Kaum hat sie fertig getrunken, steht auch schon Lorchen da und scheucht mich fort. Die Wochen vergehen viel zu schnell. Zum ersten Mal, seit ich in Chile bin, habe ich das Gefühl von verfliegender Zeit.

Und dann wird auch das Stillen immer weniger. Anfangs war es dreimal am Tag, dann zweimal, dann einmal. Und dann sagt Tante Lorchen plötzlich: »Jetzt ist es gut. Brauchst nich mehr kommen.« Dieser Tag im Oktober war also der letzte, an dem ich mein Kindchen im Arm halten durfte. Wenn ich das nur gewusst hätte. Wenn ich hätte Abschied nehmen können. Ich laufe zurück an den blühenden Apfelbäumen vorbei. Beim Anblick der rosa Blüten zerreißt es mir das Herz. Auch der Duft ist wie aus einem Traum. Das Leben könnte so schön sein, es gibt so vieles auf der Welt, das wunderbar ist. Und doch habe ich in diesem Moment eine gewaltige Sehnsucht danach, mich unter diese Apfelbäume zu legen und einfach nicht mehr aufzuwachen.

RUTH. Es war ein unglaublicher Schock, als ich an jenem Heiligabend 1960 erfuhr, dass auch Hans nun im Missionshaus lebte. In dieser Nacht schlief ich so gut wie gar nicht. Stunde um Stunde überlegte ich mir, wie ich es anstellen könnte, Hans zurückzuholen. Mit Frau Bottke brauchte ich nicht zu sprechen, sie würde meine Besorgnis nicht verstehen und mir darum auch nicht helfen wollen. Überdies sah sie im Moment nicht so aus, als würde sie überhaupt irgendjemandem helfen können, noch nicht einmal sich selbst. Und so beschloss ich, mich an Herrn Bellstedt und Konstantin zu wenden.

Die Klingel hallte, wie mir schien, durch die leeren Eingeweide des Hauses, und als Frau Niemeyer mir öffnete und ich wenig später erneut im Jagdzimmer vor einem Teetablett saß, hatte ich für einen Augenblick den Eindruck, die Zeit sei eingefroren.

Doch diesmal wartete ich nicht, bis Konstantin mit seinen

Büroangelegenheiten fertig war. »Es gibt noch jemanden, der jetzt im Missionshaus ist, der kleine Hans Bottke«, erklärte ich, worauf Konstantin ruckartig den Kopf hob. »Seine Mutter hat ihn dorthin gegeben.«

Konstantin legte die Papiere weg und setzte sich mir gegenüber in den Sessel. Und dann erzählte ich ihm, wie sich Hans im Herbst in unserem Kohlenschuppen versteckt hatte und wie verängstigt er gewirkt hatte. Und dass er nicht gewagt hatte, mir zu sagen, was genau denn so schlimm für ihn gewesen war. Als ich fertig war mit der Geschichte, schüttelte Konstantin nur den Kopf, dann räusperte er sich und sagte: »Christa hat jetzt einen richtigen Ausbildungsvertrag.«

Ich sah ihn an. »Ist das nun … ein gutes Zeichen?«

Er zuckte die Achseln und seufzte. Wie sein Vater gestern sah auch er traurig und müde aus.

»Vor zwei Wochen sind wir wieder hingefahren. Wir haben einen solchen Radau veranstaltet, dass sie uns am Ende reingelassen haben. Aber Christa war gar nicht da. Wir haben gesagt, wir gehen erst, wenn wir mit ihr gesprochen haben und den Ausbildungsvertrag in Händen halten. Wir haben damit gedroht, sie mitzunehmen.«

»Und?«, fragte ich erwartungsvoll.

»Irgendwann kam sie dann. Sie war nicht erfreut, uns zu sehen. Sie hat nur immer wieder beteuert, dass sie bleiben will und dass es ihr gut gehe. Wir aber haben darauf bestanden, den Vertrag zu sehen.« Er lachte bitter. »Als ob dieser Vertrag uns in irgendeiner Weise interessiert. Aber es ist das einzige Druckmittel, das wir noch haben.« Er griff nach seiner Tasse und trank den Tee, der inzwischen lauwarm sein musste, in einem Zug aus. Die Tasse klirrte auf dem Unterteller, als er sie etwas zu heftig zurückstellte.

»Und dann?«

»Dann haben sie uns den Vertrag gezeigt. Hier …« Er stand auf und ging hinüber zum Schreibtisch, wo er zwei Blätter hervorkramte und sie mir hinhielt. Zögerlich nahm ich die Seiten und warf einen Blick darauf.

Ich konnte mich gar nicht recht konzentrieren, aber nach dem ersten Eindruck schien alles seine Richtigkeit zu haben.

»Na ja …«, ich lächelte zaghaft, »ist ja wenigstens etwas.«

Vorsichtig legte ich den Vertrag vor mir auf den Tisch. Dabei war mir genauso klar wie ihm, dass das nichts änderte. Christa war und blieb in Lohmar. Sie lebte ihr eigenes Leben, sie hatte ihre Wahl getroffen, für sich und auch für ihr Kind, was irgendwie alles noch schlimmer und noch unbegreiflicher machte.

»Und wie war es?«, fragte ich. »Was für einen Eindruck hattet ihr?«

»Wir saßen da und haben diese Leute gesehen. Sie haben uns Kaffee und Kuchen angeboten und waren alle sehr freundlich. So freundlich, dass wir uns plötzlich ganz unmöglich vorkamen. Dass wir da hereinplatzten und einen Aufstand machten. Und doch …« Er blickte vor sich hin und suchte nach Worten. »Und doch habe ich … gar keinen rechten Eindruck gewonnen. Alles war so … künstlich irgendwie. Ach, ich weiß auch nicht. Jedenfalls ist Christa immer noch dort, und wenn sie erst volljährig ist, können wir gar nichts mehr tun. Erst hat es mich schon erschüttert, dass Christa so plötzlich ein Kind bekommen hat, aber darum geht es gar nicht, auch andere haben mit zwanzig schon eine Familie. Allerdings ist das ja gerade der Punkt: Die haben wirklich eine Familie. Die Leute dort dagegen … die kommen mir vor wie von einem anderen Planeten. So … unerreichbar für uns. Und dann hat sie lauter so komisches Zeug geredet, von der Welt, die in Sünde untergehen wird. Und nur die Entsagung von allem Weltlichen würde zu Gott führen.« Er seufzte noch einmal tief. »Sie hat sich angehört wie so ein verdammter mittelalterlicher Mönch! Wenn ich es nicht selbst gehört hätte, würde ich es nicht glauben.«

»Und jetzt? Bleibt alles, wie es ist?«

Er antwortete nicht gleich, schien mit sich und seinen Gedanken zu ringen und ich hatte den Eindruck, als wollte er die Frage am liebsten unbeantwortet lassen. Doch als er dann sprach, war ich einigermaßen verblüfft.

»Vater hat einen Privatdetektiv beauftragt.«

»Was? Aber ... wofür denn?«

»Das ist eine letzte Möglichkeit. Vielleicht findet er etwas heraus. Dieses heilige Getue auf der einen Seite, so als wüssten die gar nicht, wie man Geld buchstabiert. Und dann Christas Forderung nach dem Erbteil. Da ist sie doch niemals alleine drauf gekommen! Vater glaubt jetzt, dass da nicht ihr Mann dahintersteckt, sondern dieser Paul Schäfer.«

»Also soll ein Detektiv ihn beobachten?«, fragte ich ungläubig. Das Ganze kam mir vor wie aus einem Edgar-Wallace-Film.

»Er soll herausfinden, was das überhaupt für einer ist. Woher stammt er, ist er überhaupt ein richtiger Pfarrer? Vielleicht kommt ja irgendetwas dabei heraus, das uns hilft, Christa zurückzugewinnen und hoffentlich auch etwas für Hans zu tun.«

»Wenn ich doch bloß selbst etwas unternehmen könnte!«, sagte ich lauter als beabsichtigt, was Konstantin fast zu belustigen schien.

»Du hast schon genug getan. Durch dich haben wir ja überhaupt erst einen Eindruck bekommen, was die so treiben. Vielleicht gibt es da noch viel mehr zu entdecken ...«

Silvester kam und ging. Mein Versuch, doch noch mit Frau Bottke über Hänschen und über das zu sprechen, was ich inzwischen über das Missionshaus wusste, lief wie erwartet ins Leere. Zwei Tage vor Ferienende fuhr ich nach Liebenburg zurück. Und ich muss zugeben, dass ich heilfroh war, Fritz endlich wiederzusehen und in meine eigene Welt einzutauchen. Und so verloren sich die Sorgen um Christa und Hans bald in der gewohnten Routine meines Schulalltags, wo ich mich wieder auf Objektträger und Zellkulturuntersuchungen konzentrierte. Und natürlich auf Fritz, der mich gleich am Wochenende nach meiner Rückkehr zum Tanzen bis nach Braunschweig ausführte und es sogar wagte, die Nacht bei mir im Taubenschlag zu verbringen.

Ich war schwer verliebt damals, und auch wenn ich heute das Gefühl habe, diese erste große Verliebtheit als Entschuldigung für meine Konzentration auf mich selbst herzunehmen, so muss ich doch sagen, dass es mit Fritz und mir etwas Ernstes war. Nach der Erfahrung mit Erich gab er mir den Glauben an das Schöne in der Liebe zurück.

1970. Wieder ein Juli und Winter. Ich trete aus dem Haus, hinter den anderen, geh durch den Nieselregen hinüber zu meinem Rad. Eine einzige Laterne erhellt den Hof. Ihr Schein verliert sich im Nirgendwo, in dieser Dunkelheit, die für die Ewigkeit gedacht scheint. Es ist kurz nach fünf am Samstagmorgen und ich bin mit dem Rollkommando unterwegs zum Gemeindesaal. Klack, klack, hör ich, wie die anderen die Fahrradständer einklappen, schon knirscht der Kies unter ihren Reifen. Auch ich schwinge mich in den Sattel, bleib aber noch einen Moment lang sitzen, einen winzigen Moment nur, und heb mein Gesicht in den Regen. Schön ist das. Doch dann beeile ich mich loszukommen, ich will ja nicht in den Ruf geraten, kostbare Zeit zu vertrödeln. Und da höre ich auch schon Gudrun rufen: »Wo bleibst du denn?« Ja, hier gibt eine auf die andere acht. Aber nicht aus Nettigkeit. Und ich sehe es ja selbst ein, wir müssen uns beeilen, denn bevor die

Jungen kommen, muss alles geschrubbt sein. Also Kapuze auf und los. Ich trete mächtig in die Pedale, der Dynamo lässt die Reifen summen.

Zehn Minuten später, beim Abwischen der Stuhl- und Tischbeine im Gemeindesaal, denke ich darüber nach, dass mir der frühe Morgen eigentlich die liebste Tageszeit ist. Vielleicht, weil ich das Gefühl hab, dass da noch nicht so viele schlechte Gedanken in der Welt sind. Aber ich will nicht lamentieren. Das Rollkommando ist nicht das Übelste. So komm ich rum und erhasche immer mal wieder einen Blick auf mein liebes kleines Mädchen, meine Renate. In einer Woche wird sie acht. Wo sind die Jahre hin, ich darf gar nicht dran denken. Sie ist jetzt bei den Wandervögeln. Wie gern würd ich mal mit ihr sprechen, ihr sagen, dass ich ihre Mutti bin. Aber das geht natürlich nicht. Das ist viel zu gefährlich, das Risiko, dass das Kind es dann beichtet. Dann würd ich sie gar nicht mehr zu Gesicht kriegen. Nein, ich muss zusehen, dass ich beim Rollkommando bleib. Wir sind immer unterwegs und es gibt kaum etwas, was wir nicht machen. Vom Spülen des Geschirrs der ganzen Gemeinde, vom Kohl- und Zwiebelnpflanzen und der Himbeerernte bis hin zum Mauern, Betonieren, Schleifen, Entrosten, Spachteln, Lackieren, Autos waschen. Das Rollkommando ist eine Allesmachertruppe. Natürlich gibt es auch hier Arbeiten, die ich gar nicht mag. So ist mir das Rupfen und Ausnehmen der Enten, Gänse und Hühner immer noch ein Gräuel. Auch das Honigausnehmen bei glühender Hitze bekommt mir nicht, außerdem wurde ich gleich am ersten Tag dreimal gestochen und konnte für mehrere Tage nur noch mit einem Auge gucken. Das andere gab's quasi gar nicht mehr, so zugeschwollen war das. Doch es gibt auch einiges, was ich gern mach. Den Mähdrescher sauber machen nach der Getreideernte, die Heu- und Strohballen abladen und in den Scheunen aufstapeln; auch Pinos zu pflanzen gefällt mir, wohl weil mich die an die Kiefern zu Hause erinnern. Auch bei der Getreideernte muss ich oft an zu Hause denken, an die Heide mit ihren silbergrünen Roggenfeldern. Wie lang ist das jetzt her, hundert Menschenleben, wie mir scheint.

Als alle Stuhlbeine geputzt sind und der Boden trocken ist, schließe ich die Fenster und sehe, dass es jetzt richtig regnet. Am liebsten würd ich noch ein bisschen länger am Fenster stehen bleiben und hinausschauen. Der Regen hat so etwas Linderndes. Aber die anderen warten schon und so radeln wir wieder los, hinüber zum Frühstücken. Kaum hab ich den ersten Bissen im Mund, krieg ich mit, dass wir als Nächstes zum Kartoffeldurchsammeln abkommandiert sind. Ach herrje, denke ich, lass mir aber nichts anmerken. Das gehört auch zu den Arbeiten, die ich nicht mag. Die eiskalten faulen, zum Teil matschigen Kartoffeln aussortieren. Wie die stinken. Doch dann glaub ich zu hören, dass Berta am anderen Ende des Tisches etwas von den Wandervögeln sagt, die wir nicht warten lassen dürften. Mein Herz fängt sofort wie doll an zu klopfen. Ob das sein kann? So wie im Herbst, als wir zusammen mit den Wandervögeln Kartoffeln auf dem Acker nachgelesen haben.

Und dann, hopp, hopp, geht's hinüber zum Blechschuppen, wo die Kartoffeln lagern. Und tatsächlich, als Berta die Tür aufstemmt, sind die Wandervögel schon bei der Arbeit. Und da ist Renate, meine kleine Tochter, den Blick konzentriert auf die Kartoffeln gerichtet. Die kleinen Händchen greifen hinein, emsig, bemüht. Sie schaut nicht auf, als wir reinkommen, und einen Moment lang, einen winzigen Moment nur, hab ich so eine Enge im Hals, dass ich kaum Luft bekomm und beim Atmen ein ganz komisches Geräusch mach, so ein schleifendes. Aber dann ist es auch wieder gut und ich stell mich gegenüber hin, sodass ich sie immer im Blick hab. Ich würd mir wünschen, dass sie mal aufschaut und ich ihr zulächeln kann. Aber die Kleine ist so bei der

Sache, sie will alles richtig machen und hat keine Zeit aufzublicken. Auch merk ich, dass ihre Handgelenke ein gutes Stück aus den Ärmeln ihrer Strickjacke ragen, sie hatte wohl einen Wachstumsschub. Ach, wie gern würd ich ihr eine neue stricken, so eine richtig schöne, mit einem Zopfmuster und Noppen. Auf einmal spüre ich etwas, wende den Kopf und bemerke Gudruns Blick von schräg gegenüber. Wie lange sie mich wohl schon ansieht? Mir wird heiß und kalt, denn Gudrun ist eine der frommen Tanten, die beim Tío hoch im Kurs stehen. Mit einem Gesichtsausdruck, der an Neutralität nicht zu überbieten ist, erwidere ich ihren Blick und wende mich wieder den Kartoffeln zu.

Eine Woche später werde ich in den Schweinestall abkommandiert.

RUTH. Doch schon bald darauf traten Christa und Hans wieder in meine Gedanken, auf der Feier zum fünfzigsten Geburtstag meiner Mutter. Sie wollte keine große Sache daraus machen, doch Herr Bellstedt hatte darauf bestanden, in der Kantine des Sägewerks ein Fest für sie zu geben. Nicht nur die Leute aus dem Betrieb waren eingeladen, sondern auch unsere Verwandten aus Goslar und Siegen und auch die aus Hamburg-Harburg. Nach dem Krieg hatte es die Geschwister meiner Mutter, die alle aus Ostpreußen geflüchtet waren, in alle Winde zerstreut, daher gab es fast nie größere Familienfeste. Dieses Mal jedoch hatte Herr Bellstedt alle Einwände meiner Mutter mit dem Angebot beiseitegewischt, die Geburtstagsgäste bei sich auf dem Gut einzuquartieren.

Es war ein eisig kalter Abend, und als ich Stunden nach Ende der Feier ins Freie trat – ich hatte noch Geschirr abgewaschen und Stühle zurechtgerückt –, stand Herrn Bellstedts Opel Kapitän vor dem Tor des Sägewerks, mit laufendem Motor, aber ohne Licht. Die Schneekruste knirschte unter den Reifen des Wagens, als er sich langsam in Bewegung setzte. Erst als er in den Lichtkegel der Laterne rollte, erkannte ich Konstantin hinter dem Steuer. Er hielt neben mir an und öffnete die Beifahrertür.

»Willst du mich die drei Meter nach Hause eskortieren?«, fragte ich gut gelaunt. Doch als ich die Anspannung um seinen Mund sah, wurde ich ernst und stieg ein, ohne seine Antwort abzuwarten.

Ich hatte ihn noch nicht gesehen seit meiner Ankunft am vergangenen Abend, und die Vorbereitungen fürs Fest hatten mich so in Atem gehalten, dass mir das nicht einmal aufgefallen war.

Wortlos fuhr Konstantin los. Statt den direkten Weg zu unserem Haus einzuschlagen, kurvte er im Schritttempo über die vereisten Dorfstraßen, kreuz und quer, bis es im Wagen mollig warm war. Auf dem Platz vor der Kirche hielt er an und stellte Motor und Scheinwerfer aus.

Inzwischen fühlte ich mich derart beklommen, dass ich kein Wort herausbrachte.

»Ich habe dir doch von dem Detektiv erzählt.«

»Den dein Vater beauftragt hat, ja.«

»Der war gestern da.«

»Aha«, sagte ich, ballte die Hände zu Fäusten und wartete darauf, dass Konstantin weitersprach. Doch er saß nur da wie erstarrt, und als er endlich doch zu sprechen begann, klang seine Stimme rau und belegt.

»Ich weiß gar nicht, wo ich anfangen soll. Dieser Mann, Paul Schäfer, ist kein ausgebildeter Prediger. Ich meine, er hat nicht wie unser Pfarrer Theologie studiert oder so. Ursprünglich stammt er aus Siegburg, wo er dann auch bei der Gemeinde gearbeitet hat, als Jugendpfleger. Später war er bei der evangelischen Kirche in einem Kinderheim in Pirvitsheide angestellt, das ist bei Lüchow-Dannenberg. Zuletzt hat er als freikirchlicher Prediger zusammen mit einem anderen Prediger die Baptistengemeinde in Gronau betreut. Bis er dann nach Lohmar-Heide ging, wo dieses Missionshaus gebaut wurde.«

Ich nickte. »Dass er gut mit Kindern kann, das merkt man.«

»Dort in Gronau kam es wohl zu einer Art Kleinkrieg unter den Baptisten, auch wenn ich mir das gar nicht richtig vorstellen kann. Wie man so fanatisch sein kann … angeblich alles im Glauben an Gott.« Er schüttelte den Kopf. »Jedenfalls ging es anscheinend ziemlich dramatisch zu, ganze Familien sind dabei auseinandergerissen worden. Da haben Ehepaare sich getrennt, der Mann ist bei den Baptisten in Gronau geblieben, die Frau mit den Kindern zu Paul Schäfer nach Lohmar übergelaufen. Lauter solche Geschichten.«

»Und welche Rolle hatte da Paul Schäfer?«, fragte ich.

»Der soll die Ehepaare gegeneinander aufgehetzt haben. Das ging so weit, dass die die Scheidung eingereicht haben. Bei Christa ist es ja ähnlich. All die Leute, die Paul Schäfer gefolgt sind, haben mit ihren Familien gebrochen.«

Ich blickte durch die Frontscheibe nach draußen in den hart gefrorenen Schnee. Es war so still, dass man hätte glauben können, außer uns gäbe es keine Menschen mehr. Ich drehte mich zu Konstantin. »Und was nun? Dass die alle eine Schraube locker haben, ist ja nichts Neues. Jedenfalls nichts, was uns weiterhilft.«

Konstantin blickte starr vor sich hin, ohne zu antworten. »Konstantin?«, fragte ich zaghaft. »Da ist noch was, stimmt's?«

Langsam drehte er sich um und sah mich nun direkt an. Seine rechte Gesichtshälfte lag im Schatten, die linke wurde vom Licht der Laterne erhellt.

»Tja, also, ich weiß nicht, wie ich dir das sagen soll … es klingt für mich so … unfassbar. Außerdem sind es nur Gerüchte. Der Detektiv hat uns diese Informationen gewissermaßen hinter vorgehaltener Hand gegeben.«

»Was soll das heißen?«

»Dass es niemanden gibt, der diese, ich sage mal, Auskunft vor der Polizei wiederholen würde.«

»Und was ist es?«, fragte ich mit mühsam unterdrückter Ungeduld.

»Es gibt da Gerüchte, warum Paul Schäfer entlassen wurde. Er soll ein paar Jungen … unsittlich berührt haben.«

Konstantin brachte den Satz kaum über die Lippen.

»Was?«, flüsterte ich und spürte, wie ich rot wurde. »Aber … das kann doch nicht sein. Das …« Und dann überschlugen sich meine Gedanken, purzelten durcheinander wie in einem Wirbelsturm. Und plötzlich passte alles auf ganz furchtbare Weise zusammen: Hänschen. Sein furchtsamer Blick, als ich ihn im Schuppen entdeckt hatte. Seine Angst vor dem Missionshaus. Seine Weigerung, mit mir darüber zu sprechen. Jene Nacht im Sommer, als Kurt aus Paul Schäfers Zelt weggelaufen war. Das nächtliche Beten, das mir schon damals so eigenartig vorgekommen war.

Eine gefühlte Ewigkeit lang saßen wir einfach nur da wie betäubt.

»Und was machen wir jetzt?«, fragte ich Konstantin nach einer Weile.

Früh am nächsten Morgen klingelten wir bei Bottkes. Aus dem Häuschen drang der übliche Radau, und als Frau Bottke in der Tür stand, noch immer blass und mager, und wir sie um ein Gespräch baten, sah sie uns ganz erstaunt an, so als könne sie sich nicht im Traum vorstellen, worüber wir mit ihr denn schon reden wollten. Als Konstantin dann, zunächst mit umständlichen Worten, und als sie nicht recht verstand, etwas deutlicher von den Gerüchten um Paul Schäfer berichtete, lachte sie ungläubig und fuhr uns dann an: »Das is ja wohl der größte Unsinn, den ich je gehört hab. Dass ihr euch nich schämt, so was über den frommen Mann zu sagen!«

»Frau Bottke. Sie können sich doch wohl vorstellen, dass es uns nicht leichtfällt, Ihnen das zu sagen! Und dass wir uns das genau überlegt haben. Außerdem ist meine eigene Schwester ...«

Sie unterbrach Konstantin, doch ihre Simme klang jetzt nicht mehr barsch, sondern eher müde: »Und wie soll der Mann das, was ihr ihm hier vorwerft, überhaupt anstellen? In einem Haus voll mit Kindern?«

»Ich weiß, dass man sich das als normaler Mensch nicht vorstellen kann, aber ...«

»All die braven Leut, die ihr Leben Gott weihen wollen. Was Hänschen dort alles geboten wird. Er singt sogar im Chor, mein Hans, das ist doch eine tolle Sache! Richtige Auftritte machen die. Demnächst geht er sogar auf eine Chorfreizeit nach Belgien!«

Frau Bottke hatte immer schneller gesprochen, in einem Tonfall, der so klang, als wollte sie vor allem sich selbst überzeugen.

Konstantin und ich sahen uns an.

»Aber ...«, stammelte ich, doch Frau Bottke redete einfach weiter.

»Ja«, rief sie und fuhr, offenbar gestärkt durch unsere verdatterte Reaktion, fort: »Da staunt ihr, nich wahr? Schwarz auf weiß hab ich das gesehen und musste sogar eine richtige Reiseerlaubnis unterschreiben für meinen Hans!«

Ein Déjà-vu war, wie Anne genau wusste, nur eine Sinnestäuschung – wissenschaftlich bezeichnete man sie als eine qualitative Gedächtnisstörung. Und doch blieb sie wie vom Donner gerührt stehen, kaum dass Renate diese Tür geöffnet hatte.

In ihrer Erinnerung aber war das Zimmer weiß gewesen, fast gleißend. Die Wände, das Bettzeug, der Schlafanzug des feinen Opas. Verwirrt schloss Anne für einen Moment die Augen, versuchte die Erinnerung wegzublinzeln. Doch stattdessen kamen weitere Bilder von irgendwoher, der feine Opa in diesem Bett, knochige, von Adern durchzogene Hände. Jemand, der weinte. Oder war es ein Wimmern? Dann der Blick aus dem Fenster, auch weiß. Ein weißer Wintertag!

»Was ist los?«, hörte sie Renate sagen. »Ist dir wieder schwindlig?«

»Nein, nein …«, beeilte Anne sich zu sagen. »Es ist nichts.« Und dann drehte sie sich um und verließ den Raum.

Renate folgte ihr sofort, und um ihre Gedanken in eine andere Richtung zu lenken, fragte Anne: »Warum wohnt ihr eigentlich nicht hier im Gutshaus?«

»Wir haben nicht viel Geld«, antwortete Renate und erwiderte Annes Blick. »So ein großes Haus zu heizen, das können wir uns nicht leisten.«

Anne wusste nicht, was sie darauf sagen sollte. Doch Renate schien nichts zu erwarten, denn sie fuhr bereits fort: »Horst hat ja nur eine Anstellung als Hilfsarbeiter gefunden … obwohl er dort auf dem Fundo alles gemacht hat, Elektrikarbeiten, Schreinern, Schweißen, Buchhaltung. Wir können zwar viel, aber hier in Deutschland braucht man für alles Zeugnisse. Und wir haben ja keine.«

»Das … tut mir sehr leid. Ich meine, es kommt mir sehr ungerecht vor.«

Renate schaute Anne mit jener Neutralität an, die ihr inzwischen schon fast vertraut war. Dann sagte sie plötzlich: »Jetzt zeige ich dir noch das Jagdzimmer, das ist mein Lieblingsraum!«, und ging über den Korridor voran. »Da ist ein richtiger Kamin. Und sieh dir nur die vielen Bücher an!« Renate öffnete auch diese Tür. Beinahe fürchtete Anne sich davor, dass beim Betreten des Raumes wieder so ein komisches Gefühl des Wiedererkennens in ihr aufsteigen würde. Zögernd trat sie ein und war halb erleichtert, halb enttäuscht, dass ihr dieser Raum vollkommen fremd war. »Sieht aus wie bei Maximilian«, murmelte Anne. »Jede Menge alter Bücher.«

Sie trat an eines der Regale. Stapelweise *Jahresberichte der Biologischen Bundesanstalt für Land- und Forstwirtschaft* aus den Fünfziger- und Sechzigerjahren. Anne griff ins Regal und schlug ein Buch auf. *Die Bedeutung der insektenfressenden Vögel für die Forstwirtschaft.*

»Hier drin ist es wie in einer anderen Zeit«, sagte sie zu Renate. »Der Schreibtisch muss uralt sein. Und die Tapete! Wie aus einem Herrenzimmer um die Jahrhundertwende.« Anne trat an die Wand und betrachtete die alten Schwarzweißaufnahmen. Da war sogar ein Foto von Theodor Heuss, den zumindest erkannte sie. Auch ein Zeitungsartikel vom Februar 1952 hing da, Theodor Heuss, der das Protektorat über die Schutzgemeinschaft Deutscher Wald übernahm.

Renate war neben sie getreten und langsam wanderten sie die Fotowand entlang, bis Anne abrupt stehen blieb. »Aber …«, rief sie und traute ihren Augen nicht. »Das ist ja Ruth.«

»Wo?«, fragte Renate und trat neben Anne. Die zeigte auf ein gerahmtes Schwarzweißbild von zwei jungen Mädchen auf einem Feld, die eine mit hellem Haar, die andere mit dunklem Pferdeschwanz. Beide trugen kurze Hosen und Blüschen. Das blonde Mädchen war über irgendetwas gebückt, die Dunkelhaarige stand rechts daneben, lachend.

Einen Moment lang schwiegen die beiden, doch dann zeigte Renate auf das brünette Mädchen. »Und das«, sagte sie und sah Anne direkt in die Augen, »ist meine Mutter, Christa.«

Am frühen Abend streifte Anne unruhig durch den Garten. Ein leiser Wind war aufgekommen, und als sie zum Himmel sah, bemerkte sie die düstere Wolkenwand, die sich von Osten heranschob. Vielleicht würde es wenigstens mal eine kurze Abkühlung geben, wenn sich die Großwetterlage schon nicht änderte.

Ruth war an diesem Abend bei einem Kammerkonzert. Sie würde in ihrer Wohnung in Celle übernachten, aber am nächsten Tag wieder hierher zurückkommen.

Natürlich hatten sich Anne und Renate über das Foto gewundert, das Ruth und Christa so freundschaftlich verbunden zeigte, und Renate hatte beim Verlassen des Gutshauses in einem irgendwie zaghaften, aber hoffungsvollen Ton gefragt, ob Ruth wohl bereit wäre, ihr, Renate, ein wenig mehr über Christa als junges Mädchen zu erzählen. Obwohl Anne sich da alles andere als sicher war, hatte sie spontan geantwortet: »Na klar.« Renate solle morgen Nachmittag doch einfach auf einen Kaffee vorbeikommen und das Foto von Ruth und Christa mitbringen. Im Stillen hoffte sie darauf, dass sich Ruth im Beisein von Renate eher aus der Reserve locken ließe. Einen Versuch war es immerhin wert.

Anne ging ins Haus und öffnete alle Fenster weit. Sie ließ den Wind durchblasen in der Hoffnung, er möge die restlichen Stechmücken aus den Winkeln des Hauses vertreiben. Sie sehnte sich nach Abkühlung, nach einem eiskalten Regenguss.

Im Wohnzimmer knipste sie die Deckenlampe an und holte das Familienalbum mit den alten Fotos ihrer Großmutter aus dem Schrank. Es knisterte beim Öffnen und die dünnen, mit einem Spinnenmuster versehenen transparenten Trennblätter raschelten beim Umblättern.

Die ersten Seiten überblätterte sie rasch – Ruth als Kleinkind, ein Kinderwagen mit riesigen verchromten Rädern. Es folgten Fotos vom Sägewerk, Oma mit strenger Brille in ihrem Büro. Ein Ostpreußentreffen in Bochum 1957. Ruth als Teenager mit rotblondem Pferdeschwanz und Petticoat. Daneben gab es eine Lücke – da waren nur noch die Reste von vier Fotoecken, wo früher einmal ein Bild gewesen war. Ruth bei ihrer Konfirmation. Anne durchsuchte das Gruppenbild der Konfirmanden, konnte aber niemanden entdecken, der Christa ähnelte. Ruth als Begleiterin des Schützenkönigs, wie putzig! Wieder eine Lücke. Ruth bei einer Schulaufführung des Auguste-Viktoria-Gymnasiums. Zwei Lücken.

Alles in allem fehlten in Oma Käthes Familienalbum sieben Bilder. Alle aus den Jahren 1955 bis 1960. Schade, dachte Anne und schlug das Album wieder zu. Wäre ja auch zu schön gewesen, hier ein Foto von Renates Mutter zu finden.

Januar 1973. Manchmal denke ich, dass mein Verstand vor die Hunde geht. So wie bei Hans, den ich neulich wiedergesehen habe. Dass ich alles verlerne, das Denken, das Sehen, das Sprechen! Was bin ich erschrocken über ihn, über seinen glasigen Blick, der nichts mehr wahrnahm. Seinen schlurfenden Gang. Den halb offenen Mund, aus dem der Sabber rann. Was hast du mit ihm gemacht, möcht ich die Doctora anschreien, was hast du ihm gegeben, was für ein Gift hast du ihm gespritzt! Und ihr anderen, was habt ihr ihm angetan, diesem Jungen, der einst so fröhlich über die Wiese lief? Das Herz möcht mir vor Traurigkeit zerspringen, wenn ich an ihn denk. Aber das darf ich nicht, kann ja nichts tun, muss einfach weitermachen, muss froh sein, wenn's mich nicht erwischt. Wenn ich nicht wieder die Pillen nehmen muss.

Und so denke ich dagegen an, gegen die Verzweiflung, gegen die Angst, gegen die Hoffnungslosigkeit. Und spreche mit Renate. In meinen Gedanken erzähle ich ihr von früher. Von zu Hause, von der Heide, von Ruth. Ich stelle mir vor, wie wir gemeinsam auf einer Bank sitzen, höre dabei meine Stimme in meinem Kopf und bemühe mich, die Gedanken zu Sätzen auszuformulieren, zu vollständigen, komplizierten, langen Sätzen, die alle perfekt gebaut sind. Die Worte, die begonnenen Sätze dürfen nicht einfach so enden, im Nirgendwo meiner Gedankengänge. Ich darf nicht zulassen, dass sie mir auch noch die Sprache nehmen. Denn vielleicht kommt einmal der Tag, wo ich in Wirklichkeit mit ihr sprechen werde. Und dann darf ich nicht ohne Worte sein.

An manchen Tagen spreche ich auch mit den Schweinen, auf Spanisch, so gut ich es eben kann. Überhaupt mag ich die Schweine, mit ihren freundlichen Gesichtern. Sie scheinen immer zu lächeln und mir wohlgesonnen zu sein!

An einem schönen Sommermorgen komme ich mit der Schubkarre in den Stall und erlebe eine Überraschung. Da stehen der Tierarzt und Berta, meine Betriebsleiterin, und schweigen. Wo ist Onkel Siegbert, der sonst immer zum Dolmetschen kommt? Ich fahre mit der Schubkarre vorbei und sage: »Buenos días.«

Der Tierarzt, ein robuster Chilene mit dichtem, dunklem Bart, dem die Schweißperlen auf der Stirn stehen, erwidert meinen Gruß und fragt unvermittelt: »Habla español?«

Ich werfe ihm einen scheuen Blick zu, blicke dann rasch zu Berta, stelle die Schubkarre ab und sage leise: »Un pochito.«

Dann geht alles ganz schnell. Der Tierarzt stellt mir allerhand Fragen und ich bin selbst überrascht, wie viel ich verstehe. Und so haben wir schon alles besprochen, als Onkel Siegbert schließlich kommt. Wach fühle ich mich auf einmal und frisch trotz der

Hitze und auch wichtig. Und vielleicht ist dies das erste Mal im Leben, dass ich verstehe, was es bedeutet, etwas zu wissen.

Ob er es wirklich mit Absicht tut, kann ich nicht sagen, aber nach dem dritten Mal verfestigt sich der Eindruck. Warum sonst sollte er immer früher kommen als vereinbart? Wobei ich natürlich nicht weiß, für welche Uhrzeit der Tierarzt mit Onkel Siegbert und Tante Berta verabredet ist. Aber wenn der Tierarzt zur Stalltür hereinkommt, das merke ich, sieht er sich sofort nach mir um, falls er nur Berta dort stehen sieht. Und dann hat Onkel Siegbert einen Unfall und kann eine Weile lang gar nicht mehr zum Schweinestall kommen.

Bald ist es so, dass ich mich auf die Tage freue, an denen der Tierarzt kommt. Plötzlich fühle ich mich gebraucht, auf einmal gibt es etwas, was ich, ausgerechnet ich, besser kann als andere. Aber das ist bei Weitem nicht alles. Vor allem fasziniert mich, einem normalen Menschen zu begegnen, einem Mensch aus der Welt da draußen. Einem, der nicht so verkorkst ist wie wir hier, wie diese ganze unselige Gemeinschaft, in der ich festsitze. Natürlich habe ich darüber nachgedacht, ihn um Hilfe zu bitten. So zu tun, als würde ich für die Betriebsleiterin dolmetschen, und ihm dann zu sagen: »Bitte, lassen Sie sich nichts anmerken, aber ich werde hier gefangen gehalten. Helfen Sie mir, hier rauszukommen.« Und so steigt meine Aufregung ins Unermessliche, wenn sich der Tag nähert, an dem der Tierarzt kommt. Wobei ich natürlich weiß, dass ich vorsichtig sein muss. Der Tío hat sie alle in der Tasche: Die Carabineros in Parral, die mit Fresskörben voll deutscher Würste bei Laune gehalten werden. Den Nervenarzt, der für alle Ausreißer bescheinigt, sie seien verrückt.

Beim Dolmetschen spüre ich wohl Bertas bohrenden Blick, ihr Misstrauen und die Feindseligkeit, ja, den Hass, den diese Frau mir gegenüber hegt. Wo ich doch das »dumme Kamel« bin. Das vielleicht, wie sie jetzt merkt, doch gar nicht so dumm ist, jedenfalls gibt es eine Sache, die das Kamel besser kann als sie. Inzwischen fragt der Tierarzt schon nach mir, wenn ich nicht da bin. Mir ist das sonnenklar, denn Berta kapiert doch kein einziges Wort von dem, was er sagt. Natürlich verstehe auch ich bei Weitem nicht alles, aber wenn es nicht mehr weitergeht, weiche ich aufs Englische aus. Manchmal habe ich sogar den Eindruck, als würde der Tierarzt diese »Gespräche« mit mir genießen. Und oft kann ich auch direkt antworten, vieles muss ich Berta gar nicht erst übersetzen, weil ich sowieso Bescheid weiß.

»Was hast du ihm erzählt?«, herrscht Berta mich an, nachdem der Tierarzt durch die Tür verschwunden ist.

»Das, was du mir gesagt hast.«

»Das war doch viel länger, was du gesagt hast!«

»Das kommt daher, dass ich nicht immer gleich die richtigen Vokabeln finde. Dann muss ich das umschreiben. Das klingt natürlich etwas umständlich.«

Berta sieht mich nur an, mit diesem von Misstrauen durchtränkten Blick. Für dieses Mal scheint sie sich damit zufriedenzugeben. Abrupt dreht sie sich weg und lässt mich einfach stehen.

Renate und Ruth kamen fast gleichzeitig an.

Anne sah, wie Ruth Renate, die ihr Rad aufs Grundstück schob, anstarrte und irritiert im Wagen sitzen blieb. Einen kurzen Moment nur, doch ihr Unmut war nicht zu übersehen. Aber diesmal würde Anne die mütterliche Missstimmung in Kauf nehmen. Diesmal wollte sie endlich eine Antwort auf ihre Frage, eine offene und ehrliche Antwort!

In der letzten Nacht hatte Anne lange wach gelegen. Stunde um Stunde umkreisten ihre Gedanken das immer gleiche Bild: die beiden jungen Mädchen, die sich umarmten und so glücklich ausgesehen hatten, glücklich und vertraut. Und in dem heißen Zimmer waren in Anne wieder diese ungewohnten Gefühle ihrer Mutter gegenüber aufgewallt, diese vor sich hin köchelnde Wut und, ja, etwas, das ganz neu für sie war: Misstrauen. Wieso hatte Ruth ihr nicht die Wahrheit gesagt, wieso hatte sie behauptet, Christa nicht besonders gut gekannt zu haben? Dieses Ausweichen war so untypisch für Ruth, dass Anne immer wieder zu dem gleichen Schluss kam: Hinter dieser Sache musste weit mehr stecken als nur ein Verblassen der Erinnerung.

Welche Attribute hatte Ruth noch mal verwendet, um Christa zu beschreiben? Das hatte doch alles irgendwie schräg geklungen – ach ja, *hübsch* sei Christa gewesen, *hübsch* und *weich*. Eine eigenartig distanzierte Beschreibung für einen Menschen, mit dem man doch – so wie es aussah – einmal eng befreundet gewesen war! *Ich würde sie wahrscheinlich nicht einmal mehr wiedererkennen.*

Und doch hängt euer Bild nach all den Jahren immer noch in diesem Haus!

Und dann war da noch diese andere Sache, diese eigenartige Erinnerung an das Gutshaus, eigentlich nur an den einen Raum, das Schlafzimmer, das ganz offensichtlich dem feinen Opa gehört hatte, dieses überwältigende Gefühl, dort schon einmal gewesen zu sein. Auch darauf wollte sie ihre Mutter ansprechen, ob nun jetzt gleich oder später.

»Hallo, Renate!«, grüßte Anne und nickte. »Ja, lehn das Rad ruhig an den Schuppen.« Zu Ruth, die inzwischen ausgestiegen war und Renate zögerlich folgte, rief Anne in einem Ton unverfänglicher Fröhlichkeit: »Wir müssen dir unbedingt was zeigen!«

Wegen der Hitze hatte Anne den Tisch unter der großen Kiefer ein Stück weiter in den Schatten gerückt. Anne beobachtete, wie Renate sich fast vorsichtig auf einen der Stühle niederließ, wie ihr Blick hinaufglitt und sich in der Krone der alten Kiefer verfing, wo die beiden Raben saßen. Was sah sie? Bedrohliche Gestalten, die sie keine Sekunde aus den Augen ließen? Oder Vögel, die davonfliegen konnten? Jederzeit, überallhin. Renate war achtundvierzig Jahre alt und hatte fast ihr ganzes Leben in Gefangenschaft zugebracht. Aber unbegreiflicherweise sah sie trotzdem aus wie Mitte dreißig, mit ihrer erstaunlich glatten Haut und dem dichten blonden Haar, das noch keinerlei Spuren von Grau aufwies.

Auch Ruth setzte sich, und so steif, wie sie dasaß und die Füße sorgsam nebeneinanderstellte, hätte man glauben können, sie befände sich bei einer Befragung vor Gericht. Fehlt nur die Handtasche im Schoß, dachte Anne und verschwand im Haus, um das Tablett mit Eistee und Keksen zu holen, das sie vorbereitet hatte. Damit wir uns an irgendwas festhalten können, wenn schon keine von uns raucht.

Als jede ein Glas vor sich stehen hatte und auch Anne am Tisch saß, kamen plötzlich die beiden Raben heruntergeflogen und ließen sich in nicht allzu großer Entfernung auf der Voliere nieder. Anne hoffte nur, dass sie sich einigermaßen benehmen würden. Sie konnte jetzt keine Störung gebrauchen, schon gar nicht irgendwelche Rabenviecher, die auf dem Kaffeetisch landeten und sich nach Herzenslust bedienten.

Als Renate keine Anstalten machte, ihre Bitte zu formulieren, forderte Anne sie auf: »Zeig Ruth doch mal, was wir gefunden haben.«

Anne sah, wie Ruth gespannt Renates Tasche fixierte. Vielleicht sogar angespannt?

Und dann Ruths Miene, als Renate ihr das Bild reichte. Noch Tage später überlegte Anne, was das für ein Ausdruck auf Ruths Gesicht gewesen war: Bestürzung oder Versteinerung, Unglauben oder Trauer? Möglicherweise eine Mischung aus allem.

Und dann sagte Ruth leise, es war kaum mehr als ein Flüstern: »Kartoffelkäfersammeln.«

»Wie bitte?«, fragte Anne.

»Das war im Sommer 1959, beim Kartoffelkäfersammeln. Das haben wir damals in den Ferien gemacht. Um ein bisschen was zu verdienen.«

Anne blickte auf das Bild, auf die beiden lachenden Mädchen in kurzen Hosen und kurzärmligen Blüschen, die sie kess vor dem Bauch zusammengebunden hatten.

»Also wart ihr … befreundet? Du und Christa?«

Langsam nickte Ruth. »Ja. Wir waren Freundinnen. Dann bin ich ja nach Liebenburg gegangen und habe dort meine Ausbildung gemacht. Da haben wir uns aus den Augen verloren.«

»Aber warum hast du das nicht erzählt? Und das mit der Auswanderung, das musst du doch auch mitbekommen haben?«, fragte Anne nun. »Wo Oma doch für Herrn Bellstedt gearbeitet hat.« Renate saß dabei und sagte kein Wort.

»Na ja … schon«, antwortete Ruth zaghaft. »Das habe ich mitbekommen, ja.« Und dann änderte sich ihr Gesichtsausdruck. Von einer Sekunde zur anderen verschwand die Wehmut, ihr Gesicht verhärtete sich. Und dann brach es aus ihr heraus: »Das war eine schlimme Zeit. Aber sie wollte das ja alles partout! Nur dass sie da Hänschen mit reingezogen hat, das habe ich nie verwunden.«

»Hänschen?«, fragte Renate, »Hänschen Bottke?«

Zu Annes Bestürzung sah sie, dass Ruth Tränen in den Augen hatte. Und wie zu sich selbst hörte sie Ruth nun sagen: »Ja, das war beinah das Allerschlimmste. Das mit Hänschen.«

Anne war verwirrt. An Renate gewandt fragte sie: »Bottke? Hat der was mit den Bottkes von gegenüber zu tun?«

»Aber ja«, kam Ruth Renate zuvor. »Gisela Bottkes Bruder. Den haben sie auch mitgenommen.«

Annes Wut auf Ruth war verpufft. Zurückgeblieben war nur Bestürzung. Da hatte sie ja in ein schönes Wespennest gestochen. Das hatte sie nicht gewollt. Wie hätte sie auch ahnen können, dass das Ganze Ruth nach all den Jahren immer noch so nah ging. Wo sie doch die ganze Zeit den Eindruck erweckt hatte, sie hätte Christa nicht besonders gut gekannt. Auch sonst hatte es nicht den Anschein gehabt, als würde sich Ruth für das Thema Colonia Dignidad interessieren – im Gegenteil, sie hatte jedes Gespräch abgewehrt.

Aber da war noch mehr Verborgenes und Anne wollte es jetzt wissen, auch wenn ihr Groll verflogen war. Sanft sagte sie nun: »Weißt du, Renate hat mir ja das Gutshaus gezeigt. Und da hatte ich ein ganz eigenartiges Erlebnis. In einem Zimmer kam es mir so vor, als sei ich da schon mal gewesen!«

Ruth blinzelte die Tränen weg. Sie schluckte, atmete tief durch, wie um die Angelegenheit abzuschließen, und sagte dann: »Sicher hat Oma dich dorthin mitgenommen. Wenn du in den Ferien bei ihr warst, hat sie ja gelegentlich von zu Hause aus gearbeitet und musste Herrn Bellstedt natürlich auch mal Unterlagen bringen. Da durftest du mit Christas alten Puppensachen spielen. Oma sagte, es war dann immer schwer, dich von dort loszubekommen.«

»Ach daher …«, sagte Anne, fragte sich aber im gleichen Moment, warum sie sich dann so deutlich an Herrn Bellstedts Schlafzimmer erinnerte, nicht aber an das Kinderzimmer. Na ja, dachte sie enttäuscht. Ist halt wirklich schon lange her. Doch dann fiel ihr noch etwas ein, das nicht dazupasste: In ihrer Erinnerung war Winter gewesen! Da war sie sich ganz sicher. Soweit sie zurückdenken konnte, war sie aber nur in den Sommerferien hier gewesen. Im Winter hätten sie doch nie die weite Fahrt auf sich genommen. Außerdem war Oma zu Weihnachten immer mit dem Zug zu ihnen gereist. Sie war drauf und dran, Ruth das zu sagen, aber dann behielt sie es für sich.

Später, als Renate das Bild wieder in ihre Tasche gepackt hatte und Anne sie ums Haus herum zu ihrem Rad begleitete, sagte Anne: »Schade, dass du nicht etwas mehr über deine Mutter erfahren konntest. Aber das scheint ja immer noch ein ziemlich schmerzhaftes Thema zu sein.« Mit einem bedauernden Lächeln sah sie zu, wie Renate ihre Tasche auf den Gepäckträger klemmte. Ruth, die ihnen in einiger Entfernung gefolgt war, trat jetzt zu ihnen und Renate streckte erst Anne, dann Ruth die Hand hin.

»Es freut mich sehr, dich kennengelernt zu haben. Ich werde meiner Mutter von dir erzählen.« Sie sah von einer zur anderen. Plötzlich schien ihr etwas einzufallen. Sie öffnete ihre Tasche, holte einen Kugelschreiber hervor und kritzelte etwas auf einen Zettel, den sie Ruth hinhielt: »Wenn du meiner Mutter schreiben möchtest ... das ist die Adresse in Chile. Ich bin mir sicher, sie würde sich sehr freuen.«

Wie ferngesteuert streckte Ruth die Hand aus, sagte aber kein Wort. Und dann stand sie da, den Zettel zwischen Daumen und Zeigefinger haltend, und starrte darauf wie auf einen Fremdkörper.

RUTH. Am selben Nachmittag fuhr ich zurück nach Liebenburg. Die ganze Zugfahrt über dachte ich an Hans und an Frau Bottke und daran, dass sie einfach nicht verstand oder vielleicht auch nicht in der Verfassung war, es zu verstehen. Am Schluss hatte der Prolet im Unterhemd sich von nebenan bemerkbar gemacht und nach ihr gebrüllt. Bevor er auf dem Gang aufgetaucht war, hatte Frau Bottke uns noch zugezischt, dass wir ja gar nicht wüssten, was das heißt, fünf Kinder großzuziehen mit wenig Geld, erst recht jetzt, wo sie auch noch krank war. Und da sei sie doch froh, dass es Hänschen so gut getroffen hätte.

In den Nächten nach meiner Rückkehr konnte ich nicht richtig schlafen. Immer wieder tauchte Hans' kleines Gesicht vor mir auf, die angsterfüllten Augen und seine übergroße Scheu, sich mir anzuvertrauen. Wenn das, was der Detektiv herausgefunden hatte, tatsächlich stimmte, dann war klar, warum Hans sich so strikt geweigert hatte, mir etwas zu erzählen. Und jedes Mal kam ich zu dem gleichen Schluss: dass es keine andere Möglichkeit gab, als noch einmal nach Lohmar zurückzugehen. Ich musste mit Hans reden und ihn dazu bewegen, dass er mir die Wahrheit sagte. Dann gäbe es endlich einen handfesten Grund, ihn – und am Ende auch Christa – dort herauszuholen. Diesmal könnten wir eine richtige Anzeige erstatten, wegen eines ernsten Vergehens. Das würden sie nicht mehr ignorieren können. Doch in den Morgenstunden verließ mich der Mut. Oder war es eher ein realistisches Einschätzen der Lage? Nach meiner Flucht im Herbst würden mich die Kirchler bestimmt nicht noch mal in ihren Reihen aufnehmen. Meine letzte, wenn auch kleine Hoffnung war, dass es Konstantin gelang, mit Christa zu reden und ihr klarzumachen, was da lief.

Doch dann, eine Woche später, kam die Karte.

Als unser Ausbildungsleiter Herr Colsman am Abend die Post verteilte und mir eine Ansichtskarte in die Hand drückte, wusste ich, noch bevor ich sie umdrehte, dass sie von Christa war. Als alle anderen sich schon längst verzogen hatten, stand ich immer noch da und starrte auf die Ansicht von Siegburg, auf die Benediktinerabtei auf dem Michaelsberg, deren Anblick mir von vorherigen Karten vertraut war. Dann erst setzte ich mich in Bewegung. Und während ich den Hof überquerte und die Treppe zum Taubenschlag hinaufging, konnte ich an nichts anderes denken als daran, dass sie mir noch nie einfach so geschrieben hatte. Bisher war immer irgendeine Art von Mitteilung meinerseits vorausgegangen.

Liebe Ruth, las ich, als ich in meinem Zimmer angekommen war, *ich schreibe dir dies, um mich zu verabschieden. Zusammen mit meinen Glaubensbrüdern und -schwestern werde ich dieses Land verlassen und fernab von den Versuchungen des Satans in Chile ein neues Leben beginnen. Leb wohl! Deine Christa.*

Den ganzen Abend über versuchte ich vom Münzfernsprecher in der Eingangshalle aus, die Bellstedts zu erreichen, doch das Telefon klingelte und klingelte, ohne dass jemand abhob. Ich weiß noch, wie meine Gedanken immer um dieselben Fragen kreisten: Wer wollte da eigentlich auswandern, ein paar wenige nur, unter ihnen Christa und vielleicht auch Erich? Oder gleich das ganze Missionshaus? In diesem Fall wäre auch Hänschen mit dabei. Aber das konnte ja nicht sein, denn war da nicht von einer Chorreise nach Belgien die Rede gewesen? Ein bisschen erleichterte mich dieser Gedanke. Wenn Hans nach Belgien reisen sollte, hieß das doch, dass er nicht auf dem Weg nach Südamerika sein konnte. Um sicherzugehen, hätte ich am liebsten die Bottkes angerufen, doch die hatten kein Telefon.

Am Ende kam ich darauf, bei der Auskunft Frau Niemeyers Nummer zu erfragen, und als ich sie schließlich an der Strippe hatte, war es schon nach elf.

»Ruth? Aber um Himmels willen … Was ist denn passiert?«

»Es geht um Christa.« Ich erzählte ihr von der Postkarte und dass ich versucht hatte, die Bellstedts zu erreichen.

»Da ist niemand zu Hause. Konstantin ist geschäftlich in Norwegen. Und Herr Bellstedt liegt mit einem Bandscheibenvorfall im Krankenhaus.«

Am Ende ließ ich mir die Nummer von Konstantins Hotel in Oslo geben. Es war nach Mitternacht, als ich ihn endlich erreichte.

»Ich habe Post von Christa bekommen.«

»Ruth? Bist du das? Was um alles in der Welt …«

»Entschuldige, ich bin ganz durcheinander. Es tut mir leid, dass ich dich um diese Uhrzeit störe, aber ich mache mir solche Sorgen!«

»Nun mal ganz langsam … von Anfang an.«

Und dann erzählte ich ihm von der Postkarte und der Nachricht, und als ich meinen wirren Bericht beendet hatte, schien das Schweigen in der Leitung sich ewig hinzuziehen.

»Konstantin, bist du noch dran?«

Ich hörte, wie er scharf ausatmete. »Das … ist allerdings wirklich ein Grund, um sich Sorgen zu machen. Wann kam die Karte?«

»Heute.«

»Und diese Auswanderung, wann soll die stattfinden?«

»Das steht da nicht.«

»Es ist also möglich, dass sie schon weg sind … Gott, das ist ja alles Wahnsinn! Gleich morgen früh kümmere ich mich um einen Flug.«

Ich überlegte nur kurz. »Nein«, rief ich, »*ich* fahre! Du bist ja so weit weg, das dauert viel zu lange. Unternimm du gar nichts, ich melde mich morgen wieder bei dir!«

Es war wie ein Déjà-vu, nur dass ich diesmal keine Ferien hatte, aber auch nicht die Gelegenheit, um einen freien Tag zu bitten. Nachdem ich Dr. Colsman einen Brief geschrieben und diesen unter Lenis Zimmertür durchgeschoben hatte, damit sie die Nachricht noch vor Unterrichtsbeginn an ihn weiterleitete, ging ich die weite Strecke durch den Wald.

Ich hatte kein Geld für eine Fahrkarte, außerdem wollte ich sofort los, daher blieb mir nichts anderes übrig, als zu trampen. Kurz hatte ich noch mit dem Gedanken gespielt, Fritz, der ja kein eigenes Telefon hatte, über seine Zimmerwirtin anzurufen, doch dann hatte ich es lieber gelassen. Es war viel zu spät und ich wusste, dass mit der Frau schon unter normalen Umständen nicht gut Kirschen essen war. Außerdem war ich ja schon öfters per Anhalter gefahren, nur eben nie allein und immer nur kürzere Strecken.

In der Nacht hatte ich mir die Deutschlandkarte, die in der Eingangshalle des Gutshofs hing, gründlich angesehen und mir die Orte notiert, die auf der Strecke in Richtung Siegburg lagen. Am Ende war es eine wahre Odyssee, und wenn ich heute daran zurückdenke, dass ich einfach so zu all diesen Fremden ins Auto gestiegen bin, dann kann ich nur den Kopf schütteln. Als ich Lohmar nach zigmaligem Umsteigen endlich erreichte, brach schon wieder die Abenddämmerung herein. In den Häusern brannten die ersten Lichter und einen Moment lang kam mir alles ganz unwirklich vor. Lagen diese leeren Sträßchen, die kleinen Nachkriegshäuser und die winterlich kahlen Gemüsegärten überhaupt wirklich im Rheinland? Es kam mir vor, als irrte ich noch immer in Liebenburg herum, wo genau die gleichen Häuschen und Gärten die menschenleeren Straßen säumten.

Und dann stieg die Angst in mir hoch. Je näher ich an das Missionshaus herankam, desto stärker und vertrackter wurde sie. Neben der Angst, zu spät zu kommen, stand die Angst, *nicht* zu spät zu kommen und mich der Situation stellen zu müssen. Ich konnte mir nicht vorstellen, was die Kirchler tun würden, wenn sie mitkriegten, dass ich ihnen Christa abspenstig machen wollte. Auch die Ungewissheit, ob ich Hans noch dort antreffen würde, war schrecklich für mich. Und auch wenn er noch da war, wäre damit noch lange nicht alles geklärt: Ich hatte Angst, ihm gegenüberzutreten, und vor allem fürchtete ich mich davor, dass es mir im Fall der Fälle vielleicht nicht gelänge, ihn mitzunehmen. Und auf einmal waren da wieder die Bilder jener Nacht im Bunker, der zuckende Kerzenschein, die Gesichter der Männer. Und die Schläge. Und mit diesen Menschen wollte Christa nach Südamerika auswandern!

An der Haustür klingeln kam diesmal nicht infrage. Nach meiner Flucht im Herbst würden sie mich auf keinen Fall hereinlassen. Das hatte ich mir schon vorher überlegt und deshalb in Liebenburg noch schnell eine Drahtschere aus dem Werkzeugschuppen geholt. So näherte ich mich dem Grundstück dieses Mal vom Wald her.

Der Tag war nasskalt und grau gewesen, ein durch und durch mieser Wintertag. Die Feuchtigkeit hing dicht zwischen den Ästen, und während ich durch matschiges Laub und über nasse Zweige stapfte, hatte ich bei jedem Schritt das Gefühl, viel zu viel Lärm zu machen, was natürlich an meinen zum Zerreißen gespannten Nerven lag. Als zwischen den Bäumen endlich die Mauern des Missionshauses auftauchten, blieb ich hinter einem Baum stehen.

Mit den Augen suchte ich das Grundstück ab. Alles war so, wie ich es in Erinnerung hatte. Der hohe Zaun, der das ganze Grundstück umschloss und der einem das Gefühl gab, man habe es hier mit einem Gefängnis zu tun oder zumindest mit einem Ort, an dem die *schweren Fälle* untergebracht waren.

Und so war es ja auch, dachte ich und spürte ein nervöses Kichern in mir aufsteigen. Allerdings hatten sich diese schweren Fälle ihr Gefängnis selbst gebaut. Doch dann dachte ich an Hans, diesen kleinen Jungen, den sie dort eingesperrt hatten, und an die körperlichen und seelischen Qualen, unter denen er leiden musste. Mir wurde so elend zumute, dass mir die Tränen in die Augen schossen. Und seine eigene Mutter hatte ihn hierhergeschickt, in diese Hölle!

Bevor auch das letzte Licht schwand, lief ich am Zaun entlang und fand bald eine Stelle, an der die Wildschweine schon ein bisschen Vorarbeit geleistet hatten: Das Drahtgeflecht war eingebeult und die Erde darunter zerwühlt. Ich kniete mich hin, nestelte die Drahtschere aus meiner Tasche und schnitt ein Loch in den Zaun, gerade so groß, dass ich hindurchschlüpfen konnte. Noch einmal sah ich mich nach allen Seiten um und blickte auch zu den Fenstern, um sicher zu sein, dass dahinter keine Bewegung sichtbar war. Dann schlüpfte ich durch das Loch im Zaun. Ich war noch nicht weit gekommen, als ich den Dauerton registrierte, ein gedämpftes Pfeifen, das aus dem Missionshaus zu kommen schien. Irritiert blieb ich stehen, und erst da begriff ich, dass dieser Ton etwas mit mir zu tun hatte. Irgendwo war ein Alarm losgegangen, sie hatten gemerkt, dass jemand auf ihrem Grundstück war. Kurz darauf hörte ich Männerstimmen und Hundegebell.

Ich rannte zurück, kroch wieder unter dem Zaun durch und blieb mit meiner Jacke im Draht hängen. Ich zog und zerrte an ihr, und gerade als es mir gelungen war, mich mit einem Ruck zu befreien, flammte hinter mir ein helles Licht auf. Ich rappelte mich hoch, warf einen hastigen Blick über die Schulter und stolperte davon, in den Wald hinein, über Zweige und Kiefernzapfen, immer bemüht, das Gleichgewicht zu halten, nicht umzuknicken, und in der Dunkelheit nicht über die Baumstümpfe zu stürzen. Das Hundegebell wurde lauter und dann hörte ich, wie die Tiere sich gegen den Zaun warfen, immer und immer wieder, wie ein Mann etwas rief und ein anderer antwortete.

Ich rannte und rannte, die kalte Luft brannte wie Feuer in meiner Luftröhre und mein Mund war ausgedörrt, aber ich konnte nicht aufhören zu rennen. Erst als ich die erleuchteten

Fenster eines Bauernhauses erblickte und kurz darauf einen Wagen die dunkle Landstraße entlangfahren sah, verlangsamte ich meine Schritte.

Was soll ich zu alldem sagen? Dass ich am Ende einfach nur froh war, mit dem Leben davongekommen zu sein? Wie absurd das klingt! Jedenfalls machte ich mich noch in derselben Nacht unverrichteter Dinge auf den Rückweg nach Liebenburg, mit einem tiefen Schrecken in den Gliedern. Wochen später wirkte das, was ich erlebt hatte, mitunter fast unwirklich, sodass ich mich fragte, ob ich nicht vielleicht übertrieben reagiert hatte. War mir das Ganze vielleicht nur aufgrund der Dunkelheit und wegen meiner Müdigkeit derart bedrohlich vorgekommen? Doch jedes Mal, wenn ich abends in meinem Zimmer saß und Aaro, Herrn Colsmans Schäferhund, bellen hörte, war der Schrecken jener Nacht wieder da und ich spürte dieselbe Angst in mir hochkriechen.

Und vielleicht war das der Grund, warum ich Christa am Ende doch noch einmal schrieb. Ich konnte mich einfach nicht damit abfinden, dass sie jetzt in diesem von Hunden gesicherten Gefängnis lebte und zusammen mit diesen Menschen ans andere Ende der Welt gehen wollte.

In diesem Brief, den ich ein Dutzend Mal umschrieb, versuchte ich, so verständnisvoll wie möglich zu sein. Statt ihr von den Vorwürfen gegen Paul Schäfer zu schreiben, bot ich ihr meine Hilfe an, in der Hoffnung, so doch noch eine Tür bei ihr aufzustoßen. Wenn es irgendetwas gäbe, bei dem ich ihr vor Chile noch helfen könnte – so schrieb ich –, solle sie mich das wissen lassen. Und dass es doch schön wäre, wenn wir uns noch einmal sehen und persönlich verabschieden könnten. Es war ein letzter Versuch, und ohne dass ich das damals hätte ahnen können, war dieser Brief der Anstoß für alles, was dann kam.

September 1973. Heut ist Sonntag und Gemeindeversammlung. Während der Tío aus der Bibel vorliest, schau ich mich um, ob ich meine Kleine irgendwo entdecke, doch sie ist nirgends. Überhaupt sehe ich niemanden von den Wandervögeln und wundere mich ein bisschen. Haben die eine Extraschicht aufgebrummt gekriegt?

Als eine kurze Pause entsteht, nehm ich all meinen Mumm zusammen und frage Magda, die neben mir sitzt, warum wir nicht auf die Wandervögel warten. Die sind ja noch nicht da. Doch bevor sie antworten kann, fängt der Tío zu predigen an: »Wenn ich gläsern bin, wenn ich nichts mehr in mir trage, was mich belastet, dann bin ich frei.« Bei diesen Worten kriecht ein unangenehmes Gefühl in mir hoch und ich bin dankbar, nicht *gläsern zu sein. Denn sonst wüsste er, dass in meinem Kopf allerlei herumspukt, was da nicht sein sollte. Dass ich an meine kleine Renate denk und wie gern ich sie mal in den Arm nehmen würde. Und auch, dass ich mich auf die Arbeit morgen freue, wegen des Dolmetschens für den Tierarzt. Wenn er das wüsste, wär was los und er würde mich wieder verhackstücken und sagen, dass ich mich nur wichtig machen will und dass die Hühner sowieso bloß eitles Gesindel sind. Die »Hühner« oder die »Langhaarigen«, so heißen bei ihm die Mädchen.*

Also gucke ich möglichst fromm und hoffe, man sieht mir nichts an. Als der Tío sich setzt und Stühlegescharre zu hören ist, raunt Magda mir zu: »Die haben was Schlimmes angestellt.« Ich schau sie an, bilde mit den Lippen ein: »Was denn?« Doch da kommt schon Onkel Knolle, der Betriebsleiter der Milchwirtschaft, auf die Bühne und gibt seinen Wochenbericht ab. Das ist an sich immer der beste Teil, da kann man ein bisschen dösen, natürlich mit offenen Augen und aufmerksamem Gesichtsausdruck. Aber jetzt grübel ich nur darüber nach, was die Wandervögel denn Schlimmes angestellt haben könnten, komme aber auf nichts. Das sind doch alles noch Kinder. Als Onkel Knolle abtritt, werfe ich Magda einen Blick zu und prompt sagt sie halblaut: »Muss was ganz Sündiges gewesen sein, was die gemacht haben. Die sind jetzt die Kerbtiere der Gemeinde.« Mir wird ganz heiß bei ihren Worten, die Kerbtiere sind die Sündenböcke für alles. Ständig werden sie für irgendwas gezoppt.

Mit einem Mal steht der Tío wieder vor uns und schaut uns alle eine Weile schweigend an. Mir wird schon ganz mulmig, man weiß ja nie genau, wo er hinschaut, wegen seinem Auge. Doch da ruft er laut: »Es gibt große Neuigkeiten: Gott hat unsere Gebete erhört!« Er macht eine gewichtige Pause und alle hängen an seinen Lippen. Dann fährt er fort: »In dieser Woche hat das Gute und Gerechte den Sieg errungen. Am Dienstag wurden die Kommunistenschweine gestürzt. Allende ist tot!«

Eine Weile reden alle durcheinander und der Tío schaut sich's schweigend an, bis er die Hand hebt und Stille gebietet: »Mehr braucht ihr nich zu wissen und nu geht's weiter!« Und dann ist ruckzuck das »freie Gewissen« dran. Jeder soll jetzt rauslassen, was er an Mist gebaut hat diese Woche. Und während Gudrun sich als Erste zu Wort meldet und erklärt: »Mir ist diese Woche ein Wäschekorb runtergefallen und ein paar Laken sind im Dreck gelandet«, und der Tío sie fragt, was für eine Wohltat an der Gemeinschaft sie dafür leisten will, versuche ich meine aufkommende Panik nach unten zu drücken. Was ist mit meiner Kleinen? Was haben die Wandervögel nur verbrochen? Von weit entfernt höre ich die anderen, höre Herbert: »Ich bin hundert Meter mit angezogener Handbremse gefahren«, und dann Magda: »Am Schweinestall saß ein dicker Hase.« Ich versuche, ihre Stimmen auszublenden und nachzudenken. Wie kann ich nur herausbekommen, was die Wandervögel getan haben? Und was nun mit ihnen geschieht? Eine ganze Gruppe, die nicht mehr zur Versammlung darf! Es muss was wirklich Schlimmes gewesen sein. Wie von fern höre ich, dass Berta sich meldet und zu reden beginnt, und dann ist es auf einmal vollkommen still.

Ich schaue auf und merke, dass alle mich anstarren.

»Was?«, frag ich und begreife, dass sie auf mich warten. Dann meint der Tío: »Und? Hast du uns nichts zu sagen?« Am Ende wiederholt Berta, was sie eben gebeichtet hat: »Ich habe diese Woche viel Zeit mit Herumstehen vertrödelt.«

Und plötzlich muss ich mich rechtfertigen. Warum ich so lange mit dem Tierarzt quatsche und den anderen die Zeit stehle. Was ich dem denn sagen würde. Ich seh von Berta zum Tío zu Onkel Siegbert, der einen Verband um den Kopf hat. Und noch während ich überlege, wie ich mich verteidigen kann, weiß ich doch schon, dass niemand mir glauben wird.

»Anordnung vom Tío: Ab sofort arbeitest du wieder im alten Stall«, sagt Berta am nächsten Morgen.

Ich lasse die Futtereimer sinken. »Aber … warum denn?«

»Kannste dir selbst denken«, raunzt sie.

Ich sehe sie nur an, bekomme kein Wort mehr heraus. Was auch besser ist, denn jedes Wort macht es nur schlimmer. Nicken ist immer gut, nicken und demütig sagen: »Ich werde über meine Verfehlungen nachdenken.« Was auch immer das für Verfehlungen gewesen sein sollen.

Und dann sehe ich ihn das letzte Mal, den Tierarzt. Es regnet. Er steht unter einem großen schwarzen Schirm auf der anderen Seite des Hofes mit Berta und gestikuliert, versucht verzweifelt, ihr etwas zu erklären, was sie aber partout nicht zu kapieren scheint. Ich umfasse die Schubkarre mit beiden Händen, packe so fest zu, dass meine Hände ganz weiß werden. Dann schiebe ich die Schubkarre mit dem Mist weiter durch den Regen. Ich weiß, dass ich nicht auf mich aufmerksam machen darf, um nicht wieder bestraft zu werden. Doch die Schubkarre holpert laut und so dreht der Tierarzt sich plötzlich um. Ich sehe, wie sich ein erleichtertes Lächeln auf seinem Gesicht ausbreitet. Aber ich nicke nur kurz und fahre weiter. Nie werde ich seinen entgeisterten Blick vergessen.

Zwei Wochen später steht ein anderer Mann da, ein großer, dünner, und ich bekomme mit, dass das der neue Tierarzt ist. »Was ist mit dem anderen?«, frage ich Magda. Die zuckt mit den Achseln. »Der taugte nix«, sagt sie abfällig. »War nur 'n Theoretiker.«

Die Gartenpforte bei Frau Bottke schrammte über den Boden, als Anne sie öffnete. Die ist auch nicht mehr im allerbesten Zustand, dachte Anne und ging über die mit Kiefernnadeln übersäten Platten zur Haustür. Sie klingelte, und während sie wartete, bemerkte sie, dass auch das Haus einer Generalüberholung bedurft hätte. Der ehemals weiße Putz war grau geworden und stellenweise zogen sich Risse über die Fassade.

»Ach, Sie sind's!« Frau Bottke stand da, im blau geblümten Haushaltskittel, mit dem Strickzeug in der Hand. Wie kann sie bei dieser Hitze stricken, schoss es Anne durch den Kopf.

»Ich wollte ihnen nur mal 'nen Zwischenbescheid geben. Wegen der Raben.«

»Ach so? Na, wie geht's den Herrschaften?«

»Ich hab inzwischen mit der Auswilderungsstation Walsrode telefoniert. Die werden sie abholen und dort auswildern. Ich hoffe jedenfalls sehr, dass das klappt.«

Anne verstummte. In Wirklichkeit war sie aus einem ganz anderen Grund gekommen, sie wusste nur nicht, wie sie beginnen sollte.

»Möchten Sie auf ein Bier reinkommen?«

Anne grinste. Sie trank kein Bier, eigentlich nicht. »Och … da sag ich nicht Nein.«

Die Fenster in der kleinen Küche standen weit offen. Auf der Fensterbank draußen glomm eine Räucherspirale vor sich hin, die einen intensiven lavendelartigen Geruch verbreitete. Anne warf einen flüchtigen Blick auf einen schiefen Stapel zerlesener Zeitschriften, zuoberst eine Ausgabe vom *Goldenen Blatt.*

»Die Gnitzen sind in diesem Jahr besonders wild«, sagte Anne zu Frau Bottkes Rücken, die sich am Kühlschrank zu schaffen machte.

»Das können Sie laut sagen!«

Gisela Bottke stellte die Bierflasche und ein halb gefülltes Glas vor Anne hin.

»Jetzt könnte ja mal langsam wieder Regen kommen.«

Gisela Bottke nickte nur.

Anne nahm einen Schluck Bier und sagte dann: »Wir haben doch neulich über die Leute im Verwalterhaus gesprochen. Ich wollte Ihnen nur sagen, dass ich jetzt weiß, warum Sie … sagen wir mal … eine bestimmte Meinung geäußert haben.«

Meine Güte, dachte Anne, du kriegst noch einen Preis für geschwollenes Daherreden. Also schwieg sie erst einmal.

Gisela Bottke nahm ebenfalls einen Schluck und sagte dann: »Soso.«

Die ältere Frau sah Anne direkt in die Augen, doch Anne hätte nicht sagen können, was in Gisela Bottke vor sich ging. Sie sah aus wie immer, bärbeißig, harsch.

Anne machte einen weiteren Vorstoß. »Meine Mutter hat mir das von Ihrem Bruder erzählt. Ich wollte Ihnen nur sagen, dass mir das sehr leidtut. Und dass ich nun verstehen kann, dass Sie … na ja … Das muss sehr schlimm für Ihre Familie gewesen sein.«

»Ja. Das war es. Obwohl das keiner verstanden hat. Die haben gesagt *selbst schuld.* Was gibst du denen dein Kind! Aber so war es nich gewesen.«

Anne nickte. Sie wollte nicht direkt nachfragen und hoffte einfach, dass Gisela Bottke weitererzählen würde, was sie dann auch tat.

»Für die im Dorf waren wir sowieso nur die Powenzbande. Was aber nich nett gemeint war.«

»Sie hatten mehrere Geschwister? Eine große Familie also.«

Gisela Bottke schlug sich auf den Arm. »Diese verdammten Gnitzen«, sagte sie und dann: »Wir waren fünf Kinder. Von drei verschiedenen Vätern. Mit den Männern hatte meine Mutter kein Glück. Ihr erster Mann, der Vater von unserem ältesten Bruder, is im Krieg geblieben. Den Vater von Jutta, Hans und mir hat der Alkohol dahingerafft. Und dann hatte Mutter ja Ernst kennengelernt. Der hat nich nur gern gesoffen, sondern auch gern geprügelt.«

Anne wedelte mit der Hand. Ein dünner Rauchfaden zog ihr genau ins Gesicht. Frau Bottke stand auf und rückte die Spirale von der einen Seite der Fensterbank auf die andere.

»Meine Mutter hat mir erzählt, dass Ihr Bruder mit Paul Schäfer nach Chile gegangen ist. Wie ist er denn da hineingeraten?«

Gisela Bottke nahm einen Schluck Bier, dann stellte sie das Glas entschieden ab. Ihre Hand hielt das Glas aber weiter fest und Anne sah, wie ihre Finger zuckten. Schließlich sagte sie: »Das tut immer noch weh. Obwohl das jetzt so lange her ist. Mein Bruder war ja noch ganz klein, erst sieben. Diese sogenannten Christen kamen ja damals hier zu uns, haben so 'ne Bibelwoche veranstaltet. Und die Jungen, manche von ihnen, sind da natürlich hin. Waren neugierig. Hier war ja nich viel los damals. Is ja heute immer noch nich anders … Erst hat ihn meine Mutter ja bloß für kurz nach Lohmar-Heide geschickt, weil sie ins Krankenhaus musste. Aber das war 'ne schlimme Zeit und sie dachte, er ist dort besser aufgehoben. *Da kriegt er mal 'ne gute Ausbildung, da kümmern sie sich um die Kinder,* so hat es geheißen. Mutter dachte, sie tut ihm einen Gefallen. Er sollte es ja mal besser haben. Sollte was lernen und was Vernünftiges werden und so.«

Gisela Bottke lockerte den Griff um das Glas. Ihre Hand lag nun schlaff auf dem Tisch.

»Die haben meiner Mutter damals erzählt, dass die Jungens nach Belgien auf Chorreise gehen. Und meine Mutter hat die Reiseerlaubnis unterschrieben und denen Hänschens Pass gegeben. Von Chile war nie die Rede.«

Anne stockte der Atem. »Wie? Aber dann haben sie die Kinder ja ...« Sie verstummte, konnte den Satz nicht zu Ende formulieren.

Gisela Bottke zuckte die Achseln. »Entführt, ja. Unser Hänschen und noch andere Kinder. Konnte ja keiner ahnen, dass die Kinder, also die Jungens, für den nur deshalb interessant waren, weil er was mit denen ... anstellen wollte. Natürlich auch, weil sie sie zum Arbeiten gebraucht haben. Und meine Mutter is gestorben, ohne je wieder von Hänschen zu hören.«

Noch vor einer Woche hätte Anne so ihre Zweifel gehabt und vermutlich allerhand kritische Fragen gestellt. Wie das denn überhaupt möglich gewesen sei, warum die Familie nicht einfach die Behörden informiert hätte, und anderen naiven Unsinn. Doch jetzt wusste sie es besser. Diese Ohnmacht, in der alle gefangen gewesen waren, mehr als dreißig Jahre lang, das war kaum zu begreifen. Und so schwieg sie einfach nur. Noch vor einer Woche hätte sie niemals für möglich gehalten, dass sich an diesem Thema nicht nur Privatpersonen, sondern auch Politiker, ach was, Regierungen und Staaten die Zähne ausgebissen hatten. Anne nahm ihr Bier und trank das Glas in einem Zug leer.

Gisela Bottke schenkte Anne noch einmal nach und sagte

dann: »Nur fünfundzwanzig is er geworden, unser Hans. Ich hätte ihn so gerne noch mal wiedergesehen, meinen großen Bruder.« Sie verstummte und sah in ihr Glas. Als sie wieder aufblickte, bemerkte Anne eine Träne, die an ihrer Wange herunterkullerte. Betreten wandte sie den Blick ab. All diese verletzten Menschen! Wunden dieser Art heilten wahrscheinlich niemals ganz.

Nach einer Weile hörte Anne, wie Gisela Bottke sich räusperte und dann mit rauer Stimme fortfuhr: »Aber wir waren ja nicht die einzige Familie, die auseinandergerissen wurde. Ich hab gehört, dass das in Gronau ganz vielen so gegangen sein soll. Und die Bellstedts haben ja gleich zwei Familienmitglieder verloren.«

»Zwei?«, fragte Anne und verscheuchte eine Mücke, die ihren Kopf umschwirrte.

»Na, Christa und ihre Tochter.«

»Ach ja …«, sagte Anne und dachte an Renate und das Foto ihrer Mutter Christa. Die große Ähnlichkeit in den Gesichtszügen der beiden Frauen fiel ihr jetzt erst richtig auf.

»Ja, das war ganz schrecklich damals. Als wir darauf warteten, dass die Jungens aus Belgien zurückkommen. Und dann hat man sie nie wiedergesehen.«

Anne blickte aus dem Fenster, vorbei an dem sich kräuselnden Rauch der Spirale, und versuchte sich das vorzustellen. Dass ein Kind nie mehr wiederkommt.

Gisela Bottke wischte sich unauffällig über die Augen. »Für den alten Bellstedt muss damals die Welt zusammengebrochen sein. Auch deshalb, weil die ja im Streit auseinandergegangen sind.«

Anne hob den Kopf. »Wieso denn?«

»Weiß ich nicht. Jedenfalls hat's bei denen mordsmäßigen Krach gegeben. Mutter hat ja bei denen geputzt, auf dem Gut, und ich bin immer mit. Durfte dann mit Christas alten Spielsachen spielen. Jedenfalls weiß ich noch, dass ich gesehen habe, wie sie gegangen ist, Christa, mit dem Baby auf dem Arm, das hat so ein putziges Mützchen gehabt, mit zwei kleinen Bärenohren dran. Ich weiß noch, wie's geschrien hat, wohl von der ganzen Aufregung! Vielleicht haben die Bellstedts auch darum keine Ruhe gefunden. Und dann haben die ja immer wieder versucht, irgendwie an Christa ranzukommen. Und später dann, als durchgesickert is, was da für schlimme Sachen in Chile passieren, da hat Konstantin einen Anwalt genommen und is irgendwann sogar selber hin. Hat aber alles nix geholfen. Anscheinend is er da vor dem Zaun rumgestanden und die haben ihn noch nich mal aufs Gelände gelassen.«

Nachdem Anne sich verabschiedet hatte, überquerte sie die Straße zur Baracke. Dort blieb sie stehen und drehte sich noch einmal zum bottkeschen Haus um. Sie ließ den Blick über den kleinen Vorgarten schweifen, den Jägerzaun entlang, über die Fassade, deren Risse vom gnädigen Grau der Dämmerung verschluckt wurden. Aus irgendeinem Grund hatte Anne plötzlich ein eigenartiges Gefühl, so als hätte sie etwas nicht richtig begriffen. Sie hörte, wie Frau Bottke das Fenster schloss, und sah kurz darauf das Licht in der Küche angehen. Sie öffnete ihre eigene Gartenpforte und ging auf die Haustür zu, die offen stand, so wie immer, wenn Ruth kochte.

In Gedanken ging Anne zum Wasserhahn vor dem Haus, stellte den Schlauch an und begann, die Rosen zu wässern. Demnächst bin ich hier weg und wieder bei meiner Arbeit, dachte sie, dann wird das alles hier Vergangenheit werden. Sie wusste nicht recht, was sie davon halten sollte. Einerseits war es ja gut, dass alles weitergehen würde. Sie würde nach Seewiesen zurückkehren, der Alltag würde etwas in Gang setzen, eine Art Trauerarbeit, so stellte sie sich das zumindest vor. Doch auf der anderen Seite war da dieses Gefühl von etwas Unfertigem, Unabgeschlossenem. Sie war einfach noch nicht bereit, das alles hier endgültig hinter sich zu lassen, die Baracke, die Heide, die Erinnerungen. Nein, dachte sie, ich will das noch nicht. Ich werde alles daransetzen, damit Ruth die Baracke behält. Zur Not kaufe ich sie ihr selbst ab.

Anne drehte den Wasserhahn ab. Während sie den Schlauch aufwickelte, dachte sie wieder an den Jungen, an Hans Bottke, der sein kurzes Leben in Unfreiheit hatte verbringen müssen und nie wieder nach Hause zurückgekehrt war. Drüben tauchte Frau Bottkes Silhouette am Küchenfenster auf. Wie viele Leben da zerstört worden sind, dachte sie. Konnte man es Ruth wirklich verdenken, dass sie von dieser ganzen Sache nichts mehr wissen wollte? Trotzdem hielt sich in Anne der Eindruck, dass das noch nicht alles war, auch wenn sie sich nicht erklären konnte, warum.

Anne löschte das Außenlicht und verschloss die Haustür. Erst da bemerkte sie die Stille im Haus. Kein Töpfeklappern, keine Schritte in der Küche von einer herumeilenden Mutter. Ich dachte, sie kocht, dachte Anne verwundert, ging zur Küchentür, die nur angelehnt war, und schob sie auf.

In der Küche war es dunkel. Anne betätigte den Lichtschalter. Und da saß sie, Ruth, auf einem Stuhl am Fenster, und blinzelte in die plötzliche Helligkeit.

»Hier bist du!«, entfuhr es Anne. »Ist alles in Ordnung? Warum sitzt du denn hier im Dunkeln?«

»Ich … das Essen ist fertig … und es ist so ein schöner Abend«, entgegnete Ruth und erhob sich hastig.

Verwundert sah Anne zu, wie ihre Mutter den Salat umrührte und in Schüsselchen verteilte, mit ungewöhnlich fahrigen Bewegungen. Es wirkte, als hätte Ruth vor irgendetwas Angst.

RUTH. Am letzten Sonntag im Januar saß ich in meinem Zimmer über einem Buch und lernte. Da hörte ich auf einmal Schritte auf der Außentreppe, die vor meiner Tür haltmachten. Dann folgte Stille, offenbar stand da jemand und horchte. Kurz überlegte ich, ob Leni mir vielleicht einen Streich spielen wollte, doch gleich darauf hörte ich ein anderes Geräusch, ein Greinen oder Quieken. Ich riss die Tür auf. Und da stand sie – Christa – und auf dem Arm hatte sie das Baby.

»Gott sei Dank bist du da!«, sagte sie und ich sah sofort, wie angespannt sie wirkte, wie schlecht sie aussah, wie mitgenommen.

Ich wusste nicht, was ich sagen sollte, trat einfach zur Seite, zog sie und das Baby herein und schloss die Tür.

»Christa!«, stammelte ich, »du bist's wirklich!«

Das Baby sah aus wie ein kleiner Bär, mit so einer braunen Mütze mit angedeuteten Ohren. Es fing gleich wieder an zu greinen und verzog das winzige Gesicht. Christa sagte: »Sie hat Hunger«, und dann knöpfte sie sich den Mantel auf, ein wenig unbeholfen, mit einer Hand. »Ich muss sie anlegen«, erklärte sie, setzte sich ohne ein weiteres Wort auf mein Bett, öffnete die Bluse und legte das Baby an die Brust.

Ich stand einfach nur da und starrte sie an. Ein Wunder war geschehen. Christa war wieder da. Nun würde alles wieder gut werden.

»Ich komme von zu Hause«, erzählte sie und streichelte das Baby in ihrem Arm. Ihre Stimme klang matt, unendlich müde, und unter ihren Augen lagen dunkle Schatten. Erst jetzt fiel mir auf, wie blass sie war, außerdem hatte sie sehr abgenommen, ihre Wangenknochen und auch die Handgelenke traten deutlich hervor. Sie sah schön aus, das ja, doch auf eine ätherische, durchscheinende Art, als genüge ein Windstoß, um sie davonzutragen.

»Du meinst … aus Grösitz?«

Sie nickte.

»Ich … habe Vater um Hilfe gebeten. Ich schaffe das alles nicht mehr. Die viele Arbeit, die Vorbereitungen für Chile. Ein paar von denen, die mir mit der Kleinen immer geholfen haben, sind auch schon weg. Und dann die Nächte! Ich …« Plötzlich senkte sie den Kopf und begann zu weinen. Erst lautlos, dann immer heftiger, bis ihre Schultern sich in heftigen Krämpfen hoben und senkten und sie unterdrückte Schluchzer ausstieß. Das Kind, das an ihrer Brust eingeschlafen war, hatte ich ihr eben schon abgenommen, jetzt legte ich es vorsichtig auf mein Bett und deckte es zu. Ich zog meinen Stuhl näher heran und nahm Christa in den Arm. »Alles wird gut«, sagte ich und umarmte sie. »Komm erst mal wieder richtig zu Hause an, dann wird alles gut.«

Abrupt hörte sie auf zu weinen. »Aber … was redest du denn da? Ich will nicht nach Hause zurück.«

»Aber ich dachte …«

»Ich brauche nur ein bisschen Unterstützung bis zur Abreise. Wir haben so viel zu tun, das glaubst du nicht! Wir stecken alle bis zum Hals in Arbeit. Und da dachte ich … dass Vater – oder eher Frau Niemeyer natürlich – vielleicht die Kleine nehmen könnte … nur für die Zeit bis zur Abreise, eine Woche lang. Aber er hat sich geweigert.«

Ich brachte keinen Ton heraus. Aber sie erwartete wohl auch keine Antwort, sondern fuhr fort wie in einem Selbstgespräch. »Er hat mich angeschrien: ›Sag dich von diesen Verrückten los, dann helf ich dir!‹ Aber das ist doch jetzt mein Leben. Und ich will doch mit Erich … und der Kleinen … in Chile eine Zukunft aufbauen.« Wieder begann sie zu schluchzen und dann wimmerte sie so leise, dass ich sie fast nicht verstand: »Was gäbe ich darum, nur eine einzige Nacht durchschlafen zu können!«

Jetzt setzte ich mich neben sie aufs Bett, legte den Arm um sie und drückte sie ganz fest. Ich streichelte ihren Rücken und so blieben wir eine ganze Weile sitzen, in einer stummen Umarmung. Und dann hörte ich mich selbst sagen: »Eine Woche, sagst du? Ich mach das, ich nehm die Kleine in der Zeit.«

Ruckartig hob sie den Kopf und sah mich an, mit ihrem vom Weinen verquollenen Gesicht. »Das würdest du wirklich tun? Ich hatte es so sehr gehofft, aber …«

»Ja«, sagte ich jetzt in entschiedenem Tonfall. »Das krieg ich hier schon hin. So schwer kann's ja nicht sein! Und eine Woche geht schnell vorbei.«

Wieder liefen ihr die Tränen über die Wangen. Sie wollte etwas sagen, bekam aber keinen Ton heraus, daher nickte sie nur. Ich stand auf, suchte in meinem Nachttisch nach einem Taschentuch und drückte es ihr in die Hand. Sie schniefte und schnäuzte sich.

»Und jetzt schauen wir mal, wo wir dich heute Nacht einquartieren. Du könntest in meinem …«

»Ich kann nicht bleiben«, sagte sie da ganz erschrocken. »Muss heute noch zurück.«

»Aber … es wird doch schon dunkel. Fährt da überhaupt noch ein Zug?«

»Ich muss nur irgendwie nach Salzgitter kommen. Da wartet einer, der mich mitnimmt.«

»Aber …« Plötzlich wurde mir bewusst, was ich da angeboten hatte. Mein Blick huschte zu dem kleinen Bündel, das da auf dem Bett lag. »Aber was isst so ein Baby denn … essen die überhaupt schon? Die haben ja noch gar keine Zähne, oder? Du musst mir das doch alles in Ruhe zeigen.«

»Das tu ich auch. Aber wenn ich nicht heut Abend in Salzgitter bin, krieg ich großen Ärger!«

Langsam schüttelte ich den Kopf. »Ach, Christa«, sagte ich

und wollte hinzufügen: *Du musst da doch nicht mehr hin*. Doch ich behielt den Gedanken für mich. Es hatte keinen Sinn mehr, das hatte ich begriffen.

Die nächsten Minuten erklärte mir Christa, was die Kleine, die ja inzwischen fast sieben Monate alt war, zu essen bekommen sollte. »Aber ich dachte, sie trinkt an deiner Brust?«

»Eigentlich nicht mehr«, sagte Christa und errötete. »Weil ich ... ich hatte nicht genug Milch. Und so hab ich bald zufüttern müssen. Eigentlich ist es ganz einfach. Gekochte Möhren, als Brei, gekochte Kartoffeln. Und hier hab ich Fencheltee, den trinkt sie.«

Sie öffnete ihre Tasche und holte Teepackungen, Stoffwindeln, Windelhosen heraus. Und dann zeigte sie mir, wie die Kleine gewickelt werden musste. Und während ich dastand und mir einzuprägen versuchte, wie um alles in der Welt man diese Windeln faltete, wünschte ich mir insgeheim, ich könnte alles rückgängig machen. Worauf hatte ich mich da nur eingelassen? Ich würde das nie und nimmer hinkriegen. Wo sollte das Kind bleiben, wenn ich Unterricht hatte? Und was würde mein Ausbildungsleiter dazu sagen? Ich betrachtete das strampelnde Kind, sah, wie geschickt Christa das quadratische Stück Stoff zu einer Windel faltete und dem Baby mit geübten Griffen anzog – wie sie mit einer Hand die Stoffenden hielt und mit der anderen nach der schafwollenen Windelhose griff und sie ruckzuck über den kleinen Po zog. Ich bräuchte Wochen, um das zu lernen, dachte ich.

Doch dann fiel mein Blick wieder auf ihre dünnen Handgelenke, die aus den Blusenärmeln ragten. Nein, dachte ich. Du wirst jetzt die Zähne zusammenbeißen und das durchziehen. Weil es das Letzte sein wird, was du für Christa tun kannst, bevor sie für immer aus deinem Leben verschwindet.

Am Ende drückte Christa mir das frisch gewickelte Bündel in

den Arm. Ich sah hinab auf das kleine Köpfchen mit dem flaumigen, fast weißen Babyhaar, auf die blauen Augen, die nun auf mich gerichtet waren, groß und unverwandt.

»Na, dann werd ich mal«, sagte Christa. »Ich danke dir wirklich sehr, dass du das für mich machst. Ich weiß ja, dass du über vieles anders denkst.«

Ich nickte, mit dem Baby im Arm, das ganz warm war, wie eine Wärmflasche. »Bis in einer Woche!«

Jetzt sah Christa mich direkt an. »Nein«, sagte sie. »Ich werd nicht wiederkommen. Erich holt die Kleine bei dir ab. So ist es ausgemacht. Wir werden uns also jetzt verabschieden müssen.«

Ich starrte sie an. »Jetzt!«, rief ich schrill. Das Baby, der überstürzte Abschied von Christa und dann auch noch Erich – ich schaffte das alles nicht. »Aber ich dachte …«

»In drei Tagen werde ich weg sein. Erich kommt mit der Kleinen im Flugzeug nach. So ist es das Beste. Keine strapaziöse Überfahrt für sie.«

Mir schwirrte der Kopf und irgendwie fühlte ich mich belogen. Doch ich konnte keinen klaren Gedanken fassen, da war nur diese Fassunglosigkeit: Dies war der Abschied von Christa. Und Erich würde herkommen, ich musste ihm noch einmal begegnen. Doch dann fiel mir etwas anderes ein. »Also hast du dich von daheim schon verabschiedet?«

Sie schnaubte verächtlich. »Verabschiedet ist gut … Rausgeschmissen haben sie mich!«

Ich wusste nicht, was ich sagen sollte, und dann ging auf einmal alles ganz schnell. Sie umarmte mich linkisch, drückte dem Kind einen Kuss auf die Backe, öffnete die Tür und ging. Gerne hätte ich ihr von der Veranda aus hinterhergewunken, aber das Baby hatte keine Mütze mehr auf und draußen war es so kalt. Also blieb ich stehen, wo ich war, mitten im Zimmer, das Baby im Arm, und hörte Christas Schritte erst auf der Veranda und gleich darauf auf der Holztreppe, die nach unten führte. Dann war es still.

Dezember 1975. Heute auf dem Weg zum Unkrauthacken ertönt der Pito: Befehl zur Vollversammlung. Alle sollen sofort zum Perquilauquén kommen. Ob das damit zu tun hat, dass heute Heiligabend ist? Ich wundere mich, was kann das bedeuten? Gibt es vielleicht in diesem Jahr eine Weihnachtsüberraschung?

Und dann entdecke ich meine Tochter.

Wie lange ist das her, dass ich sie das letzte Mal gesehen habe? Zwei Jahre? Das liegt daran, dass die Wandervögel von allem ausgeschlossen sind. Die dürfen noch nicht einmal an den Versammlungen teilnehmen. Was die angestellt haben sollen, kann ich mir nicht vorstellen. Es soll was Sexuelles gewesen sein, hab ich gehört. Aber ich glaube es nicht, will es nicht glauben. Die Singvögel sind schon schlimm dran, aber die Wandervögel werden noch schlechter behandelt. Sie sind die Letzten der Letzten.

Und da ist sie tatsächlich.

Ich kann es gar nicht glauben, aber da ist sie. Sie ist groß geworden, aber so dünn, dass ich sie fast nicht erkenne. Sie ist jetzt dreizehn Jahre alt. Vor dreizehn Jahren habe ich sie das letzte Mal im Arm gehabt. Sie weiß nicht, dass ich ihre Mutter bin.

Sie steht links von mir, nur ein paar Meter entfernt und doch unerreichbar. Ich betrachte ihr halb abgewandtes Profil. Ich muss aufpassen, darf nicht zu auffällig hinsehen. Aber ich kann nicht anders. Ich starre sie an, will mir alles einprägen, wer weiß, wann ich sie das nächste Mal wiedersehe. Was für ein schönes Köpfchen sie hat, schöne Wangen, eine hohe, klare Stirn, und immer noch die blonden Locken! Das ist mein Kind, denke ich immer und immer wieder, mein Kind, das da steht, mein liebes Kind.

Als alle versammelt sind, kommt der Tío und redet von Heidenbräuchen, von Irrwegen und dass man sie verlassen müsse, sonst käme man nie zu Gott. Also doch kein Weihnachtsfest, denke ich und frage mich, was das hier dann werden soll, aber nur flüchtig, denn links von mir steht meine Tochter, nur ein paar Meter von mir entfernt. Das Herz hämmert mir im Leib, ich habe Angst, mich zu verraten, Angst davor, dass die anderen in mich hineinsehen und erkennen, wie es um mich steht.

Auf einmal nehme ich eine Bewegung auf dem Wasser wahr. Ich wende mich ab, dem Fluss zu. Da kommt ein Boot herangefahren. Ich muss zweimal hinsehen, kann's gar nicht glauben: Im Boot sitzt eine Gestalt im roten Mantel mit Pelzbesatz und weißem Rauschebart. Selbst aus der Entfernung sehe ich, dass der Bart nicht echt ist. Aber es gibt keinen Zweifel, der Mann im Boot, das soll der Weihnachtsmann sein. Bringt er uns etwa Geschenke? Wieder huscht mein Blick zu Renate, die jetzt dem Weihnachtsmann entgegenblickt und dabei langsam den Kopf in meine Richtung dreht. Und dann sehe ich es: den grünlichen Schimmer auf ihrer Wange, ein Zeugnis der Keile, die sie bezieht, und dazu den blicklosen Blick einer Debilen. Und in dem Moment frage ich mich, ob die roten und blauen und grünen Pillen oder womit sie sie täglich vollstopfen, ihren Kopf unwiederbringlich kaputt gemacht haben. So, dass es nie wieder gut werden kann. Ich schlucke, es ist, als säße ein Stein in meiner Kehle, ein Stein in meinem Magen. Und da spüre ich, dass jemand mich beobachtet. Es ist Elfriede, die Gruppentante der Vögel, die mich anstarrt. Hastig wende ich mich ab, wieder dem Wasser zu.

Und da ist mir auf einmal, als sei ich zweigeteilt: Der eine Teil von mir sieht immer noch Renate, der andere registriert, wie der Tío auf den Steg hinausgeht, bis zum Ende hin. Sieht, wie das Boot näher kommt und wie der Tío an Bord springt und mit dem Weihnachtsmann davonfährt. Abwesend beobachte ich, wie der Weihnachtsmann zu rudern aufhört, wie er aufsteht. Wie auch der Tío aufsteht. Wie der Tío den Weihnachtsmann schubst. Halb fällt, halb springt er, das kleine Boot schwankt gewaltig. Fast kippt der Tío mit ins Wasser, doch er setzt sich rasch. Dann nimmt er das Ruder und drückt den Weihnachtsmann, der im Wasser plantscht, unter die Oberfläche. »So!«, ruft er so laut, dass es zu uns herüberschallt. »Der Weihnachtsmann ist tot. Ihr könnt wieder an die Arbeit gehen.« Ich sehe in die Gesichter ringsum. Sehe, wie die Vögel davongehen, wie Renate davongeht, mit hängenden Armen. Einmal dreht sie sich noch um, wirft einen leeren Blick in Richtung Wasseroberfläche. Und es ist dieser Blick, der nichts versteht, diese glasigen Augen, in denen nichts zu lesen ist, die etwas in mir zerbrechen lassen. Und plötzlich glaube ich, es nicht länger auszuhalten. Ich stehe immer noch dort, sehe meinen Glaubensbrüdern und -schwestern hinterher, diesen Spukgestalten, von denen ich hier umgeben bin, und möchte schreien. Aber ich schreie nicht, bleibe nur stocksteif stehen, spanne alle Muskeln an, ganz fest, ganz fest, verkrampfe mich, bündle all meine Konzentration darauf, nicht zu schreien. Und dann hebe ich den Kopf und lächle.

TEIL III

DIES KIND SOLL UNVERLETZET SEIN

Der Regen war in Schnee übergegangen. Anne stand am Fenster ihres Büros in Seewiesen und blickte auf das kittgraue Wasser des Sees. Februarödnis, dachte sie. Hoffentlich schneite es jetzt auch in Grösitz. Als sie letzte Woche mit Ruth telefoniert hatte, war von einer Überschwemmung der Striezel die Rede gewesen, und bei dem starken Regen hatte sich herausgestellt, dass das Dach der Baracke an einer Stelle undicht war. Diese Nachricht hatte Anne in Alarmbereitschaft versetzt. »Ich kümmer mich drum«, hatte sie eilig entschieden und schon befürchtet, ihre Mutter würde jetzt bestimmt wieder vom Verkaufen anfangen. Doch Ruth hatte nur gesagt: »Ach, lass mal, ich mach das schon«, und ansonsten wie die Male zuvor nur von Chile gesprochen und ihr erzählt, was sie alles über das Land gelesen hatte. Immer wieder staunte Ruth darüber, dass es ja über viertausend Kilometer lang sei und nur zweihundert Kilometer breit. Überhaupt schienen ihre Gedanken seit einer ganzen Weile nur noch um dieses Land zu kreisen.

Anne wandte sich ab und schlüpfte in ihre Gummistiefel, als das Festnetztelefon auf ihrem Schreibtisch klingelte. Ein Blick aufs Display zeigte *Ruth* und dann fiel ihr ein, dass sie ihr Handy nach dem *Journal Club* noch nicht wieder eingeschaltet hatte. Es wird doch wohl nichts passiert sein, schoss es ihr durch den Kopf. Ihre Mutter rief sie niemals im Büro an, da war sie ziemlich eigen. Sie fand, während der Arbeitszeit könne Anne doch keine Privatgespräche führen.

»Hallo?«

»Anne? Ja, also hier ist Ruth.«

»Ist alles in Ordnung? Geht es dir gut?«

Kurzes Schweigen. Dann die verständnislose Antwort: »Aber ja … mir geht es bestens.«

»Weil du mich sonst nie im Büro anrufst.«

»Ach so, na ja. Da hast du natürlich recht. Aber es ist so: Ich wollte dich um einen Gefallen bitten.«

»Einen Gefallen, aber klar …« Anne war erleichtert. Wenn weiter nichts los war.

»Wärst du so nett und würdest mir ein Flugticket nach Chile buchen?«

Im ersten Moment glaubte Anne, sich verhört zu haben. Im zweiten Moment, als ihr dämmerte, dass mit ihren Ohren alles in Ordnung war und Ruth diesen Satz tatsächlich gerade gesagt hatte, atmete sie tief durch und fragte: »Du willst nach Chile fliegen?«

»Ja. Am besten übermorgen.«

»M… Moment! Würdest du mir zuerst erklären, was du dort … vorhast?«

»Ich möchte Christa besuchen.«

Anne fühlte sich, als habe Ruth ihr gerade eine mit dem Knüppel drübergezogen. Christa. Besuchen. In Chile.

»Ich fühle mich etwas überrumpelt. Ich meine … du willst … entschuldige, wenn ich das frage: Wieso willst du das tun?«

»Christa hat mir geschrieben.«

Anne blinzelte und sah wieder hinaus auf den See, der langsam von der Dämmerung eingehüllt wurde. »Ich … also …«, begann sie, verstummte aber sogleich wieder. Was sollte sie denn nun sagen? Dass Ruth sich mit dem Land auseinandergesetzt hat, war ja nicht neu für sie. Und natürlich war Anne klar gewesen, dass dieses plötzliche Interesse mit Christa zusammenhing, mit dieser Freundin, die so mir nichts, dir nichts wieder aufgetaucht war, aus einer Versenkung, von der Anne noch nicht einmal etwas geahnt hatte. Eine Freundin, an die wohl auch Ruth selbst schon seit Ewigkeiten nicht mehr gedacht hatte. So oder so: Gleich hinzufliegen, kaum dass ein Brief kommt! Andererseits konnte sie Ruth diesen Wunsch ja wohl schlecht abschlagen. Zögerlich sagte sie: »So eine Reise will gut geplant sein. Du kannst doch nicht einfach so hergehen und sagen: *Morgen fliege ich zu Christa nach Chile.* Und überhaupt verstehe ich das alles nicht!« Am liebsten hätte Anne ihr noch an den Kopf geworfen, dass sich Ruth im letzten Sommer zuerst nicht mal mehr an Christa hatte erinnern wollen, doch sie konnte sich gerade noch bremsen.

»Ich hatte in den letzten Wochen genug Zeit nachzudenken. Außerdem habe ich Christa schon geantwortet und ihr meinen Besuch angekündigt.«

Anne zwang sich, tief durchzuatmen und erst mal bis drei zu zählen. Das war unfassbar für sie. Was war nur in Ruth gefahren? Mit mühsam unterdrücktem Ärger fragte sie: »Hast du schon mit Renate gesprochen? Was sagt sie dazu?«

»Also jetzt wird's mir langsam zu bunt«, sagte Ruth da. »Wenn du das nicht machen möchtest, gehe ich morgen in ein Reisebüro.«

»Aber, so war das doch gar nicht …«, sagte Anne und verstummte abrupt. Ihre Mutter hatte einfach aufgelegt.

Auf der A9 kämpfte sie mit dem Gefühl, etwas durch und durch Idiotisches zu tun, doch als sie später die A7 entlangschlich, mit leicht heruntergelassenen Fenstern, weil die Lüftung mal wieder nicht funktionierte und die Scheiben sonst beschlugen, wich das klumpige Unbehagen, das Ruths Anruf in ihr ausgelöst hatte, einer Art Schicksalsergebenheit.

Es war nach sechzehn Uhr, als sie die Autobahn endlich verließ. Ein echter Höllentrip war das, dachte sie. Mit Schneetreiben und Windböen, liegen gebliebenen Lkws und Stau. Zum Glück war sie schon um kurz nach fünf Uhr morgens losgefahren.

Als sie die Allerbrücke überquerte und kurz darauf rechts abbog, spürte sie wieder dieselbe Beklommenheit wie zu Beginn ihrer Fahrt, und als sie die Prinzengartenstraße entlangfuhr, wurde ihr auf einmal ganz elend zumute. Einen Moment lang verfluchte sie zuerst den Dickschädel ihrer Mutter und dann ihre eigene Blödheit. Warum hatte sie ihre Mutter seinerzeit unbedingt zu Renate und Horst mitnehmen müssen? Wenn sie nicht auf diese Schnapsidee verfallen wäre, säße sie jetzt zu Hause auf dem Sofa, ein Buch auf den Knien und eine Tasse Kaffee in der Hand.

Eine Stunde später saß sie auf Ruths Sofa, den Laptop auf dem Schoß, und scrollte durch Flüge. Die günstigste und gleichzeitig am wenigsten strapaziöse Variante wäre ein Flug mit »nur« achtzehn Stunden Reisedauer über Madrid. Während Anne die Passagierdaten eingab, fragte sie sich immer wieder, ob sie das hier gerade wirklich tat: zwei Tickets nach Chile buchen, eines für ihre Mutter und ein zweites für sich. Es kam ihr eher vor wie ein wirrer Traum – nicht unbedingt ein Albtraum, aber einer von der Sorte, bei der man hinterher überhaupt nicht kapierte, was man da veranstaltet hatte. Dabei war ihr sehr schnell klar geworden, dass sie Ruth auf keinen Fall alleine fliegen lassen würde, nicht nach Chile, nicht in die ehemalige Colonia Dignidad, wo Leute gefoltert und umgebracht, Kinder missbraucht und mit Elektroschocks gequält worden waren. Und wo im Januar 1985 der US-amerikanische Professor und Outdoor-Aktivist Boris Weisfeiler spurlos verschwunden war.

Konnte sie Renate und Horst denn wirklich Glauben schenken, wenn sie sagten, ein Besuch der Villa Baviera sei heute »vollkommen ungefährlich«?

Doch wenn sie ehrlich war, war das nicht der einzige Grund, warum sie von einer Sekunde zur anderen beschlossen hatte mitzukommen. Da war noch etwas anderes, eine Art Hintergedanke: der diffuse Wunsch, das alles besser zu begreifen. Renate und Horst, ihr unglaubliches Schicksal. Und diese Christa, die ihre Mutter so sehr beschäftigte. Wie nah musste Ruth sich ihr gefühlt haben, wenn sie für sie um die halbe Welt flog? Oder ging es dabei gar nicht um Nähe? Hatte etwas in Christas Brief gestanden, das Ruth nun bewog, von heute auf morgen nach Chile zu fliegen? Aber was könnte das sein, nach all den Jahren?

Anne seufzte und rief in die Küche, wo Ruth herumwerkelte: »Der 7. März wäre der nächstmögliche Flug. Also nehmen wir den?«

Ruth erschien in der Küchentür. »Den nehmen wir. Du musst aber wirklich nicht mit mir da hin! Ich komme schon alleine zurecht!«

Anne brummte nur: »Das weiß ich. Aber ich weiß auch, dass ich hier dann keine ruhige Minute haben werde.«

Ruth warf Anne noch einen kurzen Blick zu, sagte aber nichts darauf und verschwand wieder. Anne klickte sich weiter die Buchungsseiten entlang. »Ich brauche dann noch deine Kreditkarte«, rief sie gegen den Lärm der Dunstabzugshaube an.

»Im Sekretär unter dem Fenster … oberste Schublade!«

Anne stand auf, holte die Kreditkarte heraus und wollte die Schublade gerade wieder zuschieben, als ihr ein Stapel mit Luftpostumschlägen ins Auge fiel. Sie stutzte kurz. Dann beugte sie sich herunter und las die Anschrift: *Christa Buhr c/o Sociedad Benefactora y Educacional Dignidad, Parral.* Was waren das

denn für Briefe? Verwirrt griff Anne nach dem obersten und drehte ihn um. Der Brief war von Ruth. Nun holte Anne auch die anderen blauen Briefe heraus. Das dünne Papier knisterte in ihren Fingern, während sie die Umschläge durchblätterte, Ruths Adresse auf der Rückseite las und die Poststempel registrierte. Die Briefe erstreckten sich über einen Zeitraum von Jahren; allesamt trugen sie den Vermerk *destinatario desconocido*. Empfänger unbekannt. So wie's aussah, hatte Ruth über fünf Jahre lang versucht, Christa in Chile zu erreichen. Langsam drehte sie sich um und ging mit den Briefen in Richtung Küche.

RUTH. Jeder kann sich die Aufregung vorstellen, die das plötzliche Auftauchen eines Babys in einem Ausbildungsbetrieb hervorrief.

Nach Christas Weggang holte ich meine Freundin Leni aus dem Nachbarzimmer, von der ich wusste, dass sie die Älteste von sieben Geschwistern war. Und in der Tat zuckte Leni nur mit den Schultern und sagte: »Kein Problem. Wir werden das Blag da schon schaukeln.« Das war scherzhaft gemeint, aber ich stand nur mit Grabesmiene dabei. Ich konnte mir kaum vorstellen, wie ich die nächste Woche überstehen sollte und wie ich es schaffen konnte, dass das Kind diese Zeit ebenfalls heil überlebte. Nach und nach versammelten sich immer mehr Mädchen in meinem Zimmer, die alle das Baby halten wollten und mir ihre Hilfe anboten.

Und dann kam der Moment, als wir zum Abendessen ins Institut gingen und ich Herrn Colsman die Sachlage erklären musste. Nie werde ich den Ausdruck auf seinem hageren Gesicht vergessen, diese Mischung aus Verblüffung, Unbehagen und Empörung. Diesen ungläubigen Blick hinter den dicken

Brillengläsern. Das hatte es am Institut noch nie gegeben. Er setzte die Brille ab und rieb sich die Augen, doch nach einer Weile sagte er: »Schließlich gibt es für alles ein erstes Mal.«

Drei Tage vergingen und schon nach den ersten drei Nächten war ich ziemlich am Ende. Das Baby wollte und wollte nicht durchschlafen, trotz der unzähligen guten Ratschläge, die ich von allen Seiten bekam. Der beliebteste dabei: Du musst sie nur schreien lassen, dann gibt sich das von selbst! Doch es war jede Nacht dasselbe: Ich legte die Kleine in ihrem Körbchen schlafen, das ging ein paar Stunden gut. Doch etwa um Mitternacht erwachte sie und fing an sich zu regen. Wie sie da in der Dunkelheit lag und erst das Bettzeug zu rascheln begann und dann ein paar komische Laute zu hören waren, so ein Meck-Meck-Meck, kam es mir immer vor, als liege da ein hilfloses Tierchen, und irgendwie brachte ich es nie über mich, sie schreien zu lassen. Stattdessen knipste ich das Licht an und nahm sie zu mir ins Bett. Wenn ich vor lauter Erschöpfung doch einmal versuchte, sie liegen zu lassen, steigerte sich das Schreien erst zu einem fürchterlichen Crescendo, dann wurde es ein paar Sekunden lang plötzlich still, so still, dass ich mit einem Mal panische Angst bekam, sie könnte sterben, einfach so, vor lauter Aufregung, und dann ging das Gebrüll weiter.

Am Wochenende kam Fritz aus Wolfenbüttel mit dem Roller angefahren. Ich erinnere mich noch genau an sein Gesicht, als ich die Tür öffnete, die Kleine im Arm. Er zwinkerte kurz, dann lachte er und fragte: »Wie hast du das denn so schnell hingekriegt?«

Als wir später einen Spaziergang in den Wald machten und die Kleine in dem von Frau Colsman geborgten Kinderwagen vor uns her schoben, grinste er in sich hinein und meinte: »Die kleine Familie! Und das, obwohl du nie Kinder haben wolltest!«

Gegen Ende der Woche wuchs meine Beklommenheit, was das Wiedersehen mit Erich anging. Wie würde er mir begegnen? Wie sollte ich mich ihm gegenüber verhalten? Würde er das, was damals im Wald geschehen war, erwähnen? Vielleicht würde er sogar meine »Flucht aus dem Bunker« ansprechen? Denn auch wenn er selbst damals nicht in Lohmar gewesen war, hatten die anderen ihm doch sicher erzählt, was passiert war. Am besten wäre, es so einzurichten, dass ich nicht mit ihm allein sein musste. Fritz allerdings wollte ich nicht um Beistand bitten, aus naheliegenden Gründen.

An dem Tag, als Erich die Kleine abholen sollte, hatte sich meine Beklommenheit zu regelrechter Übelkeit gesteigert. Zum Frühstück brachte ich keinen Bissen herunter, doch zum Glück herrschte um mich her eine wahre Hühnerstallatmosphäre. Alle wollten *den kleinen Goldschatz* ein letztes Mal füttern, halten, schaukeln, ihm zu trinken geben. Als wir später beim Unterricht saßen, während die Kleine in ihrem Körbchen schlief, wanderte mein Blick immer wieder zum Fenster in der Erwartung, Erichs hünenhafte Gestalt auftauchen zu sehen. Beim Mittagessen verfluchte ich, keine klare Zeit mit Christa vereinbart zu haben. So musste ich während der üblichen nachmittäglichen Ausfahrt immer in Sichtweite der Zufahrtsstraße zum Institut bleiben. Es war schon nach dem Abendessen, als Leni mich fragte: »Na, wann kommt denn der berüchtigte Vater nun endlich?« Doch ich konnte sie nur ansehen und mit den Schultern zucken. »Ihm muss was dazwischengekommen sein«, sagte ich, blickte hinaus auf den Hof und fügte hinzu: »Hoffentlich ist nichts passiert!«

Als wir uns an diesem Abend zu Bett legten, konnte ich lange nicht einschlafen. Immer wieder trat ich ans Fenster und blickte in Richtung Straße, ob in der Ferne nicht irgendwelche Scheinwerfer zu sehen waren. Und sosehr ich mich auch zu beruhigen suchte, wurde ich in dieser Nacht den Gedanken nicht los, dass etwas Furchtbares geschehen sein musste.

Auch am nächsten Tag kam Erich nicht. Irgendwann am späten Vormittag ging ich zu Frau Colsman ins Büro und bat sie, telefonieren zu können. Bei der Auskunft erfragte ich die Nummer des Missionshauses. Doch als ich dort anrief, nahm niemand ab. Ich versuchte es noch weitere Male, den ganzen Tag über bis zum späten Abend, hörte aber jedes Mal nur den penetranten Ton des Freizeichens.

Erst am Tag darauf wurde das Telefon abgenommen. Eine Männerstimme bellte die Anschlussnummer in den Hörer.

»Hallo?«, fragte ich, völlig verdattert. Ich hatte gar nicht mehr damit gerechnet hatte, dass jemand abnehmen würde. »Ich muss Erich Buhr sprechen. Ist er da?«

Es folgte eine kurze Pause, dann ein Rascheln. »Der Erich? Nee, der is nich da.«

»Wissen Sie, wann er wiederkommt?«

Jetzt lachte die Person. Ein kurzes, bellendes Lachen. »Nee, weiß ich och nich.«

»Ich muss ihn wirklich dringend sprechen. Oder vielleicht ist Christa noch da, Christa Buhr, seine Frau? Fragen Sie doch bitte mal herum, vielleicht weiß jemand anderes was!«

Wieder lachte der Kerl kurz auf. Dann sagte er: »Würd ich ja gern. Aber außer mir is hier niemand mehr!«

»Was?«, rief ich und umklammerte den Hörer fester. »Aber ich hab seine Tochter hier. Die wollte er gestern abholen.«

»Davon weiß ich nischt.«

»Aber … ich muss ihn sprechen. Er muss seine Tochter abholen!«

»Nichts für ungut, Frollein. Aber da weiß ich nichts drüber.«

Jetzt seufzte der Mann hörbar. »Wenn das so ausgemacht is, wird der Erich schon kommen. Vielleicht is ihm einfach was dazwischengekommen.«

Am Abend überwand ich meine Scheu vor seiner Zimmerwirtin und rief Fritz an, der sich sofort auf seinen Roller setzte und nach Liebenburg kam. Ich weiß noch, wie wir in meinem Zimmer saßen, uns ansahen und es einfach nicht fassen konnten.

Gemeinsam überlegten wir hin und her, was jetzt zu tun wäre. Das Kind nach Lohmar ins Missionshaus zu bringen machte wenig Sinn, wenn dort außer dem Mann am Telefon niemand mehr war. Schließlich kamen wir überein, dass es wohl das Beste wäre, nach Grösitz zu fahren und mit Herrn Bellstedt zu sprechen. Schließlich war er der Großvater des Kindes.

Am Spätnachmittag des folgenden Tages ging ich mit dem Kind auf dem Arm die Lindenallee entlang. Alles erschien mir vollkommen unwirklich, als ich da vor dem Haus stand und zu Christas Zimmer hochsah, von dem ich wusste, dass sie dort nie wieder wohnen würde. Stattdessen hielt ich ihr Kind im Arm und wusste nicht, was ich mit ihm anfangen sollte.

Als wenig später die Tür aufging, stand ich zu meiner Überraschung Frau Bottke gegenüber, die mir, die Haare hochgebunden und mit einem Lappen in der Hand, entgegengrinste. »Na, wen ham wir denn da?«, lachte sie, riss die Tür ganz auf und brüllte über die Schulter: »Frau Niemeyer, da is Ruth!« Mit einem Blick auf das Baby fügte sie hinzu: »Und das is wohl nicht deins, nehm ich an!«

Frau Niemeyer sah ganz erschrocken aus, als sie mich mit dem Kind im Arm dastehen sah, und noch bevor ich das Haus betrat, rief sie: »Aber wo ist denn Christa?«

»Deswegen bin ich hier«, antwortete ich. »Christa ist schon in Chile.«

Als ich Herrn Bellstedt und Konstantin gegenübersaß und ihnen alles erzählte, wurde Herrn Bellstedts Gesicht ganz hart. Mühsam beherrscht fragte er schließlich: »Und dieser … Erich ist nicht auffindbar?«

Ich sah von einem zum anderen und nickte schwach. »Was sollen wir denn jetzt tun?«

Eine Weile lang war es still, dann stand Herr Bellstedt auf, wobei der Stuhl laut über den Boden scharrte.

»Das ist doch alles ungeheuerlich!«, rief er und lief schweigend im Zimmer auf und ab. Irgendwann fasste er sich und sagte: »Uns bleibt wohl nichts anderes übrig, als noch einmal zu diesem Missionshaus zu fahren.«

»Aber da ist keiner mehr«, wandte ich ein. »Der Mann, den ich am Telefon hatte, sagte, er sei der Einzige dort.«

»Und wo ist dann der Rest dieser Bagage?«, rief Herr Bellstedt.

»Ich weiß nicht … wahrscheinlich sind die meisten von ihnen schon auf dem Schiff.«

Herr Bellstedt sah von einem zum anderen, dann sagte er: »Moment mal«, und verließ den Raum. Nach ein paar Minuten kehrte er wieder, mit Frau Bottke im Schlepptau, die den Putzeimer in der Hand hielt.

»Ihr Sohn ist doch bei diesen Leuten in Lohmar, nicht wahr?«, fragte er.

Frau Bottke stellte den Eimer ab. »Ja. Da isser.« Und mit einem trotzigen Blick zu mir fügte sie hinzu: »Was für uns ein großes Glück is!«

»Ja, ja«, sagte Herr Bellstedt ungeduldig. »Aber wir haben dort im Heim angerufen. Die sind alle weg. Wussten Sie das nicht?«

»Weg? Na klar sind die weg. Sind doch jetzt in Belgien!«

»Was machen die denn in Belgien?«, fragte Herr Bellstedt und fixierte Frau Bottke.

»Na, die sind auf Chorreise! Und mein Junge is auch dabei. Hat 'ne schöne Stimme, der Kleine!«

An Konstantin und Herrn Bellstedt gewandt, sagte ich: »Vielleicht ist Erich ja noch mit den Kindern in Belgien.« Und zu Frau Bottke: »Wann kommen die denn zurück?«

Frau Bottke zuckte die Schultern. »Deren Terminkalender weiß ich natürlich nich!«

Plötzlich sagte Konstantin: »Irgendwie kommt mir das alles komisch vor. Die anderen wandern alle nach Chile aus. Aber die Jungen und wahrscheinlich ein paar Betreuer fahren nach Belgien?« Er runzelte die Stirn. »Und wie können wir jetzt in Erfahrung bringen, ob dieser Erich da mitgefahren ist?«

»So oft anrufen, bis wir es wissen! Zur Not die ganze Nacht.«

In dem Moment regte sich die Kleine auf meinem Arm und fing an zu greinen. Alle sahen sie an. Da sagte Herr Bellstedt in einem ganz kalten Ton, den ich noch nie an ihm gehört hatte: »Dieses Kind gehört zu seinen Eltern. Und wenn ich es persönlich nach Belgien oder nach Chile oder sonst wohin bringen muss!«

Dann nahm er mir die Kleine aus dem Arm. »Du hast schon viel zu viel getan! Das ist ja eine Zumutung!«, sagte er und drückte sie Frau Niemeyer in die Hände, die gar nicht wusste, wie ihr geschah. Die Kleine strampelte wie wild und schaute sich suchend um. Als sie mich wieder erblickte, zuckte es in dem kleinen Gesichtchen, der Mund verzog sich zu einem Weinen und sie streckte die Händchen nach mir aus.

»Du hast schon genug getan, Ruth!«, wiederholte Herr Bellstedt. »Was meine Tochter dir da aufgebürdet hat … wir übernehmen das jetzt.« Im Hinausgehen sagte er in einem Ton, der keinen Widerspruch duldete: »Frau Niemeyer, mach mal das Bett für die Kleine fertig, am besten in Christas Zimmer.« Und zu mir sagte er: »Morgen such ich diesen Erich!«

November 1976. Das Lächeln also. Ich weiß noch genau, wann ich damit begonnen habe. Das war damals im Schweinestall. Als ich mir ein Beispiel an den Tieren genommen habe. Die lächeln immer, habe ich gedacht und es selbst mal ausprobiert. Und immer, auch wenn keiner hingesehen hat, hab ich gelächelt, auch wenn ich das Gefühl hatte zu ersticken. Und so habe ich gelächelt, als ich Renate dort am Fluss habe stehen sehen, an dem Tag, als der Weihnachtsmann ertrank. Und so lächle ich bis heute, wann immer es mir möglich ist.

Auch als irgendwann der Tío über den Hof gelaufen kommt und vor mir stehen bleibt, lächle ich.

»Du sollst ja nicht die Dümmste sein. Ich hab was für dich. Ab heute Dienst im Wächter I.«

Hildegund, die bisher dort war, hat wohl was falsch gemacht, was, sagen sie mir nicht. Und ich hüte mich, sie zu fragen, bin einfach froh, nach all den Jahren aus dem Schweinestall wegzukommen.

Der Wächter I ist immer besetzt, Tag und Nacht. Er ist in einem Wohncontainer untergebracht, der oben auf dem Hügel steht. Von dort kann man weit ins Land sehen. Da sitze ich nun, das Fernglas oder Nachtglas vor den Augen, und behalte das Gelände und den Weg im Blick. Wenn sich was tut, ich irgendwas höre, sich irgendwas bewegt, ein Mensch, ein Wagen, schieße ich Fotos mit dem Teleobjektiv und greife dann sofort zu einem der beiden Telefonhörer oder zu einem der Funkgeräte und berichte dem Tío, was los ist.

In bestimmten Abständen sind Mikrofone in die Zaunpfähle eingebaut und entlang der Zäune ist Kies aufgeschüttet. Mit ein bisschen Übung lerne ich herauszuhören, ob sich ein Wagen nähert oder ein Reiter oder ob da jemand zu Fuß geht. Auch ob es mehrere sind, kann man mit der Zeit unterscheiden. Alles, was ich hier tue, ist geheim. Ich darf mit niemandem darüber sprechen. Denn die meisten von uns wissen nichts darüber.

Nach Monaten werde ich in den Galpon versetzt, das Empfangshaus, wo ich von nun an zusammen mit Sieglinde Dienst tue. Sieglinde ist eine von den Deutschländern und erst vor ein paar Wochen hier angekommen. Sie ist noch ein bisschen grün hinter den Ohren, weiß meinem Eindruck nach noch nicht richtig, worauf's hier ankommt. Aber sie lernt schnell. Auch dass man besser nicht zu viele Fragen stellt. Am liebsten hätte ich sie nach der Kleinen gefragt, vielleicht weiß sie ja irgendwas, aber dann lasse ich es. Sie kommt aus Gronau, sicher hat sie keine Ahnung, da brauch ich das Risiko erst gar nicht eingehen. Wenn sie sich verplappert und erzählt, dass ich gefragt habe, ergeht's mir wieder schlecht. Jetzt, wo grad alles einigermaßen erträglich ist.

Wenn der vom Wächter I gemeldete Wagen den Galpon erreicht hat und vor der Stahlschranke steht, erwarten wir ihn längst: mit Mikros, laufendem Tonband und Fotoapparat im Anschlag. Und der Tío steht hinter der Scheibe und beobachtet alles. Das Ganze ist ein ausgeklügeltes System. Alles nur zu unserer Sicherheit, sagt der Tío. Auch dass der ganze Fundo eingezäunt ist mit Stacheldraht. Damit kein Kommunist hier hereinkommt und irgendetwas sabotiert! Doch auch innerhalb des Fundo gibt es Sicherheitsanlagen: Mikrofone, Lichtschranken, Stolperdrähte, haarfein wie Spinnweben. Wenn man die durchläuft, merkt man's selber gar nicht, aber in der Zentrale geht der Alarm los. Und dann kommt der Sicherheitstrupp mit den Schäferhunden und die gepanzerten Fahrzeuge, die so leise sind, dass man sie erst in letzter Minute hört.

An der Pforte kriegt man viel zu sehen. Die Arbeit hier ist die beste, die ich je im Fundo hatte. Ich freue mich, dass ich so gut mit all den Geräten zurechtkomme. Auch mit Sieglinde bin ich gut. Man kriegt auch allerhand mit hier, wer raus- und reinfährt. Da sind auch nette Leute dabei, so wie Herbert, der oft zwischen dem Fundo und Bulnes hin- und herfährt und mir und Sieglin-

de schon zweimal eine Tafel Schokolade zugeschoben hat, einmal sind es sogar Pralinen. So was! Herbert hat wohl irgendwie mit dem Casino Familiar zu tun oder mit der Steinbrechanlage, das weiß ich nicht genau. Und ich frage auch nicht, will ja meinen guten Stand nicht gleich wieder verlieren.

Neulich stand da einer bei uns vor der Schranke, der hat tatsächlich angefangen Fotos zu machen, vom Galpon, vom Zaun, von der Schranke, von uns beiden. Da hat der Tío Order gegeben, dass die erste Schranke geschlossen wird. Und das ist ganz schön ausgebufft: Die Schranke am Eingang ist erst mal immer offen. Die Leute fahren daran vorbei, ohne sie überhaupt richtig wahrzunehmen. Sie wissen nicht, dass sie schon auf unserem Gelände sind. Das ist wie so eine Art Niemandsland. Dort können sie noch keinen Schaden anrichten. Und falls sie sich verdächtig benehmen, zack, wird diese erste Schranke geschlossen, und wenn sie dann wenden und vom Galpon wegfahren, kommen sie nicht weit. Nur bis zur ersten Schranke. Und dort werden sie von unseren Herren befragt. Wenn sie sich weigern, den Film aus der Kamera zu nehmen und abzugeben, werden die Carabineros geholt, die ihnen den Film abknöpfen und sie mitnehmen auf die Wache nach Catillo. Die Carabineros tun, was die Herren ihnen sagen. Ich vermute, das hängt mit den Fresskörben zusammen, die sie immer von uns bekommen. Die Leute hier haben ja nicht viel.

Seit ein paar Wochen passieren komische Dinge, wenn ich Nachtdienst habe. Da gibt der Tío Befehl, die Schranke zu öffnen, mitten in der Nacht. Und dann kommen sie: ein, zwei, drei abgedunkelte Wagen, oft ist auch ein Lkw dabei. Das Eigenartige daran ist, dass die einfach so passieren, ich soll keine Kontrolle vornehmen. Komisch ist auch, dass diese abgedunkelten Wagen vorher nicht vom Wächter I angekündigt werden.

Anne war eine Listenschreiberin und so saß sie an diesem Nachmittag – Ruth war in die Stadt gegangen, um sich für die Reise »vernünftige Schuhe« zu kaufen – an Ruths Sekretär und notierte all die Dinge, die vor der Abreise noch erledigt werden mussten. Sie versuchte es zumindest. Denn immer wieder geisterten in ihrem Kopf die Briefe herum. Die blauen Luftpostbriefe, die Anne in Ruths Sekretär gefunden hatte. Und das, was Ruth dazu gesagt hatte. Oder vielmehr das, was sie nicht gesagt hatte.

»Schau mal, was ich gefunden habe!« Immer noch völlig perplex hatte Anne ihrer Mutter die Umschläge hingehalten.

Im ersten Moment hatte Ruth nichts zu sagen gewusst, sie hatte erst die Umschläge angestarrt, dann Anne, dann wieder die Umschläge.

»Ach«, hatte sie dann gemurmelt. »Die hatte ich im Schuppen aufbewahrt. In Grösitz. Sind mir neulich in die Hände gefallen.«

»Das sind …«, Anne blätterte lose durch das Bündel Briefe, »wie viele … fünfundzwanzig … dreißig Briefe! Und alle sind ungeöffnet zurückgekommen? Da hast du … ewig geschrieben, ohne eine Antwort zu bekommen?« Sie verstummte und sah auf die Briefe, betrachtete den schräg geschwungenen Namenszug.

»Na ja … ich habe es eben versucht.«

»Du hast es *versucht*? Das ist wohl ein bisschen mehr als *versuchen*. Das ist … du hast ihr *fünf Jahre lang* geschrieben! Was gab es denn da zu schreiben, um Himmels willen? Ich meine, wenn der andere partout nicht antwortet!« Annes Stimme klang nun schrill. Sie wusste auch nicht, warum sie sich auf einmal so aufregte.

Ihre Mutter hatte sich abgewandt, war zum Wasserhahn gegangen und hatte sich die Hände gewaschen. Und in dem Moment begriff Anne endgültig, dass da viel mehr sein musste, dass es da etwas gab, etwas Großes, Drängendes, das ihre Mutter ihr verschwieg, etwas Ungeheuerliches, das sie jetzt dazu brachte, ans andere Ende der Welt zu reisen.

Nachts lag Anne lange wach. Ihre Gedanken wanderten hin und her, von den Briefen zurück nach Grösitz zu Renate und Horst, bis sie schließlich bei Christa hängen blieben. Was verband ihre Mutter mit dieser Christa, warum hatte sie ihr so viele Jahre geschrieben? Und was hatte in Christas Brief an Ruth gestanden? Was konnte so wichtig sein, dass Ruth nun die Strapazen einer achtzehnstündigen Flugreise auf sich nahm? Denn dass es bloß um eine alte Freundschaft ging, das bezweifelte Anne inzwischen sehr. Und dass Ruth auf einmal ein spätes Reisefieber entwickelt und eine plötzliche Liebe zum südamerikanischen Kontinent entdeckt hatte, das konnte sie sich noch weniger vorstellen. Wo ihre Mutter seit jeher am liebsten im Wald unterwegs war und sich hier in Celle extra einen Schrebergarten gepachtet hatte, weil Grösitz doch zu weit weg war, um Blumen, Tomaten und Bohnen zu ziehen. Was also war es? Ruth musste einen triftigen Grund für diese Reise haben, da war Anne sich inzwischen sicher. Sie musste an das Foto von 1959 denken, an die beiden jungen Mädchen auf dem Feld, an ihre lachenden Gesichter. Bevor alles auseinandergebrochen war, dachte Anne. Da war Christa noch daheim und alles war in Ordnung. Oder etwa nicht?

Plötzlich wusste Anne, was sie tun würde. Es gab jemanden, der ihr vielleicht etwas erzählen konnte über damals. Über die beiden Mädchen. Über diese Christa.

»Ich würde gerne Konstantin Bellstedt besuchen, bevor wir fliegen. Soweit ich weiß, lebt der gar nicht weit von hier in einem Pflegeheim.«

Anne ließ Ruth nicht aus den Augen. Sie sah, wie ihre Mutter den Löffel sinken ließ, mit dem sie gerade ihr Ei aufklopfte.

»Aber … Warum *das* denn?«

Anne erwiderte Ruths Blick, ohne mit der Wimper zu zucken. »Na ja …«, antwortete sie ruhig, »du willst von heute auf morgen nach Chile. Da ist es doch nur legitim, sich vorher mal mit Christas Bruder zu unterhalten. Immerhin war er schon einmal dort.«

»Woher weißt du das denn?«

»Von Gisela Bottke.«

»Aha.« Ruth wandte sich wieder dem Ei zu. Als sie nichts weiter sagte, fuhr Anne fort: »Ich würde gerne hören, wie es damals dort war.«

Ruth sah auf. »Ja, aber die Situation hat sich doch vollkommen verändert. Als er dort war, war das Gelände wie eine Festung gesichert!«

»Du weißt also von diesem Besuch?«, fragte Anne und musste an sich halten, nicht wieder lauter zu werden.

»Natürlich … Ich habe doch bis zu Herrn Bellstedts Tod mit ihm Kontakt gehabt. Und außerdem … Na ja, wie soll ich sagen.« Jetzt schaute sie tatsächlich ein bisschen verlegen. »Also in den letzten Jahren vor seinem Tod … da waren meine Mutter und er ein Paar.«

»Herr Bellstedt und Oma Käthe waren … zusammen?«, fragte Anne ziemlich laut und starrte ihre Mutter fassungslos an. Das gibt es ja wohl nicht, dachte sie. Was hatte Ruth ihr eigentlich noch alles verschwiegen?

»Na ja«, hob ihre Mutter an und Anne beobachtete mühsam beherrscht, wie Ruth sich scheinbar ganz locker noch eine Scheibe Brot abschnitt, als ginge es hier um nichts weiter als einen Einkaufszettel. »Mutter ist nicht offiziell bei ihm eingezogen, wenn du das meinst. Aber sie hatte schon ein paar von ihren Sachen da.«

Anne sah zu, wie Ruth sich das Brot mit Butter bestrich. Da platzte ihr der Kragen: »Sag mal, was ist das hier eigentlich alles für eine beschissene Geheimniskrämerei! Kannst du mir mal verraten, warum ich von all dem nichts wusste?«

Juni 1977. Mitten in der Nacht geht das Licht an. »Du da, runter ins Büro!«, höre ich, denke aber gar nicht, dass ich gemeint sein könnte. Das merke ich erst, als mich einer am Arm packt und hochzerrt. Es ist Onkel Knolle. Bin noch ganz verschlafen und blinzle. Ich rappel mich hoch und taumel hinter ihm her, die Treppe runter, ins Büro. Dort steht der Tío mit ein paar von den Herren. »Hinsetzen«, schreit er und verlässt den Raum zusammen mit den anderen. Nur Onkel Knut bleibt. »Was ist denn los?«, stammle ich. »Maul halten«, sagt er.

Nach einer Weile kommen die Männer zurück. »Kennst du denn unsere Regeln nicht mehr?«, fragt der Tío mich jetzt nett und freundlich.

Ich weiß nicht, was ich sagen soll, denn ich kann mir nicht vorstellen, worauf er hinauswill. Ich stottere etwas und dann erst sehe ich, dass Onkel Knolle einen Beutel in der Hand hält, den er nun auf dem Schreibtisch auskippt. Heraus fallen ein paar Knäuel Wolle, ein Stift. Eine angebrochene Tafel Schokolade. Und die Pralinen, noch nicht angebrochen.

»Vielleicht denkst du ja, dass für dich die Regeln jetzt nicht mehr gelten?«, fragt der Tío, immer noch freundlich. Aber jetzt merke ich, dass da etwas hinter der Freundlichkeit lauert.

Und dann erfahre ich, dass Sieglinde alles gebeichtet hat. Dass Herbert uns Schokoladenzeugs geschenkt hat. Und dass wir es nicht abgegeben haben.

Und ehe ich mich's versehe, schallert der Tío mir eine und schreit, ob ich wisse, was man früher mit Dieben gemacht hat.

Es regnete, als sie das Pflegeheim betraten, einen modernen Kasten aus Glas und Beton, der direkt an der Leine lag. Anne ging vorneweg unter einem Schirm, Ruth zwei Meter hinter ihr. Sie weigerte sich, zu Anne unter den Schirm zu kommen. Die besten Voraussetzungen für eine gemeinsame Reise, dachte Anne und trat durch die Glastür, die sich automatisch öffnete.

»Wann hast du Konstantin eigentlich das letzte Mal gesehen?«, fragte Anne über die Schulter hinweg in dem erneuten Versuch, eine Brücke zu schlagen. Dieses Schweigen konnte ja nicht ewig andauern. Und außerdem hatte ihre Mutter nicht den geringsten Grund, beleidigt zu sein. Denn irgendwie hatte das mal gesagt werden müssen.

Ruth, die, wie Anne wusste, einen Horror vor Alters- und Pflegeheimen hatte, zuckte beklommen die Achseln. »Da müsste ich erst mal nachdenken.«

Immerhin bekomme ich jetzt schon eine Antwort, dachte sie und stellte den Schirm in einen Ständer naben der Tür. Auf einmal tat Ruth ihr leid. Vielleicht hatte sie ja wirklich ein bisschen überreagiert und steigerte sich da gerade in etwas hinein, das gar nicht existierte. Warum hätte ihre Mutter ihr auch von Oma und Herrn Bellstedt erzählen sollen? Das Thema war halt einfach nie zur Sprache gekommen.

Als sie ein paar Minuten später vor der genannten Zimmertür im Obergeschoss standen und klopften, hatte Ruth sämtliche Farbe verloren. Ich hätte ihr das gar nicht erzählen sollen, dachte Anne. Ich hätte einfach alleine herkommen sollen. Aber wie hätte ich ahnen können, dass ihr das so zusetzt.

Anne hob die Hand und klopfte. Eine überraschend kräftige Männerstimme rief »Herein« und Anne drückte die Klinke.

Vor dem weit geöffneten Fenster stand ein großer Mann und sah hinaus. Er hielt sich sehr aufrecht, und als er sich umdrehte und Anne auf ihn zuging, machte die Ähnlichkeit sie für einen Augenblick sprachlos: Mit dem noch immer vollen grauen Haar, den blauen Augen und der Adlernase hätte Anne beinahe geglaubt, den »feinen Opa« ihrer Kindheit wiederzusehen! Während Konstantin und Ruth sich die Hand reichten, registrierte Anne, wie die beiden einander ansahen. Konstantin Bellstedt, in dessen Gesicht es zuckte und der sich, man konnte es nicht anders sagen, an Ruths Blick geradezu festzuklammern schien. Und ihre Mutter, deren Augen sich mit Tränen füllten, die dann über ihre Wangen rollten. Als ihre Hände sich endlich voneinander lösten und Konstantin sie an einen Tisch am Fenster bat, wischte Ruth sich mit dem Ärmel über die Wangen. Nicht zum ersten Mal dachte Anne, wie eigenartig es doch war, einen Blick in die Vergangenheit der eigenen Mutter zu tun. Als hielte man plötzlich eine Bonus-CD mit zusätzlichen Szenen seines Lieblingsfilmes in Händen, von dem man doch geglaubt hatte, man kenne ihn in- und auswendig.

Konstantin schloss das Fenster und ging hinüber zu einer kleinen Küchenzeile, wo ein Tablett mit zwei Kannen und Tassen bereitstand. Er hielt sich immer noch aufrecht, aber Anne bemerkte wohl, dass er langsam ging und sich anstrengen musste, das Tablett vor sich her zu balancieren. Als er jeder von ihnen eine Tasse reichte, zitterten seine Hände leicht. Wie alt mochte er sein, Anfang oder Mitte achtzig etwa? Sie hatte Ruth gar nicht danach gefragt.

»Ihr wollt also tatsächlich dorthin reisen?«, fragte Konstantin schließlich, nachdem alle drei mit Tee und Kaffee versorgt waren.

»Du selbst warst ja auch schon einmal dort. Damals«, sagte Ruth. Wieder sahen die beiden sich an und Anne fragte sich plötzlich, wie nah sie sich eigentlich einmal gestanden hatten. War da etwas gewesen zwischen ihrer Mutter und dem Bruder ihrer ehemals besten Freundin? Oder fing sie langsam an, hinter allem und jedem etwas zu vermuten?

Im Zimmer war es kalt. Anne umschloss die Teetasse mit beiden Händen, während Konstantin von seiner Reise nach Chile zu erzählen begann – wie er vor den Toren der Colonia Dignidad gestanden und durch den Zaun gesehen hatte und schließlich hatte einsehen müssen, dass alles vergebens gewesen war: der weite Flug, die Reise im Überlandbus über die Panamericana, das letzte Stück über eine holprige Piste in einem sogenannten Taxi.

»Sie haben mich einfach nicht reingelassen«, sagte er kopfschüttelnd. »Und irgendwann sind dann drei Carabineros gekommen und haben mich abgeführt. Einen ganzen Tag lang haben die mich tatsächlich festgehalten, das war … beängstigend. Am Ende war ich einfach nur froh, dass sie mich haben gehen lassen. Damals war noch nicht bekannt, dass die Colonia alle Polizisten im Umkreis gekauft hatte.«

»Aber die Gefahr besteht ja jetzt nicht mehr«, sagte Ruth und nahm ihre Tasse.

»Ruth wollte ja zuerst ganz allein fahren.«

Konstantin zog die Augenbrauen hoch; ein amüsierter Ausdruck erschien auf seinem Gesicht. »Immer noch der alte Sturkopp!«, sagte er. »Manche Menschen ändern sich nie.« Dann wurde er schlagartig ernst. »Ist das wirklich nötig? Dort hinzufahren?«

Ruth nahm den letzten Schluck Kaffee und stellte die Tasse ab. Lange Zeit sagte sie gar nichts. Sie sah Konstantin nur an und wieder hatte Anne dieses eigenartige Gefühl, dass irgendetwas nicht stimmte. Und plötzlich wurde ihr klar, was so merkwürdig war an diesem Gespräch: Nach wer weiß wie vielen Jahren, in denen sie sich nicht gesehen hatten, hatten die beiden inzwischen eine gute halbe Stunde miteinander geredet und das Wesentliche dabei vollkommen umschifft: Christa. Kein einziges Wort hatten sie verloren über die Schwester und die Freundin, keinen einzigen Satz gesagt über das junge Mädchen, das damals einfach so aus ihrem Leben verschwunden war, und auch nichts über die Frau, die weit weg von hier lebte, aber jetzt nach all dem Unheil wieder in Freiheit war, was immer das heißen mochte. Irgendetwas, irgendein Detail, irgendeine Gefühlsregung hätte da doch zur Sprache kommen müssen! Auf einmal hörte sich Anne wie nebenbei fragen: »Was stand eigentlich in Christas Brief?«

Sie sah Ruths entgeisterten Blick und spürte, dass auch Konstantin sie anblickte.

»Wie kommst du denn jetzt darauf?«, fragte Ruth ein paar Sekunden später, nachdem sie sich wieder gefasst hatte.

»Ich … na ja … ist mir gerade so eingefallen. Weil sie dir ja geschrieben hat und du danach gleich die Reise buchen wolltest. Da könnte man doch meinen, dass es was Wichtiges war.« So, dachte Anne. Jetzt ist das auch mal gesagt worden. Wozu immer um den heißen Brei herumreden?

Annes Blick huschte zwischen den beiden hin und her. Sie sah, wie Ruth Konstantin anstarrte, mit großen Augen, fast als ob sie ihn beschwören wollte. Konstantin hielt diesem Blick stand und schloss dann wie als Antwort kurz die Augen, beruhigend, beschwichtigend. Was ging hier vor? Welches Geheimnis teilten die beiden?

Und dann, wie zur Bestätigung dessen, was Anne soeben beobachtet hatte, sagte Ruth: »Du weißt, dass es da Dinge gibt, die irgendwann ausgesprochen werden müssen.«

Auf Konstantins Gesicht erschien ein eigentümlicher Ausdruck, er wirkte irgendwie verletzlich. Als er nun sprach, klang seine Stimme nicht mehr fest, sondern leise und rau. »Manchmal ist es besser, gewisse Dinge einfach ruhen zu lassen. Weil sie doch nur Unruhe und Schmerz erzeugen.«

Wieder wechselten Konstantin und Ruth einen Blick.

Und dann sagte Ruth, an Konstantin gewandt und nicht an Anne: »In ihrem Brief schreibt Christa, dass sie darüber nachdenkt, im nächsten Jahr nach Deutschland zu kommen.«

»Aber warum …«, sagte Konstantin und lächelte beinahe hilflos, »… fährst du dann überhaupt? Wenn sie sowieso nach Deutschland kommt.«

»Aber verstehst du denn nicht!«, sagte Ruth nun eine Spur zu laut. »Dass ich jetzt nicht mehr warten kann!«

RUTH. In der Nacht fand ich keinen Schlaf. Draußen wischte der Regen über die Scheibe und der Wind rüttelte an den Fensterläden. Mit weit geöffneten Augen starrte ich in die Dunkelheit, sah aber immer nur das kleine Gesicht des Babys vor mir, die Augen, die sich so rasch mit Tränen gefüllt, und die Ärmchen, die sich mir entgegengestreckt hatten, in einer Geste der verzweifelten Erwartung. Und ich war einfach gegangen. Hatte nicht einmal versucht, Herrn Bellstedt zu widersprechen oder die Kleine zu trösten. Noch immer gellte mir ihr Schreien in den Ohren, die jämmerlichen Schluchzer, wenn sie zwischendurch nach Luft schnappte.

Irgendwann hielt ich es nicht mehr aus. Ich knipste die Nachttischlampe an, zog mir dicke Wollsocken über und schrieb einen mehrere Seiten langen Luftpostbrief an Christa, in dem ich sie, auch wenn das ziemlich sinnlos schien, nach Erichs Verbleib fragte und sie dann inständig bat zurückzukommen. Als ich den Umschlag mit der fremdartigen Adresse beschriftete, die der Mann im Missionshaus mir gegeben hatte – eine Postfach-Anschrift in einem Ort namens Parral –, wurde mir wieder bewusst, dass Christa jetzt tatsächlich am anderen Ende der Welt war, auf der entgegengesetzten Seite der Erdkugel. Ich klebte den Umschlag zu und ging dann in die Küche, wo ich Milch in einen Topf goss.

Während ich noch am Herd stand, kam Mutter herein und sagte: »Du kannst also auch nicht schlafen?« Sie zog sich den Küchenstuhl heran und setzte sich.

Am vergangenen Abend hatten wir lange zusammengesessen und versucht zu begreifen, was da eigentlich gerade geschah. Mit dem Baby, mit Hänschen auf dieser ominösen Reise nach Belgien, mit Christa und Erich und allem anderen.

»Willst du auch Milch?«

Sie schüttelte den Kopf. »Es ist schon halb fünf. Ich werd mich gleich für die Arbeit fertig machen.« Mit einem Blick zum Fenster fügte sie hinzu: »Auch wenn es einen bei dem Wetter nicht gerade vor die Tür treibt!«

Ich setzte mich, rührte einen Löffel Honig in die Tasse und trank schluckweise die heiße Milch.

»Wann geht dein Zug?«

Ich blickte auf. »Ach«, sagte ich. »Heut Nachmittag. Ich will aber vorher noch mal zum Gutshof raus.«

Sie nickte. »Dann solltest du früh gehen, sonst triffst du ihn nicht an. Du willst doch mit Herrn Bellstedt sprechen – oder nicht?«

Ich zuckte die Achseln. »Ich frage mich einfach, wie das alles gehen soll. Er kann doch mit der Kleinen nicht kreuz und quer durch die Gegend fahren. Wer weiß, wo Erich abgeblieben ist. Und wann er ihn findet.«

Mutter nickte. »Das kann niemand wissen. Aber mach dir

keine Sorgen, er wird die Kleine auf dem Gut lassen, bei Frau Niemeyer.«

»Die wird sich bedanken«, sagte ich. »Sie ist doch da nicht als Kindermädchen angestellt.«

»Sie tut, was man ihr sagt.«

Ich trank den Rest meiner Milch, trat an die Spüle und ließ Wasser in die Tasse laufen.

»Woran denkst du?«, fragte Mutter. »Ich seh doch, dass da noch was ist!«

Ich blieb so stehen, mit dem Rücken zu ihr. Plötzlich hörte ich, wie sie aufstand und neben mich trat.

»Also … was?«

Langsam drehte ich mich zu ihr um. »Ich werd ihm einen Vorschlag machen. Er soll Erich suchen. Und ich kümmer mich solange um die Kleine.«

»*Was* willst du tun? Du steckst doch mitten in der Ausbildung!«

»Ein paar Tage wird das schon noch gehen. Länger wird er nicht brauchen.«

Mein Ausbildungsleiter und auch die Mädchen staunten nicht schlecht, als ich am Montag früh wieder mit einem Baby im Arm zum Unterricht erschien. Am Tag zuvor hatte Herr Bellstedt sich nach einigem Zögern darauf eingelassen, dass ich die Kleine wieder mit nach Liebenburg nahm. Unter der Bedingung, dass ich das Geld annahm, das er mir in einem Umschlag hinhielt. Ich würde es schon brauchen, sagte er. Danach dauerte es eine gefühlte Ewigkeit, bis ich wieder von ihm hörte – eine Zeit, die zu den eigenartigsten in meinem Leben gehört. In dieser Zeit war nichts richtig klar, ich fühlte mich wie auf einem Durchgangsbahnhof, in einer fortgesetzten Abwartesituation. Doch trotz meiner inneren Unruhe schien die Kleine sich inzwischen richtig wohlzufühlen bei mir. Auf einmal schlief sie durch, und dann fing sie an, mich »*Luu*« zu nennen, mit ihrer heiseren kleinen Stimme, weil sie weder das *R* noch das *T* am Ende aussprechen konnte. Überhaupt war sie ein ganz bezauberndes kleines Geschöpf und vielleicht funktionierte diese verquere Situation überhaupt nur deshalb halbwegs gut, weil sie so war, wie sie war: wonnig und gut gelaunt und über die Maßen pflegeleicht. Möglicherweise war es aber auch umgekehrt. Vielleicht war sie so wonnig, weil alle ihr so zugetan waren und sie mit Aufmerksamkeit überschütteten. Und an den Wochenenden kam Fritz aus Wolfenbüttel und kutschierte den Kinderwagen mit ernster Miene über die Feldwege, sodass Leni ihn aufzog und »Vati« nannte.

An einem Montag nach dem Unterricht schien die Frühlingssonne und ich bettete die Kleine gerade für unsere übliche Nachmittagsrunde in den Kinderwagen, als ich in einiger Entfernung einen Wagen auftauchen sah. Fast augenblicklich erkannte ich an der Schnauze mit dem breiten Kühlergrill und den runden Scheinwerfern Herrn Bellstedts dunkelblauen Kapitän. Ich ließ den Wagen nicht aus den Augen und mit einem Mal wurde mir klar, dass ich diesen Moment gefürchtet hatte: wenn Herr Bellstedt käme, um mir zu sagen, er habe Erich gefunden und würde die Kleine in die Arme dieses Mannes geben, in die Obhut dieser Leute. Diese Vorstellung war für mich kaum zu ertragen, denn ich wusste ja, wozu sie fähig waren. Ich blieb wie angewurzelt stehen, bis der Wagen auf den Hof fuhr und neben dem grauen Ford Transit des Instituts parkte. Da erst setzte ich mich in Bewegung.

Herr Bellstedt sah ernst aus, als er auf mich zukam, und auch als er sich über den Kinderwagen beugte und die Kleine ansah, hellte sich seine Miene nicht wesentlich auf.

»Um es kurz zu machen: Dieser Erich ist nicht mehr aufzufinden. Anscheinend ist er mit den Chorknaben nach Chile abgehauen.«

»Aber …« Mehr brachte ich nicht heraus, starrte Herrn Bellstedt nur mit offenem Mund an.

»Ja. Du hast richtig gehört. Er hat sein eigenes Kind hier zurückgelassen und dafür eine Menge fremder Kinder mit nach Chile genommen.«

»Moment …«, sagte ich und hob die Hand. Was war das für eine wirre Geschichte? »Sie meinen … Er kommt nicht zurück, um sein Kind zu holen?«

Herr Bellstedt sah mich an und zuckte die Achseln. »Wenn er es bis jetzt nicht geholt hat, wird er auch nicht mehr kommen, oder was meinst du?«

Ich griff mir an den Kopf. Und dann dämmerte mir, was das außerdem bedeutete. »Aber das hieße ja, dass Hänschen …«

»… nicht auf einer Chorreise in Belgien ist. Sondern in Südamerika.«

Ich umklammerte den Griff des Kinderwagens, der gefährlich zu schwanken schien.

»Weiß Frau Bottke das schon?«

»Sie weiß es«, sagte er mit zusammengepressten Lippen. »Und jetzt glaubt sie auch nicht mehr an die *guten Leute aus Heide*.«

»Aber … ich kapier das immer noch nicht. Diese Reise nach Belgien …«

»… war nur der Vorwand, damit die Eltern die Pässe rausrücken und die Reiseerlaubnis unterschreiben.«

»Aber das ist ja richtig … verbrecherisch!«, rief ich. »Das ist ja Kindesentführung! Wie können die so was machen?«

»Ja«, sagte er und sah mich nun wieder direkt an. »Vielleicht weil es Verbrecher sind?«

Plötzlich wurde mir schlecht. »Was wird denn jetzt mit Hans?«

»Frau Bottke hat schon Anzeige erstattet«, sagte er und presste die Lippen fest aufeinander. »Wobei man sich ja denken kann, welche Aussichten auf Erfolg es da gibt …«

»Wie? Aber die Polizei in Chile! Die muss da doch was machen!«

Sein müder Gesichtsausdruck war Antwort genug.

Plötzlich kam mir ein ganz anderer Gedanke. »Und Christa? Sie wusste doch von all dem nichts? Oder etwa doch?«

Das Baby fing an mit den Ärmchen zu rudern und ich schob den Kinderwagen auf der Stelle hin und her. Am Ende schlugen wir zu dritt den Weg durch die Felder ein.

»Ich habe Christa einen Brief geschrieben«, sagte ich nach einer Weile. »Vielleicht kommt sie ja zurück. Ich kann mir nicht vorstellen, dass sie … ihre Tochter einfach im Stich lässt.«

Er antwortete nicht gleich, sondern zuckte nur mit den Achseln. Plötzlich sah er sehr müde aus. Müde und alt und resigniert. »Noch vor einem Jahr hätte ich so etwas niemals für möglich gehalten, dass Christa … dass das eigene Kind … Die Sache mit dem Erbteil war schlimm genug. Aber nun … Ich weiß nicht mehr, was ich glauben soll.«

Ich war stehen geblieben und wir sahen uns mehrere Sekunden lang schweigend an. Schließlich fragte ich: »Und was soll nun werden? Mit der Kleinen?«

»Tja«, antwortete er ganz ruhig. »Eine Möglichkeit wäre, sie persönlich nach Chile zu bringen. Aber … *wollen* wir das? Dass sie bei diesen Menschen aufwächst? Wo wir wissen, was das für welche sind. Können wir das verantworten?«

Langsam schüttelte ich den Kopf. »Nein«, antwortete ich leise. »Das können wir nicht.«

Januar 1978. Ich bin auf dem Weg zum Krankenhaus, wo ich seit einem halben Jahr Dienst tue. Neben mir radelt Emilie. Es ist ein schwüler Januarmorgen kurz vor fünf. Der Dynamo an meinem Fahrrad ist kaputt, das Licht flackert. »Kümmer dich mal um dein Zeug«, raunzt Emilie, die jetzt ein Auge auf mich haben soll.

Heute ist wieder Poliklinik-Tag, da kommen die Chilenos von weit her, um sich umsonst von uns behandeln zu lassen. Aber wir behandeln nicht nur, wir putzen auch selbst, den ganzen Poliklinitrakt, die Behandlungzimmer, den Röntgenraum, die Toiletten, alles. Das geht so bis Mitternacht und am nächsten Tag sind wir um sieben wieder auf der Tapete. So geht es in einem fort. Ich bin so müde. Aber alles ist besser, als wieder im Stall zu landen.

Später, wir sind grad beim Essen und die Hitze im Personalraum ist unerträglich, obwohl das Fenster weit offen steht, kommt der Tío rein und sagt zu Emilie: »Mach mal die Biege.«

Mein Magen verkrampft sich, als hätte er mich geboxt, die Handflächen werden mir feucht. Ich stehe auf. Was habe ich diesmal ausgefressen? Doch da sagt er ganz freundlich: »Nu setz dich wieder. Will dich ja nicht beim Essen stören.« Ich setze mich wieder hin, ganz langsam, bleibe aber auf der Stuhlkante sitzen.

»Ich hab gehört, du klotzt mächtig ran. Bist schnell und gründlich.«

Ich fühle, wie mir ein Rinnsal Schweiß den Arm runterläuft. Ich weiß nicht, was ich sagen soll. Auch weil ich nicht richtig weiß, wo er hinguckt. Das eine Auge sieht mich an, aber das andere guckt auf mein Ohr. Worauf will er hinaus? Sicher ist das ein Hinterhalt.

»Na, freu dich doch! Dass man hier bemerkt, was du kannst«, sagt er jetzt, noch jovialer. Ich nicke, weil er irgendeine Reaktion von mir zu erwarten scheint. Hoffentlich ist es die richtige. An-

scheinend ja, denn er fährt fort, sein eines Auge guckt wieder mein Ohr an: »Und weil ich ja schließlich kein Unmensch bin und jeder eine zweite Chance verdient hat, kann ich dich für eine andere Aufgabe gut gebrauchen. Hast dich ja auch in Lohmar schon gut angestellt. Mit den Jungens.«

Inzwischen bin ich völlig verkrampft. Mein Mund ist ganz trocken. Ich schlucke. Habe Angst, dass mich das Schlucken verrät, vielleicht denkt er ja, dass ich was vor ihm verberge, wenn ich schlucke. Aber anscheinend fällt es ihm nicht auf.

»Wir haben hier nämlich ein paar Jungens, die …« Er spricht jetzt leiser, so als würde er mir etwas im Vertrauen sagen. Automatisch schaue ich zur Tür. »Die Jungens sind, ich sag das nicht gern, moralisch …«, er senkt die Stimme noch mehr, »… sie sind sexuell belastet. So ist das leider. Und jetzt werden sie behandelt. Damit wir das in den Griff bekommen. Und du bist in Zukunft dafür verantwortlich, dass sie schön müde werden.«

Unauffällig drücke ich die Arme fest an den Körper, um den Schweiß aufzuhalten. Meine Augen huschen hierhin und dorthin. Ich weiß nicht, was ich sagen soll. Also nicke ich nur. Nicke und hoffe, dass er jetzt einfach wieder geht.

Wandern nun, wandern bis zum Umfallen, jeden Tag. Müde sollen die Jungen werden, noch müder. Obwohl manche von ihnen kaum mehr geradeaus laufen können. Sie taumeln nur noch, denn unser Arzt und die Doctora stopfen sie voll mit Medikamenten. Alles nur zu ihrem Besten. Um ihnen das Üble aus dem Leib zu treiben. Der Jüngste ist acht, die Ältesten sind zwölf. Keine Sekunde darf man sie aus den Augen lassen. Wir singen, muntere Wanderlieder. Das Wandern ist des Müllers Lust. Im Frühtau zu Berge. *Früher mochte ich diese Lieder. Nun werd ich sie nie mehr hören können, ohne an diese armen Jungen zu denken. Nie mehr.*

In der Nacht schlafen die Jungen in einem Raum im Neukra. Zwölf Betten sind im Kreis aufgestellt, in denen müssen sie liegen. Sie sind völlig nackt unter der Zudecke, die so dünn ist, dass man jede Regung ihres Körpers, jedes Muskelzucken erkennt. So schlafen sie, so müssen sie schlafen, im hellen Schein der Lampen unter dem aufmerksamen Blick der Wächter, die da sind: Der Arzt, die Doctora, Elfriede, Onkel Knolle. Und ich. Das Ganze ist wie ein schrecklicher Traum, ein Traum von Qualen und Leid.

So stehen wir in der Mitte, die Kinder fest im Blick, und warten darauf, dass sich etwas tut, dass Augenlider flattern oder eine Regung zwischen den Beinen sichtbar ist. Elfriede sieht es als Erste, reißt dem kleinen Jochen die Decke weg, packt ihn am Arm und zerrt ihn aus dem Bett. Schlägt ihm mit der flachen Hand ein paarmal ins Gesicht. Dann zerrt sie ihn in den Waschraum, stellt das Wasser an, eiskalt soll es sein, ich höre Jochens erstickte Schreie, das Rauschen der Dusche, das Klatschen der Schläge. »Was stehst du da und hältst Maulaffen feil! Weißt du nicht, was du zu tun hast?«, schreit mich Onkel Knolle an. Und dann haben sie schon den Nächsten herausgezogen, es ist August. Und da sehe ich, wie Onkel Knolle den Viehtreiber nimmt und ihn August ans Geschlecht hält. Zack. Ein Stromstoß, der Junge krümmt sich, stößt einen Laut aus, keinen Schrei, nur ein ersticktes Jaulen, wie von einem verendenden Tier. Ich spüre, wie mir die Übelkeit die Kehle hochsteigt. Ich balle meine Hände zu Fäusten, ganz fest, keiner darf mich jetzt ansehen, sonst wissen die gleich, wie's um mich steht. Inzwischen liegt August wieder im Bett. Er soll weiterschlafen. Ich sehe sein bebendes Gesicht, das Schluchzen, das er mit aller Macht zu unterdrücken versucht, sehe, wie er die Augen zukneift, sehe die Tränen, die unter den fest geschlossenen Lidern hervorquellen. Ich schlucke, presse meine eigenen Augenlider zu. So bleibe ich stehen, reglos, blinzle, biete alle Selbstbeherrschung auf, zu der ich fähig bin.

Zwei Tage später kommt der Tío zu mir: »Ich hab gehört, du hast keine Augen im Kopp. Auch keine Ohren! Ein Weib, das zu nichts taugt.«

Sie sahen das Schild schon von Weitem, ein rostrotes, überdimensionales Ding am rechten Straßenrand: *Complejo turistico Villa Baviera 20 km.* Anne bremste, hielt direkt davor an. Alle beide reckten sie die Hälse, um die Fotos über sich genau betrachten zu können: den Bier zapfenden Mann in der Krachledernen, die chilenische Braut und den Unimog. Nach einer Weile wendete Anne den Blick ab und sah hinüber zu Ruth, die immer noch das Schild anstarrte und langsam den Kopf zu schütteln begann.

Und plötzlich überkam Anne eine Welle der Erinnerung. An Renate und Horst, daran, wie sie in deren Wohnzimmer gesessen hatte und nicht hatte glauben können, was die beiden da erzählten. Von Betten, die im Kreis aufgestellt worden waren, und Kindern, die darin gelegen hatten, nur mit einem Laken bedeckt. Und über ihnen leuchtete ein grelles Licht. »Aber wozu das denn?«, hatte Anne fast flüsternd gefragt. Und Horst hatte geantwortet: »Damit sie sich nicht unsittlich berühren in der Nacht«, und hatte dabei wieder dieses schiefe Grinsen auf dem Gesicht gehabt. Da hatte Anne begriffen, dass das, was er empfand, so weit von Amüsement entfernt war wie nur möglich. In diesem Lächeln lag vielmehr – ja, was? Verzweiflung, Entsetzen, Schicksalsergebenheit? Jedenfalls schliefen diese Kinder unter den wachsamen Augen einer »Tante« und eines »Onkels«, die sie dann beim geringsten Muskelzucken aus den Betten zerrten, sie aus ihrem ohnehin schon leichten und angsterfüllten Schlaf rissen und dann mit Viehtreibern traktierten. »Mit Viehtreibern? Was ist das überhaupt?«, hatte Anne gefragt. Fast war es ihr vorgekommen, als sei sie in einen Film geraten, der irgendwo zwischen Thriller und Horror angesiedelt sein musste, voller Spinner und Verschwörungstheoretiker. Doch das, was sie hörte, war eine kaum zu ertragende Realität. Und Horst hatte geantwortet, immer noch mit demselben Grinsen: »Elektroschocker sind das. Die haben sie uns überall hingehalten. Ans Gesäß, an das Geschlecht, überall.«

Anne fühlte sich leer, ausgehöhlt, während sie den Blick von dem Bier zapfenden Mann auf dem Schild über ihr abwandte, den Blinker betätigte, den Pick-up ein paar Meter zurücksetzte und von der Straße Richtung Catillo in den unbefestigten Zufahrtsweg zur Villa Baviera einbog. Der Pick-up holperte über die Piste. Im Rückspiegel sah Anne nur Staub. Es hatte offenbar schon lange nicht mehr geregnet.

Auf einen Fichtenwald folgten gelbe Stoppelfelder, auch Maisfelder, die aber noch nicht abgeerntet waren. Man hätte glauben können, durch eine mitteldeutsche Kulturlandschaft zu fahren, wäre da nicht im Hintergrund die Bergkette der Anden gewesen. Schließlich tauchte der Stein auf, jener Findling hinter Stacheldraht, in den der Namenszug *Villa Baviera* eingeprägt war und den Anne von Pressefotos her kannte.

An diesem Morgen hatten sie lange geschlafen; beiden steckte der Flug noch in den Knochen, ganz zu schweigen von der stundenlangen Warterei auf dem Madrider Flughafen mitten in der Nacht. Nach einem ausgedehnten Frühstück mit viel Kaffee hatten sie das Hotel in Santiago verlassen und waren mit ihren Koffern durch Bellavista gerollert, bis direkt vor die Pforten der Autovermietung, wo sie einen knallroten Pick-up in Empfang nahmen, den Anne noch von Deutschland aus reserviert hatte. Nach einer fünfstündigen Fahrt auf der *Panamericana Sur* hatten sie die Schnellstraße in Parral verlassen und dann versucht, die richtige Richtung einzuschlagen, was sich als nicht so einfach erwiesen hatte, weil die Anfahrtsbeschreibung auf der Website der Villa Baviera alles andere als detailliert gewesen war. Fast so, als wollen die gar keine Gäste, dachte Anne. Zudem hatten sie schon in Santiago gemerkt, dass das Navi – das nur wenige Straßennamen in der Hauptstadt kannte – äußerst sparsam mit Daten bestückt worden war. Sie hatten Parral einige Male durchfahren, ohne ein Schild zu entdecken, das irgendwie hilfreich gewesen wäre, und hatten es schließlich mit der aus Google Maps ausgedruckten Karte probiert, denn die einzige Chile-Karte, die sie hatten bekommen können, war in einem Maßstab gehalten, der ihnen höchstens bei der Nord-Süd-Durchquerung Chiles weitergeholfen hätte. Erst als Anne ein paar Leute direkt nach »Villa Baviera« fragte, bekamen sie Hilfe. Die sind hier offensichtlich bekannt wie die bunten Hunde, dachte Anne, während sie wendete und Parral in die entgegengesetzte Richtung verließ.

Als sie nun den notorischen Stein passierten, tauchte rechts von ihnen ein mit einer Mauer umgebener kleiner Gebäudekomplex auf. *Escuela Particular Villa Baviera* stand in einem Bogen über dem Eingangstor. Anne stoppte den Wagen. »Eine Schule«, flüsterte Ruth, als könnte sie jemand hören, und sah hinüber zu dem lang gestreckten, in einem freundlichen Gelb gestrichenen Haus, das still dalag im milden Licht der Spätsommersonne. Auf einem für deutsche Verhältnisse ungewöhnlich weitläufigen Spielplatz standen eine Schaukel und ein Karussell. Meine Güte, dachte Anne, irgendwie wirkt das alles hier so verflucht friedlich. Als wäre das Schlimmste, was hier jemals passiert ist, dass ein Kind sich das Knie aufgeschlagen hat! Als Anne den Wagen wieder in Bewegung setzte, glitten in die Mauer eingelassene Tierbilder an ihnen vorüber. Anne erkannte den Kondor und den Pudu, die Wappentiere Chiles, und wandte den Blick dann wieder dem staubigen Weg zu.

Sie fuhren weitere Kilometer, vorüber an einer akkurat gepflanzten einseitigen Allee, um wenig später in einen Wald einzutauchen, der auf der rechten Seite durch einen Stacheldrahtzaun abgetrennt war. Immer wieder warf Anne Ruth einen Seitenblick zu, aber die saß nur da, die Schultern hochgezogen, und sah mit großen Augen die Betonpfeiler des Zauns an sich vorüberziehen. Dann lichtete sich der Wald. Ein Schild mit einem Pfeil nach rechts tauchte auf und die Fahrbahn verjüngte sich auf nur eine Spur. Anne ging vom Gas und folgte der Rechtskurve, als unvermittelt Straßenlaternen den Weg säumten und sie kurz darauf zu einer Art Pförtnerhaus kamen. Eine Schranke versperrte den Zugang.

Anne hielt und eine dunkelhaarige Frau kam aus dem Häuschen gelaufen. Anne glaubte sich zu erinnern, dass dieses Wächterhäuschen hier Teil des Schleusensystems war, das es Paul Schäfer ermöglichte, unliebsame Besucher eine Zeit lang auf dem Gelände festzuhalten. Ein mulmiges Gefühl überkam sie, als sie nun das Fenster herunterließ und auf Deutsch rief: »Wir haben hier Zimmer reserviert!« Die Frau, offenbar eine Chilenin, sah sie nur verständnislos an. Anne drehte den Kopf nach rechts. Ihr Unbehagen wurde größer. Ob in diesen »Bienenstöcken« heute immer noch Kameras und Mikrofone steckten?

Die Frau beugte sich zu Anne und nach einigem Hin und Her auf Englisch schien sie zu begreifen, dass sie zum Hotel wollten, und öffnete die Schranke. »Hoffentlich kommen wir hier auch wieder raus«, murmelte Anne halb im Scherz und sah im Rückspiegel, wie sich die Schranke hinter ihnen wieder senkte. »Irgendwie nicht gerade einladend, das Ganze, findest du nicht?«, murmelte Anne vor sich hin. Aber Ruth antwortete nicht.

Vereinzelt glitten nun Gebäude an ihnen vorüber, eine verlassen wirkende Halle mit zerschlagenen Fensterscheiben, ein

Schuppen aus grünem Wellblech, eine Werkstatt mit einem leeren Hof. Irgendwann passierten sie ein Schild, das sie zum Hotel dirigierte. Sie stellten den Wagen auf einen geräumigen Parkplatz, auf dem bereits zwei andere Autos standen, und stiegen aus. Stille umfing sie und Anne sah, wie Ruth einen Moment die Augen schloss, wie um die Ruhe in sich aufzunehmen. Vielleicht auch, um sich zu wappnen. Kein Wunder, dachte Anne. Sie konnte trotz allem kaum begreifen, dass sie wirklich hier waren, an jenem Ort, wo derart Unglaubliches geschehen war. Es wirkt alles so normal, dachte sie und ging in die Richtung, in die das Schild *Recepción* zeigte. »Komm!«, sagte sie über die Schulter und bemerkte, dass Ruth nur zögerlich nachkam.

Ein Plattenweg führte auf ein gelbes Haus zu, über dessen Eingang *Zippelhaus* stand. Das alte Versammlungshaus der Gemeinde, dachte Anne, das Gebäude, in dem sie die Leute auf die Bühne gezerrt haben, um sie zu verprügeln. Sie folgte einem weiteren Schild, das nach rechts zeigte. »Komm, *hier* geht's zum Hotel«, sagte Anne, die nun langsam merkte, wie müde sie eigentlich war. Von der Fahrt, vom Flug, von allem. Am liebsten hätte sie sich auf der Stelle hingelegt, nach einer ausgiebigen Dusche.

Hinter der Empfangstheke saßen zwei junge Chilenen, ein Mann und eine Frau. »Wir haben zwei Zimmer reserviert«, sagte Anne auf Deutsch, aber wie schon zuvor die Pförtnerin schienen auch diese beiden kein Wort von dem zu verstehen, was Anne sagte. Irritiert wiederholte sie das Ganze auf Englisch, doch ihr »We booked two rooms« löste ebenso großes Unverständnis aus wie die deutsche Version. Himmelherrgottnochmal, dachte Anne, die sonst nicht zur Ungeduld neigte, was wird man in einem Hotel schon wollen! Diesen Satz werden sie ja wohl verstehen. Doch die beiden wirkten vollkommen ratlos.

Anne machte eine Geste, sagte »sleep« dazu, kam sich vor wie eine Analphabetin, obwohl es doch die anderen waren, die kein Englisch verstanden. Dann kam sie darauf, ihren Namen zu sagen, was immer noch keine Erleuchtung brachte, genauso wenig wie die Kopie ihrer auf Deutsch erfolgten Zimmerbuchung. Erst als Anne das kleine deutsch-spanische Wörterbuch aus ihrer Handtasche kramte und sich einen Satz mit »habitación« zusammenstöpselte, stieg so etwas wie Morgendämmerung in die Augen der beiden Rezeptionisten.

Am Ende wurde ihnen tatsächlich ein Schlüssel ausgehändigt, und während sie den Korridor entlang zu ihrem Zimmer gingen und alles so merkwürdig still um sie herum war, sagte Anne wie zu sich selbst: »Und wo sind hier nun die ganzen Deutschen?«

Stunden später lag Anne im Liegestuhl und konnte kaum fassen, wo sie hier gelandet war. Alles um sie herum erschien ihr vollkommen unwirklich: der Abendsonnenschein auf ihrem Gesicht, die geraniengeschmückte Hotelterrasse, das Heile-Welt-Musikgedudel von irgendwoher. Und die Aussicht auf diesen von Birken gesäumten Teich, der – Anne konnte es kaum fassen – an die Heide erinnerte! Sie dachte an Christa, die sie ja nun bald kennenlernen würde, und fragte sich, ob das schon damals hier so ausgesehen hatte. Ob diese Ähnlichkeit mit zu Hause die junge Frau irgendwie getröstet hatte? Oder hatte das den Schmerz noch unerträglicher gemacht?

Anne stand auf und trat ans Geländer. Links unter ihr verlief ein Laubengang, der über und über mit blauen Weintrauben behangen war. Eine blonde Frau schob einen Kinderwagen. Ein kleiner blonder Junge radelte vor ihr her. Aus dem Schornstein – wohl der Hotelküche – wehte immer mal wieder der Geruch von Holzfeuer herüber. Hinter dem Hotel hatte man ein weißes Festzelt aufgebaut, *Herzlich willkommen* stand über dem Eingang. Daher kam sicher auch dieses Gedudel. So etwas hatte sie zuletzt in den Siebzigern gehört. Wenn es ein »Instrument« gab, das Anne nicht ertrug, dann war es die Hammondorgel. Wieder blickte sie hinüber zu dem Teich mit den Birken, in deren hellgrünem Laub sich die Sonne verfangen hatte. Eine Postkartenidylle, dachte Anne. Sie bekam es nicht in den Kopf, dass dies der Ort war, wo Renate geboren worden war. Wo sie zusammen mit anderen Mädchen in einer Gruppe gelebt hatte, ohne zu ahnen, wer ihre Mutter war. Ohne zu wissen, dass sie überhaupt eine hatte!

Ein Geräusch hinter ihr ließ sie herumfahren. Ruth stand in der geöffneten Terrassentür. »Und?«, fragte Anne. »Hast du Christa erreicht?«

Ihr fiel auf, wie blass ihre Mutter wirkte, selbst im goldenen Schein der Abendsonne.

»Ja«, erwiderte Ruth und stellte sich neben Anne ans Geländer.

»Und, was hat sie gesagt? Ich meine, wann seht ihr euch?«

»Morgen«, antwortete Ruth. Dann drehte sie sich einfach um und ging.

Vor dem Abendessen machte Anne einen Spaziergang übers Gelände. Ruth war noch auf ihrem Zimmer und so stand Anne lange vor den Informationstafeln, die man hier überall aufgestellt hatte und die Auskunft über die jeweilige Funktion des Gebäudes in der Vergangenheit gaben. *Cocina de Perros,* las sie, Hundeküche, und Anne verstand den spanischen Text so, dass hier die Mahlzeiten für rund hundert Hunde zubereitet wurden. Die Hundeführer, schlanke junge Männer in grauen Hosen und kurzärmligen weißen Hemden, standen in einer Reihe, jeder mit einem Hund an der Leine. Sie ließ ihren Blick über die Männer schweifen. Und wieder beschlich sie dieses Gefühl der Unwirklichkeit, mit dem sie hier ständig zu kämpfen hatte. Auf den Bildern sah alles so vollkommen normal aus! Sie wandte sich ab und ging weiter, vorüber an anderen Gebäuden und Schildern, an der *Panaderia*, der Bäckerei, der Großen Getreidehalle, der Alten Mühle. An der Schreinerei und der Tischlerei. Dem Betonwerk, der Wäscherei, der Feuerwehr, der Geflügelfarm. Dort, wo das Krankenhaus gewesen war, gab es einen regelrechten Schilderwald. Eine Tafel nach der anderen dokumentierte, was hier gewesen war. Den offiziellen Teil wohlgemerkt. Die Sache mit den Psychopharmaka zum Beispiel konnte sie nirgends entdecken.

Auf dem Rückweg schritt Anne rasch aus. Vor lauter Eindrücken hatte sie die Zeit vollkommen vergessen und war nun spät dran. Als sie um die Ecke bog, stand Ruth auch schon da, mit dem Rücken zu ihr in der Abendsonne, auf dem Platz vor dem Zippelhaus, wo der Speisesaal des Hotels untergebracht war. Das alles ist nicht leicht für sie, dachte Anne und ging auf ihre Mutter zu. Sie wirkt vollkommen verloren. Wie ein junges Mädchen sieht sie aus, dachte Anne und betrachtete die schlanke Gestalt ihrer Mutter. Bis vor Kurzem hatte Ruth kein einziges graues Haar gehabt. Erst in den letzten zwei, drei Jahren hatten sich immer mehr Silberfäden in den satten Kupferton gewoben. Anne, die zu den Menschen gehörte, deren Kinderblond sich in der Pubertät zu jener Unfarbe gewandelt hatte, die man spaßhaft »straßenköterblond« nannte, hätte gerne die Haare ihrer Mutter gehabt. Aber bei ihr hatten sich wohl die Gene von Fritz durchgesetzt. Überhaupt schlug sie eher dem Vater nach, auch von der Größe und der Statur her.

Schließlich drückte Anne beklommen die Tür zum Zippelhaus auf, und als sie zusammen mit Ruth eintrat, überfiel sie wieder das Gefühl, an einem Ort zu sein, der eigentlich gar nicht mehr existierte. An den in einem zarten Lindgrün gestrichenen Holzwänden hingen alte Musikinstrumente und Kochlöffel und in der Mitte des Raumes stand ein rustikaler, auf Hochglanz polierter Holzherd, auf dem Weingläser, Salzfässchen und Öl angeordnet waren. Darüber hatte jemand an einer Stange alte Schöpfkellen und Töpfe drapiert. Anne musste an die Zeitungsartikel denken, an die teilweise ausgesprochen zynischen Schlagzeilen über die heutige Villa Baviera. Die Versuche dieser Menschen, irgendwie weiterzumachen und ein neues Leben zu finden, wurden darin gnadenlos heruntergemacht. Und doch verspürte Anne ein ganz ähnliches Befremden angesichts der Eindrücke, die jetzt auf sie einprasselten: die bayerntümliche Konservenmusik, die aus den Lautsprechern dudelte, die junge chilenische Bedienung im Dirndl, die kein Deutsch sprach, die Speisekarte mit den zünftigen, zweisprachig aufgelisteten Gerichten. Dabei fragte Anne sich ständig, ob das dort hinten im Speisesaal wohl jene Bühne war, auf der Menschen mit Schläuchen brutal verprügelt worden waren.

Auch Ruth sah man das Unbehagen an, das sie seit ihrer Ankunft wie ein Schild vor sich hertrug. Eigentlich hatte Ruth schon seit dem Moment, als sie von der Straße nach Catillo abgebogen waren, nicht mehr viel gesprochen, sondern sich in sich selbst und ihre Gedanken zurückgezogen. Auf Annes Versuche, ein Gespräch in Gang zu bringen, hatte sie meist nur mit einem abwesenden »Ja« oder »Hm« reagiert, bis Anne es schließlich aufgegeben hatte.

Sie bestellten Kartoffelpuffer mit Apfelmus und den in der Villa Baviera selbst gemachten Mirabellensaft. Während sie schweigend dasaßen und ein Lied über sich ergehen ließen, in dem es um einen Geigenopa aus Tirol ging, beobachtete Anne die Gäste zwei Tische weiter: zwei chilenische Pärchen, die sich angeregt miteinander unterhielten und immer mal wieder in lautes Gelächter ausbrachen. Vielleicht wird dieser Ort eines Tages tatsächlich wieder von der Normalität eingeholt, dachte Anne. Die Leute hier mussten schließlich irgendwie weiterleben.

Auf einmal spürte sie, dass ihre Mutter neben ihr ganz still dasaß. Rasch drehte sie den Kopf und sah, dass Ruth schräg hinter Anne etwas anstarrte. Anne drehte sich um und sah einen großen Mann mit dichtem, grauem Haar den Speisesaal betreten und mit der bedirndlten Bedienung sprechen. Obwohl der Mann ein gutes Stück von ihnen entfernt war, hatte er doch etwas Raumgreifendes, eine altmodische Attraktivität, die auch die anderen Gäste zu ihm hinsehen ließ. Ja, dachte Anne, er sieht aus, als habe er früher einmal in einem Leni-Riefenstahl-Film mitgespielt! Anne beobachtete, wie der Mann hinter einen Tresen direkt neben der Eingangstür ging und sich dort an einem Computer zu schaffen machte. »Was …«, begann Anne, doch bevor sie weiterreden konnte, war Ruth wie gezogen von unsichtbaren Fäden aufgestanden, kalkweiß im Gesicht. Nun schob sie völlig lautlos den Stuhl zurück und verließ das Restaurant durch die andere Tür.

Etwa eine halbe Stunde später verließ auch Anne das Zippelhaus. Eigentlich hatte sie Ruth gleich hinterhergehen wollen, doch ausgerechnet in dem Moment war die Bedienung mit den Kartoffelpuffern gekommen. Fast widerwillig begann Anne zu essen und warf beim Kauen immer wieder einen verstohlenen Blick über die Schulter. Wer war dieser große Mann hinter dem Tresen? Ihre Mutter musste ihn kennen, er musste in Ruths Vergangenheit eine Rolle gespielt haben. Und zwar keine gute, denn offenbar war es unerträglich für sie, mit ihm in einem Raum zu sein. Als Ruth am Ende der Mahlzeit immer noch nicht zurückgekehrt war, bat Anne die Bedienung – wieder mithilfe ihres Wörterbuchs –, das Essen noch mal warm zu machen und ihrer Mutter aufs Zimmer zu bringen.

Wenig später klopfte Anne an Ruths Tür.

»Ja?«, kam es von drinnen.

»Ich bin's. Anne.«

Die Tür ging auf und da stand ihre Mutter, mit hängenden Armen. Sie drehte sich um, ließ die Tür offen stehen und ging wieder zum Fenster, wo sie gerade gesessen und nach draußen geschaut haben musste.

Anne hockte sich aufs Bett, Ruth gegenüber, sodass sie ihr ins Gesicht sehen konnte. Eine Weile sagte keine etwas. Dann hielt Anne das Schweigen nicht mehr aus und fragte, ohne Ruth auch nur eine Sekunde aus den Augen zu lassen: »Willst du mir nicht sagen, wer dieser Mann im Speisesaal war?«

Ruth atmete hörbar ein und wieder aus, ein tiefer Seufzer, schwer und resigniert. Schließlich sagte sie: »Er heißt Erich. Er ist Christas Ehemann und Renates Vater, nehme ich an.«

»Und du ... kennst ihn auch ... von früher?«

»Ja. Ich kenne ihn auch.«

Februar 1978. So tue ich wieder Dienst im Krankenhaus. Alles ist wie vorher und doch völlig anders. Ich kann an nichts anderes mehr denken als an das, was mit diesen armen Jungchen geschieht. Und frage mich, ob sie das auch mit den Wandervögeln tun. Mit Renate. Mit meinem Kind.

Und doch müssen wir beten, muss ich weiter beten, den Herrn lobpreisen, alle Sünden gestehen, obwohl doch die einzigen Sünder hier die Menschen sind, die diese Kinder malträtieren! Und wieso soll ich mein eigenes Ich aufgeben, zu Ehren Gottes? Welcher Gott will das eigentlich, dass da drüben jede Nacht Kinder gequält werden! So habe ich das Gefühl, mehr und mehr aus-

einanderzufallen, es ist, als habe man einen Keil auf meinen Schädel gesetzt und eine Spaltaxt hineingetrieben. Ich bin nicht mehr nur eine Christa, sondern zwei. Da ist die Christa, die mit dem Wischer über den Krankenhausboden fährt, die die Instrumente sterilisiert, die im Gebetskreis mit den Tanten sitzt und das Vaterunser betet, die um Vergebung für ihre Sünden fleht, die auf jeden Zwischenruf der alten Tanten reagiert, wenn die wieder mal der Meinung sind, dass ich nicht die Wahrheit spreche, dass ich mir in Gedanken alles zurechtgelegt habe, die Worte gedreht und gedrechselt hab, um das Sumpfige in mir, das Dreckige, zu verbergen. Die andere Christa denkt nur noch ans Sterben. Und dass man dabei gar nichts verliert.

Das mit dem Sterben ist aber nicht so leicht. Im Moment lebe ich, muss ich hier weiterleben, Tag für Tag. Ich versuche, nicht verrückt zu werden. Versuche, mich an mein Leben vorher zu erinnern, an das, was normal ist.

Über diese Dinge grüble ich nach, während ich hinter Emilie herradle und mir der Fahrtwind ins Gesicht weht. Dabei ist es so ein herrlicher Sommertag. Die Getreideernte ist in vollem Gange. Die Männer arbeiten im Dreischichtbetrieb, der Mähdrescher ist im Dauereinsatz. Und während ich mich zum tausendsten Mal frage, wie es Renate gehen mag, die ich schon Monate nicht mehr gesehen habe, sehe ich plötzlich einen Mann dastehen, vor dem Mercedes neben dem Tío, mit dem Rücken zu mir. Ich erkenne ihn nicht gleich, oder besser gesagt, ich halte es für so unwahrscheinlich, dass ich meinen Augen nicht traue und einfach vorbeiradle. In dem Moment dreht er sich um und unsere Blicke begegnen sich.

Es ist Erich.

Nach Jahren, nach all den Jahren steht er plötzlich da. Ich weiß nicht, was schlimmer ist: Dass er durch mich hindurchsieht, als wäre ich niemand. Oder dass er etwas zum Tío sagt, der daraufhin lacht und ihm auf die Schulter klopft. Mit einem Ruck bremse ich, falle fast vom Rad. Fassungslos sehe ich zu, wie Erich um den Mercedes herumgeht und an der Fahrerseite einsteigt. Der Tío steigt ebenfalls ein. Und dann fahren sie davon. Im Vorbeifahren sieht der Tío mich an. Wie ich dastehe, den Lenker in den Händen. Er sieht mich an, mit diesem gespaltenen Blick, von dem man nie so recht weiß, wo er hinwill. Da kommt Leben in mich, ich setze mein neutrales Lächeln wieder auf, zupfe mit einer Hand an dem Beutel herum, den ich auf den Gepäckträger geklemmt habe, so als sei er verrutscht und ich müsste ihn zurechtrücken. Untätigkeit wird nicht gern gesehen. Als der Wagen außer Sichtweite ist, spüre ich das Zittern meiner Knie. Eine Weile lang bleibe ich so stehen, die eine Hand immer noch auf dem Lenker, den Kopf gesenkt, dass niemand mein Gesicht sieht. Ich stehe da und alles, was ich tue, ist atmen. Das ist auf einmal unendlich schwer, es kostet mich meine ganze Kraft. Ein und aus presse ich die Luft, durch meine Kehle, die vollkommen verkrampft ist. In diesem Moment will ich schreien. Will dem Wagen hinterherrennen, den Mann, mit dem ich auf dem Papier verheiratet bin, aus dem Wagen zerren und auf ihn einprügeln.

Und plötzlich ist alles wieder da. Alles auf einmal. Das, was ist. Und das, was war. Und in einer Schärfe, die so kristallen ist, dass ich mich daran schneide, sehe ich ihn wieder vor mir, im April 1961. Wie er da vor mir steht, wie ich ihn endlich wiedersehe, einen Monat nach der großen Überfahrt.

Im ersten Moment habe ich damals gedacht, das kann nicht sein, das ist er nicht. Denn wenn er es wäre, dann wäre er doch gestern gleich gekommen, um mich zu begrüßen. Immerhin waren wir so lange getrennt! Aber niemand von uns ist so groß und niemand hat so blondes Haar wie er. Er steigt in den Trecker und fährt an mir vorbei. Er hat mich nicht gesehen, denke ich und renne hinter dem Trecker her, aber obwohl er langsam fährt, hole ich ihn nicht ein. Die anderen schauen mich an und grinsen.

Den ganzen Weg laufe ich hinter ihm her, folge dem Trecker, der zum Abladeplatz für die Baumstämme fährt. Endlich hole ich ihn ein. Da sieht er mich, steigt vom Fahrersitz. Den Motor lässt er laufen. So stehen wir uns gegenüber, warum umarmt er mich nicht? Er wirkt verlegen, sicher ist es ihm unangenehm, dass Onkel Bolle und Onkel Knut zu uns herübersehen. Schließlich streckt er mir die Hand entgegen und brüllt einen Gruß, der im Treckerlärm fast untergeht. Ich fasse ihn am Ärmel, ziehe ihn ein Stück weit weg. Laut frage ich: »Wo ist Annchen?«

»Die ist noch bei Tante Hiltrud in Siegburg. Ging nicht anders. Befehl vom Tío. Aber die bringen sie bald mit!«

»Was!«, rufe ich und habe mit einem Mal das Gefühl, als würde mein Innerstes von einer Winde aufgespult.

»Nu ma ruhig Blut!«, ruft er mir zu. »Da is sie ja gut aufgehoben. Besser, wenn sie mit 'm Frauenzimmer reist. Tante Hiltrud weiß, was zu tun ist.«

Mir wird schwindlig. Von der Hitze. Von der Erinnerung. Von der Wut, die ich mit aller Macht nach unten drücke. Da taucht Emilie auf, sie ist umgekehrt, um zu sehen, wo ich bleibe. Mit beiden Händen umfasse ich den Lenker. Meine Fingerknöchel werden weiß. »Was trödelst du?«, raunzt sie mich an. Ein Augenblick vergeht, ein weiterer, in dem ich nicht in der Lage bin, mich zu rühren. Ich spüre Emilies Blick auf mir. Aber es ist mir egal.

Ich habe zwei Kinder verloren.

Einen Mann.

Meine Freiheit.

Mein ganzes Leben.

»Was stehst du da und glotzt, willst wohl, dass ich dich melde!«

Fast automatisch tastet meine Hand noch einmal nach meinem Beutel auf dem Gepäckträger, drückt ein bisschen daran herum.

Dann schau ich sie an. Mein Atem zittert, als ich ausatme. »Tu, was du nicht lassen kannst!«, schreie ich sie an. Dann steige ich aufs Rad, fahre los, mit wackeligen Lenkbewegungen. Und denke nur noch eines: Was ist das alles hier? Was sind wir eigentlich für Menschen?

Es war, als wäre ein Bann gebrochen. Bis spät in die Nacht hinein erzählte Ruth. Davon, wie sie und Christa in jenem Juli Kartoffelkäfer gesammelt hatten, wie der kleine Hans Bottke überall dabei gewesen war, wie unerträglich heiß jener Sommer gewesen war. »So wie der letzte Sommer, genau so«, sagte sie mit einem traurigen Lächeln.

Immer neue Details fielen ihr ein, wie sie und Christa damals Pläne gemacht hatten für die Zeit nach dem Abitur. Wie sie jeden Tag in der eiskalten Striezel gebadet hatten. Und wie sie Erich das erste Mal gesehen hatten: von Weitem, über den Fluss hinweg, ein richtiger Hüne, so blond, so breitschultrig. »Und dann stand er plötzlich vor uns, auf der Brücke.«

Anne konnte ihre Mutter nur ansehen. Und absurderweise hatte sie Mühe, ihr zu folgen, nicht den Worten, die waren klar, nein. Sie hatte Schwierigkeiten zu begreifen, dass diese Mutter hier ein Leben vor ihrem gehabt hatte, ein Leben, in dem so viel geschehen war, das überhaupt nichts mit ihr oder ihrem Vater zu tun hatte.

»Und Christa hat geglaubt, dass auch er nur sie sieht, sie hat sich da ganz reingegeben. Ich denke, der Anfang von allem war Erich. Wenn er nicht gewesen wäre, wäre sie niemals von zu Hause fortgegangen.«

Ruth hielt kurz inne, fing Annes Blick auf, der wohl das widerspiegelte, was sie empfand: Verwirrung und den brennenden Wunsch zu verstehen. »Ach, Kind«, sagte Ruth und nahm

Annes Hand, »mein liebes Kind.« Und auf einmal traten ihr wieder Tränen in die Augen. Sie blinzelte und lächelte unter Tränen, und dann erzählte sie weiter, fast atemlos, als hätte sie Angst, der Mut könnte sie wieder verlassen, wenn sie zu lange schwieg.

»Jedenfalls habe ich in jener Gebetsnacht mit Erich geschlafen. Am nächsten Tag wollte ich es Christa sagen, aber das schaffte ich nicht, und dann ist immer mehr Zeit vergangen und ich hatte einfach nicht den Mumm. Wenn ich ihr nur gleich die Wahrheit gesagt hätte über Erich und mich, dann wäre alles anders gekommen!«

Anne fühlte, wie der Kloß in ihrem Hals immer dicker wurde. Sie drückte Ruths Hand.

Plötzlich sagte Ruth: »Aber das Schrecklichste war das mit Hans. Dass auch er da hineingeraten musste.«

Ruth verstummte wieder. Sie schwieg so lange, dass Anne schon glaubte, es käme nichts mehr. Doch dann fuhr sie fort, so leise und krächzig, dass Anne sie kaum verstand: »Ich hab noch versucht, mit seiner Mutter zu sprechen. Aber die glaubte ja auch an die *guten Menschen vom Zeltlager*! Ach, dieser arme kleine Kerl!« Ruths Stimme brach. Sie schlug die Hände vors Gesicht und weinte lautlos. Anne wandte den Blick ab. Sie wusste nichts zu sagen, nichts, was Ruths Schmerz lindern konnte, nichts, was irgendwie half. So lange war das jetzt her. Und doch war nun alles wieder ganz nah. Schließlich murmelte sie: »Morgen fahr ich nach Parral, Blumen besorgen. Dann gehen wir später zusammen zu seinem Grab, ja?«

Ruth antwortete nicht. Sie hatte die Augen geschlossen und rang immer noch um Fassung. Anne stand auf, ging zu ihr hinüber, beugte sich über sie und hielt sie ganz fest. Eine Weile lang blieben die beiden in dieser ungelenken Umarmung, bis Ruth sanft Annes Hände löste.

»Christa arbeitet in der Gärtnerei hier auf dem Gelände. Du kannst mich ja dorthin begleiten, morgen Nachmittag. Dann suchen wir was Schönes für Hans aus.«

»Sie *arbeitet* hier noch?«, entfuhr es Anne.

»Das hat sie mir geschrieben, ja.«

Anne konnte es gar nicht fassen. »Aber nach allem, was ihr hier passiert ist! Ich begreife immer noch nicht, wie sie hier bleiben konnte!«

Ruth zuckte die Achseln.

»Ich kann es mir nur so erklären, dass man irgendwann einfach zu müde ist. Nach fünfzig Jahren ... erscheint einem draußen doch sicher alles fremd.«

»Aber Renate hat es doch auch geschafft.«

»Ja, das ist ... unglaublich. Zumal sie ja sogar hier auf die Welt gekommen ist und nie etwas anderes kennengelernt hat!«

Einen kurzen Augenblick stutzte Anne. »Ich dachte, Renate ist in Deutschland geboren?«

»Aber nein, hier. Das ist ja das Tragische an den Jüngeren hier. Dass die nur das hier kennen. Begleitest du mich also morgen zur Gärtnerei?«

Anne sah Ruth immer noch an. »Das kann ich machen«, sagte sie. »Aber du willst doch sicher erst mal allein mit Christa sein, oder nicht?«

»Ja, sicher«, sagte Ruth. »Aber hinbegleiten kannst du mich doch trotzdem. Das fällt mir alles so unendlich schwer!«

RUTH. Und so blieb die Kleine bei mir. Erst heute ist mir klar, wie unfassbar das Ganze eigentlich war. Nicht nur die Tatsache, dass da Eltern ihr Kind einfach zurückgelassen hatten; so etwas passiert ja immer wieder. Auch nicht, dass da ein junges Mädchen, nämlich ich, von einem Tag auf den anderen Mutter wurde. Das, was mich im Nachhinein am allermeisten überraschte, war die Reaktion meiner Umgebung: mein Ausbildungsleiter und seine Frau, die mich ohne viele Worte unterstützten; meine Mitschülerinnen, die die Kleine immer mal wieder fütterten oder ausfuhren, ohne dass ich sie darum hätte bitten müssen. Und vor allem natürlich Fritz. Mein lieber Fritz, von dem ich nie ein kritisches Wort über »das fremde Kind« hörte. Für ihn stand einfach fest, dass da Hilfe geboten war, und so half auch er, wo es ging. Echte Liebe, so zeigte er mir jenseits aller pathetischen Versprechen, nimmt auch Widrigkeiten in Kauf. Und so hatten Fritz und ich ein Kind, noch bevor wir offiziell verlobt waren.

In den folgenden zwei Jahren, die ich noch in Liebenburg war, schrieb ich regelmäßig lange Briefe an Christa, berichtete minutiös über sämtliche kleinen und größeren Fortschritte. Wie die Kleine kein »R« sprechen konnte und ihren Namen, Anne-Marie, kurzerhand in »Mali« verwandelte. Ich schrieb und schrieb, obwohl nie eine Antwort kam. Warum ich das tat? Ich weiß es nicht. Aus Pflichtgefühl, aus Mitleid? Vielleicht auch aus dem Wunsch heraus, Christa doch noch irgendwie zur Rückkehr zu bewegen? Aber nach einigen Monaten kamen die Briefe ungeöffnet zurück, *destinatario desconocido* stand darauf, Empfänger unbekannt. Ich habe sie alle aufbewahrt, ein ganzer Stapel ist das. Luftpostbriefe, in denen ich Christa von Annes Vorliebe für »die blaue Hose« berichtete; von ihren Versuchen, sich selbst die Haare zu schneiden; von ihren Kritzelkratzel-Bildern, die sie großzügig verteilte.

Als der erste Brief zurückkam, spielten Herr Bellstedt und Konstantin wieder mit dem Gedanken, nach Chile zu reisen. Doch dann erinnerten wir uns daran, wie schwierig es schon in Deutschland gewesen war, ihrer habhaft zu werden, und die beiden verwarfen den Plan noch im Entstehen.

Als Mali – wie wir sie damals manchmal noch nannten – größer wurde, bekam sie die abgelegten Kleidchen der Colsman-Kinder sowie deren Gitterbett und den alten Laufstall, von dem aus sie zeitweise mit großen Augen den Unterricht verfolgte, auf wackeligen Beinen stehend, die kleinen Hände auf dem Geländer. Aber auch sonst war sie bestens versorgt, denn Herr Bellstedt ließ es sich nicht nehmen, ein Konto einzurichten, von dem ich mich bedienen sollte. Wenn Fritz an den Wochenenden zu Besuch kam, wippte die Kleine ganz aufgeregt in den Knien, streckte ihm die Ärmchen entgegen und krächzte »Fidi«. Und ich war für sie immer noch »Luu«.

Ein Blick auf ihr Smartphone zeigte Anne, dass es in Deutschland nun schon drei Uhr morgens war. Kein Wunder, dass sie so erschossen war. Sie duschte kurz, legte sich ins Bett und schlief ein, kaum dass ihr Kopf die Matratze berührt hatte.

Am frühen Morgen – es war noch dunkel, aber die Vögel zwitscherten schon – schrak sie aus dem Schlaf hoch und ihre Gedanken begannen sofort um das Gespräch zu kreisen, das Ruth und sie am Vorabend geführt hatten. Da war etwas gewesen, was Ruth gesagt hatte. Sie drehte sich auf den Rücken, versuchte sich zu erinnern. Da war die Rede von Hänschens Grab gewesen, von den Blumen und von der Gärtnerei, in der Christa arbeitete. Aber das war es nicht gewesen, was wie ein kleiner Splitter irgendwo in ihren Gedanken saß.

Mit einem Ruck setzte sie sich auf. Nein, dachte sie, es hat mit *Renate* zu tun! Mit dem, was Ruth gesagt hatte über Renate. Dass sie hier geboren sei. Aber warum beschäftigte sie das so sehr? Da passte doch irgendetwas nicht zusammen. In ihrem Kopf schwirrten zwei Einzelinformationen, die einfach nicht zueinanderpassten.

Sie schlug die Decke zurück, kramte einen Block und einen Stift aus ihrem Rucksack und fing an, Dinge aus der Erinnerung heraus aufzuschreiben.

Ruth behauptete, dass Renate hier in der Colonia geboren worden war. Wenn Anne das Gespräch im Sommer richtig im Gedächtnis behalten hatte, wusste sie von Renate selbst nur, dass sie in der Colonia *aufgewachsen* war. Frau Bottke aber behauptete, sie habe die kleine Renate als Baby im Gutshaus gesehen. Eine von beiden musste sich also irren: Ruth oder Frau Bottke.

Aber warum beschäftigte sie das überhaupt so sehr? Welchen Unterschied machte es, ob Renate hier oder in Deutschland geboren worden war? Sie war eine Gefangene gewesen, fast ihr ganzes Leben lang.

Okay, okay, dachte Anne, jetzt noch mal von vorne. Immerhin gibt es da noch ein paar mehr Fakten, die ich kenne: zum Beispiel, dass Renate im letzten Juli ihren 48. Geburtstag gefeiert hat. Das würde bedeuten, dass sie 1962 geboren wurde. Aber hatte Ruth ihr nicht gestern erst erzählt, dass Christa im Februar 1961 emigriert war? Da konnte Gisela Bottke Christa und das Baby gar nicht im Gutshaus gesehen haben! Also war doch sie es, die sich geirrt hatte, und damit basta. Aber da war etwas gewesen, ein Detail, irgendetwas, das Frau Bottke erwähnt hatte und das sich in Annes Hinterkopf festgesetzt hatte. Doch je mehr sie grübelte, desto tiefer rieselte dieser Gedankenkrümel in die Tiefen ihres Unterbewusstseins hinab. Anne rieb sich die Stirn. Aus irgendeinem Grund hatte sie jetzt mehr denn je das Gefühl, dass es wichtig war, diesen Krümel zu finden. Sie sah auf die Uhr. 4.50 Uhr. Also wäre es in Deutschland zehn vor neun. Eine durchaus anständige Zeit, um ein paar Leute anzurufen.

In einem ersten Anruf fragte sie Renate, wann und wo sie geboren worden war. Renate klang verwundert, antwortete aber, ohne zu zögern: »In Chile im Juli 1962.« Also hatte Ruth sich ganz sicher nicht geirrt, dachte Anne und sprach noch ein wenig mit Renate, erzählte ihr von der Reise und was sie heute vorhatten. Dann wählte sie die andere Nummer.

Frau Bottke meldete sich nach dem dritten Klingeln. Sie klang nicht besonders überrascht, was kein Wunder war, schließlich wusste sie nicht, wo Anne sich befand.

»Geht's um die Raben?«, fragte sie.

»Eigentlich habe ich eine ganz andere Frage. Bei unserem letzten Gespräch im Sommer ... ich weiß nicht, ob Sie sich erinnern ... haben wir uns über Renate Buhr unterhalten. Ich war damals der Meinung, dass Renate in der Kolonie geboren wurde.«

Es dauerte ein paar Sekunden, bis Frau Bottke antwortete: »Nee, das hab ich Ihnen ja schon gesagt. Die is hier geboren. In Deutschland.«

»Aber wie können Sie sich denn so sicher sein? Nicht dass es eine Rolle spielen würde, aber ...« Anne ließ den Satz in der Luft hängen.

»Warum ich mir sicher bin? Na, weil ich die ja selbst gesehen habe, das Baby und Christa. Sogar alleine stehen konnte das Baby schon ... ich erinnere mich genau! Weil ich so 'ne Angst hatte, dass die mir die Spielsachen wegnimmt.«

Wider Willen musste Anne lachen: »Was? Wieso das denn?«

»Wir hatten doch damals nich viel, und immer wenn Mutter zum Putzen ins Gutshaus gegangen ist, war ich ganz scharf drauf mitzukommen. Weil dann durfte ich in der Zeit mit Christas alten Puppensachen spielen. Das war jedes Mal wie Weihnachten! Und zu meinem Geburtstag konnte ich mein Glück nicht fassen: Da hat mir Christa, die damals mit dem Baby auf Besuch zu Hause war, den Puppenwagen geschenkt!«

»Das war ja nett von Christa!«, murmelte Anne, doch dann

fiel ihr wieder ein, dass Renate doch in der Colonia geboren worden war. Woran erinnerte sich Gisela Bottke da bloß? Und dann schoss ihr ein anderer, eigentlich abwegiger Gedanke durch den Kopf. Ob Christa mit dem Kind noch einmal in Deutschland gewesen war? Ob sie noch einmal zurückgekommen war aus Chile? Aber was hätte das für einen Sinn gehabt?

Doch da sprach Frau Bottke schon weiter. »Was Kinder so für verquere Sachen im Kopp haben! Ich weiß noch, wie eifersüchtig ich damals auf Renate war, wie ich dachte, wenn sie größer wird, bekommt *sie* all die schönen Sachen im Kinderzimmer und ich darf dann nicht mehr mit ihnen spielen.« Anne hörte Frau Bottke lachen. Doch dann wurde sie schlagartig ernst: »*Darüber* hätte ich mir ja nun wirklich keine Sorgen machen müssen!«

Anne schwieg eine Weile. Aber da war noch etwas anderes gewesen, etwas, das Gisela Bottke im Sommer gesagt hatte.

»Sind Sie noch da?«

»Ja, ja«, beeilte Anne sich zu sagen. »Können Sie mir den Gefallen tun und mir das Ganze noch mal erzählen? Alles, woran Sie sich erinnern.«

»Wenn Sie das wollen …«, brummte Frau Bottke. Sie schien skeptisch, begann aber trotzdem von vorne. An einem bestimmten Punkt rief Anne plötzlich: »Stopp. Können Sie das wiederholen? Das Letzte, was Sie gerade gesagt haben …«

»Dass das Baby so ein putziges Mützchen gehabt hat, mit solchen Bärenohren dran?«

»Ja«, rief Anne und spürte, wie ihr Herz mit einem Mal schneller schlug. Das war es, was mich irritiert hat, dachte sie. Nicht die Mütze, sondern dass Frau Bottke das Kind tatsächlich gesehen haben muss, so detailliert, wie sie sich erinnert!

Anne blinzelte und versuchte fieberhaft, Klarheit in ihre Gedanken zu bringen. Etwas stimmte hier nicht, ganz und gar nicht. Renate war in Chile geboren worden, das wusste sie nun. Doch wenn dem so war: Wie konnte Frau Bottke Christa mit dem Kind in Grösitz gesehen haben?

März 1978. Wenn ich wenigstens wüsste, was sie mit den Vögeln machen. Was sie mit Renate machen. Was ich allerdings weiß oder zumindest ahne: dass sie mich jetzt wieder überwachen. Manchmal, wenn ich es mir von der Arbeit her erlauben kann und wenn Emilie gerade beschäftigt ist und mir mal nicht hinterherspionieren kann, bleibe ich so lange auf dem Klo, wie's geht. Dort führe ich Gespräche mit der Toilettentür. Natürlich spreche ich nicht richtig, nicht laut oder so, ich forme die Worte mit den Lippen, spreche lautlos über all das, was ich nicht sagen darf, weine lautlos, ohne Tränen, schimpfe lautlos. Wenn jemand mich sehen könnte, wie ich das Gesicht verziehe, die Hände zu Fäusten balle, in meine Faust beiße, nur um nicht schreien zu müssen, er würde mich für verrückt halten.

Ja, ich bin mir fast sicher, dass sie mich jetzt immer überwachen. Aber ich will es genau wissen. Täglich bin ich zum Putzen ins Neukra abkommandiert, muss also den Weg vom Krankenhaus zum Neukra zurücklegen. Und so mache ich die Probe aufs Exempel: Ich laufe los in Richtung Neukra, bleibe dann in rund hundert Metern Entfernung stehen und tue so, als müsste ich mir die Schnürsenkel zubinden. Und da sehe ich Emilie, wie sie am Fenster steht und telefoniert. Komme ich zum Neukra, dann ist da Elfriede, die zum Telefon greift. Abgang und Ankunft werden vermerkt. Und in den Nächten schließen sie mich ein.

Ich beobachte meine Beobachter. Warum, weiß ich nicht so genau, vielleicht um die Angst im Zaum zu halten. Die Gespräche mit der Toilettentür führe ich weiter, nur dass sie nun eine ande-

re Richtung nehmen. In meinen Gesprächen geht es jetzt darum fortzukommen. Fortzukommen und Hilfe zu holen, um Renate hier herauszuholen. Da draußen muss es doch irgendwo Menschen geben, die uns helfen!

Und so wird es wie ein Zwang: mir auszumalen, wie ich es anstellen könnte. Wo ich doch so vieles über die Sicherheitsanlagen weiß, von meiner Zeit im Galpon und im Wächter I. Vielleicht behalten sie mich deshalb im Auge. Weil sie wissen, was ich weiß.

Ich schlafe nun mit Emilie in einem Zimmer. Die Haustür wird nachts verschlossen, die Schlüssel werden abgezogen, auch die Schlüssel zu den anderen Türen, selbst die von den Wandschränken im Flur. Nur die Tür zum Waschraum bleibt offen. Und dann will ich es einfach wissen: Eines Nachts, als Emilie nach Herzenslust schnarcht, schleiche ich in den Waschraum, klettere durchs Fenster nach draußen und laufe ein paar Meter, dorthin, wo ich die Stolperdrähte vermute, die sie in der Nacht einschalten. Das ganze Gelände ist voll davon, über und über bedeckt von spinnennetzartigen Sicherheitsdrähten.

Dann renne ich zurück, so schnell ich kann, steige durchs Fenster nach drinnen, lege mich ins Bett – und warte. Und es ist so, wie ich gedacht hab. Keine zwei Minuten später höre ich etwas, das sich anhört wie ein in Watte gepackter Wagen. Emilie schnarcht immer noch und so traue ich mich, zum Fenster zu schleichen und hinauszusehen. Und da sehe ich ihn: einen Wagen ohne Licht, aus dem Männer mit Hunden aussteigen. Ich schleiche zurück ins Bett und höre, wie sie ums Haus laufen, immer wieder, und alles mit den Hunden absuchen.

Gleich am nächsten Tag mache ich mich auf und suche nach den Stellen, wo die Drähte geschaltet werden. Aus meiner Zeit beim Wachdienst weiß ich, dass die Stolperdrähte um das Haus herum geschlossen werden, wenn es dämmert. Einen nach dem anderen finde ich und präge mir den Weg an ihnen vorbei genau ein. Das alles wiederhole ich dann Nacht für Nacht, so oft, bis ich ganz sicher bin, dass ich den Weg gehen kann, ohne einen Alarm auszulösen.

»Was ist los mit dir?«, fragte Ruth, als sie am Nachmittag zur Gärtnerei gingen. »Nichts, was soll sein?«, entgegnete Anne.

Die Sonne schien ihnen ins Gesicht, und als sie an diesem schrecklichen »Neukra« vorbeigingen, jenem Ort, an dem die Kinder in ihren Betten gelegen hatten, unter einer Lampe und den wachsamen Augen ihrer Peiniger, wandte Anne das Gesicht ab und beschleunigte ihren Schritt. Eine Weile lang ging Anne ein Stück vor Ruth her, doch dann blieb sie abrupt stehen und drehte sich zu Ruth um.

»Kann es sein, dass Christa noch mal zurückgekommen ist? Nach ihrer Emigration?«

Ruth machte ebenfalls halt. »Was?«, fragte sie und ihre Stimme klang vollkommen verständnislos. »Wovon sprichst du?«

»Das war doch eine ganz normale Frage. Ist Christa noch mal zurückgekehrt, nach Grösitz, ein, zwei Jahre, nachdem sie ausgewandert war?«

»Wie kommst du denn *darauf*? Das wüsste ich doch, nein. Und wie hätte das funktionieren sollen?« Ruth fixierte Anne. Der Wind spielte mit ihrem Haar und sie hielt sich eine Strähne aus dem Gesicht.

Anne erwiderte Ruths Blick. Sie betrachtete ihre Mutter, das volle, lockige, vom Wind bewegte Haar mit den vereinzelten grauen Strähnen. Den frischen Teint, der davon zeugte, dass Ruth viel Zeit im Freien verbrachte. Täuschte sie sich oder sah Ruth ein wenig ängstlich aus?

»Ich frage mich das nur, weil … Ach, das klingt ein bisschen verrückt. Das muss ich dir in Ruhe erklären …«

Da sah Ruth Anne ganz tief in die Augen und tat einen Schritt auf sie zu und sagte: »Wir sprechen heute Abend, ja? Wenn ich das hier …« Sie verstummte und holte tief Luft. »Christa wird schon auf mich warten.«

Anne nickte. »Sicher«, sagte sie und wunderte sich zugleich. Sie hatte den Eindruck, dass in Ruths Stimme ein ganz fremder Unterton mitschwang, ein bedeutungsschwerer, intensiver Tonfall. So als wollte Ruth ihr etwas Gewichtiges sagen, aber nicht mit Worten. Anne betrachtete ihre Mutter stirnrunzelnd. Aber da hatte Ruth sich schon wieder abgewandt. Schweigend gingen sie nun nebeneinanderher und Anne musste an sich halten, um Ruth nicht am Arm zu packen und ihr diese eine Frage zu stellen, die Frage, deren Antwort ihr auf einmal so entscheidend vorkam. Das Herz pochte heftig in ihrer Brust. Beruhige dich, sprach sie sich selbst gut zu, sicher gibt es dafür eine plausible Erklärung.

Sie zwang sich zur Ruhe, atmete ein paarmal tief ein und aus und ließ den Blick über die säuberlich angelegten Gemüsegärten schweifen, über die wie mit dem Lineal gepflanzten Reihen von Kohl und Brokkoli, Stangenbohnen und Möhren. Fast widerwillig registrierte sie Chilisträucher und Agaven, Feigenkakteen und Hortensien. Alles, wofür man in Europa mehrere Klimazonen brauchte, von Schweden bis Sizilien, schien hier an einem Ort versammelt. Ein wahres Schlaraffenland, dachte sie, ein Paradies! Nur dass die Hölle daraus geworden war.

Jetzt kamen sie an einem großen Baum vorbei. Bei näherem Hinsehen erkannte Anne, dass es tatsächlich eine Ulme war, eine richtige gesunde Ulme, die man in Deutschland so gut wie gar nicht mehr fand! Der Wind raschelte im Ulmenlaub und Anne betrachtete die Kisten mit Tomaten, die jemand unter dem Baum gestapelt hatte.

Und dann sahen sie die Frau.

Sie stand da, das Gesicht halb abgewandt, in einem Blütenmeer von gelben Rudbeckia, einen Strohhut auf dem Kopf und einen Korb in der Hand. Ruth war stehen geblieben und auch Anne machte halt, ein Stück hinter Ruth, und sah hinüber zu der Frau, die Christa sein musste. Das Bild, das sich ihnen bot, war so friedlich, so fernab von jeder Lebensrealität, dass Anne es nicht fassen konnte. Wie die Frau dastand, über die Blumen gebeugt und beschienen von der Nachmittagssonne, wie sorgfältig sie Blüte für Blüte pflückte und in ihren Korb legte. Was Anne jedoch völlig unvorbereitet traf und was ihr in dem Moment, sie wusste auch nicht, warum, fast das Herz zerriss, das war ihr Lächeln. Christas Lächeln, ein Lächeln ins Leere hinein. Anne schluckte.

Genau da setzte Ruth sich in Bewegung. Langsam ging sie auf Christa zu, bis diese den Kopf hob und ihre Blicke sich begegneten. Anne bemerkte, wie Christas Augen sich weiteten, wie ihr Lächeln für einen Moment stillzustehen schien. Wie einen Moment lang alles stillstand. Die beiden alten Frauen. Der Wind. Die Zeit.

Anne drehte sich um und ging davon. Sie würde Christa nachher kennenlernen, jetzt musste sie die beiden alleine lassen, das spürte sie. Sie wollte noch einen Abschiedsgruß rufen, ließ es aber sein. Dies war nicht der Moment für laute Stimmen.

Anne lief die Wege auf und ab, kam vorbei an einer stillgelegten Landwirtschaft, an einem weitläufigen Platz, auf dem zwei Zapfsäulen standen. Das Ganze wirkte wie im Mittleren Westen der USA, viel Raum, weite Flächen. Es lag auch die entsprechende Melancholie über dem Ganzen, diese Verlassenheitsstimmung. Und die ganze Zeit über sah sie in Gedanken Christa und ihre Mutter und fragte sich, wie das Wiedersehen wohl verlaufen würde. Außerdem trug sie diese Unruhe in sich, diese ungeheure Nervosität. Sie konnte es kaum erwarten, mit Ruth zu sprechen. Ihrer Mutter, die ihr diese eine Frage beantworten musste, unbedingt.

Am Ende schlenderte sie zurück Richtung Hotel. Sie war müde. Müde vom Warten und vom Widerhall der immer wiederkehrenden Frage, die sie einfach nicht vergessen konnte. Sie setzte sich auf eine Bank, stand aber bald wieder auf und beschloss schließlich, draußen auf der Terrasse vor dem Zippelhaus einen Kaffee zu trinken.

Sie hatte etwa eine halbe Stunde dort gesessen, als ihr Handy klingelte. Das Display zeigte *Ruth*.

»Ja?«

»Ich bin's«, sagte Ruth überflüssigerweise. »Wo bist du gerade?«

»Vor dem Zippelhaus. Kaffee trinken.«

»Bleib dort. Wir kommen jetzt zu dir.«

»Okay. Ich warte auf euch. Ist bei dir alles in Ordnung?«, fragte Anne.

»Ja, ja«, antwortete Ruth hastig und fuhr fort: »Christa will dich kennenlernen.«

Anne fühlte ein leichtes Unbehagen in sich aufsteigen, fast wie ein gedankliches Zurückschrecken. Was war bloß los mit ihr? Sie neigte doch sonst nicht zu Hypersensibilität.

»Ich komme euch entgegen«, sagte sie. Doch da hatte ihre Mutter schon aufgelegt. Anne stand auf und tat ein paar Schritte den Laubengang entlang. Sie blieb stehen und streckte die Hand nach den dunklen Trauben aus und wollte gerade eine pflücken, als zwei Frauen am Ende der Laube auftauchten: Ruth und Christa. Die beiden kamen auf sie zu, ihre Mutter sportlich wie immer in ihren geliebten Jeans und mit hellblauer Bluse, den kleinen schwarzen Rucksack auf dem Rücken. Christa in ihrem formlosen Kleid mit der Schürze darüber, den Strohhut in der Hand. Zwei Leben, dachte Anne, die unterschiedlicher nicht hätten verlaufen können.

Als sie sich schließlich gegenüberstanden, fühlte Anne sich äußerst unbehaglich unter dem Blick der fremden Frau, die ihre großen blauen Augen fest auf sie gerichtet hielt. Dabei ging es ihr selbst nicht anders. Sie musste Christa einfach anstarren, sie taxieren – ihr graues, großmütterlich hochgestecktes Haar, den weichen Mund, den umschatteten Blick. Was für eine schöne Frau, dachte Anne und sah plötzlich Renate vor sich. Sie streckte die Hand aus, um Christa zu begrüßen. Doch Christa machte keine Anstalten, sie zu ergreifen, ja, sie schien die Hand gar nicht zu bemerken. Sie stand nur da und fixierte Anne. Ruth legte ihren Arm um Christa. Und erst da bemerkte Anne die Tränen, die in Christas Augen standen.

Anne ließ die Hand wieder sinken. »Ja, also …«, sagte Ruth. »Da gibt es etwas, was Christa und ich dir sagen müssen.«

Anne sah von Ruth zu Christa. Und es war in diesem Moment, dass ein Gefühl in ihr hochstieg. Die Ahnung, dass das, was nun käme, alles verändern würde.

RUTH. Gegen Ende des Jahres 1963 wurden wir gezwungen, eine Entscheidung zu treffen.

Schon vor einiger Zeit hatte Fritz sein Studium als Maschinenbauingenieur abgeschlossen und hoffte nun auf eine Stelle bei Volkswagen in Wolfsburg. Aber abgesehen vom Werk dort hatte der Arbeitsmarkt in unserer Gegend noch nie viel hergegeben und so streute er seine Bewerbungen immer weiter nach Süden. Ich selbst war noch am Institut und absolvierte mein Pflichtjahr nach Beendigung der Ausbildung. Im Sommer wollten wir heiraten und endlich zusammenziehen.

Zwei Tage vor Weihnachten fuhren wir nach Grösitz. Am 23.

führte Fritz ein paar Reparaturarbeiten an der Baracke durch, während Mutter mit der Kleinen im Wohnzimmer die *Wurzelkinder* durchblätterte. Am Vormittag des 24. machten wir uns auf den Weg zum Gut, um Herrn Bellstedt zu besuchen, den die Kleine aus irgendeinem Grund »den feinen Opa« nannte, was ihn merklich amüsierte.

Wir kamen nur langsam voran, denn Anne blieb alle paar Meter stehen, um einen Kiefernzapfen aufzuheben oder einen Kieselstein anzusehen. Nach dem wohl zehnten Stopp wollte ich sie gerade an die Hand nehmen, als Fritz neben mir sagte: »Ich habe eine Stelle bei Maybach in Süddeutschland.«

Ich hielt in meiner Bewegung inne und sah ihn an. »Das ist … nicht gerade das, was wir wollten«, sagte ich vorsichtig. »Aber wohl besser als nichts.«

Er nickte, trat auf mich zu und nahm mich in den Arm. »Die Lage ist nicht rosig, was Ingenieursstellen angeht.«

»Ich weiß.«

»Du könntest nachkommen. Im Frühling, nach dem Pflichtjahr.«

Ich muss ihn daraufhin ziemlich alarmiert angesehen haben, denn auf einmal lachte er und korrigierte sich: »Ich meine natürlich euch beide, dich und Anne. *Ihr* könntet nachkommen!«

Und als hätte Anne verstanden, dass es da gerade um etwas Wichtiges ging, kam sie angerannt. Sie umklammerte mein Bein wie einen Baumstamm und sah mit geröteten Backen zu mir hoch.

»Luu«, sagte sie und drückte mein Bein so fest, als wollte sie es nie mehr loslassen.

Ich spürte, wie Verwirrung in mir aufstieg. Ich wollte nicht weg aus Norddeutschland. Aber noch lieber wollte ich bei Fritz sein. Und so küsste ich ihn und sagte nichts.

Als wir später bei Herrn Bellstedt eine vorzeitige Bescherung feierten, brachte Fritz die Rede auf seine neue Stelle. Herr Bellstedt sah uns daraufhin betrübt an – betrübt, aber auch ein bisschen so, als habe er das erwartet, früher oder später. »Und ihr wollt die Kleine also mitnehmen?«

Ohne zu zögern, sagten Fritz und ich einstimmig »Ja« und lachten ein wenig verlegen. Ich weiß noch, dass ich in dem Moment gleichzeitig furchtbar traurig und unendlich glücklich war. Hier fortgehen zu müssen war schlimm. Aber über Fritz und seine Liebe zu mir und zu der Kleinen empfand ich eine fast überschäumende Freude. Ich sah zu der Kleinen, die auf dem Boden hockte und mit ihrem Weihnachtsgeschenk, einer Puppe mit braunen Zöpfen, spielte. Und dann wanderte mein Blick weiter zu Herrn Bellstedt, der die Kleine wehmütig ansah. Dann raffte er sich auf und sagte: »Der Weg wäre natürlich etwas weit, wenn ich euch dort besuchen käme.«

Fritz nickte sachlich, aber ich sagte, vielleicht auch um mich selbst zu beruhigen, mit einem bedeutungsschweren Blick auf Fritz: »Vielleicht findest du ja irgendwann mal eine Stelle hier in der Gegend.«

Doch Herr Bellstedt schien nun mit etwas ganz anderem beschäftigt. »Habt ihr schon mal darüber nachgedacht, dass euch alle Unterlagen fehlen?«

In dem Moment kam Anne und drückte mir die Puppe in die Hand, dazu ein Kleid und sagte: »Anzin, anzin!«

Mechanisch griff ich nach beidem und begann die Puppe anzuziehen, während ich überlegte, wie Herr Bellstedt das wohl meinte. »Was für Unterlagen denn?«

»Na, zum Beispiel eine Geburtsurkunde. Oder eine Bescheinigung, dass ihr … sagen wir mal … berechtigt seid, das Kind in Pflege zu haben oder etwas Derartiges.«

Eine eisige Furcht stieg auf einmal in mir auf und ich brachte kein Wort mehr heraus. Anne zerrte an der fertig angezogenen

Puppe und ich ließ sie los. Fritz und ich wechselten einen Blick und ich sah, dass er genauso erschrocken war wie ich.

Herr Bellstedt stand mühsam auf und ging zu seinem Schreibtisch hinüber, um ein Blatt Papier zu holen. Er kehrte zu seinem Sessel zurück, setzte sich aber nicht. Vor dem Kamin blieb er stehen und sagte dann: »Ich habe alles versucht. Ich habe in diesem Heim in Lohmar-Heide angerufen, aber niemanden je erreicht. Dann war ich auf dem Standesamt in Siegburg, aber die Geburt der Kleinen ist dort nie registriert worden. Schon vor eineinhalb Jahren habe ich Christa in Chile geschrieben, um irgendeine Äußerung von ihr zu bekommen. Ich habe sogar versucht, dort anzurufen. Am Ende habe ich mich sogar an die Botschaft in Santiago gewandt. Alles vergeblich. Es ist, als sei Christa aus dieser Welt verschwunden.«

Jetzt begann er im Zimmer auf und ab zu gehen, immer noch mit dem Papier in der Hand.

»Wenn ihr die Kleine wirklich bei euch behalten wollt, dann soll auch alles seine Richtigkeit haben.« Eindringlich sah er uns an, fast als wollte er die Ernsthaftigkeit unserer Absichten ergründen. Am Ende blieb er stehen und hob zu einer Erklärung an.

»Ihr wisst vielleicht, dass ich hier in der Gegend viele Leute kenne. Darunter ist auch jemand, der in Groß-Niederdingen auf dem Amt arbeitet. Und so habe ich mir erlaubt, dieses Dokument zu beschaffen.« Er streckte mir das Blatt hin. »Ihr könnt es haben, wenn ihr wollt. Wenn ihr es nicht wollt, dann zerreißen wir es auf der Stelle.«

Es war eine Geburtsurkunde. Das Kind, um das es ging, hieß Annemarie Rangnick, geboren am 15. Juli 1960. Als Eltern des Kindes waren Ruth Rangnick und Fritz Westhoff eingetragen.

Anne blickte auf. »Ich …«, hob sie an und verstummte gleich wieder. Sie sah die beiden Frauen ihr gegenüber an, Ruth und Christa. Ihre Mutter und die Frau, die ihre Mutter hätte sein sollen. Und dann, ganz plötzlich, dachte sie an Renate. An deren Leben und an all das, was für sie selbst hätte sein können, was gewesen wäre. Wenn dieser Mann, Vater wollte sie ihn nicht nennen, sie tatsächlich bei Ruth abgeholt hätte! Hier, dachte sie, und das Bewusstsein brach wie ein Wasserfall über sie herein, hier wäre mein Leben gewesen! Ich wäre eine von ihnen gewesen!

Sie fasste sich an den Kopf, rieb sich die Stirn. Das alles war zu viel für sie, zu viel für ihren müden Kopf. Sie konnte es nicht richtig begreifen. Wie war es möglich gewesen, dass sie nie etwas gemerkt hatte? Nie etwas gespürt? Und Renate, dachte sie, ist meine Schwester und ich habe nichts geahnt, nichts gefühlt. Aber was hätte das auch sein sollen?

Jetzt ergab alles einen Sinn. Ruths Reaktion auf Renate und die alten Fotos im Gutshaus. Ihre Weigerung, sich zu erinnern. Die Besuche des feinen Opas. Diese bruchstückhafte Erinnerung an das Gutshaus, als sie in jenem letzten Winter Abschied nehmen sollte von ihrem sterbenden Großvater. Als alles in ein weißes Licht getaucht war, drinnen und draußen. Immer mehr Puzzleteile fielen an ihren Platz. Ruths aggressives Verhalten gegenüber allem, was mit Kirche und Glauben zu tun hatte. Ihre heftige Reaktion auf die Zeugen Jehovas. Ihre hartnäckige Weigerung, ihr Kind taufen zu lassen. All das hatte seinen Ursprung in dieser Geschichte.

»Und er hat dich einfach angelogen?«, fragte Anne schließlich an Christa gewandt. »Hat einfach behauptet, ich sei in Siegburg? Aber … warum? Wie kann man denn sein eigenes Kind so im Stich lassen?« Unwillkürlich schloss Anne die Hände zu Fäusten.

Christa wandte den Blick ab, sah zu Boden. »Er war Paul Schäfer hörig. Er hat einfach immer gehorcht. Hat nie Fragen gestellt. So wie viele andere hier auch.«

»Aber was für einen Sinn hatte das? Eine Mutter von ihrem Kind zu trennen?«

Christa zuckte die Achseln. »Vielleicht wollte Schäfer sichergehen, dass zwischen Erich und mir keine allzu feste Bindung aufkommt … wer weiß das schon.«

Anne ballte die Fäuste fester, so fest, dass ihre Knöchel weiß hervortraten. Langsam hob sie den Blick und sah Christa an. *Aber du … wie hast du das verkraftet?*, wollte sie fragen. Aber dann tat sie es doch nicht. Denn dann hätte sie gleich fragen können: Wie hast du hier überlebt? Und darauf gab es wohl keine Antwort. Man überlebte eben. Von einem Tag zum nächsten, irgendwie.

»Und mein … Erzeuger?«, fragte sie nach einer Weile.

»Er ist hier. Im Fundo. Macht Unimog-Touren mit den Touristen.«

Die Sonne wärmte ihr den Rücken, während sie die Straße vor dem Zippelhaus auf und ab ging, vorbei an dem kleinen Brunnen und den üppig wuchernden Tagetesbeeten auf der einen Seite und dem Teich mit den Seerosen und der Bank auf der anderen. Sie blieb stehen und sah dem Rasensprenger zu, der geräuschvoll vor sich hin tackerte. Langsam gewöhnte sie sich daran, dass hier alles aussah wie in Deutschland, mit diesem Rasensprenger, diesem Seerosenteich und dieser Bank. Und doch war sie hier mitten in Chile. Und wartete auf einen Mann, der ihr *Vater* war.

Ein anderer Vater, eine andere Mutter, dachte sie immer wieder. Nur diese beiden Worte. Vater und Mutter. Seit dem Gespräch am vergangenen Abend hatte sie keine Ruhe gefunden.

Nachdem sie sich von Ruth und Christa verabschiedet hatte und auf ihr Zimmer gegangen war, hatte sie eine Ewigkeit lang unter der Dusche gestanden. Wie betäubt hatte sie das Prasseln des Wassers auf ihren Schultern gespürt und sich immer wieder ins Gedächtnis rufen müssen, dass das alles wirklich war. Dass sie tatsächlich hier war, in Chile, in einer verrückten deutschen Enklave, die vor gar nicht langer Zeit noch ein Gulag gewesen war, wo Menschen unterdrückt und gefoltert worden waren. Und dass sie es nur einer Laune zu verdanken hatte, nicht selbst ein Teil von all dem geworden zu sein. Die ganze Nacht über war sie immer wieder aus dumpfen Träumen hochgeschreckt, in denen sie einem Mann gegenüberstand, dessen Gesicht sie einfach nicht erkennen konnte, sosehr sie sich auch anstrengte. In einem anderen Traum sackte ihr Körper einfach so weg und sie fiel und fiel, bis sie erwachte.

Der Kopf im Ausnahmezustand, dachte sie, drehte sich um und betrachtete den Laubengang und die üppigen Trauben. Alles sieht aus wie gestern. Nur in mir drin nicht.

In dem Moment hörte sie ein Motorengeräusch. Sie drehte sich um und da kam der Unimog angefahren. Der große, grauhaarige Mann aus dem Zippelhaus saß am Steuer. Mit wild klopfendem Herzen sah Anne zu, wie er ausstieg und auf sie zukam.

»Tach auch!«, sagte er gut gelaunt und streckte ihr zackig die Hand entgegen, »ich bin Erich!«

Anne konnte ihn nur ansehen, ergriff die dargebotene Hand und sagte mit einer Stimme, die irgendwie hohl klang, hohl und von weit her. »Und ich bin Anne.«

»Und du willst dir hier also ein bisschen was zeigen lassen, hm?«, fragte er und deutete auf den Unimog. »Na, dann ma rein in die gute Stube!« Er umrundete den Wagen und nahm wieder auf dem Fahrersitz Platz. Anne zögerte. Also hatte Christa gar nicht richtig mit ihm gesprochen, als sie die Unimog-Tour für Anne ausgemacht hatte? Und er wusste gar nicht, wen er da vor sich hatte? Anne rührte sich nicht vom Fleck, konnte sich nicht rühren. Dann musste sie es ihm doch gleich sagen, oder?

»Besser Wetter wird nich!«, rief Erich nun und grinste schief.

Anne lächelte ihm zu, es war ein verrutschtes Lächeln, das Erich aber Gott sei Dank gar nicht bemerkte. Nach einem kurzen Blick über die Schulter öffnete Anne die Tür und setzte sich auf den Beifahrersitz, die Hände fest um ihren Rucksack gekrallt.

Erich schaltete in den ersten Gang und fuhr forsch los, einen Feldweg entlang bis zu einem Gatter, das er öffnete und hinter sich wieder schloss. Sie fuhren und fuhren, vorüber an Wiesen und Feldern, und Erich erzählte und erzählte, deutete hierhin und dorthin.

Wie ferngesteuert sah Anne in die Richtung, in die er zeigte, und alles schien verrückter denn je. Hier saß sie, neben einem Mann, der ihr Vater war, von dessen Existenz sie bis gestern nichts gewusst hatte, und er erklärte ihr nun die Flora Chiles!

Irgendwann kamen sie an einen Stausee. Erich stoppte den Wagen und deutete hinunter auf den See, auf einen hoch gebauten Steg, zu dem eine steile Treppe hinunterführte. Mit ausladenden Gesten erzählte er davon, wie sie damals die Treppe betoniert hatten, wie sie den Steg gebaut hatten, wie sie den See angestaut hatten. Da drehte Anne sich abrupt zu ihm um. Es war das erste Mal, dass sie es wagte, ihn richtig anzusehen.

Sein Haar war immer noch dicht und er war braun gebrannt, so als würde er weiterhin viel im Freien arbeiten. Als er sich ihr nun kurz zuwandte, sah sie, dass das Hellblau seines Hemdes genau die Farbe seiner Augen hatte. Mit dem Blick tastete sie sein Gesicht ab, versuchte in seinen Zügen die ihren zu erkennen. Jetzt, dachte sie, jetzt spreche ich es aus. Ganz ruhig und freundlich werde ich es sagen. Sie atmete tief durch, aus und ein und aus und ein, und konnte doch nicht verhindern, dass ihr Herz immer schneller galoppierte.

»Ich …«, begann sie zaghaft, doch da legte er krachend den Rückwärtsgang ein und stieß zurück. Vorbei, dachte sie und kam sich dumm vor, mit ihrem klopfenden Herzen und den feuchten Handflächen.

Und dann rumpelten sie weiter, an Stoppelfeldern entlang, und sie hörte Erichs laute Stimme, die den Motorenlärm und den Fahrtwind übertönte: »Rund um die Uhr haben wir damals die Ernte eingefahren, im Dreischichtbetrieb!«, rief er und seine Augen leuchteten. Verwundert wandte Anne sich ab. Wenn man ihn so reden hört, dachte sie, könnte man denken, er spräche von einem völlig anderen Planeten. Seine Worte, sein Tonfall spiegelten eine Begeisterung wider, die Anne absolut nicht nachvollziehen konnte. Als seien sie hier im Wilden Westen und er sei der Anführer eines Siedlertrecks.

Der Fluss lag jetzt links unter ihnen. Wie ein breites Band mäanderte er durch das Tal. Über den Hügeln in nicht allzu weiter Ferne erhob sich die Bergkette der Anden. Nun tauchte der Weg wieder in den Wald ein. Anne bog den Kopf zurück, und während die Baumkronen über sie hinwegglitten, explodierten Fragen in ihrem Kopf. Was erzählst du mir da? Weißt du nicht, was hier mit den Menschen passiert ist? Und weißt du eigentlich, wer ich bin? Doch keines dieser Worte fand den Weg zu ihren Lippen.

Vielleicht sollte ich ein paar Wochen bleiben, dachte sie plötzlich. Wäre das nicht das Richtige? Dann könnten wir uns wirklich kennenlernen, Christa und Erich und ich. Und vielleicht könnte ich dann begreifen, was das für mich bedeutet, für meine Identität? Und ob ich dadurch eine andere bin.

»Da!«, rief Erich auf einmal und bremste, »das ist die Copihue!«

»Wie bitte?«, fragte Anne verwirrt.

»Die Blume da … die rote! Das ist die chilenische Nationalblume!«

Anne wandte den Kopf und erblickte leuchtend rote, glockenförmige Blüten. »Ach …«, das war alles, was sie herausbrachte. Kurz verweilte ihr Blick auf den Blüten und wanderte gleich darauf zurück zu Erich. Zu seinem zufriedenen Lächeln, seinem blitzeblauen Blick. Auf einmal hatte sie das Bedürfnis, ihn zu schütteln, ihm zuzurufen: *Ich bin deine Tochter, kapierst du das?* Doch der Moment ging vorüber, sie fuhren weiter, aus dem Wald hinaus in die Sonne.

Wieder kamen sie an ein Gatter, wieder stieg Erich aus und öffnete und schloss es. Kurz darauf glitten sie durch ein Meer von Hagebuttensträuchern und wider Willen war Anne berührt von dem Anblick. Rote Hagebutten, so weit das Auge reichte! Neben sich hörte sie Erich weiterreden. Von den Hagebutten, wie die Frauen die früher gepflückt hatten, mit selbst gebauten Schrappern. Und in diesem Moment wurde Anne plötzlich ganz ruhig. Wie in einem Traum flirrten die roten Früchte an ihr vorüber und sie beschirmte die Augen mit den Händen. Und plötzlich sah sie Fritz vor sich, ihren Vater, sein gütiges Lächeln, wie er bei den Hagebuttensträuchern im Garten eine Schaukel für sie gebaut hatte und sie immer wieder angeschubst hatte, jeden Abend nach der Arbeit. Unwillkürlich musste sie lächeln.

Das Motorengeräusch war leiser geworden und erst da bemerkte Anne, dass sie am Ende ihrer Tour angelangt waren.

»Na, was is so lustig, junge Frau?«, fragte Erich da.

Überrascht wandte Anne sich ihm zu. Sie hatte fast das Gefühl gehabt, ihre Anwesenheit wäre ihm überhaupt nicht mehr

bewusst. »Junge Frau?«, erwiderte sie leise. »Ich bin 1960 geboren. Da ist man nicht mehr ganz so jung!« Sie fixierte ihn und hatte plötzlich den Eindruck, dass er sie erkannte. Das musste er doch, sein eigen Fleisch und Blut! Doch dann grinste er nur und stieg aus, auch Anne kletterte aus dem Wagen und der Moment war vorüber.

»Das sind dann 30 000 Pesos!«, sagte er und Anne holte ihren Geldbeutel aus dem Rucksack und drückte ihm die Scheine in die Hand. Er steckte das Geld in die Hosentasche, tippte sich an einen imaginären Hut, sagte: »Na, dann gute Weiterreise!«, kletterte in den Unimog und startete den Motor. Anne tat einen Schritt zurück, warf sich den Rucksack über die Schulter und sah ihm nach, bis er außer Sicht war. Sie drehte sich um und ging aufs Hotel zu.

In dem Moment erblickte sie Christa – sie saß vor dem Eingang auf einer Bank und schien auf Anne zu warten.

RUTH. Ich erwischte die beiden gerade noch. Das satte Geräusch der sich schließenden Haustür hatte sie verraten. Als ich die Tür aufriss, waren sie schon fast bei der Pforte angelangt.

»Muss das denn wirklich *jetzt* sein?«, rief ich vorwurfsvoll und fühlte mich wie der personifizierte Spaßverderber. »Es ist schon fast zwölf! Warum holt ihr den Froschlaich denn nicht morgen?«

Anne hielt den Eimer fest umklammert. Trotzig zog sie die Augenbrauen zusammen, Gewitterstimmung im Blick. Fritz lachte nur, gutmütig wie immer. »Wir sind rechtzeitig zurück. So rechtzeitig, dass wir sogar noch *vor dir* den Tisch decken können, du wirst schon sehen!«

»Ja, ja, das kenne ich schon«, brummte ich. Ich ahnte ja, wie es ausgehen würde. »Na schön«, sagte ich, »aber beeilt euch.«

Dabei war mir klar, dass sie meine Ermahnung schon in der nächsten Minute vergessen haben würden.

Vor einigen Wochen hatten Fritz und Anne angefangen, im Garten einen Teich für Frösche anzulegen. Gemeinsam hatten sie die Grube ausgehoben, jeder nach seinen Möglichkeiten: Anne mit ihrer roten Kinderschaufel und Fritz mit dem »richtigen Spaten«. Zwar war der Vermieter des alten Häuschens, in dem wir untergekommen waren, einverstanden gewesen, aber ich selbst war nicht gerade erpicht darauf, eine Kolonie Frösche im Garten zu haben. Der Vermieter musste hier ja auch nicht übernachten. Aber Fritz war ganz besessen von dem Gedanken, »dem Kind die Natur nahezubringen«, was ich im Prinzip auch für eine gute Idee hielt, aber eben nicht unbedingt auf Kosten meiner Nachtruhe.

»Luu soll nicht boose sein!«, kam da von der Pforte her und nun musste ich doch lachen. Anne war schon weit über vier, weigerte sich aber hartnäckig, Umlaute zu sprechen. »Ich bin nicht böse«, sagte ich. »Das weißt du doch.«

Und dann sah ich den beiden nach, dem großen Mann in der grünen Jacke und dem kleinen Mädchen mit dem Eimer in der Hand, das in gewaltigen Gummistiefeln und einem ebenso gewaltigen grauen Regenmantel über die Straße schlurfte. Bevor die beiden gegenüber in den Feldweg einbogen, drehten sie sich noch einmal zu mir um und winkten. Natürlich würden sie auch diesmal zu spät kommen und der Braten würde eine halbe Stunde länger vor sich hin schmoren als gedacht. Aber im Grunde machte das nichts aus. Dann würde Herr Bellstedt sich eben von mir die neuesten Kinderzeichnungen und vielleicht auch ein paar Fotos zeigen lassen.

Ich deckte den Tisch, schälte die Kartoffeln und lief rasch in den Garten, um ein paar Kirschblütenzweige für den Tisch zu holen. Als ich den Strauß in die Vase gestellt hatte, kontrollierte ich noch einmal den Braten, setzte die Kartoffeln auf und ging zurück ins Esszimmer. Nun hatte ich nichts mehr zu tun, als zu warten. Da fiel mein Blick auf den angefangenen Brief, der auf der Anrichte lag. Tja, dachte ich, dann sollte ich die Zeit wohl nutzen.

Ich nahm den Briefbogen, setzte mich an den Tisch und las, was ich bisher geschrieben hatte. *Liebe Christa*, stand da, *du wirst dich freuen zu hören, dass die Kleine angefangen hat, sich für den »Werdegang von Fröschen« zu interessieren. Fritz und sie haben im Garten einen Teich angelegt und sind nun unterwegs, um Froschlaich zu holen.* Ich schrieb noch dieses und jenes, und als ich auf die Uhr sah, war es schon kurz vor eins. Rasch steckte ich das Blatt in einen Luftpostumschlag und beschriftete ihn. Zu Hause in Grösitz hatte ich eine ganze Sammlung von diesen Briefen, die alle ungeöffnet zurückgekommen waren. Ich wusste selbst, dass es ein Witz war, weiter zu schreiben, aber ich tat es trotzdem. Jedenfalls würde ich morgen auch diesen Brief zur Post bringen. Und vielleicht käme ja diesmal eine Antwort.

Schließlich ist es so weit. Ich liege im Bett, in voller Montur, und schaue in die Dunkelheit. Ich warte, bis das Schnarchen gleichmäßig wird. Ich bin jetzt ganz ruhig. Meine Tasche ist gepackt, sie steckt unter dem Bett, ganz hinten. Als ich mir sicher bin, schlage ich die Decke zurück, krieche unters Bett, ziehe die Tasche hervor und polstere das Bett so auf, dass es auf den ersten Blick aussieht, als läge ich darin. Ich tappe aus dem Zimmer in den Waschraum. Ich öffne das Fenster, steige hinaus.

Kalt ist die Abendluft, der Himmel klar. Bevor ich mich aufmache, konzentriere ich mich noch einmal auf den Weg, den ich gehen muss. Und dann laufe ich los. Fast lautlos sind meine

Schritte in der Dunkelheit, es ist, als ginge ich durch einen meiner Träume, so unwirklich kommt mir vor, was ich tue. Kurz bevor ich den Zaun erreiche, bleibe ich stehen und ziehe mir die Schuhe aus. Das Gras ist feucht und kalt unter meinen Füßen. Dann tappe ich los. Überall dort, wo Kies ist, sind Mikrofone in die Zaunpfähle eingelassen. Dort trete ich so langsam auf, dass ich nahezu kein Geräusch mache, denn ich weiß, dass die Wachen an den Lautsprechern sitzen und die Ohren spitzen. Als ich mich dem Wächter I nähere, verlangsame ich meine Schritte wieder. Von hier aus sieht mich niemand. Ich knie mich hin, lege mich auf den Bauch und krieche unter dem Stacheldraht hindurch, ganz flach mache ich mich, und dann ziehe ich meine Tasche nach. Ich robbe noch ein ganzes Stück auf dem Bauch, so weit, bis ich aus dem Sichtfeld vom Wächter I bin. Dann ziehe ich die Schuhe wieder an und renne.

Die nächsten Stunden gehe ich, stolpere ich, schlage mich durchs Gebüsch, weg- und steglos. Die Zufahrt zum Fundo traue ich mich nicht zu nehmen. Irgendwann stoße ich auf einen Waldweg. Während ich ihm folge, denke ich immer nur das eine: Es kann doch nicht sein, dass ich jetzt draußen bin. Bestimmt werden sie gleich auftauchen. Ich rechne ständig damit, das Keuchen eines Hundes zu hören oder vom Licht eines Scheinwerfers geblendet zu werden. Oder dass da plötzlich eines der mit Infrarot ausgestatteten Spezialfahrzeuge auftaucht und sie herausspringen aus dem Wagen, mich greifen und hineinzerren. Aber nichts dergleichen geschieht. Irgendwann stoße ich auf die Straße, aber sie ist menschenleer. Und dann laufe ich, immer in eine Richtung, und hoffe, dass es die richtige ist. Ich weiß nicht mehr, wie viele Stunden ich schon unterwegs bin, ich habe jedes Zeitgefühl verloren. Ich bin erschöpft, aber die Angst hält mich davon ab, stehen zu bleiben, und treibt mich bei jedem Autoscheinwerfer ins Gebüsch. Und dann komme ich auf eine große Straße. Es muss die Ruta 5 sein, die Panamericana, auf der wir damals gefahren sind. Noch ist nicht viel Verkehr, aber immerhin sind etwas mehr Wagen unterwegs als auf der kleinen Straße.

Ich überquere die Fahrbahn und warte, bis es dämmert. Die Sonne muss rechts von mir aufgehen, wenn ich nach Norden will. Ich nutze die Wartezeit, um den Apfel zu essen und das Brot. Und dann gehe ich weiter.

Nach zwei Stunden komme ich an eine Tankstelle. Ein Stück abseits parken drei Lastwagen. Die Fahrer, zwei dicke Ältere und ein kleiner Dünner, der jung aussieht, stehen davor und rauchen. Eine ganze Weile beobachte ich, wie sie gestikulieren und reden und hin und wieder lachen. Dann trennen sie sich, der eine Dicke steigt ein und fährt davon, der Junge geht zur Tankstelle. Der andere Dicke klettert in seine Kabine, fährt aber nicht los. Jetzt, denke ich und laufe hinüber zu dem Mann in der Fahrerkabine. Ich klopfe an die Tür und schau nach oben. Er schaut nach unten. Dann öffnet er die Tür und ich frage ihn, wo er hinfährt. Ob er nach Santiago fährt. Er nickt zögerlich, und als ich ihn bitte, mich mitzunehmen, blinzelt er, wirkt überrascht, nickt dann aber noch einmal.

Wir sind schon eine Weile unterwegs, da fragt er: »Usted es turista?«

»Sí, sí«, beeile ich mich zu sagen. Auf keinen Fall soll er erfahren, woher ich komme. Denn vielleicht kennt er uns ja und würde mich auf direktem Wege zurücktransportieren. Und um sicherzugehen, wiederhole ich noch einmal, dass ich aus Deutschland komme, aber leider meinen Pass verloren habe und nun ganz dringend zur deutschen Botschaft muss. Er wirft einen verstohlenen Blick auf mein Kleid. Einen kurzen Moment fürchte ich, dass er mich durchschaut. Dass er genau weiß, was ich für eine bin. Doch vielleicht sehe ich auch nur mitgenommen aus und tue ihm einfach leid.

Am Ende sind wir drei Stunden unterwegs und dann erlebe ich eine Überraschung. Er fragt mich nach der Adresse der Botschaft! Ich verstehe erst gar nicht, warum er die wissen will. Erst dann begreife ich, dass er mich tatsächlich bis vor die Haustür fährt. Mit Tränen in den Augen versuche ich ihm zu erklären, dass ich ihm nichts geben kann. »No tengo dinero«, sage ich immer wieder, aber das scheint ihn gar nicht zu interessieren. Denn er wehrt ab, mit wortreichen Gesten erklärt er mir, dass er kein Geld von mir will. Ich klettere aus dem Lastwagen. Mit einem Tränenschleider vor den Augen sage ich immer wieder: »Muchas gracias, muchas gracias!« Dann fährt er davon, winkend und lachend, und ich sehe ihm hinterher.

Als er verschwunden ist, richte ich meinen Blick auf das Gebäude vor mir. Sehe die schwarz-rot-goldene Fahne, die sich leicht im Wind bewegt. Und das runde gelbe Schild mit dem schwarzen Adler, das neben dem Eingang hängt. Botschaft *steht da. Und* Bundesrepublik Deutschland. *Und dann spüre ich, wie mir die Tränen über die Backen laufen, immer neue Tränen kommen nach, und dann spüre ich, wie von tief unten, von ganz tief unten ein Schluchzen aufsteigt. Ich bin in Sicherheit, denke ich. Ich bin in Sicherheit. Diese Menschen hier werden mir helfen, meine Tochter zu befreien.*

Anne kniff die Augen zusammen und blinzelte. Der Scheibenwischer fuhr hektisch hin und her und trotzdem konnte man kaum etwas erkennen. Es war gerade so, als würde die Welt nur noch aus Wasser bestehen. Aus Wasser und Wald und aus sonst nichts mehr.

Vor einer guten halben Stunde hatte sie Ruth in ihrer Wohnung in Celle abgesetzt, ihren Koffer die Treppe hochgeschleppt und sich dann von ihr verabschiedet. »Du kannst

heute Nacht doch nun wirklich hier schlafen«, hatte Ruth gemurmelt, vor Müdigkeit war ihre Stimme ganz weich gewesen. Aber Anne hatte abgelehnt, trotz aller Strapazen und des dumpfen Drucks, der sich in der letzten Stunde in ihrem Kopf ausgebreitet hatte. Sie wollte weiterfahren, wollte diese erste Nacht in Deutschland in der Baracke verbringen, aus einem Grund, den sie selbst nicht ganz begriff.

»Es ist ja noch gar nicht so spät«, hatte sie geantwortet. »Erst halb sieben.«

Und dann hatten sie sich verabschiedet, mit einer langen Umarmung, und Ruth hatte Annes Gesicht in ihre Hände genommen und »Danke« gesagt. »Danke, dass du mich begleitet hast.«

Anne hatte gar nichts gesagt, sie hatte nur geschluckt, hatte wieder diesen Knoten im Hals gespürt, der jedes Wort unmöglich machte. An der Treppe hatte sie sich noch einmal umgedreht und ihre Mutter dort stehen sehen, in der Tür zu ihrer Wohnung. Ihre Mutter. Die alles für sie getan hatte, schon als ganz junge Frau, wie sie jetzt wusste. Die sich um sie gekümmert hatte, als sie noch ein Baby war. Und die doch ihr ganzes Leben lang Schuldgefühle gehabt hatte.

Schuld, dachte Anne, was für ein unbrauchbarer Begriff in dieser ganzen Geschichte. Vielleicht war ja auch die Heide schuld, dachte sie beinahe grimmig. Beim Herfahren hatte sie im Radio gehört, dass die Heide den bundesweit größten Einwohnerschwund zu verzeichnen hatte.

Eine Bö wischte den Regen über die Windschutzscheibe und Anne ging wieder vom Gas. Ja, das ist ein verlorenes Land hier, gestern wie heute. Struppige Heideflächen, über die im Herbst der Wind streicht. Einsame Gehöfte. Und ansonsten Wald: Kiefern, Eichen, Birken, so weit das Auge reicht. Und trotz allem oder gerade deshalb war Ruth hierher zurückgekehrt. Und vielleicht würde nun auch Christa zurückkehren, das hatte sie Anne an jenem Tag in der Villa Baviera gesagt, als sie auf der Bank vor dem Zippelhaus auf sie gewartet hatte, nach Annes Ausflug mit Erich.

Lange hatten sie danach auf dieser Bank gesessen, Anne und diese andere Mutter, die nicht die ihre hatte sein dürfen. Was wohl aus mir geworden wäre, wenn mein Erzeuger dem Tío nicht so treu ergeben gewesen wäre? Wenn er mich dorthin geholt hätte, in diese albtraumhafte Welt, die diese Menschen sich erschaffen hatten, ihr selbst errichtetes Gefängnis. Und das alles, weil sie es dem lieben Gott hatten recht machen wollen. Und dafür einem Rattenfänger gefolgt waren.

Eigenartig war das gewesen, diese erste zaghafte Kontaktaufnahme mit Christa, der fremden Frau, die sie auf die Welt gebracht hatte. Während des Gesprächs hatte Anne sich immer wieder dabei ertappt, wie sie sich selbst zuhörte. Sie hatte jeden Satz, jedes Wort, das sie sagte, auf die Waage gelegt und für zu leicht befunden. Zu leicht, zu seicht, zu wenig Gehalt. Aber wie packt man ein ganzes Leben in ein einziges Gespräch, wie soll das gehen?

Und dann hatte Christa zu erzählen begonnen. Wie ihr Ende der siebziger Jahre die Flucht gelungen war. Wie sie es bis zur deutschen Botschaft nach Santiago geschafft hatte! Was Anne bei der ganzen Geschichte nicht begreifen konnte, war der Ausgang. Die Tatsache, dass die Botschaftsangehörigen nichts Besseres zu tun gewusst hatten, als erst einmal im Fundo anzurufen und Christas Ankunft zu melden. Und dann waren sie gekommen, ein »Onkel Knolle« und ein »Onkel Knut«, und hatten Christa bearbeitet. Hatten sie beschworen und bequatscht, hatten ihr Versprechungen gemacht. Und hatten sie am Ende, als alles nichts half, einfach mitgenommen. Sie hatte getobt und geschrien. Doch niemand hatte ihr geholfen, niemand hatte einen Finger gerührt. Denn die Welt draußen wusste ja, dass sie eine Wahnsinnige war, eine, die man vor sich selbst beschützen musste. Und so hatte alles wieder von vorne begonnen. Nur noch viel schlimmer.

Ein Schild tauchte auf und Anne musste fast anhalten, um es lesen zu können. *Citronenberg* stand darauf und Anne wusste, dass nun bald die Abfahrt nach Grösitz käme. Irgendwie sah bei diesem Regen alles gleich aus. Hier eine Sintflut und dort, in der Villa Baviera, warteten sie vergeblich auf Regen.

Sie hatten Christa noch ein paarmal in der Gärtnerei besucht und sie jedes Mal beim Wässern angetroffen. »Der Regen kommt und kommt nicht«, hatte sie gesagt und zum Himmel gesehen.

Die Scheiben waren schon wieder beschlagen und Anne drehte die Lüftung höher. Im Grunde kann Renate ihr kaum näher stehen als ich, dachte sie plötzlich. Wo sie – wie alt? – schon siebenunddreißig gewesen war, als sie erfuhr, wer ihre Mutter war. Und wer ihr Vater.

Jedenfalls hatte Ruth diesen Erich gar nicht erst treffen wollen, und da Christa jetzt genauso wenig Kontakt zu ihm pflegte wie früher, hatte Anne ihn auch nicht wiedergesehen. Sie hatte auch nicht das Bedürfnis gehabt. Im Grunde war es ihr sogar egal, ob er je von ihrer Existenz erfahren würde.

An der nächsten Kreuzung setzte sie den Blinker und bog links ab. Nun war es nicht mehr weit, was gut war, denn lange würde sie nicht mehr durchhalten. Und da war auch schon das Sackgassenschild, das die vertraute Einfahrt zum Sandberg markierte.

Vor der Baracke stellte sie den Motor ab und blieb einen Augenblick sitzen. Der Lichtkegel der Scheinwerfer beleuchtete den altvertrauten Jägerzaun, den zerzaust aussehenden Rosenbusch, die weißen Sprossenfenster.

Nun war sie also wieder hier. Und alles hatte eine andere Bedeutung, einen anderen Stellenwert: die Baracke, Frau Bottke, Renate.

Anne drehte den Kopf und wischte mit dem Ärmel über die Scheibe. Sie sah, dass in Frau Bottkes Küche Licht brannte, und im Nebenzimmer, wahrscheinlich dem Wohnzimmer, flackerte blau der Fernseher.

Das war das Schlimmste gewesen, dachte Anne. Der Besuch auf dem Friedhof, bei Hans Bottkes Grab. Sie schluckte. Die bloße Erinnerung daran setzte ihr zu, obwohl sie ihn noch nicht einmal gekannt hatte. Und doch war es einfach furchtbar gewesen.

Nie zuvor hatte sie ihre Mutter so gesehen, so vollkommen verzweifelt, gebeutelt von einem Schmerz, der nie wieder gut werden würde, so war es Anne zumindest vorgekommen. Wie sie dagestanden hatte, mit bebenden Schultern, die blau geäderten Hände vor dem Gesicht und immer wieder nur »der arme Junge« gesagt hatte. Immer wieder nur das. Anne blinzelte die aufkommenden Tränen weg. Dann stieg sie aus, rannte im Regen zum Tor und öffnete es.

Beim Wiedereinsteigen bemerkte sie Frau Bottkes Silhouette am Küchenfenster. Morgen werde ich sie besuchen, dachte sie. Und ihr den Kieselstein bringen, den ich von Hans' Grab mitgenommen habe. Und dann fahre ich zu Renate.

Anne beeilte sich, ihr Gepäck aus dem Wagen zu hieven. Vor einem halben Jahr bin ich hier auch so ausgestiegen. Im Sommer habe ich Maximilian verloren, dachte sie. Und im Winter habe ich eine Schwester bekommen.

Im Häuschen war es kalt und Anne beeilte sich, im Holzofen Feuer zu machen.

Als sie später auf dem braunen Sofa lag und dem Trommeln des Regens auf dem Dach zuhörte, musste sie wieder an das denken, was Ruth zu ihr gesagt hatte, kurz bevor sie in der Prinzengartenstraße ankamen. »Wir müssen uns jetzt wirklich mal Gedanken machen über ein neues Dach für die Baracke.

Anne hatte sich zu Ruth gewandt, die gerade ein Papiertaschentuch aus der Verpackung zog und die Scheibe frei zu wischen begann.

»Ich dachte, du willst sie verkaufen?«

Ruth hatte in ihrer Bewegung innegehalten und gelächelt. »Dazu ...«, sagte sie, »... gibt es ja nun keinen Grund mehr. Wo du jetzt eine Schwester hast.«

Dank

Die Autorin dankt allen, die sie bei ihrer Recherche unterstützt haben und deren Arbeiten ihr die Geschehnisse um die Colonia Dignidad nahebrachten.

Die Colonia Dignidad ist das zentrale Thema dieses Romans, aber recherchiert hat die Autorin auch über Rabenvögel und die Verhaltensforschung. Hier gilt ihr Dank den Ethologinnen Dr. Simone Pika und Miriam Sima von der Humboldt-Forschungsgruppe.

Colonia Dignidad: ein Überblick

»Wie konnte es eigentlich sein, dass die Polizei, die schon 1960 gegen Schäfer ermittelte, seine Flucht aus Deutschland nicht verhindern konnte? Wie war es möglich, dass Kinder, die offiziell mit Schäfer auf Chorreise gingen, nach Chile entführt wurden und die Gerichte, vor denen die zurückgebliebenen Eltern um ihre Kinder kämpften, keine Möglichkeit fanden, sie zurückzuholen? Dass die chilenische Botschaft, das Auswärtige Amt, die deutsche Botschaft in Chile erfolglos agierten? Briefe, Hilferufe, archiviert im Auswärtigen Amt, gab es genug.«

Aus dem DEUTSCHLANDFUNK-Feature ›Villa Baviera – Die ehemalige Colonia Dignidad‹ von Heike Tauch

Mitte der fünfziger Jahre lernt der ehemalige Jugendpfleger Paul Schäfer den Prediger einer evangelikalen Freikirche in Salzgitter, Hugo Baar, kennen. Hugo Baar ist sofort fasziniert von dem redegewandten Mann mit seinen Forderungen nach bedingungslos gelebtem Urchristentum.

Um neue Anhänger zu gewinnen, veranstalten Baar und Schäfer Bibelwochen und Zeltfreizeiten, auf denen sie sexuelle Enthaltsamkeit, die Abkehr von einer verkommenen, vom Satan beherrschten Welt und die absolute Notwendigkeit, alles zu beichten, predigen. Um Gott besonders nahe zu sein, geht man gemeinsam in den Wald, um in Zungen zu beten. Schäfer und Baar beginnen »Seelsorgeakten« zu führen, in denen die von den Mitgliedern abgelegten, oft intimsten Bekenntnisse in

Form von schriftlichen Beichten gesammelt werden. Auf diese Weise wird Paul Schäfers Einfluss auf die einzelnen Gemeindemitglieder immer größer. Viele Jahre später, Hugo Baar hat sich längst von Paul Schäfer distanziert, wird Baar am 22. Februar 1988 in einer Anhörung des Deutschen Bundestages vor dem Unterausschuss für Menschenrechte aussagen, dass diese Beichte nichts mehr mit Beichte im christlichen Sinne zu tun hatte, dass es dabei »bis in die Gedankenwelt hineinginge. Niemand darf etwas haben, was geheim ist.«

Was zu dem Zeitpunkt niemand weiß: Während Paul Schäfer die Sexualität – auch die von Eheleuten – gegenüber seinen Anhängern als »Fleischespest« geißelt, wurde er in der Vergangenheit wiederholt wegen des Verdachts auf sexuellen Missbrauch von Schutzbefohlenen von verschiedenen Arbeitgebern (so der Stadt Siegburg und der evangelischen Kirche) entlassen.

In dieser Zeit beginnt Schäfer, die Angst der Mitglieder vor einem Einmarsch der Roten Armee zu schüren, um sie zur Auswanderung nach Chile zu bewegen. Da es sich bei etlichen Gemeindemitgliedern um Flüchtlinge aus den ehemaligen deutschen Ostgebieten handelt, hat er bei diesen Menschen leichtes Spiel, haben sie doch schon einmal alles verloren: einen geliebten Menschen, ihre Heimat, ihr Hab und Gut und überdies ihre Familienidentität, also die Geborgenheit, die aus dem Wissen entsteht, zu einem Familienverbund zu gehören. Die Gemeinde wird Ersatzfamilie. Mit der Zeit fordert Schäfer immer vehementer, dass die Mitglieder ihre Kontakte nach außerhalb beschränken, denn »ein freier Christ kann Gott besser dienen«.

Zu Beginn ist es innerhalb der Gemeinde Usus, den »Zehnten« abzugeben. Später fordern Schäfer und Baar von den Mitgliedern ihr gesamtes Vermögen: Erbschaften, Lebensversicherungen und Rentenansprüche werden der Gemeinschaft übertragen.

Mit dem Geld investiert Schäfer in verschiedenen Bereichen. 1958 gründen Schäfer und Baar in Lohmar-Heide bei Siegburg die *Private Sociale Mission*, ein als gemeinnütziger Verein eingetragenes Heim für die Aufnahme gefährdeter Jugendlicher. Doch werden dort nicht nur gefährdete Jugendliche auf den rechten Pfad zurückgebracht. In abendlichen Herrenrunden in einem eigens dafür gebauten Bunker werden Teufelsaustreibungen veranstaltet und »kesse Frauen« durch sogenanntes »Schinkenklopfen« gezüchtigt, wobei oben das Orchester aufspielt, um das Geschrei der Geschlagenen zu übertönen. All das geschieht unbemerkt von der Öffentlichkeit. Erst als die Staatsanwaltschaft Bonn 1961 ein Ermittlungsverfahren (Az. Js 173/61) gegen Paul Schäfer wegen »Unzucht mit Abhängigen« einleitet, zieht der Verein die öffentliche Aufmerksamkeit auf sich. Doch da hat Paul Schäfer sich bereits ins Ausland abgesetzt. Die anderen folgen von Genua aus auf drei Schiffen, der *Amerigo Vespucci*, der *Marco Polo* und der *Uso di Mare*. Um zu verhindern, dass die Heimkinder des »Missionshauses« bei der Staatsanwaltschaft gegen Paul Schäfer aussagen können, wird ein Großteil von ihnen mit einem Trick nach Chile verschleppt: Um die Eltern zur Erteilung einer Reiseerlaubnis zu bewegen, wird ihnen erzählt, ihre Kinder dürften zu einer Chorfreizeit nach Belgien reisen. In Wirklichkeit handelt es sich um einen Charterflug nach Chile. Alles in allem sind es rund 250 Gemeindemitglieder, die nach Chile auswandern.

Am 26. Juni 1961 gründen Schäfer und seine Anhänger in Santiago die *Sociedad Benefactora y Educacional Dignidad*, kurz *Colonia Dignidad* (Kolonie der Würde) genannt. Ziel der Gemeinschaft sei es, so deklarieren sie es gegenüber den chilenischen Behörden, sich um chilenische Waisenkinder zu kümmern.

»Arbeit ist Gottesdienst« lautet einer der Grundsätze Paul Schäfers, und so erschaffen die Siedler auf dem zunächst 13 000

Hektar großen Gelände 380 Kilometer südlich von Santiago ein nahezu autarkes Reich, das über alles Lebensnotwendige verfügt: eine eigene Landwirtschaft, eine Gärtnerei, eine Molkerei, eine Bäckerei, eine Wäscherei, ein Betonwerk, eine Ziegelei, eine Schlosserei, eine Schreinerei, eine Schule, einen Flugplatz, ein Kraftwerk. Bei der chilenischen Bevölkerung genießen die fleißigen Deutschen hohes Ansehen, nicht zuletzt wegen des kolonieeigenen Krankenhauses, in dem Patienten aus der Umgebung zweimal die Woche kostenlos behandelt werden. Nach außen wirkt dieser »Staat im Staate« mustergültig und vorbildlich.

Doch nach und nach dringt Befremdliches nach außen. So berichtet der im März 1966 aus der Colonia Dignidad geflüchtete Wolfgang Müller, der heute Kneese heißt, von Zwangsarbeit, Unterdrückung, brutalsten Misshandlungen und Zwangsmedikationen. 1968 erreicht Günther Bohnau, dessen Eltern und Geschwister in der Colonia Dignidad leben, folgender Brief seines Vaters: »Uns geht es hier sehr schlecht, wir werden hier sehr schlecht behandelt. Die Kinder werden furchtbar geschlagen, und wem das nicht passt und wer hier nicht bleiben will, wird bewacht. Die Mama war auch schon ein Jahr und zehn Monate eingesperrt, ich durfte in dieser Zeit unter Aufsicht ein paar Male mit ihr sprechen. Sie ist nur noch Haut und Knochen. Bitte helft uns doch hier heraus.« Günther Bohnau bittet das Auswärtige Amt um Hilfe und erhält zur Antwort, man werde die Sache an die zuständige Botschaft in Santiago weiterleiten. Doch die Angelegenheit verläuft im Sande. Mit Wolfgang Kneese gründet Günther Bohnau die *Not- und Interessengemeinschaft für die Geschädigten der Colonia Dignidad*, die sich in Vorträgen engagiert und sich immer wieder an die zuständigen Stellen wendet, jedoch vergebens.

Was währenddessen in der Colonia Dignidad geschieht, gleicht tatsächlich den Zuständen in einer Diktatur: Von Schäfer und seiner Führungsmannschaft, den »Herren«, entmündigte, von der Außenwelt abgeschottete Menschen werden mit physischer und psychischer Gewalt gezwungen, schwerste Arbeit ohne Entgelt zu leisten; ein von Schäfer geschaffenes System gegenseitiger Bespitzelung und Denunziation führt zu einer Zerrüttung der zwischenmenschlichen Bindungen und zum vollkommenen Vertrauensverlust. Mit persönlichen Anliegen dürfen die Bewohner sich ausschließlich an Schäfer wenden. Während Schäfer sich an seinen »Springern« vergeht – kleineren und größeren Jungen, die ihn Tag und Nacht begleiten –, verlangt er von seinen Anhängern sexuelle Enthaltsamkeit. Männer und Frauen, auch Ehepaare, sowie Jungen und Mädchen leben getrennt in Gruppen. Kleinste Annäherungsversuche zwischen den Geschlechtern wie Blicke werden drakonisch bestraft. Kleinen Mädchen und Jungen wird versucht, die aufkommende Sexualität mit sogenannten Viehtreibern – Elektroschockern – auszutreiben. Wer eine andere Meinung vertritt als Schäfer, wird mit körperlicher Gewalt und Psychopharmaka wieder auf Linie gebracht.

Nach und nach wird die Ansiedlung zu einer Festung ausgebaut. Das Gelände wird mit Stacheldraht eingezäunt und mit Lichtschranken und Bewegungsmeldern gesichert. In die Zaunpfähle werden Mikrofone eingelassen, die jedes Geräusch melden. Die Wege werden mit haarfeinen Stolperdrähten ausgestattet und in den Räumen werden Abhöranlagen installiert.

Nach der Machtergreifung Pinochets 1973 dient die Kolonie als Operationsbasis des chilenischen Geheimdienstes *Dirección Nacional de Inteligencia* (DINA). Auf dem Gelände kommt es zu schwersten Menschenrechtsverletzungen, systematischer Folter und der Ermordung von Regimegegnern, an der auch Mitglieder der Kolonie beteiligt sind. Im Gegenzug genießt die Kolonie Zoll- und Steuerfreiheit und andere Vergünstigungen und wird mit den Jahren zu einem mächtigen Wirtschaftsunternehmen, das auch vor illegalen Geschäften nicht zurückschreckt.

Die Carabineros in Parral werden durch Lebensmittelkörbe bei Laune gehalten. Zu einigen CSU-Politikern unterhalten Schäfer und seine Herren während dieser Zeit gute Beziehungen und pflegen den Kontakt zur deutschen Botschaft in Santiago, auf deren Parkplatz die Siedler Würste, Schinken und Kuchen verkaufen. Passverlängerungen und Lebensbescheinigungen werden im Sammelverfahren erledigt. Der damalige Botschafter nimmt die Dienste der Kolonie für Anstreicharbeiten an der Botschafterresidenz oder das Lackieren seines Wagens in Anspruch.

Im März 1977 kommt es zu einem Skandal: Amnesty International veröffentlicht einen Bericht mit dem Titel *Colonia Dignidad: Deutsches Mustergut in Chile, ein Folterlager der DINA*, in dem drei Folteropfer von ihren Erlebnissen in der Colonia Dignidad berichten. Die Colonia Dignidad reagiert mit einem Antrag auf Erlass einer einstweiligen Verfügung. Amnesty International verweist auf einen bereits im Oktober 1976 erschienenen Bericht der UNO, in dem von einem unterirdischen Folterzentrum auf dem Gelände der Kolonie die Rede ist. Nach über zwanzigjährigem juristischem Gezerre bekommt Amnesty International 1997 endlich Recht und darf offiziell behaupten, was längst öffentliches Wissen ist: dass die Kolonie dem chilenischen Geheimdienst als Folter- und Folterausbildungszentrum diente.

Mit dem Ende der Diktatur in Chile beginnt sich die Lage allmählich zu verändern. Unter der neuen demokratischen Regierung von Patricio Aylwin wird der Gemeinschaft das Privileg der Steuer- und Zollfreiheit entzogen. Als Folge wird die

Sociedad Benefactora y Educacional in *Villa Baviera* umbenannt und nun als Aktiengesellschaft geführt. An den Lebensverhältnissen der Menschen dort ändert das jedoch nichts.

Erst im Sommer 1996, als chilenische Eltern Anzeige gegen Paul Schäfer wegen sexuellen Missbrauchs ihrer Kinder erstatten, wendet sich das Blatt und es wird ein Haftbefehl gegen Paul Schäfer ausgestellt. Im November 1996 durchsucht die Polizei erstmals das Gelände der *Villa Baviera*, das Stadthaus der Sekte in Santiago sowie das ebenso zur Gemeinschaft gehörende *Casino familiar* in Bulnes. Paul Schäfer bleibt verschwunden. In den nächsten Jahren finden auf dem Gelände der Sekte immer wieder kürzere und längere, zum Teil vierzigtägige Suchaktionen mit bis zu dreihundert Carabineros statt.

Am 10. März 2005 wird Paul Schäfer im Alter von 83 Jahren in Argentinien festgenommen. Am 24. Mai 2006 wird er von einem chilenischen Gericht wegen Kindesmissbrauchs in fünfundzwanzig Fällen zu zwanzig Jahren Haft verurteilt; außerdem zur Zahlung von 770 Millionen Pesos Schadensersatz. Am 24. April 2010 stirbt Paul Schäfer im Gefängnis von Santiago im Alter von 88 Jahren und wird auf einem Friedhof in Santiago anonym bestattet.

2005 beauftragt das Auswärtige Amt den Psychiater Prof. Dr. Nils Biedermann, der gemeinsam mit einem zweiköpfigen Team ein psychotherapeutisches Betreuungsprogramm für die in der Villa Baviera verbliebenen Bewohner startet. Doch die Bemühungen, eine herkömmliche Einzel- bzw. Gruppentherapie durchzuführen, scheitern. So wendet sich das Psychiaterteam einer anderen Form zu, der stark strukturierten Gruppentherapie, in deren Verlauf den Bewohnern das Konzept Familie erklärt wird.

Ende Januar 2013 verurteilt der Oberste Gerichtshof in Santiago 21 Personen der ehemaligen Führungsriege um Paul

Schäfer. Sechs davon erhalten mehrjährige Gefängnisstrafen, so auch der ehemalige Arzt der Sekte, der sich der Verhaftung entzieht und nach Deutschland flieht, wo er bis heute unbehelligt lebt, da zwischen Deutschland und Chile kein Auslieferungsabkommen besteht.

Nachwort der Autorin

Als ich vor einigen Jahren begann, mich mit der *Sociedad Benefactora y Educacional Dignidad* auseinanderzusetzen, wollte ich zunächst nur klären, ob ich genügend Material für einen Roman finden würde. Zu meiner Überraschung gewann ich bald den Eindruck, dass die Thematik – obwohl eine deutsche – in Deutschland relativ unbekannt ist. Eine intensivere Recherche zeigte jedoch bald, dass es in Presse und Sachliteratur eine Unmenge an Einzelinformationen dazu gibt. Nachdem ich das Ganze in mir hin und her gewälzt hatte, schob ich es erst einmal beiseite. Zu furchtbar waren die Vorkommnisse in dieser totalitären Sekte.

Doch das Thema ließ mich nicht los. Immer wieder fragte ich mich, wie um Himmels willen es möglich war, dass eine erwachsene Person sich ohne Not einer derartigen Gehorsamsstruktur unterordnet. Sicher, die Suche nach einem höheren Sinn, die Sehnsucht nach Geborgenheit, nach Nähe und Identität führen Menschen immer wieder in die Arme von selbst ernannten Heilsbringern. Doch was ein Erwachsener für sich selbst beschließt, ist eine Sache. Was ich bis heute nur schwer begreife, ist die Entscheidung der Sektenmitglieder, die Verantwortung für die eigenen Kinder an andere abzugeben, wie dies bei den Eltern in der Colonia Dignidad der Fall war.

Als ich den Entschluss fasste, das Buchprojekt nun ganz konkret anzugehen, wurde mir eines ziemlich schnell klar: Informationen aus zweiter Hand hatte ich genug gesammelt. Um mich dem Thema auf eine persönliche Weise nähern zu können, musste ich selbst dorthin reisen, musste alles mit eigenen Augen sehen und versuchen, mit Menschen zu sprechen, die all das wirklich erlebt haben. Auch suchte ich nach einer Antwort auf die Frage: Wie überlebt ein Mensch so etwas? Welche Strategien legt er sich zurecht, legt er sich überhaupt irgendetwas zurecht oder reagiert er immer nur auf die jeweilige Situation, in der Hoffnung, dieses Mal ungeschoren davonzukommen? Wie kommt er zurecht in einem sozialen System, in dem er niemandes Freund sein darf, umgeben von Spitzeln und Verrätern, die jedoch – so seltsam das auch klingen mag – nicht aus Bosheit handeln, sondern, wie Rita Albers mir erklärte, aus einer Art selbstgerechter Härte heraus, getrieben von einer überheblichen Frömmigkeit.

Im März 2014 flog ich, begleitet von meiner Tochter Marlene, nach Chile. Im Laufe unseres Aufenthaltes in der Villa Baviera hatten wir Gelegenheit, mit acht ehemaligen Sektenmitgliedern zu sprechen.

Mein Dank gilt diesen Menschen, die mich freundlich empfangen und mir von ihrem schweren Leben berichtet haben. Aus Rücksicht werde ich ihre Namen hier nicht nennen. Besonders danken möchte ich Rita Albers (deren Namen ich geändert habe). Noch Monate nach unserem Besuch hat sie viel Zeit für die Beantwortung meiner Fragen aufgewendet. Am Ende hat sie sich sogar die Mühe gemacht, Christas Geschichte ganz zu lesen und zu kommentieren.

Zur Größe des Areals der Villa Baviera bin ich auf unterschiedliche Angaben gestoßen. Mal ist die Rede von 13 000 Hektar, mal von 15 000 Hektar, 17 000 Hektar, dann wieder von 30 000 Hektar. Um sich eine Vorstellung von den Größenverhältnissen zu machen, wird die Flächenausdehnung des Gebiets oft mit der Größe des Saarlands verglichen.

Was Paul Schäfers Aufenthaltsorte in seinen frühen Jahren in Deutschland angeht, widersprechen sich einige Angaben im Detail. So schreibt der Journalist Gero Gemballa in seinem 1998 erschienenen Buch *Colonia Dignidad. Ein Reporter auf den Spuren eines deutschen Skandals*, dass der Jugendpfleger Paul Schäfer zum Jahreswechsel 1949/50 von der Siegburger Gemeinde entlassen worden sei, weil seit 1947 gegen ihn mehrere Anzeigen vorgelegen hätten, er habe sich an seinen Schützlingen vergangen. Er soll daraufhin ein Jahr bei der Paketpost in Siegburg gearbeitet haben. Friedrich Paul Heller schreibt, Paul Schäfer sei 1948 Jugendpfleger in der Baptistengemeinde in Gartow in Niedersachsen gewesen, wo ihm 1951 wegen seiner Homosexualität gekündigt worden sei. In Gero Gemballas erstem, 1988 erschienenem Werk *Colonia Dignidad. Ein deutsches Lager in Chile* schreibt dieser, Paul Schäfer habe in Pirvitsheide bei Lüchow-Dannenberg als Jugendpfleger in einem evangelischen Kinderheim gearbeitet, wo er 1952 entlassen worden sei. Die Journalistin Ulla Fröhling spricht in ihrem Buch *Unser geraubtes Leben* davon, der Jugendpfleger Paul Schäfer sei als 26-Jähriger wegen des Verdachts auf sexuellen Missbrauch an Minderjährigen von der evangelisch-lutherischen Kirche in Bayern entlassen worden. Der *Spiegel* berichtet in seinem Artikel *Colonia Dignidad-Gründer: Ein Onkel aus Deutschland*, dass Paul Schäfer als Jugendpfleger der evangelischen Kirche Ende der vierziger Jahre entlassen worden sei, weil sich Vorwürfe des sexuellen Missbrauchs von Schutzbefohlenen in evangelischen Zeltlagern verdichtet hätten.

Auch war nicht mit Sicherheit festzustellen, wann und wo genau »der Weihnachtsmann versenkt wurde« – ob bereits Anfang der sechziger Jahre oder Mitte der siebziger, ob in einem kleinen See oder im Fluss Perquilauquén.

Zudem sei erwähnt, dass ich mir im Sinne der literarischen

Gestaltung einige Freiheiten zeitlicher und örtlicher Art herausgenommen habe. Der Ort Grösitz beispielsweise ist fiktiv. Der Hühnerstall, in dem Christa arbeitete, wurde erst 1965 gebaut, das Zippelhaus 1963. Das Hotel wurde erst 2012 eröffnet, nicht bereits 2010.

Abschließen möchte ich mit den Worten Gero Gemballas, den das Thema bis zu seinem frühen Tod 2002 nie losgelassen hat: »Es ist erstaunlich, dass die Colonia Dignidad anders als andere Sekten in der internationalen Berichterstattung so nah am Tatsächlichen beschrieben wurde, so wenig Übertreibung, Phantasie und Gruseliges hinzugefügt wurde. Vielleicht lag das daran, dass die Realität eigentlich nur noch schwer zu übertreffen ist.«

Quellenangaben

Gespräche und Interviews mit insgesamt acht Angehörigen der Villa Baviera

Protokoll einer Anhörung des Bundestages 1988 zu Menschenrechtsverletzungen und Freiheitsberaubung (*Bundestag Protokoll Nr. 10 vom 22. Februar 1988 des Unterausschusses für Menschenrechte: Colonia Dignidad – Villa Baviera*)

Ulla Fröhling: *Unser geraubtes Leben. Die wahre Geschichte von Liebe und Hoffnung in einer grausamen Sekte.* Köln: Bastei Lübbe 2012

Gero Gemballa: *Colonia Dignidad. Ein deutsches Lager in Chile.* Reinbek bei Hamburg: Rowohlt 1988

Gero Gemballa: *Colonia Dignidad. Ein Reporter auf den Spuren eines deutschen Skandals.* Frankfurt/New York: Campus 1998

Friedrich Paul Heller: *Colonia Dignidad. Von der Psychosekte zum Folterlager.* Stuttgart: Schmetterling 1993

Friedrich Paul Heller: *Lederhosen, Dutt und Giftgas. Die Hintergründe der Colonia Dignidad.* Stuttgart: Schmetterling, 4. erweiterte Auflage 2011

Klaus Schnellenkamp: *Geboren im Schatten der Angst. Ich überlebte die Colonia Dignidad.* München: Herbig 2007

Efrain Vedder (mit Ingo Lenz): *Weg vom Leben. 35 Jahre Gefangenschaft in der deutschen Sekte Colonia Dignidad.* Berlin: Ullstein 2005 (aktualisierte Auflage 2007)

Heike Tauch: *Villa Baviera. Die ehemalige Colonia Dignidad* (Deutschlandfunk-Feature in der Reihe *Ortserkundungen.* 28. August 2007. Sendemanuskript abrufbar unter www.deutschlandfunk.de)

Deutsche Seelen. Leben nach der Colonia Dignidad, Dokumentarfilm von Martin Farkas und Matthias Zuber, 2009

Dieter Maier: *Äußerste Zurückhaltung – die Colonia Dignidad und die deutsche Diplomatie 1961–1978* (http://d-nb.info/991185137/34, Publikation des Nürnberger Menschenrechtszentrums)

Die Welt, 5. Mai 1998: *Eine Lichterkette zum Abschied. Chilenische Polizei beendet ergebnislose Suche in der Colonia Dignidad* (http://www.welt.de/print-welt/article622828/Eine-Lichterkette-zum-Abschied.html)

Die Tageszeitung, 5. Februar 2013: *Colonia-Dignidad-Opfer fordern Gerechtigkeit: Deutschland ist mit verantwortlich* (http://www.taz.de/!110444/)

Kölner Stadtanzeiger, 23. November 2004: *Rückblick 1997 Teil 1: Geschichte der Colonia Dignidad beginnt in Siegburg* (http://www.ksta.de/politik/rueckblick-1997-teil-1--geschichte-der-colonia-dignidad-beginnt-in-siegburg,15187246,13973160.html)

Spiegel, 11. März 2005: *Colonia Dignidad-Gründer: Ein Onkel aus Deutschland* (http://www.spiegel.de/panorama/colonia-dignidad-gruender-ein-onkel-aus-deutschland-a-345888.html)

Die Überschriften von Teil I, II und III stammen aus Paul Gerhardts *Abendlied.*